SISTERS. LLAÇOS INFINITS

ANNA TODD

SISTERS. LLAÇOS INFINITS

Traducció de Núria Parés Sellarès

Columna

COL·LECCIÓ CLÀSSICA
TÍTOL ORIGINAL: *THE SPRING GIRLS*

PRIMERA EDICIÓ: NOVEMBRE DEL 2017

L'AUTORA ESTÀ REPRESENTADA PER WATTPAD.
PUBLICAT D'ACORD AMB L'EDITORIAL ORIGINAL, GALLERY BOOKS,
UNA DIVISIÓ DE SIMON & SCHUSTER, INC.

AV. DIAGONAL, 662-664, 08034 BARCELONA

ISBN: 978-84-664-2326-7
DIPÒSIT LEGAL: B. 22.710-2017
FOTOCOMPOSICIÓ: GAMA, S.L.
IMPRÈS A: LIMPERGRAF

www.columnaedicions.cat

IMATGES DE L'INTERIOR:
Pàgina 62: © «Macarena», ℗ 1996 Serdisco, interpretada per Los del Río;
Pàgina 73: © «Hello», ℗ 2015, XL Recordings, interpretada per Adele.

A totes les «donetes» que intenten esbrinar què significa ser una dona; sóc al vostre costat, com totes les altres germanes.

Capítol 1

Meredith

—Nadal no serà Nadal sense regals —va dir la Jo des del seu lloc a la catifa.

Estava asseguda als peus de la seva germana més gran, la Meg. Els cabells castanys llargs de la Jo estaven esvalotats, com sempre. Era la meva noia forta. L'única de les meves filles que no acaparava el lavabo. Els seus dits delicats, amb el pintaungles negre escantellat, furgaven les vores gastades de la catifa afganesa per sota de les cames plegades. La tela negra i vermella teixida a mà ja no tenia la bellesa i la brillantor d'abans, i vaig recordar el dia que el meu marit ens la va enviar a casa, a Texas, des de la seva antiga destinació a Kandahar, Afganistan.

Mentalment, la veu estrident de la Denise em recorda que he de fer servir el llenguatge militar adequat: la BOA del meu marit a Kandahar. La base d'operacions avançada més gran de l'Afganistan, hi hauria afegit ella. La Denise sempre estava al cas de tot. Ara que hi penso, fins i tot va fer un comentari de la catifa quan la vaig rebre. Va dir que l'hauria pogut enviar a la base i no hauria hagut de pagar els ports.

Però això tant els era, a les meves noies. Des del moment que va arribar, aquella catifa els va encantar tant com a mi. Quan vaig obrir el paquet que enviava el seu pare, que havia viscut a diferents llocs del món durant els últims vuit mesos, les noies —particularment la Jo— es van emocionar de poder tenir un tresor tan preciós i carregat de cultura de l'altra punta del món. A la Meg li va encantar que tinguéssim un luxós objecte fet a mà a la nostra senzilla casa. Era la meva filla més materialista, però sempre havia sabut que, si l'encaminava bé, utilitzaria el seu amor per les coses brillants per fer alguna cosa màgica i interessant amb la seva vida. L'Amy era massa jove per preocupar-se per la catifa i, per descomptat, la Beth ja sabia que ens havia d'arribar aquell regal, perquè el seu pare sabia que ella era l'única noia Spring a qui se li podia confiar el secret. A més, a un nivell més pràctic, com que la Beth s'escolaritzava a casa, en Frank sabia que podia comptar amb ella perquè estigués al cas. Més tard, en Frank em va explicar que havia volgut enviar el paquet directament a casa perquè la catifa fos una sorpresa, en comptes d'haver-la d'anar a recollir a la base. No estic segura de si ho entendria, la Denise, si li digués això.

Últimament, la nostra preciosa catifa ja no era tan bonica. Les sabates brutes i el nostre pes l'havien desgastat, i els colors es barrejaven en un to marronós i, per molt que intentava netejar-lo, el color original ja no tornava a sortir.

Però no per això ens l'estimàvem menys.

—Se suposa que ha de nevar a Nova Orleans. Això ja fa Nadal —va dir la Meg, mentre es passava els dits pels cabells castanys. Ara ja li arribaven a mitja esquena, i havia ensenyat a la Jo com ho havia de fer per enfosquir-se els cabells, de manera que es veiessin les puntes més rosses i les arrels més fosques.

Aquell any feia tant de fred, que les carreteres es van glaçar i gairebé cada dia hi havia un accident que bloquejava la carretera principal que duia al poble. El rètol que hi havia a fora del nostre quarter militar i que sumava el nombre de dies acumulats sense cap accident mortal a la carretera arribava a zero pràcticament cada dia, en comptes de cada setmana. El màxim nombre de dies sense cap mort que el rètol de Fort Hood va indicar va ser de seixanta-dos.

La temperatura d'aquell matí no semblava tan freda com havia anunciat el Canal 45. Em preguntava si la meva germana vindria a casa o si faria servir el temps com a excusa. Sempre tenia excuses. Al seu marit el van enviar de servei juntament amb el meu, i els seus draps bruts no van trigar gaire a ser airejats: primer ell es va burlar del pes de la seva dona amb un grup de soldats, i tothom sabia que tot just el mes passat s'havia ficat al llit amb una metgessa de l'exèrcit.

—Ha trucat, ja, la tieta Hannah? —vaig preguntar a les noies.

L'única que em va mirar va ser la Beth, que va respondre:

—No.

Des que ens havíem traslladat a Fort Cyprus l'estiu anterior, la Hannah havia estat promesa dos cops i casada una vegada, i aviat es divorciaria. L'estimava molt, la meva germana petita, però no podia pas dir que m'hagués molestat quan uns mesos enrere es va traslladar a viure més a prop de la ciutat. Va trobar una feina temporal de cambrera de cap de setmana a Bourbon Street, en un petit bar anomenat Spirits, on serveixen les begudes en calaveres il·luminades i fan uns sandvitxos de carn boníssims. Tenia bon caràcter per fer de cambrera.

—Vindrà? —va preguntar la Jo, des de terra.

Vaig mirar la Jo, als seus ulls de color de xocolata amb llet.

—No ho sé. Li trucaré d'aquí a una estona.

L'Amy va fer un petit *ehem* amb la gola, i jo em vaig quedar mirant el televisor apagat.

No m'agradava parlar amb les meves filles de coses d'adults. Volia que mantinguessin la joventut tant com poguessin, però que alhora fossin conscients de tot. Els parlava de les coses que passaven al seu entorn. Comentava les notícies amb elles, la guerra que hi havia al nostre voltant. Intentava explicar-los els perills i els avantatges de ser una dona, però a mesura que s'havien anat fent grans, cada cop era més difícil. Els havia de dir que, a vegades, les coses eren més fàcils per als nois i els homes, sovint per cap motiu concret. Els havia d'ensenyar a defensar-se si un d'aquells homes o nois intentava fer-los mal. Educar quatre filles d'entre dotze i dinou anys no era la feina més difícil que havia tingut a la vida, però seria la cosa més important que faria mai. El meu llegat no seria el fet de ser l'esposa d'un oficial de l'exèrcit, sinó el fet d'haver educat quatre donetes honestes, responsables i competents, preparades per anar pel món.

Tenia un fort sentit del deure; sobretot, volia que mostressin la seva força amb orgull i la seva bondat de manera oberta.

La Meg era la princesa de la família. Era el nostre petit miracle, que va arribar després de dos avortaments dolorosos i descoratjadors, i va fer la seva entrada al món el vespre de Sant Valentí. Però aquell dia en Frank i jo no estàvem fent un sopar romàntic amb una copa de merlot Yellow Tail. En Frank estava assegut a l'escriptori de la companyia, intentant mantenir-se despert. Cada hora havia de fer un volt pels barracons de la part del darrere. Gairebé sempre l'assignaven a càrrec dels quarters. (CQ, tal com diria la Denise.)

Odiava quan havia de fer-ho, i les noies també, però l'exèrcit l'hi exigia un cop al mes. Aquell vespre, vaig haver de trucar a la companyia quatre vegades abans que algú finalment contestés i anés a buscar el meu marit. Just quan les contraccions ja eren insuportables, va arribar a casa i vam marxar corrents amb el cotxe. Ens pensàvem que la nena naixeria allà mateix, a dins del nostre Chevy Lumina del 1990. Mentre mirava els daus que hi havia penjats al mirall retrovisor, em vaig dedicar a comptar les vegades que es balancejaven endavant i endarrere, endavant i endarrere, mentre intentava ignorar la lleu olor dels Marlboro que en Frank solia fumar-se a dins del cotxe abans d'assabentar-nos que esperàvem un fill. En Frank es va passar tot el camí agafant-me la mà i explicant-me acudits, i jo reia tant que plorava i havia de fer un esforç perquè no se m'escapés el pipí en el seient negre del cotxe. Teníem tan poques preocupacions, llavors...

Quan vam arribar a l'hospital, ja estava massa dilatada per tenir temps de posar-me una epidural, o sigui que mentre la Meg sortia cridant en aquella petita sala d'hospital, jo vaig fer un esforç per reprimir els xiscles. Però va ser només una nit, només un moment de dolor. Convertir-me en mare va canviar alguna cosa molt profunda a dintre meu; vaig notar que les peces disperses de la meva vida encaixaven al seu lloc, i vaig ser conscient que tenia un nou rol.

Després va venir la Jo, i el seu naixement em va passar factura al cos. Estava col·locada de cul i es negava a posar bé el seu petit cos tossut, de manera que el metge va programar el part.

La Beth va ser fàcil, només tres minuts d'empènyer. El seu naixement va ser tranquil com ella mateixa, i es va agafar al pit molt més bé que les altres filles.

Finalment, la nostra imprevista petita Amy ens va sorprendre en un dimarts típic de tacos, quan em vaig adonar que al meu estómac ja no li venia de gust aquest menjar mexicà, tot i que a la resta del meu cos sí. Després de l'Amy, vaig dir al metge que s'assegurés que ja no tindríem més sorpreses.

Durant uns minuts ningú no va dir res, i vaig mirar les meves filles imaginant-me, tan sols uns instants, que en Frank era a casa, assegut a la seva vella butaca que conservem des del nostre primer apartament. Mentalment, el sentia cantant amb la ràdio. Li encantava cantar i ballar, encara que fos horrible fent les dues coses.

—He vist per internet que White Rock ha tornat a reduir les hores de música —va dir la Beth, fent-me tornar a la realitat.

—Ostres, de debò? —va preguntar la Meg.

—Sí. I és fatal. Si abans ja s'hi dedicaven poques hores, ara pràcticament ha desaparegut l'assignatura. Cap instrument nou, cap sortida enlloc. Res.

L'Amy va mirar les seves germanes grans, per intentar seguir la conversa.

—Estàs de broma? —va etzibar la Jo—. Penso anar directament al despatx de la senyora Witt. És una estupidesa que...

—Josephine, parla bé —vaig dir, sense deixar de mirar l'Amy. La Jo sempre renegava, per molt que ella digués que feia un esforç per evitar-ho. Tenint en compte que gairebé tenia disset anys, jo ja no sabia gaire com abordar-ho.

—Perdona, Meredith.

També havia començat a fer servir el meu nom de pila, no sé per quin motiu.

A l'altra banda de l'estança, va sonar el telèfon i l'Amy es va aixecar d'un salt per agafar-lo.

—Quin nom surt a la pantalla? —vaig preguntar.

L'Amy va acotar el cap i va entretancar els ulls.

—És del banc. Fort Cyprus National Bank.

Se'm va encongir el cor. La vigília de Nadal? De debò? Aquell banc havia demostrat ser força deshonest amb els altíssims interessos que cobraven i la seva publicitat enganyosa. Eren coneguts perquè col·locaven dones guapes a l'entrada de les botigues dels posts militars i de Walmart per convèncer els soldats d'obrir un compte al banc, amb un somriure i la falsa promesa de rebre un dipòsit de l'exèrcit.

—Deixa'l sonar —vaig manar-li.

L'Amy va assentir i va silenciar el so. Es va quedar mirant el petit pilot vermell de l'aparell fins que va deixar de parpellejar, i llavors va preguntar:

—Qui truca del banc?

Vaig engegar el televisor.

—Quina pel·lícula mirem? —va interrompre la Meg—. Em sembla... —Va passar les ungles esmaltades pel prestatge de DVD que tenia als peus i en va tocar un—. Què us sembla *The Ring*?

Vaig agrair aquell canvi de tema de la Meg. La Meg era molt bona a l'hora de captar l'ambient d'un lloc, i sabia elaborar i perfilar històries versemblants que distreien, encantaven o desarmaven qualsevol.

—No suporto *The Ring* —va rondinar l'Amy, i em va mirar implorant.

No va ser gens divertit quan la Meg, per fer por a l'Amy, va disfressar la Jo com la noia de la pel·lícula que s'enfila pel pou. Jo no vaig riure gens. Bé, potser una mica, però estava molt empipada amb les meves filles grans per haver turmentat la seva germana petita.

—De debò? —La veu de la Jo va adoptar un to esgarrifós, com si volgués espantar la seva germana. La Jo es va inclinar endavant per fer pessigolles a l'Amy, i l'Amy es va escapolir.

—Sisplau, mare, digue-li a la Meg que no mirem *The Ring*! —em va dir l'Amy, estirant-me els pantalons.

—Què us sembla *The Skeleton Key*? —va suggerir la Beth. Era la seva pel·lícula preferida. A la Beth li encantava qualsevol cosa on sortís la Kate Hudson, i el fet de viure als afores de Nova Orleans feia la pel·lícula especialment aterridora.

—Jo, tu quina vols mirar? —vaig preguntar.

La Jo es va acostar al prestatge dels DVD i va fer cridar l'Amy, perquè li va aixafar els dits dels peus amb el genoll mentre passava per davant seu.

—*Cabin Fever* o... —Va agafar *Entrevista amb el vampir*.

Em sentia com una mare genial quan veia que a les meves noies els agradaven les pel·lícules que a mi m'encantaven de jove. *Entrevista amb el vampir* va ser la meva preferida durant almenys vint anys. Fins ara, Anne Rice era l'única autora de la qual m'havia llegit totes les obres.

La Meg va dir en veu baixa:

—Aquesta pel·lícula em recorda en River...

Només de sentir el nom d'aquest noi notava per dins que em bullia la sang, però per sort l'afició de les meves filles pel dramatisme em va distreure. L'Amy es va aixecar, va agafar la pel·lícula de les mans de la Jo i la va tirar sota l'arbre de Nadal. La Jo va cridar, indignada:

—Ei!

I la Meg va enviar un petó a l'Amy.

—M'està trucant en John! —va deixar anar la Meg, i va desaparèixer de l'habitació fins i tot abans que li sonés el telèfon.

—*Cabin Fever* —va dir la Jo, i va agafar el comandament a distància.

Mentre la Jo remenava el reproductor de DVD, l'Amy va anar al lavabo i la Beth va marxar cap a la cuina. La casa estava en silenci excepte pel *bip* del microones, i després pel brunzit suau mentre donava voltes al que fos que la Beth estigués preparant. La casa normalment no estava tan en silenci. Quan hi havia en Frank, sempre se sentia música o el so de les seves rialles, o d'ell cantant... o qualsevol cosa.

El silenci no duraria gaire, i tampoc m'agradava que durés, però mentrestant en gaudiria. Vaig tancar els ulls, i al cap de poc vaig començar a sentir els espetecs del blat de moro i l'olor embafadora de mantega.

La Jo estava asseguda al costat del televisor amb les cames encreuades, mirant-se els mitjons de ratlles. Per a un desconegut, la Jo hauria semblat una noia trista, amb els llavis arrufats i la mirada caiguda, però jo sabia que estava tranquil·la. Semblava que estigués pensant en alguna cosa important, i en aquell moment m'hauria agradat poder-li llegir el pensament, ajudar-la a alleujar una mica el pes que duia a les espatlles. Ja no volia més silenci.

—Com va l'obra? —li vaig preguntar. No podia passar gaire temps a soles amb la Jo, ara que ella tenia feina. Una feina que li devia encantar, perquè s'hi passava moltes hores.

La Jo va arronsar les espatlles.

—Va bé. Em sembla. —Es va passar les mans amunt i avall per les galtes i em va mirar—. Crec que és bona. Trobo que és realment bona. —Un somriure tímid però enlluernador li va il·luminar la cara, i es va tapar la boca amb una mà—. Gairebé la tinc acabada. He de fer servir el meu nom real?

—Si vols, sí. També podries fer servir el meu nom de soltera. Quan la podré llegir? —El somriure se li va dissipar tan ràpid com havia aparegut—. O no —vaig afegir, somrient, per demostrar-li que no estava molesta.

Entenia perfectament que encara no em volgués deixar llegir la seva obra. Evidentment que em feria una mica els sentiments, però sabia que ella tenia els seus motius i no la volia pressionar de cap manera.

—Podries enviar-la al pare —vaig suggerir.

Ho va pensar uns instants.

—Creus que té temps per a això? No el vull distreure.

A vegades em semblava massa adulta.

La porta del lavabo del passadís es va obrir i l'Amy va tornar cap a la sala d'estar, arrossegant la manta del seu llit. Els meus pares me la van regalar quan vam fer la festa del naixement, i ara ja estava molt gastada i els quadrats de colors estaven descolorits.

L'Amy, amb la seva obsessió pel pintallavis i els seus cabells rossos, intentava créixer massa ràpid. Volia ser com les germanes grans, però això era típic en totes les famílies. La meva germana feia igual, sempre em seguia a tot arreu i volia ser com jo. Ara l'Amy feia setè, que era relativament un dels cursos més difícils de passar. Jo no recordava pràcticament res de quan feia setè, o sigui que no devia pas haver sigut gaire greu per a mi. Novè ho va ser, ara que hi penso.

La Jo sempre atabalava l'Amy i l'advertia que s'havia

de començar a preparar per a l'institut. Però l'Amy tenia aquella edat en què es pensava que ho sabia tot. També era en l'etapa difícil pel que fa a l'aspecte físic, ja que encara no se li havia desenvolupat gaire el cos. Algunes noies mal educades de la seva classe es burlaven del seu cos ossut i del fet que no tenia la regla. Tot just la setmana passada, l'Amy em va venir a demanar quan es podria depilar les cames. La meva norma sempre havia sigut que les meves filles es podrien depilar quan comencessin a tenir la regla, però quan ho vaig dir a l'Amy, va tenir una crisi dels dotze anys al lavabo. Sincerament, no sé ni d'on la vaig treure, aquesta norma, segurament de la meva mare, però tenint en compte el que estava suportant l'Amy, vaig ajudar-la a depilar-se aquell mateix dia.

La Meg no només era la gran, sinó la segona responsable de la nostra casa propietat de l'estat. A vegades era fàcil fer veure que era casa nostra, fins que passava alguna cosa, com per exemple que em donessin un tiquet perquè teníem la gespa massa llarga. Resulta que un dia vaig treure el cap per la finestra i em vaig trobar un home al jardí, ajupit mentre en mesurava l'altura. Quan vaig sortir a fora, l'home va tornar cap a la camioneta, però abans de marxar em va donar un tiquet perquè vingués algú a tallar la gespa. Aparentment, els de l'oficina de l'habitatge no tenien res millor per fer que mesurar la gespa de la gent.

Esperava que algun dia poguéssim comprar-nos una casa, potser quan en Frank es retirés de l'exèrcit. No sabia en quin estat ens instal·laríem finalment quan ell deixés de treballar, però pensar en algun lloc al mig del no-res a

Nova Anglaterra sonava bé. En Frank sovint parlava de traslladar-nos en algun poblet tranquil de la costa on poguéssim anar amb xancletes tot el dia. Per descomptat, això depenia d'on anessin a viure les nostres filles. L'Amy encara s'estaria a casa almenys sis anys, i la Beth... bé, no tenia gaire clar que volgués marxar mai de casa, i també em semblava bé.

La Beth va portar dos bols de crispetes, i totes ens vam posar còmodes a la petita sala d'estar. Jo em vaig quedar a la butaca d'en Frank, l'Amy seia al sofà entre la Beth i la Meg, i la Jo es va quedar a terra, a prop del televisor.

—Estem totes a punt? —va preguntar la Jo, i va prémer el «play» sense esperar resposta.

Quan va començar la pel·lícula, vaig tornar a pensar que les meves filles havien crescut molt ràpid. Podria ser que aquell fos l'últim any que estàvem juntes per Nadal. L'any vinent, era molt probable que la Meg fos a Florida, amb la família d'en John Brooke, o on tinguessin la casa de vacances. A vegades em feia un embolic. No era pas que la Meg hagués sortit amb molts nois, però havia tingut uns quants nòvios. A diferència de la meva mare, jo vigilava de prop les meves filles i els nois amb qui sortien, malgrat que fins ara això només havia significat vigilar la Meg. En Frank es preocupava molt més que jo, però jo sabia del cert que ser massa protectors amb les nostres filles podia arribar a ser pitjor que educar-les bé en el tema dels nois i les relacions.

Quan la Meg tenia setze anys, li vaig fer començar a seguir un mètode anticonceptiu, cosa que em va fer guanyar un sermó força incòmode per part de la meva mare.

No era ningú, ella, per donar consells: havia tingut dues filles abans de fer els vint-i-un anys.

Va tornar a sonar el telèfon i la Jo es va inclinar per silenciar-lo.

Després va sonar el mòbil de la Meg, amb una cançó pop que l'Amy va començar a cantar immediatament.

—Ostres, tu, tanta tecnologia —va comentar la Jo des de terra.

—És la senyora King —va sospirar la Meg, mentre s'aixecava.

La Jo va agafar el comandament i va posar la pel·lícula en pausa. La Meg va desaparèixer cap a la cuina.

L'Amy es va estirar al lloc on seia la Meg, tot i que sabia que s'hauria d'aixecar quan la seva germana tornés.

—Sóc massa jove per treballar, però quan sigui prou gran treballaré en un lloc millor que una cafeteria o una botiga de cosmètics.

—Això que dius és molt desagradable —va fer la Jo.

—Tu sí que ets desagradable —va dir l'Amy, burleta, imitant la veu de la Jo.

Sent la més petita, a l'Amy li agradava fer notar els defectes de les seves germanes sempre que en tenia l'oportunitat. Em feia la sensació que debilitava bastant la confiança de l'Amy el fet de tenir tres germanes més grans, les quals respectava molt a la seva manera. L'amor per les seves germanes era complicat, perquè les estimava més que res al món, però al mateix temps estava gelosa de gairebé tot el que tenia relació amb elles. Els malucs amples de la Meg, la seguretat de la Jo, l'habilitat culinària de la Beth...

Quan la Meg va tornar a la sala d'estar, la Jo va continuar reproduint la pel·lícula.

—T'ha pagat, ja? —va preguntar la Beth, com si m'hagués llegit el pensament.

No em feia res que la Meg treballés per a la senyora King, malgrat que aquella dona m'intimidava amb la seva enorme casa i els seus gossos de pura raça. No coneixia el senyor King, però sí que havia coincidit amb els seus tres fills en diferents ocasions. La Meg n'estava molt, del seu fill, en Shia, i no costava gens veure el perquè. Era agradable, tenia un gran cor i era molt apassionat. Jo estava convençuda que si hi havia un noi capaç d'estar a l'altura de la Meg, era en Shia King. No sabia ben bé què hi havia entre tots dos, però suposava que si ella volia que ho sabés, m'ho explicaria.

La Meg va arronsar les espatlles.

—Encara no. No sé per què.

La Jo va posar els ulls en blanc i va alçar les mans enlaire. La Meg li va llançar una mirada com a resposta.

—Vaja, i no l'hi has preguntat? —vaig dir.

—Sí, però està molt enfeinada.

—Fent què? Organitzant festes?

La Meg va sospirar.

—No. —Va brandar el cap mirant-me a mi—. Són vacances, i està enfeinada.

—Em sorprèn que et quedis tan tranquil·la. Em pensava que eres més dura —va dir la Jo.

—Ho sóc.

—Sí que ho és. Tot i que no ets tan dura com la Jo... La Jo és com un noi! —va dir l'Amy, rient.

La Jo es va aixecar de cop.

—Què has dit?

Vaig sospirar des de la butaca.

—Amy. —Vaig dir el seu nom amb prou severitat perquè em clavés la mirada—. Què et vaig dir sobre això? —No pensava tolerar aquesta mena de comentaris a casa. Les meves noies es podien vestir com volguessin.

—He dit que ets dura com un noi. —L'Amy es va redreçar al sofà, esquivant l'intent de la Meg de retenir-la a la seva falda. Sabia que si la cosa s'escalfava massa hi hauria d'intervenir, però volia que les noies almenys intentessin solucionar les coses elles soles. Igual que la Meg i la senyora King, tot i que la barra que tenia la dona de no pagar per una feina que li havien fet em feia crispar.

—I què vol dir això exactament, Amy? Perquè no és veritat que els nois siguin més forts que les noies! —La Jo havia alçat el to de veu i va fer el senyal d'unes cometes amb els dits—. No hi ha cap relació entre ser dur i ser un noi. Si de cas...

—No és veritat! Pots aixecar el mateix pes que un noi? —va replicar l'Amy.

—Suposo que no ho dius de debò. —La boca de la Jo era una ratlla tibant.

La Meg va posar les mans a les espatlles primes de l'Amy i va enfonsar les seves ungles florejades en el pijama blau cel de la seva germana. L'Amy va deixar anar un esbufec, però al final es va estirar i va deixar que la Meg jugués amb els seus cabells.

La Jo s'esperava, amb les mans als malucs.

Mentrestant, la pel·lícula anava avançant, de fons.

—Va, gaudim de les vacances d'hivern. És molt millor que no pas fer classe de mates, oi? —va dir la Beth. La meva dolça Beth sempre intentava arreglar les coses. En aquest sentit era la que s'assemblava més a en Frank. La Jo tenia la mateixa passió que ell pels temes polítics i socials, però la Beth era bondadosa per naturalesa.

L'Amy i la Jo es van mirar uns instants, i finalment la Jo va cedir i va tornar a seure a terra en silenci.

Tanmateix, al cap de poc l'Amy va començar de nou amb el seu tema preferit dels últims dos dies.

—La veritat és que això no és gaire millor que les mates. No és just. Vosaltres no enteneu que totes les noies de l'escola tornaran amb roba nova, telèfon nou i sabates noves. —Va fer el recompte de tot plegat amb els dits i va alçar el seu mòbil—. I aquí ens tens a nosaltres, sense cap regal sota l'arbre.

El cor se'm va encongir i em va envair una sensació de culpa.

Aquesta vegada va ser la Beth la que va parlar primer.

—Guanyem més diners que la meitat de les noies de la teva escola. Fixa't en la nostra casa i fixa't en la seva. I en el nostre cotxe. Només cal que miris al teu voltant i pensis com era abans que el pare fos un oficial. —Les paraules de la Beth eren més punyents del que era habitual; va semblar que afectaven l'Amy, perquè va arrugar el front i va passejar la mirada per la sala d'estar, des de les parets de color beix fins a la pantalla plana de cinquanta polzades que havíem comprat a la botiga del post militar, lliure d'impostos, esclar.

L'Amy es va quedar mirant l'arbre de Nadal.

—És *exactament* el que jo dic. Podríem tenir...

Però, tal com solia passar sempre per les vacances, la Jo va interrompre enèrgicament l'Amy per recordar a tothom que la família només tenia diners extres quan en Frank esquivava bales i altres explosius improvisats a l'Iraq, i per tant havíem de respectar-ho i no semblar que ens volíem aprofitar del risc que ell corria.

No m'agradava quan parlaven amb tants detalls com aquells; per a mi era una mica massa. Em vaig preguntar si encara tenia aquell Baileys a la nevera. Estava segura que sí.

—A més —va continuar la Jo, força atabalada—, totes les noies de la teva classe *roben* la majoria d'aquestes coses. De debò creus que la família de la Tiara Davis es pot permetre comprar-li unes ulleres Chanel? Només ho poden fer els oficials, i a la teva classe no hi ha cap fill d'oficial, excepte aquell que va venir d'Alemanya, com es diu?

L'Amy gairebé va grunyir el seu nom.

—Joffrey Martin. És un imbècil.

La Jo va assentir.

—Sí, aquest. O sigui que no cal que estiguis gelosa. No hi ha ningú més que tingui diners per aquí, si no és el dia u o el quinze.

—Excepte els King —va dir la Meg, entre dents.

Les seves paraules expressaven més que irritació pel fet que no li haguessin pagat. Totes vam captar en la seva veu l'anhel per les coses més refinades de la vida, i els King les tenien totes. Corria el rumor que fins i tot tenien els lavabos d'or a la seva immensa mansió, tot i que la Meg no n'havia vist cap.

Jo estava segura que a la Meg li encantava treballar com a ajudanta de la senyora King. Al principi no sabia com se'n sortiria, la meva princesa, rebent ordres tot el dia, però des que la senyora King havia fet plegar la Meg de la feina a Sephora després de demanar-li que treballés per a ella, encara no l'havia acomiadat. De fet, la descripció de la feina no estava clara, a part que s'havia d'ocupar del maquillatge de la senyora King i de treure a passejar els seus gossets. La setmana passada la Meg va posar el rentaplats, però em va explicar que la senyora King li va dir que mai més tornés a tocar un plat brut. No sé si em va agradar gaire aquest missatge, però la Meg ja tenia dinou anys i l'havia de deixar decidir quina mena de dona volia ser.

—Però els King no cauen bé a ningú —va dir l'Amy.

—Que sí! —els va defensar la Meg.

—D'acord, a tu et cauen bé, ja veus. Això és com dir que a la gent li cau bé l'Amy —va dir la Jo, fent broma, però l'Amy no estava al cas.

Al cap d'un moment, l'Amy es va aixecar com un coet i va començar a escridassar la seva germana.

—La Jo sempre...

La Meg va posar una mà al pit de l'Amy i la va fer estirar de nou sobre la seva falda.

—Amy, això era un compliment... De totes maneres, en John Brooke també serà un oficial, quan es graduï de West Point d'aquí a unes quantes setmanes.

Em vaig sentir com una adolescent quan vaig posar els ulls en blanc a la Meg per haver fet aquest comentari.

—No presumeixis del seu rang d'aquesta manera. Sembles una esnob.

El que la Meg no va dir era que tant li feia ser una esnob, si això significava poder tenir unes ulleres Chanel o una piscina al jardí, com la senyora King. No ho va dir, però vaig sentir que deia precisament aquestes paraules a l'Amy la setmana passada.

—És veritat, Meg —va fer l'Amy.

—Calla, Amy.

—Meredith, saps si són gaire rics? —va preguntar la Meg.

Vaig fer que no amb el cap. L'únic que sabia era que el senyor King ajudava les grans empreses a evitar anar a judicis. Jo no estava fascinada pels King tal com ho estaven les meves filles. Jo era el contrari de la meva filla gran; no suportava la gent que es creia superior als altres, cosa que passava massa sovint a la comunitat de l'exèrcit. Abans que en Frank aconseguís aquesta última promoció, em feia la sensació que encaixava bé amb les dones d'altres militars. Totes estàvem igualment soles, igualment arruïnades, igualment estressades per la guerra i cuidàvem les nostres famílies. Algunes de les dones de suboficials fins i tot treballaven, i això m'encantava. Tenia un petit grup d'amigues, una dona jove que acabava de tenir el primer fill i una altra de la meva edat que havia arribat feia poc a Fort Cyprus procedent de Fort Bragg.

Quan en Frank es va convertir en oficial, ja no em van acceptar més en el meu grup de rang inferior, però tampoc encaixava en el cercle de dones d'oficials. Ser la dona d'un oficial comportava una responsabilitat social que a mi simplement no m'interessava. Prou feina tenia a pujar quatre filles i a fer costat a un marit mentre era fora.

La Denise Hunchberg, la líder del nostre GPF, el Grup de Preparació Familiar, va ser agradable durant un temps, però s'havia anat tornant més maniàtica i malhumorada amb la mica de poder que tenia. Jo no suportava veure com utilitzava la seva suposada autoritat per intimidar les dones més joves. Cada vegada que em renyava o es burlava d'alguna altra dona a la seva esquena, mentalment em llepava els dits i esborrava les horribles celles pintades de la seva cara presumida.

A vegades, quan em sentia especialment mesquina, em venien ganes de dir a la Denise —una dona que actuava com si la seva posició dins del GPF fos el mateix que liderar el món lliure— que el seu marit s'havia ficat al llit amb una metgessa, en dues ocasions, durant l'últim desplegament del batalló. El dia que la Denise va començar a agitar el dit índex davant de la meva cara perquè m'havia oblidat de portar els panets per fer *hot dogs* a l'última recaptació de fons a la qual vaig assistir, vaig estar a punt de dir-l'hi. Però sabia que era millor no fer-ho. Jo era massa llesta per fer una estupidesa així. Hauria sigut molt lleig destruir una família, i, a part d'això, un marit hauria hagut de pagar els plats trencats per la insolència de la seva dona. Sabia de sobres que el meu comportament havia de ser reservat. Per això no ho vaig fer.

Les dones dels oficials eren en un nivell diferent que les dones dels suboficials, i jo no li podia fer això, a en Frank. A vegades, em feia la sensació que viure a Fort Cyprus era com ser un peix atrapat a dins d'una peixera d'aquelles de Walmart. Massa peixos, molt poc menjar i enlloc on anar excepte a l'altra banda de la peixera bruta.

A més, les nostres filles també havien de mantenir una bona reputació. Vaja, tan bona com poguessin quatre noies adolescents. La informació corria més ràpid que la llum en un post de l'exèrcit, i les noies Spring havien escampat llavors per fer florir xafarderies a tot el poble.

Alguna cosa havia canviat en la conversa mentre jo pensava en la Denise, perquè vaig recuperar el fil quan l'Amy deia:

—I el pare té una feina més segura que els altres. Ni tan sols ha de portar una arma.

Ningú no li va dir que estava equivocada.

Una vegada li vaig explicar aquesta petita mentida perquè se sentís millor. A veure, què se suposava que havia de dir a la meva filla de set anys, quan em va preguntar si el seu pare es moriria?

D'altra banda, la Jo sempre intentava ignorar l'enorme rifle que el seu pare duia penjat davant del pit en cada fotografia publicada a Facebook. La Jo odiava les armes i ho deia tot sovint. Seria feliç de no tenir mai una arma a les mans. I jo també.

—Jo no diria exactament que és *segur* estar-se en una base al mig de Mossul —va dir la Jo, sense molestar-se a dissimular la gravetat del to de veu. Feia temps que havia deixat de fingir.

A part de l'Amy, les meves altres filles sabien on era el seu pare i com era de perillós ser a l'Iraq. Sabien que allà hi morien homes, dels dos països. Homes com el pare de l'Helena Rice. Va marxar dos dies abans que la noia comencés el seu últim any d'institut, i va morir abans de Nadal. Ara, l'Helena i la seva mare es traslladarien al lloc d'on havien vingut abans que l'exèrcit els digués on havien de viure. Tenien només noranta dies per abandonar la casa del post.

Era horrible. Senzillament horrible.

—És el post militar més segur —va dir l'Amy.

Una altra mentida que li havia dit jo.

—No... —va començar la Jo, però la vaig interrompre dient el seu nom.

Tot d'una estava cansada. A vegades hi havia moments com aquell en què desitjava que en Frank fos a casa per ajudar-me a explicar aquelles coses tan complicades a les noies.

—Meredith —em va etzibar la Jo, tot i que la seva actitud es va suavitzar una mica quan va notar la mirada que li feia la Beth.

—Au, vinga, Jo. Mirem la pel·lícula.

Jo estava allà asseguda, però em notava cansada. Em van venir ganes d'aixecar-me i anar a mirar què hi havia a la nevera.

—Perdona, Beth, si la meva preocupació per la vida del pare t'interromp la pel·lícula —va dir la Jo, empipada, encreuant els braços davant del pit.

Si la Jo hagués dit això a l'Amy, a la Meg o fins i tot a mi, hauria rebut una reprimenda, un sermó o potser una bufetada de l'Amy. Però la Beth no va dir res. Al cap d'uns segons, la Jo va apujar el volum del televisor. Vaig notar que la tensió s'esvaïa de les seves espatlles, juntament amb la meva.

Senzillament, enyoràvem en Frank, res més.

Les noies Spring passaven per diferents fases d'enyorament del pare. La Meg el va enyorar sobretot quan el seu nòvio va ensenyar als altres nois de l'escola unes fotografies que suposadament havia de veure només ell. La Jo el va enyorar molt quan es va convertir en la directora més jove del diari de l'escola, i el va enyorar encara més quan la van destituir. La Beth l'enyorava quan tocava música i no trobava la nota adequada. L'Amy l'enyorava quan tenia ganes de sentir-lo cantar les seves cançons preferides de Disney. I, finalment, jo enyorava el meu marit quan la vida es tornava una mica massa dura per dur-ne tot el pes a les espatlles.

Totes cinc enyoràvem el nostre capità per motius diferents, i teníem moltes ganes que tornés a casa el mes següent. Em feia la sensació que havia estat fora més d'un any, i dues setmanes de descans i tranquil·litat no serien suficients.

Durant aquestes dues setmanes, intentaria passar el màxim de temps possible amb les seves noies. L'any passat, vam anar de Louisiana a Florida amb cotxe i vam passar una setmana a Disney World. Notava que l'angoixa d'en Frank augmentava amb cada esclat dels focs artificials a sobre nostre. Va marxar a mig espectacle, i sempre recordaré la seva figura mentre tornava a l'hotel, amb les espatlles tremolant amb cada flor lluminosa que s'encenia al cel de nit. Les explosions eren precioses per a la Jo, amb els seus immensos ulls, i per a l'Amy, amb el seu gran somriure. A mi em feien accelerar el cor, i no podia deixar de preocupar-me pel meu marit, que no va poder suportar aquells caòtics esclats de colors.

Quan en Frank va desaparèixer entre la multitud, vaig

córrer darrere d'ell, i pel que sembla la Meg va deixar la Jo de responsable i va córrer darrere d'un noi que havia conegut a la cua del castell de la Ventafocs.

La Jo va somriure i es va inclinar fins que es va quedar al costat de l'orella de la seva germana. No vaig sentir el que li deia, però per descomptat que no volia saber-ho.

A la cuina, el microones va sonar i la Beth es va aixecar d'un salt. Si les altres ho van sentir, no ho van demostrar. La Beth es passava molt de temps a la cuina. Últimament, jo tenia cada vegada menys ganes de cuinar, i la Beth era l'única de les meves filles que s'adonava quan la roba bruta s'amuntegava.

—Mirem la pel·lícula o què? Pareu de moure-us i de parlar! —va exclamar l'Amy, i la Jo va posar els ulls en blanc.

Cada any, feia mirar alguna pel·lícula de terror a les meves filles la vigília de Nadal. Era una tradició que durava des del primer Nadal amb en Frank tots sols. Ens havien destinat a Las Vegas, i jo m'enyorava de casa. Halloween sempre havia sigut una de les meves festes preferides quan era petita. La meva mare s'emocionava, i a mi se'm va encomanar el seu amor per aquelles festes, de manera que mentre buscava què em podria reconfortar una mica aquella nit, resulta que vaig trobar una marató de pel·lícules de monstres. Des de llavors, he conservat el costum i l'he traspassat a les meves filles.

A totes les meves noies els encantava Halloween i les coses esgarrifoses, però des que ens havíem traslladat a Nova Orleans, la Beth i l'Amy s'havien aficionat molt a les històries de vudú i a les llegendes urbanes de Big Easy.

Jo sempre m'enorgullia de tenir la casa més espantosa del carrer, visquéssim on visquéssim. Recordava la meva infantesa i explicava històries de por sobre llocs embruixats del meu poble natal a l'Oest Mitjà. Quan era jove, els meus amics i jo passàvem els caps de setmana recorrent indrets «embruixats» de prop del poble, cosa que formava part dels pocs bons records que tenia d'aquell lloc. Per tant, va ser una sort que aquella vigília de Nadal trobés una marató de monstres a la televisió en comptes, posem per cas, d'una marató de pel·lícules sobre les zones rurals deprimides i l'alcoholisme.

La Jo va assenyalar la pantalla.

—M'encanta aquesta part.

Triava el mateix tipus de pel·lícules i del mateix període de temps cada any, sempre sobre virus o zombis. L'any passat va ser *28 Days Later.* La Meg sempre triava pel·lícules del seu actor preferit. L'any passat estava enamorada de Tom Hardy, i amb això estava d'acord amb ella... Una ocurrència més estranya que els tacos amb quètxup.

—A mi també —va dir l'Amy.

Vaig veure que la Jo feia un somriure a l'Amy, i vaig notar que el cor se m'escalfava.

La casa va quedar finalment en silenci, excepte pels crits del televisor.

Capítol 2

Jo

Com sempre, aquell any vaig ser la primera de llevar-me el matí de Nadal. Normalment, em despertava abans que sortís el sol i baixava per xafardejar els regals sense embolicar del «Pare Noel». Després, despertava la Beth i la Meg. L'Amy sempre es despertava al mateix temps que la Beth, perquè compartien habitació.

Però aquell any era diferent. No tenia pressa per baixar silenciosament a la sala d'estar per mirar els regals. Almenys teníem els mitjons penjats. Era el que més m'agradava de Nadal, perquè els meus pares els omplien a vessar de coses, sobretot de caramels. Jo ho abocava tot a terra, i havia de vigilar que les meves germanes no toquessin les meves coses, tot i que elles ja tenien les seves. L'Amy era la pitjor de totes; sempre intentava canviar d'amagat les seves coses amb les nostres, si li agradaven més.

Cadascuna tenia el seu gruixut mitjó de llana amb el

nom brodat al capdamunt. La meva àvia materna ens els va fer quan vam néixer. El meu era el més lleig, amb un Pare Noel al davant que semblava una mica boig i borratxo. Tenia la panxa torta, i la barba era de color gris fosc, com les dents. El seu somriure era una mica sinistre, i com que la llana estava esfilagarsada pel pas dels anys, semblava que un Pare Noel dolent hagués fet malbé el mitjó. Em feia riure cada any quan el treia per penjar-lo.

La Meg sempre es queixava que a Target tenien mitjons amb dissenys més macos. En comptes d'una joia preciosa d'un familiar llunyà de la reialesa, les noies Spring havíem rebut com a regal un mitjó vell de l'àvia, amb qui la Meredith no havia parlat en gairebé dos anys. Això volia dir que havia d'escollir de quina banda em posava, i només una d'aquelles dues dones m'omplia l'estómac. Per tant, per molt que m'agradés l'àvia, em quedava amb la Meredith.

O sigui que aquest any, com sempre, la Meredith havia decidit penjar els mitjons (l'endemà del Dia d'Acció de Gràcies, per descomptat). A mi l'absència de regals de Nadal a casa no m'importava tant com a les meves germanes. Fins i tot la Beth, que no es preocupava tant per la roba com la Meg, ni pels llibres com jo, ni per ella mateixa com l'Amy, s'emocionava amb els regals. Si Nadal fos una persona, seria la Beth. La Beth era galetes acabades de fer, rialles suaus i generositat.

Jo seria Halloween, vaig pensar, mentre obria el primer calaix del meu tocador i en treia els llibres que havia comprat per a les meves germanes. M'hi havia gastat la meitat del sou. Havia guanyat força diners fent de cambrera en una llibreria cafeteria, i m'encantava tenir els meus propis diners. Sabia que la Beth seria l'única que probablement es llegiria el llibre de poesia —i estaria orgullosa que hagués fet servir els meus diners per fer un regal a tothom—, però esperava que l'Amy i la Meg almenys l'obrissin. Si no, com a mínim l'autor hauria guanyat algun calé gràcies a la meva compra.

Somiava en el dia que pogués escriure alguna cosa que la gent realment llegís. En tindria prou si tan sols venia quatre exemplars. Fins i tot em conformaria si una sola persona comprés el que jo havia escrit i se sentís connectada a les meves paraules. Ostres, i si arribés a llegir fins al final del llibre, m'emocionaria. La Beth sempre em deia que era massa dura amb mi mateixa, que anhelava massa el futur i que m'ofenia massa ràpid, però jo no hi estava del tot d'acord. Si el passat i el present eren desastrosos, i ningú no semblava que aprengués dels propis errors, per què no havia de mirar cap al futur? El futur representava tot el que havia d'esperar.

La Beth era l'única que llegia cadascun dels articles que aconseguia que publiquessin al diari de l'escola, i sempre em deia que tenia molt de talent. Elogiava les meves històries absurdes sobre balls escolars i reunions de clubs de debat, però jo estava ansiosa per escriure sobre el món que hi havia a l'altra banda de les parets de l'institut White Rock. No volia escriure que la Shelly Hunchberg havia guanyat una corona lluent feta de plàstic barat i brillants de mentida que reflectien la llum del que només es podria descriure com a somnis a-punt-de-fracassar.

Volia escriure sobre les bestieses que passaven al meu

país, arreu del món. Volia utilitzar la meva veu per a alguna cosa més que per acariciar l'ego d'en Mateo Hender amb una pàgina plena de fotos d'ell al camp de rugbi amb el seu uniforme, ple de pegats esponjosos sobresortint del seu cos ja prou voluminós. Estava cansada de publicar les estadístiques de l'exèrcit, i com que l'institut White Rock estava format per un noranta per cent de fills de militars, això no s'acabaria mai. Podia suportar-ho, estava prou bé observar l'evolució de les estadístiques, però necessitava més llibertat.

Volia escriure sobre les coses que importarien d'aquí a dos anys, quan la Shelly estigués embarassada d'en Mateo i ell s'hagués allistat o estigués treballant al restaurant local de menjar per emportar-se. Hauria hagut de poder escriure sobre el nombre de tropes que van tornar amb les seves famílies la setmana passada, o les que no van tornar. La vintena de cotxes de Pay It Forward que la Meg i jo vam veure a l'Starbucks no apareixerien mai al diari de l'institut White Rock. Hi haurien pogut sortir, era una història senzilla i bonica. Però el senyor Geckle era un ximple.

—Els nostres lectors són massa joves per llegir això —em va dir el senyor Geckle mentre agitava el seu dit arrugat davant del meu article sobre les creixents protestes arreu del país.

—No, senyor Geckle. Són adolescents, tenen la meva edat. —Vaig assenyalar histèricament el meu cos, com si el senyor Geckle tingués gaire idea de què significava ser adolescent al segle XXI.

—És massa tendenciós, massa polèmic —va mussitar, i em va acomiadar fent un lleu moviment amb la mà.

No pensava acceptar-ho, i estava segura que ell s'esperava una reacció enèrgica per part meva. Ja feia dos anys que em coneixia.

—És veritat, és tot veritat. —Vaig agafar el full de paper i el vaig seguir fins a l'escriptori.

La fusta d'imitació de la seva gran taula estava plena de marques de boli i d'inicials d'estudiants. L'escola va decidir no substituir més les taules després del segon cop de fer-ho. Al meu institut, era com una mena de tradició escriure les inicials a les taules dels professors. Jo sempre havia dit que era una actitud immadura, del tot inútil, fins llavors. Em van venir ganes d'abocar-me a la taula marcada, agafar el bolígraf gravat amb les inicials de la butxaca de la camisa del senyor Geckle i escriure el meu nom en aquella fusta falsa.

No va ser fins que vaig estar davant seu, veient com rebutjava el meu millor article perquè no volia reconèixer la capacitat mental dels seus estudiants, que vaig considerar aquelles marques com una cosa diferent. Una rebel·lió. I m'encantava. Em vaig prometre a mi mateixa que reuniria el valor necessari per tornar més tard i gravar el meu nom a la seva taula, perquè no m'oblidés mai, o per recordar-li com s'havia equivocat a l'hora de jutjar les meves idees.

Però el senyor Geckle va continuar dient que no, una vegada i una altra. Va aconseguir amoïnar-me de debò perquè em vaig adonar que les històries reals mai no arribarien als ulls dels meus companys. No pas aquí, en aquell minúscul institut al final de Louisiana. Per sort seva, existeix internet, de manera que no són completament ignorants de les coses que passen al món fora del post de l'exèrcit. Jo no pensava rendir-me completament, però vaig haver d'acceptar que les meves històries mai no apareixerien a la portada. Els Mateos i les Shellys del món són les històries de portada.

El mòbil em va brunzir als pantalons, i vaig entaforar els quatre llibres negres a la butxaca del davant de la dessuadora per apagar l'alarma que havia posat.

Havia de trucar a la feina per dir-los que podia fer qualsevol torn lliure que tinguessin durant les vacances de Nadal. Jo no volia fer festa com la resta dels companys de la feina. A mi m'encantava passar les vacances a Pages. Era el lloc dels somnis d'un escriptor. Una cafeteria postmoderna amb taules de fusta i metall negre, grans murals d'art local penjats a les parets, i pots de propina amb motius de cultura popular. El dia que em van fer l'entrevista, els dos pots de propina que havien triat eren VOLDEMORT i DUMBLEDORE. Jo vaig tirar un dòlar al de VOLDEMORT, perquè estava buit i aquell dia em sentia especialment contestatària. Vaig somriure i vaig donar les gràcies a la noia hiperactiva del darrere de la barra. Es devia haver pres un o dos cafès ben carregats aquell matí.

Entre la hiperactiva Hayton i l'amo del cafè, que animava les meves mans creatives i sempre em demanava per llegir el que escrivia, en general m'encantava la feina.

Vaig enviar un missatge a l'amo, però immediatament vaig pensar que era molt d'hora, i a més era festa. Era igual; ell també m'ho havia fet altres vegades. Vaig tornar a agafar els llibres i em vaig repenjar al llit de la Meg, a l'altre extrem de l'habitació. Estava dormint i roncava suaument (tot i que ella jurava que no ho feia), amb les cames arronsades. Va moure una mica els braços, encara adormida, i la camisa de dormir se li va obrir, exposant un dels pits. La Meg semblava que s'havia quedat amb tots els gens bons de la família. Tenia els pits de la Meredith, i els malucs també, i el somriure del pare. Recordo que quan vaig començar a l'institut, em mirava al mirall i em veia molt poc desenvolupada en comparació amb les escandaloses corbes del cos de la meva germana. Ara tant me fa tenir els pits grossos, però això no era tot el que tenia la Meg. Guardava unes calcetes de puntes al seu calaix i havia tingut relacions sexuals amb en River Barkley, i després amb alguns nois més.

A part d'això, tenia un Prius vermell. Jo tenia moltes ganes de poder conduir. M'acabaven de concedir el permís restringit, i sabia que la Meg comptava els dies que faltaven perquè jo la pogués ajudar a fer de xofer per a tothom. Sabia que la Meg no suportava haver de dur la tieta Hannah al Barri Francès o l'Amy a les Girl Scouts. La Meg, per algun motiu, creia que les seves hores eren més valuoses que les meves. Potser era veritat. Ella feia un any que havia acabat l'institut, cra més a prop que jo de ser una dona en tota regla.

Es va tornar a moure, i em vaig preguntar si devia tenir un malson. Potser a Sephora s'havien quedat sense ombra d'ulls, o en Shia King l'havia bloquejat a Twitter. Havia tingut una crisi terrible quan els seus amics de Texas la van bloquejar, malgrat que no ens va voler explicar què havia passat en aquell cercle d'amistats ni per què tots els seus amics s'havien posat del costat d'en River. O per què ja no podia suportar en Shia King.

A la Meg li encantava controlar-lo per la xarxa. El seguia des de Cambodja fins a Mèxic, i mirava (però no li agradaven) totes les seves fotos. Intentava convence'm que era horrible, però era difícil de creure quan el veia en aquelles fotos en diferents llocs d'arreu del món. En una de les imatges apareixia llegint a una nena d'Uganda, els braços d'ella al voltant de les espatlles d'ell. Tenien la pell gairebé del mateix color. La pell de la nena era només una mica més fosca. Era preciosa.

La Meg no podia suportar en Shia, però a mi em fascinava. Era un noi guapo, popular i ric que havia deixat la universitat per viatjar pel món, i havia utilitzat els diners del seu fons fiduciari per convertir-se en un activista. Sabia que la Meg es molestaria, suposo, però jo creia que era una història genial i estava impressionada pel fet que ell i les seves dues germanes haguessin marxat d'aquí. Recordo quan la Meg va preguntar a la Meredith si a algú li importava que en Shia fos negre, i la Meredith es va passar una hora explicant-nos que podíem sortir amb qui volguéssim: nois o noies, negres, asiàtics o mestissos. La Meg no ho va preguntar mai més. D'altra banda, a la meva germana no semblava que li agradés un tipus concret; cada noi que duia a casa era ben diferent de l'anterior.

Amb els dits vaig alçar amb cura l'extrem del coixí de la Meg, i vaig fer lliscar el llibre de poesia sota el seu cap adormit. No es va girar, només va roncar lleument i vaig pensar que estava preciosa. Sempre havia pensat que la Meg era molt guapa. Els seus malucs suaus i el pit prominent solien fer-me sentir gelosa, però com més gran em feia, menys m'importaven els pits i totes aquestes coses. La Meg estava orgullosa del seu cos, malgrat que no parava de queixar-se perquè havia de dur uns sostenidors reforçats i arrossegar tot el dia el pes extra que tenia al pit.

Quan a la Beth li va començar a créixer el pit, la Meg la va advertir que els nois la molestarien fins i tot més que a mi. La Meredith va dir que no era veritat, que els nois poden molestar qualsevol tipus de noia. Jo no sabia qui tenia raó, però esperava no haver-ho d'esbrinar mai.

La Meg treia partit del seu aspecte, per descomptat. Sempre intentava donar consells a la Beth sobre com havia de tractar els nois, però la Beth no feia res més que ruboritzar-se i brandar el cap, sense fer cas de les paraules de la Meg. Jo suposava que la Meg sabia de què parlava, especialment perquè vivíem en un poble ple de soldats. A la Meg li encantava. Sempre deia que li agradaven molt els homes amb uniforme. Com el seu nòvio, en John...

—Què coi? —La Meg es va incorporar de cop i va deixar anar un crit que em va sobresaltar. Va mirar al seu voltant, clarament confosa, amb els cabells foscos enganxats a la boca—. Què coi fas, Jo? M'has espantat molt. —Es va fregar la cara amb les mans i es va posar els cabells darrere l'orella.

Em vaig tapar la boca amb els llibres i vaig intentar ofegar una rialla.

—Estava fent de Pare Noel.

La Meg va somriure i va enfonsar la mà sota el coixí. Va fer cara d'emoció, i recordo que vaig pensar que semblava molt jove quan va treure el llibre amagat. Va examinar el meu regal i, malgrat que no era maquillatge, em va mirar amb un somriure radiant, i fins i tot va fer un petit crit quan va estrènyer el llibre contra el pit.

—Gràcies. —Em vaig tapar la boca per amagar el somriure, però la Meg el va veure igualment—. No és cap capsa d'ombra d'ulls, però sabia que vindries, Jo.

Aquesta idea em va agradar, el fet que les meves germanes s'esperessin que faria alguna cosa. Normalment, era la Beth la que pensava en tothom abans que en ella mateixa. Però aquell any no; aquell any vaig ser jo.

Potser ens en sortiríem prou bé entre totes, aquell Nadal, vaig pensar.

—Mira, he fet la meva bona obra de l'any.

Recuperant la seva actitud habitual, va posar els ulls en blanc.

—T'hauries pogut treure la llicència de cotxe per poder compartir amb mi els viatges amunt i avall de l'Amy i la Beth. Aquest sí que hauria sigut un bon regal.

—La Beth no va mai enlloc.

—Ja saps què vull dir.

—No gaire.

Vaig mirar el pòster de la Meg d'un actor que li agradava. Sortia a gairebé totes les pel·lícules d'aquell any. El seguia per Twitter i la tardor passada estava convençuda que el coneixeria quan va venir a una convenció a Nova Orleans. Quan va saber que s'havia promès la setmana anterior a la convenció, la Meg va regalar les entrades per assistir a l'acte de presentació.

—Recorda-li a la Meredith que t'acompanyi a treure't la llicència oficial. Ja fa set mesos que tens el permís restringit, nena.

—A veure, Meg, són les set del matí, calma't. Aquesta setmana ja l'hi he demanat tres vegades, a la Meredith. Té molta feina.

La Meg va aprimar els ulls.

—Fent què?

Vaig arronsar les espatlles mentre anava cap a la porta. No tenia cap resposta, i encara tenia tres llibres per repartir.

—La Meredith fa més que tu, princesa —li vaig recordar.

La Meg em va ensenyar el dit del mig.

—Aquesta vegada t'hauries de llegir el llibre, de debò.

Quan em vaig girar per mirar-la, estava obrint el llibre per una pàgina qualsevol. Esperava que les paraules se li aferressin de la mateixa manera que ho havien fet amb mi. Últimament havia començat a tenir ganes d'estar més unida a la Meg; volia créixer. Volia que les meves tres germanes es trobessin a si mateixes en les paraules de l'autor. Especialment la Meg. Ella es podia identificar amb més poemes que la resta de nosaltres, d'això n'estava ben segura. Alguns dels poemes em feien desitjar enamorar-me d'algú; fins i tot desitjava el desengany posterior.

Tot seguit, vaig anar a l'habitació de la Beth i l'Amy, a l'altra banda del passadís. Estava a les fosques i la porta va grinyolar quan la vaig obrir. La nit anterior, l'Amy havia enganxat un rètol a la porta que posava NOMÉS NOIES SPRING, després de barallar-se amb la seva amiga Tory. A l'Amy no li duraven gaire els amics, però quan tens tres germanes que t'estimen de manera incondicional, això t'importa ben poc. Nosaltres havíem d'aguantar el seu caràcter manaire, però la Tory no. Ni la Sara, o la Penelope, o la Yulia...

La meitat de l'habitació que pertanyia a l'Amy estava tota desendreçada. Era pitjor que la meva part i la de la Meg juntes. La Beth mantenia el seu racó impecable, i com que es posava molt nerviosa amb el desordre de l'Amy, li netejava la seva part un cop per setmana. L'Amy sempre ho esperava.

El llit de l'Amy estava buit. Vaig mirar cap al de la Beth, esperant veure-la arraulida amb l'Amy en el seu llit lleugerament més gran que els altres, però no, l'Amy tampoc era allà.

Vaig passar els dits per les cobertes negres i suaus del llibre, aturant-me en la il·lustració d'una abella que hi havia a la part del davant. Fins i tot les cobertes d'aquell llibre eren perfectes. M'encantaven tots i cadascun dels poemes.

Quan vaig alçar el coixí de la Beth, es va despertar.

—Què passa?

Vaig brandar el cap i vaig posar-me un dit davant dels llavis per dir-li que callés.

—Res, torna a dormir. Perdona.

Quan vaig acabar de fer de Pare Noel, vaig baixar a la cuina. Em vaig alegrar quan vaig veure els quatre mitjons plens de caramels, i em va sorprendre veure tres regals al taulell de la cuina; estaven posats en fila al costat de la fruitera buida que la mare havia comprat per decorar; no volia posar-hi fruita de plàstic perquè li semblava que era ridícul.

Els tres regals estaven sense embolicar, de manera que

representava que eren del Pare Noel. Cap de nosaltres ja no creia en el Pare Noel, però la Meredith es negava a reconèixer-ho. Volia que les seves noies conservessin la infantesa tant de temps com fos possible, cosa prou difícil tenint en compte que el nostre món estava ple d'odi, de guerres i d'injustícies. Tot i així, he d'admetre que mentre observava aquells regals intactes, el cor em va fer un salt quan vaig veure l'últim: un llibre.

Les paraules *La campana de vidre* es veien clarament escrites de color porpra. Jo havia comentat que em feia gràcia aquella semiautobiografia d'una de les meves autores preferides, Sylvia Plath; era una de les poques obres que no havia llegit d'ella. A la Meredith no li importava la meva obsessió per aquella dona, que té un nom que arrossega mals auguris, però em vaig quedar completament fascinada quan em vaig trobar un post que parlava d'ella a Tumblr, abans que la mare em fes donar de baixa el compte. Vaig estrènyer el llibre contra el pit. La Meredith havia sobreviscut a aquell any.

La mare feia el que podia, amb el pare destinat a l'Orient Pròxim per quarta vegada en vuit anys. Duia una càrrega considerable a sobre, perquè havia de fer de pare i de mare alhora. I ja era prou dur haver de fer només de mare, tenint en compte que tenia quatre filles adolescents. Vaig agafar el llibre i vaig resseguir delicadament la silueta de dona que hi havia a la coberta. Era preciós; el cor em palpitava. Només els llibres em podien fer sentir d'aquesta manera. El meu somni era poder escriure una gran novel·la, encara que em dediqués a fer de periodista. Volia treballar per a la revista *Vice*, o potser fins i tot per al *New York Times*.

Qui sap? Si puc marxar d'aquest poble de l'exèrcit, puc fer qualsevol cosa.

El regal de la Meg era una bossa per guardar-hi més estris de maquillatge, i el de la Beth era un llibre de cuina, cosa que en realitat també era un regal per a la mare, perquè això significava que la Beth estaria un pas més a prop de convertir-se en la criada de totes. La Beth ho feia literalment tot a casa, i amb prou feines li agraíem la seva servitud. El seu discret gust per l'ordre es notava a tot arreu: recollia el maquillatge de la Meg, tirava els meus mitjons al cistell de la roba bruta i rentava la roba de totes. Com a cosa positiva, el llibre prometia que les receptes es podien fer en només trenta minuts, o sigui que la Beth disposaria de més temps per fer la bugada.

El so de la nevera que s'obria em va sorprendre, i vaig deixar el llibre de la Beth al taulell. Era l'Amy, buscant alguna cosa per esmorzar a dins de la nevera. Un recipient de vidre de gelatina va caure a terra i em va donar un cop al peu descalç. Va rodolar i va anar cap a sota de l'illa de la cuina.

—Xxt, despertaràs tothom! —la vaig renyar.

El pijama nadalenc de l'Amy cobria la seva petita figura. L'estampat era de ninots de neu i brètzels. Els brètzels no tenien gaire sentit, però recordo que aquell pijama em va encantar quan els meus pares me'l van regalar feia cinc anys per Nadal. A vegades em feia llàstima l'Amy, perquè com que era la petita, sempre havia d'aprofitar la nostra roba. Amb el naixement de cada filla, els meus pares havien hagut de fer allargar una mica més els diners. Quan érem petites, aquest era el motiu pel qual la Meredith no podia treballar; un sergent de l'exèrcit no guanyava prou diners per alimentar sis boques, tret que l'enviessin de servei, esclar, o sigui que era impossible que poguessin pagar una mainadera per a quatre criatures. Ara que érem grans, i sense un títol universitari, la Meredith tenia les opcions limitades per trobar feina a Fort Cyprus. De totes maneres, poques amigues de la mare treballaven, o sigui que no era res fora del normal. Jo coneixia algunes mares que venien aquells pots de cera perfumats o *leggins* per guanyar uns diners extres, però no era gaire aportació.

De fet, la majoria de famílies del nostre antic barri només tenien diners de sobres el dia que es cobrava el sou, durant els desplegaments o quan feien la declaració de la renda. Aquesta idea em feia empipar; era la mena d'història sobre la qual volia escriure. Ara que el pare era oficial, hauríem d'haver tingut més diners i estar molt millor, i en canvi semblava que en teníem menys.

—Per què t'has llevat? —vaig preguntar a l'Amy.

Va tancar la porta de la nevera i va deixar un iogurt i un bric de suc de taronja sobre el taulell. Feia cara d'estar desperta des de feia estona; fins i tot duia els cabells ben pentinats, i això no era normal a aquella hora del dia. Jo sempre em llevava molt abans que les meves germanes. Era una estona que tenia per estar amb la Meredith, sense les interrupcions de veus discutint-se per què es mirava a la tele abans d'anar a l'escola.

—Perquè és Nadal. —Va arronsar les espatlles i la vora del coll del pijama li va lliscar per l'espatlla.

Semblava tan menuda amb aquella roba gran, que em va fer l'efecte que la veia per primera vegada en molt de temps. Estava segura que hi havia alguna mena de metàfora per descriure la meva roba tan gran sobre el seu cos petit, però encara no m'havia pres cap cafè i el meu cervell no estava preparat per posar-se metafòric.

L'Amy va obrir el calaix de davant seu i en va treure un ganivet per a la mantega.

—En vols?

Vaig mirar cap al taulell. Una torrada amb un iogurt escampat per sobre?

—És molt bo. Creu-me —va dir, com si fos molt més gran de dotze anys.

Vaig decidir anar contra els meus instints habituals i confiar en ella. Només era una torrada.

Per tant, va preparar l'esmorzar i jo vaig fer cafè. Després de menjar la torrada, que sorprenentment no era pas tan horrible, l'Amy va agafar el llibre de cuina de la Beth.

—Quin regal tenies tu? —li vaig preguntar.

De la butxaca del davant del meu antic pijama, en va treure el mòbil. Ara tenia una funda de color daurat brillant. No era el meu estil, però era maca. A l'Amy li encantaven les coses brillants, en canvi jo era més de texans i de roba de cotó.

—És molt maca —vaig dir, tocant la funda daurada. Era aspra al tacte i es va pelar una mica sota el meu dit polze.

—Sí, oi? —Va somriure. M'alegrava veure-la tan contenta—. Creus que serà l'únic regal que tindrem?

Els cabells de l'Amy es veien molt rossos a la nostra cuina fosca. Vaig recordar que quan va néixer tenia els cabells i la pell ben blancs. Les altres érem morenes com el pare. Tots teníem els cabells i els ulls foscos, excepte la Meredith i l'Amy.

L'Amy i la Meredith semblaven sortides d'una pel·lícula de Disney. L'Amy era la més blanca, però la ironia de la vida havia decidit que interiorment fos la més fosca de totes nosaltres. Recordo que quan érem més petites, la Meg estava gelosa dels cabells rossos de l'Amy; en canvi a mi m'agraden més els cabells foscos. La Meg volia ser la Ventafocs, però jo em conformava sent com la Bella. La Bella tenia una biblioteca i podia parlar amb els canelobres i els rellotges. Amb príncep o sense, estaria molt bé.

—Pot ser, però no passa res. Per Nadal no tot s'acaba amb els regals, ho saps, oi? —Vaig intentar fer una llambregada a la sala d'estar, però des d'on era no veia l'arbre.

L'Amy va sospirar i va beure un glop de suc de taronja, va agafar el telèfon i no va dir res més fins que la Meredith ens va cridar des de la sala d'estar.

Capítol 3

—Noies!

—La mare s'ha llevat! —va exclamar l'Amy, com si jo no l'hagués sentit. Es va ficar l'iPhone daurat a la butxaca i va sortir disparada cap a la sala d'estar.

Jo vaig agafar la tassa de cafè del taulell i la vaig tornar a omplir. Vaig preparar una altra cafetera per a la Meredith i vaig anar a la sala d'estar. Quan hi vaig entrar, tothom era al sofà, excepte l'Amy, que seia a terra als peus de la Meg. La veu suau de la Beth repetia la contrasenya del portàtil de la Meredith per desena vegada aquella setmana.

—Hem rebut una carta —ens va dir la Meredith. Tenia una tassa de cafè entre les mans i les nostres mirades es van trobar. Tenia els ulls clars inflats i cansats. Unes altres vacances sense el pare. Jo em pensava que seria més fàcil amb el temps, però tenia la impressió que a la Meredith aquest any se li feia molt més dur que els tres anteriors.

—Un mail? Del pare? —L'Amy va fer un bot i va anar a parar a la falda de la Beth.

—Sí. Del pare. De qui vols que sigui si no? —va dir la Meredith. Va deixar la tassa a la tauleta auxiliar i vaig mirar a dintre, però estava buida. No estava tacada de cafè i feia una olor una mica agra. Que estrany.

Em vaig sentir malament perquè no estava sorpresa ni emocionada amb les notícies del pare. Em feia la sensació que com més temps passava a fora, més fort m'havia d'aferrar als records que tenia d'ell, i que si havia de llegir més cartes impersonals d'aquelles que ens enviava per correu electrònic, al final m'oblidaria de com era de debò.

El meu pare sempre brillava, la seva energia era devastadora. Amb les seves rialles i els seus comentaris enginyosos, il·luminava i prenia el control de la situació. M'encantava sentir-lo parlar; la seva visió del món era apassionada i fascinant, i jo l'adorava. La Meredith solia dir que jo era apassionada com ell. I això m'agradava.

Però la seva passió no es podia sentir a través de la fredor de la pantalla d'ordinador.

Vaig intentar somriure, pel bé de tothom.

—Va, llegim-la! On és? —L'Amy va estirar amb impaciència la màniga de la camisa de la Meredith.

—És un mail, només cal obrir-lo. Tingues paciència, Amy. —La Beth va donar un copet als cabells de l'Amy, i ella de seguida es va calmar.

Vaig intentar dissimular l'expressió buida que m'omplia la cara, però no era gens bona dissimulant, especialment amb la família. Tothom sabia què estava pensant fins i tot abans de tenir l'oportunitat de dir-ho. Em feia empipar, això. No podia mentir, no podia amagar les frustracions a les meves germanes o als meus pares, per molt que ho intentés. El pare sempre em deia que era tan oberta com el meu llibre preferit. Quan em van treure del crèdit de periodisme de l'institut i em van degradar a la categoria d'encarregada de publicitat de l'anuari, vaig arribar a casa molt esverada. Vaig intentar mantenir-me inexpressiva, perquè no es notés el meu fracàs. Però en el moment en què vaig ser a dins, tothom es va girar i tota la família es va llançar al meu voltant com gallines embogides. Vaig mirar la mare i només vaig dir «Estic bé», però en aquell instant em va fer la sensació que tota la meva carrera s'havia acabat fins i tot abans de començar. No suportava ser de les petites del meu curs, no tenia ni disset anys.

Per si no n'hi havia prou, el meu últim curs d'institut el passaria sota el sol intens de Louisiana, on la meva pell es cremava mentre que la de la Meg es bronzejava, i els cabells se'm tornaven de color cendra mentre que la cabellera rossa de l'Amy s'aclaria amb les carícies del sol. Jo sempre havia odiat el sol. De fet, ja sabia que això era una cosa estereotipada típica d'adolescent rebel, però m'importava un rave estar ben maca o ben morena. No suportava haver d'estar tota l'estona amb les celles arrufades de tanta resplendor i que les meves cames estiguessin blanques tot l'any per molts rajos de sol que hi toquessin. No suportava que aquell sol impertorbable fes sortir tothom a fora i així tenir una excusa per posar-se un excés de crema solar i un somriure massa lluminós. Era estrany, era com passejar-se per una terra de zombis. Bé, no com els carnívors de *Walking Dead*, aquests eren menys brutals; eren simplement dones i filles de militars amb grans somriures, un munt de braçalets i tristesa darrere els ulls.

Tot i que aquesta part no la podia odiar. Jo arrossegava la mateixa tristesa. El nostre post militar desplegava més soldats que qualsevol altre del país, i una part important de la família era fora de casa, un pare o una mare, o un marit o una esposa.

Aquell Nadal era especialment dur, sense el pare. Per acabar-ho d'adobar, a més de tenir el pare a l'altra punta del món, no teníem diners. No ho entenia. Vaig pensar en el munt de vegades que havia sentit els meus pares parlant sobre els diners en veu baixa i irritada. La gent sempre deia que els diners eren l'arrel de tots els mals, però la Meg una vegada em va dir: «Pots estar ben segura que és més fàcil ser feliç si ets ric», i vaig trobar que això tenia més sentit. Estava convençuda que els diners duien problemes quan no en tenies.

Enyorava els meus amics de Texas gairebé tant com el pare. Bé, una de les meves amigues; finalment havia aconseguit fer una millor amiga just abans que ens destinessin a Louisiana. Feia un any que vivíem a Nova Orleans i encara no havia intentat fer amistat amb ningú.

De fet, no és veritat; havia mantingut contacte visual amb el vell de la casa del costat. Dues vegades. I una setmana després el vaig saludar amb la mà.

Em vaig deixar endur pels pensaments durant tota l'estona que la Beth va estar llegint el mail del pare. Vaig somriure una vegada, quan va llegir el meu nom. Deia que em trobava a faltar. Jo també el trobava a faltar a ell. Em semblava que mai no l'enyoraria tant com ara, però no tenia ni idea del que passaria en la meva vida, o del que no passaria.

La mare i les meves germanes van sospirar i van plorar al voltant de l'ordinador, i la Meredith va dir que intentaria programar una trucada per Skype amb el pare al llarg d'aquella setmana. Vaig pensar que potser el seu campament de Mossul estava una mica decorat, i em vaig sentir una mica millor. Quan era a Bagram o a Kandahar, el decoraven gairebé cada any. El Nadal que va passar a l'Afganistan, va menjar llagosta i filet per sopar. Era el mínim que podien fer per aquelles tropes que passaven les vacances lluny de la família. Aquesta vegada era en una de les bases més perilloses de l'Iraq, però esperava que almenys tinguessin un arbre de Nadal. Li havíem enviat un paquet ple de galetes i dolços de la Beth, Doritos de part meva, articles de neteja personal de part de la Meg i un quadre de l'Amy.

—Penseu que avui tenim la festa de Nadal del batalló. Per tant, val més que alguna comenci a anar cap a la dutxa —va dir la Meredith, i es va reclinar al sofà mentre l'Amy i la Meg es barallaven per veure qui es dutxava primer.

Mentre les meves germanes es dutxaven i s'arreglaven, em vaig estirar al llit i vaig escriure unes quantes frases a les meves anotacions. Feia més d'un mes que treballava en aquell text, i això era molt per a mi. Vaig mirar el meu nou llibre, *La campana de vidre*, i el vaig obrir per la primera pàgina.

Capítol 4

Quan la Meg va sortir per la porta principal, totes la vam seguir. La Meg tenia un no-sé-què que feia que tothom la volgués seguir. Hauria sigut una bona política o actriu. Hi havia alguna cosa en els seus ulls marrons, o en la seguretat que transmetien les seves espatlles femenines.

No estava segura de què era, però la gent s'apinyava al seu voltant com les abelles a la mel. La Meg tenia més facilitat per fer amistat amb els nois que amb les noies, i ella em deia que era perquè se sentien amenaçades per la seva presència. Jo no ho entenia, això; personalment, m'intrigava la seva sexualitat i em fascinava la manera com l'experiència l'embolcallava i brillava com un focus a sobre seu. Li encantava ser el centre d'atenció. Jo era ben al contrari, però tot i així apreciava la seva manera de ser.

—Som-hi, noies! —va cridar la Meg, mentre apressava el pas.

La punta de la bota se'm va quedar encallada al marc de la porta i em vaig entrebancar. Hauria caigut de morros si no hagués sigut per l'ajuda de la Beth, que em va aferrar fort el colze fins que em vaig estabilitzar. Vaig ser a temps d'agafar la bossa abans que caigués a terra, però no vaig poder evitar que em sortissin disparats el mòbil i l'exemplar nou de *La campana de vidre*. El mòbil va lliscar per la petita baixada que feia el camí d'entrada a casa, i vaig córrer a buscar-lo renegant.

—Vigila! —va dir l'Amy, amb un somriure burleta als llavis i en el to de veu. A vegades em treia de polleguera.

Vaig alçar la mà per picar-li el braç, però es va escapolir i va córrer camí avall. Jo vaig anar darrere seu, la vaig agafar per la màniga del jersei i la vaig estirar cap a mi. Just quan ella es va posar a cridar, vaig alçar la vista i vaig veure un noi al camí d'entrada de la casa del costat. Semblava de la meva edat, o potser de l'edat de la Meg. Duia els cabells rossos fins a sota les orelles, i portava un jersei marró. Era del mateix color que el de la Meg. Haurien anat iguals si no fos perquè ell duia uns texans negres en comptes d'uns pantalons clars. El seu tret més destacable era el somriure sorneguer. Intentava no riure's de mi, i això m'hauria fet empipar molt si hagués tingut temps de processar-ho.

—Jo! —va cridar l'Amy, mentre m'estirava la mà i em feia caure a terra.

Em vaig clavar un cop de genoll fort contra el ciment, i vaig sentir que la Meg cridava el meu nom. No m'havia ni adonat que l'Amy era a terra. I jo era allà, estirada al seu costat amb un braç sobre el seu pit. El genoll em palpitava sota els texans esparracats, i vaig veure que la sang traspassava la tela negra.

L'Amy reia i la Meg estava dreta al meu costat, oferint-me la mà. La Beth va ajudar l'Amy a aixecar-se. Quan vaig mirar cap al jardí del costat, el noi encara ens observava. Es tapava la boca amb la mà per mirar d'amagar el riure.

Em van venir ganes d'ensenyar-li el dit del mig, o sigui que ho vaig fer.

Ell va riure amb més ganes i no va apartar els ulls; simplement, em va saludar amb la mà. Em va mirar amb un gran somriure a la cara mentre jo m'aixecava i m'espolsava els pantalons. I va continuar agitant la mà enlaire fins que jo el vaig saludar, amb el dit encara alçat. La mà també em cremava de la trompada, just on el ciment m'havia esquinçat la pell.

—Qui és aquest? —va xiuxiuejar la Meg, mentre m'abaixava la jaqueta per tapar-me l'esquena.

Vaig mirar la meva germana. S'havia posat pintallavis vermell i anava molt ben arreglada. Exactament al contrari de mi, plena de rascades i amb els texans esparracats.

—No ho sé.

—Pregunta-l'hi —va dir l'Amy.

El noi baixava pel camí d'entrada de la casa del vell senyor Laurence.

—No —vam dir ràpidament la Meg i jo.

—Ei! —va cridar l'Amy. Ella era així.

Vaig començar a caminar, ignorant el mal que em feia el genoll. Les meves germanes em van seguir pel camí fins a la vorera.

—Com et dius? —va cridar l'Amy al desconegut.

Passàvem pel seu costat i jo no podia caminar més ràpid.

—I tu? —Va inclinar el cap com si digués «Ei», o «Com va?».

—L'únic que sap fer és inclinar el cap —vaig dir a les meves germanes. Estava segura que el noi m'havia sentit, però m'era igual.

—És... —va dir la Meg, segurament examinant-li els dits tot buscant un anell de casament.

Jo el veia molt jove per estar casat. Era més gran que jo, per descomptat, però massa jove per estar casat.

Era completament diferent dels nois amb qui sortia la Meg. Duia els cabells llargs, o sigui que no era soldat, i la Meg no sortia amb cap noi que no fos soldat. Ella era així.

El noi caminava ràpid, seguint-nos. Jo volia accelerar per allunyar-me d'ell, però no volia tornar a caure a terra.

—Estic segura que és el nét de qui la Denise va parlar a la mare —va dir la Beth. Ella sempre sabia tot el que passava en el món dels adults del nostre voltant.

—Probablement —va dir l'Amy.

—Pareu de mirar-lo —vaig xiuxiuejar a les meves germanes. Eren com cadellets bavejant.

—Sembla el típic noi que s'ho fa amb la seva nòvia sobre els fulls de paper plens de poemes que ha escrit per a ella —va dir la Meg, que continuava mirant-lo embadalida.

La Meg havia utilitzat la paraula «fer-s'ho» perquè no ho captés la nostra germana de dotze anys, que caminava al seu costat. Però jo sabia a què es referia, i sabia el que els nois amb aquell aspecte feien amb les seves nòvies, en plural.

—Oi que sí? —va insistir la Meg. La Beth i l'Amy van assentir.

Les meves germanes es van posar a riure, i llavors l'Amy es va plantar davant meu i es va girar sobre els talons de les botes.

El noi era a pocs passos darrere nostre. Quan va arribar on érem, va continuar caminant al costat de l'Amy, com si la conegués.

—Visc al costat de casa vostra.

—Millor per a tu —li vaig dir.

Em va mirar amb un somriure blanc i de dents rectes. Un noi ric, sens dubte.

—Oh —va inclinar el cap a un costat i els cabells rossos li van tocar l'espatlla—, i per a *tu* també. Estic segur que ens farem amics.

Tenia una mena d'accent, però no sabia identificar-lo.

El seu somriure sorneguer combinat amb els ulls foscos em van fer pensar en el dolent d'uns dibuixos animats d'un dissabte al matí.

—Ho dubto —va dir l'Amy—. La Jo no en té, d'amics.

Ell va tornar a riure. L'Amy es va girar i van seguir caminant de costat, ella mirant-lo directament a la cara. Li vaig pessigar el braç i ella em va pegar. Tenia ganes de clavar-li un mastegot.

—Això ja ho veurem —va dir ell, i llavors es va separar de nosaltres.

Totes quatre ens vam girar cap a ell mentre caminàvem d'esquena. Les nostres botes negres formaven una línia sobre la sorra, com un presagi per a aquell nou veí.

—Jo si fos tu no n'estaria tan segur! —va cridar l'Amy, i la Meg li va dir que callés.

Acabava d'arribar al camí d'entrada d'on havia sortit just quan un cotxe es va aturar davant de la casa del vell senyor Laurence. No va dir res mentre s'enfilava al vehicle lluent. Ens va fer un somriure, però alguna cosa en la manera com els seus ulls es van enfosquir em va fer pensar que li fèiem una mica de por.

Perfecte.

A vegades em feia la sensació que érem una força de la natura. En aquell moment érem una ràfega de vent molt forta, que s'arremolinava per destruir el poble.

Molt bé, potser això és una mica massa dramàtic, però realment sí que érem una força de la natura, les quatre noies Spring.

Capítol 5

El centre comunitari estava ple de voluntaris i de nens que corrien esvalotats com gallines. La Meg es va treure la jaqueta tan bon punt vam travessar la porta i la va penjar en un dels ganxos de la paret. Les parets estaven cobertes de petits treballs d'artesania fets amb paper. Unes taules llargues a l'estil d'un banquet estaven col·locades al llarg de la sala. Cada taula tenia objectes diferents: en una n'hi havia d'artesania per vendre, en una altra, d'artesania per elaborar. Un home gran disfressat de Pare Noel s'estava en un racó, i la veu ronca i familiar de la Denise Hunchberg es va sentir per l'altaveu, pronunciant els noms dels guanyadors de la rifa.

—Leslie Martin, Jennifer Beats, Shia King —va dir la seva veu de fumadora per l'altaveu. Vaig seguir les meves germanes mentre buscava menjar. Si havia de quedar-me allà i anar somrient a tothom, necessitava menjar.

Anava darrere de la Meg, però davant de les altres, i vam fer una volta a tota la sala. Vaig trobar el que buscava: dues taules llargues plenes de menjar, al costat d'una altra amb tot d'estris per pintar retrats, on un home dibuixava caricatures. La festa de Nadal semblava una fira, i a mi m'encantaven les fires. Vaig observar l'artista durant uns instants, mentre dibuixava la família Sully. Davant de l'home hi havia una mare amb dos fills, però l'artista hi va afegir el senyor Sully, que era a l'Iraq amb el meu pare, fent servir una petita fotografia d'ell.

La festa de Nadal del batalló sempre reunia moltes famílies. L'any anterior, malgrat que el pare era a casa, hi vam anar igualment i vam passar el dia amb altres famílies que tenien el pare o la mare de servei. Ens acabàvem de traslladar a Fort Cyprus, i els meus pares volien que féssim amistat amb els veïns. Per començar de nou. El pare va dirigir el ball, i em vaig passar tota la tarda contemplant com ensenyava als nens petits a ballar l'«Electric Slide» i «La Macarena».

—Hola, noies. On és la vostra mare? —ens va preguntar la Denise Hunchberg quan ens va veure totes quatre rondant per les taules de menjar.

—No trigarà gaire a venir —vaig dir a la xafardera líder del Grup de Preparació Familiar. El seu marit i el fill petit eren molt macos, però ella i la filla gran, la Shelly, no eren gens de fiar. La Shelly era horrible. Aparentment era amable i innocent, però jo havia presenciat massa rampells de noia popular per creure que era alguna cosa més que un llop amb pell d'ovella, de manera que feia tots els possibles per mantenir-me allunyada d'ella.

La Denise va assentir i va dir que tenia moltes ganes de veure la mare. No era bona mentint.

La Meg em va dir que es quedava a la taula de les caricatures per ajudar, i l'Amy va córrer darrere seu. La Beth es va quedar amb mi, vam examinar bé la taula plena de productes fornejats, és a dir, el meu lloc preferit, i després vam començar a repartir galetes glacejades als nens, que ja estaven superesverats.

La Meredith es va presentar al cap d'una hora amb dues safates de dolços. Les seves famoses galetes de menta i els pastissets de mantega li van desaparèixer de les mans tan bon punt va travessar la porta. La Denise la va saludar molt ràpid i li va retreure durant molta estona que hagués arribat tan tard a la festa, i tot seguit es va cruspir un pastisset.

—Jo Spring? Ets tu? —Vaig reconèixer la veu, però no vaig confirmar de qui es tractava fins que em vaig girar.

En Shia King. Allà, davant meu. Semblava més gran, molt més gran que quatre mesos enrere, l'última vegada que l'havia vist.

La part superior dels cabells li havia crescut més que mai, i els costats els duia rapats ben curts. També era més alt, semblava un home.

Aquest nou Shia es veia molt diferent de l'adolescent fanfarró a qui vaig pescar fent un petó a la Meg a la sala d'estar el dia de la festa de la seva graduació. Hi havia globus pertot arreu, jo tenia confeti als cabells, i el vestit de la Meg era molt ajustat i el meu, molt llarg. M'estava menjant un brètzel sucat en xocolata mentre recorria tota la casa, amb una dosi elevada de sucre i de cafeïna. Amb la tiara col·locada al cap, feia estona que buscava la meva germana, i quan la vaig trobar, estava encamellada a sobre de la falda d'en Shia, amb les cuixes blanques obertes tapant la pell fosca del noi, i el vestit estampat arremangat fins a la cintura. En Shia tenia les mans enfonsades en els cabells castanys de la Meg, i em vaig tapar la boca mentre els observava. No vaig entendre què va dir quan va deixar de petonejar la meva germana, però fos el que fos va fer que ella saltés de la seva falda i li clavés un cop al pit. Quan en Shia la va agafar per la cintura i li va xiuxiuejar alguna altra cosa, la Meg li va fer un altre petó. Al cap d'uns segons, ell li va xiuxiuejar una altra cosa i ella el va colpejar de nou, però aquesta vegada es va aixecar i va venir cap al passadís. Jo vaig marxar corrents abans que la Meg em veiés, però pel que jo sé, la meva germana no li havia tornat a parlar des d'aquell dia. Encara el seguia a les xarxes socials, però no es parlaven, jurava ella.

—Sóc jo —vaig mussitar, fent un esforç per esborrar la imatge de la boca de la Meg sobre la seva.

En Shia King va somriure i em va llançar els braços al voltant del cos.

—Com estàs? —va preguntar, mentre m'estrenyia amb força. Em va fer aixecar els peus de terra.

Ningú excepte el meu pare m'havia abraçat mai d'aquella manera.

Vaig trobar que m'agradava, tot i que m'havia agafat per sorpresa. Li vaig notar la pell calenta, i em vaig preguntar si potser es pensava que jo era la Meg. No ens assemblàvem gaire, però hi havia gent que deia que sí. Jo tenia els cabells d'un sol color i els meus ulls eren més clars que els de la Meg. Ella tenia més carn a tot arreu, i més seguretat en si mateixa.

—Bé —vaig esbufegar. La caixa toràcica em feia mal per la força amb què m'estrenyia. Deu segons més i se m'aixafaria del tot. N'estava ben segura—. Que tornes a ser al poble?

No recordava pas que em conegués prou bé per ferme una abraçada tan tendra com aquella, però tampoc no recordava l'última vegada que algú m'havia abraçat tan sols amb la meitat d'aquella efusió.

—Sí, seré aquí una setmana. —Em va deixar de nou a terra—. Per les vacances. El temps suficient per gaudir de l'ambient casolà i tornar a marxar —va dir.

Els ulls li brillaven amb l'horrible il·luminació groga de la sala de ball.

Li vaig examinar la cara i vaig veure els canvis que havia fet. Duia una samarreta gastada que tenia la forma de la bola del món impresa amb tinta de colors. La terra estava atapeïda d'edificis, i hi havia un sol arbre, en algun lloc a prop de Colorado. Portava uns pantalons de xandall folgats i unes vambes brutes sense cordons. Segur que feia empipar molt la seva mare, que sortís de casa amb el mateix aspecte que la resta de nosaltres. La senyora King segur que volia que el seu clan familiar anés vestit de manera impecable.

Mentre en Shia em preguntava per les obres d'art de la Meredith i l'Amy, vaig donar una ullada a la sala, enmig d'aquella festa caòtica, tot buscant la brusa vermella de la Meg. Aquell dia semblava una antiga estrella de Hollywood. Duia els cabells recollits formant rínxols foscos i lleugers, i tenia les pestanyes tan llargues que s'agitaven com les ales d'una papallona. El coloret de les galtes era impressionant, era un dels molts avantatges d'haver treballat en una botiga de cosmètics. El seu maquillatge sempre era perfecte, i malgrat que constantment estava en aquell límit de pintar-se massa o massa poc, sempre li quedava genial. Jo me'n sortia bastant bé amb el maquillatge, però ni de bon tros com la Meg.

—Com està la teva família? I tu? Ostres, has canviat molt —va dir en Shia. Els seus ulls clars es movien ràpid entre els meus ulls, la boca i el front.

Quan el vaig veure per primera vegada, era un nen escanyolit amb els ulls massa grossos. Sempre l'havia trobat maco, però era massa gran per a mi per fixar-m'hi.

—Gràcies? —vaig mussitar. No sabia si allò era un compliment o no.

Els seus ulls em van dir que sí, però les queixes constants de la Meg em deien el contrari. Encara no estava preparada per confiar en ell. La Meg era la meva germana. Ell era un desconegut del qual la majoria de la gent tenia alguna cosa dolenta per comentar. Això devia voler dir alguna cosa sobre el seu caràcter.

O potser no? Començava a pensar que tot plegat era una gran conspiració. Igual que quan la Shelly i en Mateo van tallar per tercera vegada l'estiu passat per culpa d'una noia nova que es deia Jessica. Tenia els pits més grossos i la faldilla més curta que la Shelly, de manera que quan en Mateo va deixar-la per anar amb la noia nova, ella va començar a malparlar de la Jessica. Al final, però, va resultar que era una noia fantàstica, fins al punt que va ser difícil aguantar-nos el riure quan va deixar en Mateo.

En qualsevol cas, el somriure d'en Shia deia que era més com una Jessica que com una Shelly.

—Com està la teva família? —va repetir.

No sabia què dir-li. No el coneixia gaire, malgrat el paper que m'estava fent en aquell moment. No sabia si li havia de dir la versió superficial, el típic «Oh, tots estem la mar de bé! Estem tots contents i feliços!».

Vaig estudiar-li la cara i les mans, i el seu posat amb l'esquena recta però les espatlles una mica caigudes.

Com que trigava massa a respondre, ell va especificar una mica més. Es va posar una mà darrere del coll i va preguntar:

—Com està l'Amy? Deu ser molt gran, ja.

—Fa setè.

—Doncs sí que és gran. —Va somriure amb uns ulls molt vius—. I la Beth? Encara toca el piano?

Com ho sabia, que la Beth feia música? Vaig intentar pensar fins a quin punt el coneixia, però només recordava haver fet algunes petites interaccions amb ell.

—Sí, encara el toca una mica. —Vaig notar que el cor se m'accelerava i vaig empassar-me saliva, mirant-lo directament als ulls. No tenia clar si se suposava que li havia de dir res més, però com més estona estava amb ell, més em semblava que la Meg amagava alguna cosa. No trobava ni un sol motiu per odiar-lo, des de la samarreta que duia fins a la manera com movia les mans mentre parlava. No sabia exactament per quina raó la Meg l'odiava tant, però estava convençuda que tenia alguna relació amb l'amor, o amb la falta d'amor. Els problemes normals dels grans.

Em van venir ganes de preguntar-li sobre els seus viatges, en comptes de parlar-li de la meva família. Vaig tornar a examinar l'arbre del dibuix de la samarreta, i quan el vaig mirar a la cara, les nostres mirades es van trobar. Llavors, simplement li vaig parlar de la Beth. Li vaig explicar que es passava els dies i les nits desitjant poder dedicar-se a la música. Li vaig dir que últimament componia les seves pròpies peces, en comptes de reproduir només les cançons pop de la ràdio.

—Sempre ha tingut molt de talent —va dir, com si recordés algun tret de la Beth que jo no sabés—. Quan era al Perú, vaig conèixer una dona que ensenya música a nens sords. És fascinant.

Vaig haver de pensar on era aquell lloc en el mapa durant més estona de la que volia admetre.

Vaig pensar en en Shia al Perú i em vaig sentir molt jove. Em vaig adonar que no estava gens preparada per sortir al món de la manera que jo havia planejat fer-ho als disset anys. Volia fer coses per a la gent tal com feia ell. Volia ajudar d'una manera molt més intensa que no pas simplement lluitant contra els trols d'internet en els comentaris de Facebook.

—Com va anar al Perú? Semblava tot preciós —vaig dir, recordant les fotos del seu viatge que vaig veure per Facebook. La Meg m'havia fet estar dues hores davant de l'ordinador, clicant sobre les fotos de la seva nova vida a l'estranger. El vam seguir des de Califòrnia fins al Brasil i Polònia. Vaig pensar que devia tenir el passaport ple de segells, i llavors vaig recordar que jo ni tan sols en tenia.

En Shia va entretancar els ulls i va inclinar el cap, una mica confós.

—Ah, sí?

Em vaig adonar que li hauria d'explicar per què havia

estat mirant les seves fotos del Perú, de Mèxic i de les Filipines. No podia pas dir «Ai, les meves germanes i jo t'hem seguit per la xarxa i sabem tota la teva vida».

Si més no la que mostrava per internet.

Just en aquell moment venia la Meg, amb les galtes enceses i brillants. En Shia estava d'esquena a ella, i a mesura que la Meg s'acostava, vaig veure que li canviava la cara i adoptava una expressió que volia dir que no s'esperava o no volia veure en Shia King en aquella festa. Tot i que sabia que això seria un problema, em va alegrar que em salvés de la incòmoda situació d'haver-me d'inventar alguna mena d'excusa per justificar tot el que sabia de la seva vida quan amb prou feines el coneixia.

La Meg es va atansar i es va col·locar al meu costat, amb cara decidida i arrogant. Els grans en sabien molt, de fer aquesta cara. En aquell moment, quan en Shia la va veure, l'expressió de la Meg li deia que no podia estar més contenta de retrobar-lo.

—Meg! —va exclamar en Shia, somrient, però era un somriure més fals que les pestanyes postisses de la Meg, que s'agitaven i li queien sobre les galtes quan tancava els ulls. Una noia de la feina les hi arreglava cada setmana i a ella li encantaven. Quan totes les altres noies se'n van començar a posar, em vaig plantejar que l'antiga mestressa de la Meg a la botiga de cosmètics també me'n posés unes a mi, però llavors vaig veure un vídeo a YouTube i vaig decidir que veure-m'hi era més important. No estic disposada a sacrificar la vista per estar més guapa...

De moment, no. Tot just anava a l'institut. Encara no havia acabat de créixer. Bé, això és el que deia internet, o sigui que devia ser veritat. Encara estava encantada mirant les pestanyes de la Meg quan finalment ella va respondre al noi.

—Shia. —Va fer una pausa, i llavors va intensificar el somriure—. Hola. —La Meg va imitar el gest fals d'en Shia i el va duplicar, mostrant el somriure més gran i brillant que havia vist mai a la cara de la meva germana—. Com estàs? Com va la vida? On vius ara? Al Canadà?

Ell va riure i es va humitejar el llavi superior. Els llavis d'en Shia no eren els típics d'un noi: eren molsuts i perfectament perfilats. La Meg, en canvi, estava obsessionada amb els seus, es queixava perquè els tenia massa prims. Sempre deia que li agradaria tenir els cabells rossos de l'Amy i els meus llavis molsuts. Jo em preguntava si totes les noies guapes eren tan crítiques amb el seu aspecte com ho era la Meg. Era absurd ser guapa i tot i així trobar-se defectes. Jo abans odiava els meus llavis, especialment quan era més petita i els companys de classe es burlaven de mi, fent morros i dient-me *cara de peix*. Ostres, com odiava l'escola de primària.

—No. —Va fer una rialleta. No era autèntica, vaig pensar—. De fet, ara seré a Washington durant dues setmanes, i després aniré a casa d'un amic als afores d'Atlanta. Com va la vida per aquí a Fort Cyprus? Igual que sempre —va fer una pausa i els ulls se li van enfosquir—, suposo? No sembla que hagi canviat gaire res.

El somriure de Barbie de la Meg va vacil·lar durant una fracció de segon, i en Shia es va inclinar cap a ella i li va xiuxiuejar alguna cosa a cau d'orella. La Meg, que m'estava mirant, va posar els ulls en blanc, però quan en

Shia la va mirar de nou, va recuperar l'aplom i el somriure immediatament. En sabia molt, d'adaptar-se a tota mena de situacions, o almenys ho semblava.

En sabia molt, de comportar-se com una dona, vaig pensar.

—Aquí va tot bé. En John arribarà de West Point d'aquí a poques setmanes. Va ser el millor de la seva promoció, oi que és fantàstic? —La Meg va fer un gest amb la mà sense mirar en Shia a la cara.

Vaig veure com la duresa de l'expressió del noi s'esvaïa com els pètals d'una flor morta. Em va fer la sensació que em perdia alguna cosa, però no estava segura de voler saber què era. Els petits problemes entre nois i noies eren un tema que encara no m'interessava.

—Ja ho sé. Vaig parlar amb ell fa unes quantes setmanes —va dir en Shia.

Les espatlles de la Meg es van tensar. A quina mena de joc jugaven aquell parell? No ho sabia, però semblava esgotador. Esperava que quan jo sortís amb algú no fes tot això.

—Ah, sí?

—Sí —va respondre en Shia, i després ens va dir que s'alegrava molt d'haver parlat amb nosaltres.

La Meg es va girar i no va mirar com s'allunyava, a diferència de mi.

—Mira que és estúpid —va esbufegar la Meg. Va agafar un rotllo de paper d'embolicar i va clavar un cop a la taula—. Es pensa que és millor que tothom. —A la Meg li tremolaven lleument les mans, però vaig fer veure que no ho veia—. M'importa un rave què fa o què deixa de fer. A més, aviat tornarà en John.

—I el fet que en John torni, de quina manera canviarà les coses? —vaig preguntar, desitjant que la Meg compartís els seus secrets amb mi, però conscient que ella voldria un secret meu a canvi. La Meg era així, i a mi m'agradava aquell estira-i-arronsa.

La Meg va sospirar, em va passar un braç al voltant de les espatlles i em va portar a fer un tomb per la festa de Nadal. Vam passar pel costat de la Lydia Waller i el seu nòvio, en Joeb Waller (no eren parents, i la coincidència de cognoms quedava estranya), que anaven agafats de la mà.

—Quan arribin a la columna, qui creus que es deixarà anar primer de la mà? —em va xiuxiuejar la Meg a cau d'orella.

—Cap dels dos. —Em vaig posar a riure i els vaig observar mentre esquivaven la columna en comptes de deixar-se anar de la mà. En Joeb feia cara de ser una persona amb les mans suades, i la Lydia feia cara de ser una persona a qui això li agradava.

Em vaig girar cap a la meva germana, i ella em va estrènyer més fort.

—No em puc creure que sigui aquí, entre tots els llocs del món. És aquí.

—Esclar, és que és d'aquí i els seus pares encara viuen aquí —vaig mussitar. No em sorprenia pas gaire, a mi.

La Meg estava frustrada i nerviosa, i trobava estrany però alhora fascinant veure la meva elegant germana, que mai no duia ni una ungla amb l'esmalt escantellat, tan trasbalsada per algú. Notava la tensió que desprenia tota ella. Qui ho havia de dir, que en Shia King tenia tant de poder? Jo estava fascinada.

—Com se suposa que he d'anar a treballar a la casa dels King, si ell és aquí?

Ja era prou dur veure fotografies d'ell penjades a les parets de la casa. No n'hi havia cap de recent, o sigui que era més fàcil fer veure que el noi d'ulls clars i de pell fosca no era en Shia, però la Meg es refiava que no tingués planejat quedar-se gaire temps.

—Ostres, Jo, quina sort que tens —em va dir la veu dramàtica de la Meg. No va aclarir-me per què tenia sort, i jo no l'hi vaig preguntar.

Llavors em va mirar a la defensiva.

—Què passa? Per què em mires així? —va dir la Meg.

Vaig maleir la meva cara per ser tan transparent. Havia de solucionar això d'alguna manera abans d'intentar complir el meu somni de convertir-me en periodista. Necessitava una cara plena de seguretat i determinació.

Vaig arronsar les espatlles a la meva germana, i una veu suau i emotiva cantant «Hello» va sonar pels altaveus. Vaig pensar que aquesta era la cançó que havia sentit més vegades a la vida, a part d'aquella dels Black Eyed Peas que sonava constantment quan feia setè. Vaig mirar cap a la taula de DJ improvisada en un racó i hi vaig veure la Beth. Ella sempre era allà on hi havia la música.

—No entenc què et passa amb en Shia. Em pensava que no suportàveu estar junts al mateix lloc, i ara resulta que actues com si fossis la seva dona o alguna cosa per l'estil.

—Molt maca, aquesta idea. —La Meg va posar els ulls en blanc. Era la millor fent això.

—Només és una manera de parlar. —Volia semblar prou madura per obtenir una resposta de debò.

—Què en saps de nois, Josephine?

—No gaire.

Sabia coses sobre nois d'internet, però no de la vida real. Em preguntava si eren gaire diferents. Els nois d'internet semblaven millors que els espavilats amb qui es feia la Meg.

—Et falta molt per aprendre. —La Meg em va envoltar amb força amb el braç. La vaig deixar fer—. Te'n recordes quan sortia amb en River i sempre ens barallàvem, fèiem les paus, després ens barallàvem i tornàvem a fer les paus? I la vegada que va fer un petó a la Shelly Hunchberg?

Vaig assentir. No suportava l'exnòvio de la Meg, en River Barkley. Era fatal. Recordo quan érem a Texas i la Meg va posar tota una ampolla de tabasco al got de Starbucks de la seva exmillor amiga, i tothom va riure molt quan va vomitar al terra del gimnàs. Recordo que em vaig sentir una mica malament, però sobretot emocionada, quan ho vaig gravar tot en vídeo i després el vaig enviar a la Meg.

—Bé, en Shia és com en River, però molt pitjor. És com una serp —em va advertir la Meg. Fins i tot va fer un petit *hissssss*.

No vaig poder evitar donar una ullada per veure si el veia, i quan el vaig localitzar estava abraçant la Meredith i un somriure li il·luminava la cara.

—Pitjor que en River? Ostres. —Vaig apartar la vista d'en Shia.

—Molt pitjor que en River —va remugar la Meg, i va continuar caminant—. T'agrada algú, Jo?

Vaig arronsar les espatlles.

—No. La veritat és que no.

Era estrany parlar de nois amb la Meg. A vegades quan estava de bon humor parlava de nois amb mi, però normalment no em preguntava res. Ella parlava i jo escoltava.

—Ningú? —va insistir.

—No. I ara explica'm què va passar entre tu i en Shia. Vau dormir junts, o què?

Se'm feia estrany sentir aquelles paraules sortint de la meva boca. La Meg deixava anar alguna cosa de tant en tant, però jo estava preparada per a més. Intentava ocupar el bonic espai entre la germana petita en qui confia i la germana madura amb qui pot compartir els secrets de les seves relacions. Em feia l'efecte que era un canvi emocionant però perillós, i el vaig notar a dintre meu mentre es produïa. Vaig veure com canviava els llaços de les nines per uns sostenidors, i els llapis de colors per tampons.

—Sí. Però va ser més que això. Em va fer pensar... —La Meg va interrompre la frase i em vaig començar a sentir decebuda. Tenia gairebé disset anys, i estava preparada pel que fos que em volgués dir.

Vaig intentar no imaginar-me en Shia i la Meg fent sexe, però era gairebé impossible no fer-ho.

Vaig seguir la mirada de la Meg i vaig veure en Shia un tros enllà d'on érem nosaltres. Unes quantes noies del meu curs s'apinyaven al seu voltant com una colla de velles admirant un nadó.

La Meg va esbufegar.

—Ostres, he d'esbrinar quant de temps es quedarà.

—No deixis que això t'afecti, Meg. En John aviat serà aquí.

M'agradava en John Brooke. Era un noi baix, amb els cabells pèl-rojos molt curts i un somriure amable. Estava fascinat per la Meg; la meva germana ens recordava cada dia que en John la trobava molt a faltar i que li costava molt ser tan lluny d'ella.

La Meg va esbatanar els ulls, i per un segon em vaig pensar que ja s'havia oblidat que en John existia.

Però llavors va respirar fondo i va deixar anar l'aire lentament.

—Tens raó, Jo. En John aviat tornarà i en Shia se n'anirà. A més, fa molt de temps que en Shia i jo vam sortir junts, per què m'hi he d'atabalar?

No estava segura de si volia que respongués.

—No t'hi amoïnis. A més, si fas veure que no t'afecta, hi sortiràs guanyant. No és així com funciona això?

La Meg em va somriure.

—Oh, Jo. Tens raó. Qui ho havia de dir?

Vaig assentir i la Meg em va fer anar cap a la part del darrere de l'edifici. Vam passar pel costat de la Meredith, però ella no se'n va adonar. Estava massa ocupada parlant amb la Denise. Podia ser de qualsevol cosa, des de les dificultats dels desplegaments fins al to del seu nou terra de parquet. Depenia de la lluna que tingués aquella dona. Sempre havia sigut així.

La seva filla, la Shelly, era igual. Tot d'una era ben amable i m'elogiava pel meu article de dues pàgines sobre l'aigua potable bruta de Flint, Michigan, i al cap d'un moment em criticava a la meva esquena i em deia Joseph com un insult. Hi havia molta gent de l'escola que no m'acabava d'entendre, ni a mi ni al fet que jo trobés absurd llevar-me ben d'hora per tenir temps de posar-me pintallavis fins i tot abans que sortís el sol.

Com que havia conegut el pare biològic de la Shelly quan jo era més jove, i també coneixia el seu padrastre, el general Hunchberg, estava convençuda que havia heretat la personalitat del seu pare, el senyor Grisham, un professor de la nostra escola de primària de Texas. Corria el rumor que la Denise, filla també d'un militar, es va casar amb el senyor Grisham tot just acabar l'institut, i quan a ell el van retirar de l'exèrcit feia deu anys per qüestions mèdiques, la Denise no va poder suportar la vida civil. La feia posar malalta pensar que mai no aconseguiria el seu somni americà de ser la líder d'un Grup de Preparació Familiar i anar a viure en una d'aquelles grans cases especialment construïdes per als generals i les seves famílies.

La Denise tenia grans plans, i estar casada amb un professor no en formava part. Ella volia l'atenció; volia el respecte i el reconeixement pels sacrificis patriòtics que feia com a esposa d'un general. La Denise Hunchberg necessitava els dinars i les vendes de pastissos per recaptar fons. I era aquí amb la Meredith, tan patriota com sempre, empassant-se les últimes galetes de menta regades amb una bona copa de vi. Vaig pensar que era ben curiós que la Denise i la seva família ens seguissin fins a aquest post.

—On anem? —vaig preguntar a la Meg, quan vaig veure que empenyia la barra negra de la porta del darrere de la sala de ball. Va entrar una ràfega d'aire fred amb el grinyol del metall, i vaig mirar enrere per comprovar si algú ens veia. No em va semblar que ningú s'adonés que dues noies abandonaven la festa. En certa manera, ho vaig trobar alliberador.

—A fora. No vull parlar amb en Shia —em va advertir la Meg, i abans que li pogués preguntar per què, vaig veure tres nois palplantats a la gespa.

En vaig reconèixer només un, el jove que havia sortit de la casa del vell senyor Laurence aquell matí. Ara duia els cabells encara més esbullats, i els tenia llargs fins per sota les orelles. Eren tan llargs abans? No me'n recordava, però hauria jurat que no. Tenia els cabells espessos, com un bassal de pintura groga, i li arribaven fins al coll de la jaqueta negra.

—Què passa? —va preguntar el noi més alt i més robust. El seu cos era el d'un superheroi de còmic. Tenia els braços forçuts i el pit ample, de manera que l'uniforme li quedava estret de la part del cos. Em vaig preguntar si feien jaquetes d'uniforme prou grans per a la seva mida. El nom que duia brodat al pit era Reeder. No el coneixia. Me n'hauria recordat.

—Res —va contestar la Meg, mirant enrere cap a l'edifici.

Encara m'agafava pel braç, i va baixar el petit tram d'escales que duia fins a la gespa. No em vaig adonar que el caire de formigó del porxo estava escrostonat fins que la bota m'hi va quedar atrapada i el peu em va relliscar. De seguida em vaig redreçar fent servir la Meg de suport, i ella em va ajudar a aguantar-me. El cor se'm va accelerar. Ostres, una altra vegada? Era el segon cop aquell mateix dia que m'entrebancava davant d'ell. M'estava convertint a passos de gegant en la típica noia rareta que s'entrebanca amb tot i després dissimula la seva matusseria.

Quan vaig alçar el cap, el noi de cabells llargs era l'únic que em mirava. El somriure sorneguer de la seva cara em va fer venir ganes de tornar corrents cap a dins, o d'escridassar-lo. No estava segura de quina era la millor opció. Feia cara de ser un noi a qui no escridassaven mai per res. Quan vaig sospesar les conseqüències, avergonyir la Meg i aconseguir que no em considerés prou madura em va semblar que era el pitjor. Aquell dia m'havia sentit molt més unida a ella i no volia espatllar-ho.

Vaig apartar la vista d'ell i vaig observar la meva germana desplegant les seves habilitats socials. Va dir «Hola» als tres nois, i el jove ros que havíem conegut al matí li va allargar la mà per fer una encaixada. Ella li va donar la mà, després de deixar anar la meva, i li va dir que era tot un plaer coneixe'l. Em vaig preguntar si reconeixia la seva cara d'aquell matí.

El noi que hi havia entre el jove de cabells llargs i la meva germana també duia uniforme. En el seu hi posava que es deia Breyer. Ja no m'atabalava per saber quin era el nom de pila dels soldats; de totes maneres, normalment preferien utilitzar el cognom.

En Breyer tenia barba incipient al voltant de la boca, i era tan fosca que semblava pintada. Com més a prop dels llavis, més fosc era el pèl. Es va treure un paquet de tabac de la butxaca dels pantalons de l'uniforme, i el noi robust, en Reeder, li va donar un encenedor. Es va posar el cigarret a la boca, i quan el va encendre el fum va formar un núvol al voltant de la seva cara. Era amenaçador, i la meva imaginació anava a tot drap. De fet, amb un petit detall en tenia prou per imaginar-me un munt de coses. Quan era més petita, solia passar el temps escrivint històries sobre vampirs i bruixots i mons màgics dins d'armaris com el de Nàrnia, però a mesura que em vaig anar fent gran, em vaig sentir més atreta per l'escriptura de no-ficció i per la dels mitjans de comunicació.

—Com va la festa? —va preguntar en Reeder.

—Força avorrida per a mi, però divertida per a la canalla. —La Meg va allargar el braç i va agafar el cigarret al noi. Jo no sabia que fumava. El que vaig pensar en aquell moment era que confiava en mi, almenys per no dir-ho a la Meredith, ni a les nostres germanes.

Havia pujat la temperatura des que havíem sortit de casa al matí. Ja ens podíem oblidar de la neu per Nadal al sud de Louisiana.

—No hauríeu d'estar treballant, vosaltres dos? —va preguntar la Meg als nois d'uniforme.

Em vaig fixar en els seus ulls i en la manera com la miraven. De fet, l'admiraven amb cara d'embadalits, com si estiguessin disposats a seguir-la fins a l'altra banda del mar Dothraki si ella els ho demanés. Amb dracs o sense. Comparar la Meg amb una khaleesi era com comparar Joana d'Arc amb la dona objecte d'un polític.

En Reeder es va posar a riure, i el so arribava a onades, com si parlés des d'un extrem d'un rotllo de paper del vàter.

—Ja ho fem. Estem patrullant.

La Meg va riure, i el fum li va sortir de la boca formant uns remolins perfectes de color gris.

—Ja es veu.

Els dos nois van riure pel comentari, i vaig suposar que riurien de qualsevol cosa que la Meg digués, si ella volia. El noi ros no semblava gaire atent; mirava fixament cap al camp buit que hi havia darrere nostre.

—Laurie, quant de temps et quedaràs? —va preguntar el robust, mirant el noi d'aquell matí.

Laurie? Es deia Laurie Laurence?

Quin nom d'anar a triar, els seus pares.

—A la festa o al poble? —va preguntar en Laurie. La seva resposta estava carregada de dramatisme, i me'l vaig imaginar assegut amb una tassa de cafè i un manuscrit a mig acabar. La meva imaginació volant, una altra vegada.

—A la festa. —En Reeder va exhalar el fum per la boca i semblava una mica molest. Va fer una altra pipada i després va mirar el telèfon.

—Dos minuts més —va dir en Laurie.

Em vaig acostar cap a ell i la boca se'm va obrir abans que jo li donés permís per fer-ho.

—I al poble? —vaig preguntar.

La Meg em va mirar com si li acabés de demanar si volia tenir relacions sexuals amb mi davant dels seus amics.

En Laurie —quin nom més estrany— em va somriure.

—No gaire. El meu pare m'ha enviat aquí perquè m'estigui a casa de l'avi mentre ell és a l'estranger. Tornarà d'aquí a un any, o sigui me n'aniré de nou a Texas quan torni.

Un any podia ser molt de temps, depenent del que es fes...

—És a l'Iraq o a l'Afganistan? —vaig preguntar.

—A cap dels dos. És a Corea.

—Ah. —Havia sentit coses horribles dels que estaven destinats a Corea del Sud. El pare em va explicar que la gent d'allà no hi volia soldats, de manera que la majoria dels militars es quedaven a la base i pràcticament no en sortien mai.

En Laurie no va dir res més fins que es va excusar per marxar. Li vaig observar l'esquena mentre travessava el camp d'herba i desapareixia entre l'espessor dels arbres al principi del bosc.

—I vosaltres dos penseu treballar, o podem anar a algun lloc? —va preguntar la Meg als dos nois d'uniforme.

Aquell dia no vaig anar amb la Meg. Ni tan sols vaig quedar-me allà per sentir la resposta. Vaig tornar a la festa i vaig ajudar a repartir menjar a les famílies que enyoraven els seus soldats per Nadal.

Capítol 6

La setmana següent va passar molt ràpid. Els dies entre Nadal i Any Nou sempre eren estranys. Encara hi havia la decoració de Nadal i tot el post militar bàsicament tancava durant dues setmanes. Recordo que aquell any em sentia preparada per a l'Any Nou, molt preparada.

Em faltaven pocs dies per fer els disset anys, i ja em sentia molt més gran. A més, la Meg havia passat molt més temps amb mi, mentre fingia que estava malalta amb la senyora King. Des que havia vist en Shia a la festa de Nadal del batalló, la Meg em feia trucar a la senyora King cada matí. La dona intentava no semblar irritada per la malaltia de la Meg, però jo l'hi notava a la veu. Sempre havia sigut bona interpretant el que sentia la gent, fins i tot quan no ho deien. Sobretot llavors. O almenys jo m'ho pensava.

—A quina hora he de posar les mandonguilles al forn? —va preguntar la Meg a la Beth, que sabia més de cuinar que totes les altres persones de la casa juntes.

—Cap a les nou. Així estaran a punt per a les deu, quan comencem la festa.

La cuina estava feta un desastre, amb una safata de mandonguilles i tres olles Crock-Pot omplint el poc espai de fogons que teníem. A la petita illa de la cuina hi havia bosses de patates fregides i una bossa petita de Doritos per a mi. Eren el meu menjar preferit, i hauria pogut viure només del seu gust salat. Vaig agafar la bossa i la vaig obrir. Me'n vaig menjar un grapat abans d'enfilar-me al taulell per agafar els bols de l'armari. La nostra família feia el mateix cada Cap d'Any: omplíem la cuina de menjar i intentàvem mantenir-nos desperts fins a la mitjanit. L'Amy normalment no passava de les deu, però aquest any ho aconseguiria, segons deia ella mateixa.

—Beth, em pots fer un cafè? —va preguntar la Meg—. Però no me'l facis amb la cafetera de la mare, fes-me'l de càpsula. Només són les sis i ja estic cansada.

La Beth, per descomptat, va dir que sí, tot i que estava ocupada aixafant galetes per fer la seva famosa crema de formatge. Com que jo era vegetariana, la Beth sempre em feia la meva pròpia crema sense béicon i amb una ració extra d'ametlles filetejades. Em menjava fins a l'última engruna.

—Mira —va dir l'Amy, mentre jo abocava una bossa de patates fregides en un gran bol vermell.

Em vaig fixar en ella per veure què em volia ensenyar, però em vaig adonar que mirava per la finestra de sobre l'aigüera. Duia els cabells recollits en un monyo que vaig suposar que li havia fet la Meg.

Mentre arrugava la bossa i la llençava al cubell de reci

clatge, em vaig dirigir cap a la finestra i em vaig col·locar al costat de l'Amy.

Vaig mirar a través de la finestra cap a l'interior de la casa del vell senyor Laurence. El noi que es deia Laurie caminava amunt i avall davant de la finestra amb un llibre a les mans.

—Creus que el tenen captiu allà dins? —Els ulls de l'Amy guspirejaven amb l'esperança de poder descobrir alguna cosa més interessant que un nou veí.

Vaig observar el noi i en aquell moment vaig veure que deixava el llibre per seure al piano de cua que hi havia al davant de la finestra. Havia contemplat aquell escenari —la finestra, el piano— un munt de vegades mentre ajudava la Beth a rentar i eixugar els plants, però era totalment diferent ara que hi havia el noi. Normalment, només mirava les cortines vermelles i em preguntava si el senyor Laurence havia pensat mai a redecorar la casa des de la dècada del 1930.

—Sembla molt solitari —va dir la Meg. S'havia posat darrere meu i espiava per sobre la meva espatlla la finestra on hi havia en Laurie.

—La mare diu que és d'Europa. Que hi ha viscut molts anys. —La veu de l'Amy estava plena d'admiració infantil.

—Em pregunto si té algun secret. Un secret europeu ben tràgic —vaig dir, parlant amb accent altiu. Quan érem petites, les meves germanes i jo representàvem les obres de teatre que jo escrivia, ens disfressàvem amb la roba grandiosa del pare i parlàvem amb l'accent que s'escaigués als personatges que creava. El meu preferit era un home que es deia Jack Smead, amb una veu que variava de l'accent australià al jamaicà.

Vaig continuar observant en Laurie. Al pont del nas hi tenia un bony, com si se l'hagués trencat alguna vegada, i amb les mans va tornar a agafar el llibre i va respirar fondo. Vaig veure com li pujava i baixava el pit des de la nostra cuina. Era un noi fascinant.

—La mare diu que no l'ha educat ningú. El seu pare sempre és fora i la seva mare és una artista italiana o alguna cosa així —va continuar l'Amy amb les seves xafarderies.

De cop i volta, em va fer la sensació que tothom del meu entorn era més interessant que jo.

A l'habitació de l'altra banda del jardí, en Laurie va començar a moure la boca, amb el llibre a la mà. Vaig agusar la vista per veure si captava el que estava dient, però no li podia llegir els llavis des de tan lluny. Es va tornar a aixecar, i la vora de la samarreta blanca se li va enganxar a la punta del piano, deixant a la vista una part de la panxa. Se li va veure un flaix de color negre, però es va abaixar la samarreta tan ràpid que no vaig saber què era.

—Té unes celles maques —va dir la Meg.

Jo no li podia mirar les celles. Encara pensava en la seva panxa.

—Si jo fos noi, voldria ser com ell —vaig dir a les meves germanes. Semblava que conegués el món, fins i tot com si fos l'amo d'una part.

L'Amy va començar a dir alguna cosa, però s'ho devia repensar, perquè va tancar la boca i va tornar a mirar per la finestra.

—Per què creieu que ha vingut aquí? —va preguntar la Beth.

No volia dir a la Beth i a l'Amy el que el noi m'havia explicat el dia de la festa de Nadal. Per algun motiu, em feia la sensació que seria com trair-lo, cosa ben ridícula, perquè elles eren les meves germanes i ell, un autèntic desconegut.

—Imagina't, abandonar Itàlia per venir a un racó de Louisiana —vaig dir, mentre mirava com les seves mans giraven les pàgines del llibre. Vaig intentar mirar la coberta per veure què llegia, però era impossible—. I amb l'horrible vell senyor Laurence —vaig grunyir, contemplant en Laurie mentre seia de nou, deixava el llibre i estenia les mans sobre les tecles del piano.

—Jo, no siguis tan dolenta. No és horrible —va dir la Beth.

Però era horrible; sempre ens escridassava perquè li trepitjàvem la gespa. A l'estiu, va dir a la Meredith que jo m'esquitllava d'amagat de casa, i em van castigar durant un mes. I, a sobre, cada vegada que veia que sortíem cridava «Coi de noies Spring!». Actuava com si li hagués trencat el vidre del parabrisa del cotxe expressament. Jo només intentava aprendre un esport perquè els meus pares pensessin que tenien una filla normal. El meu interès en el softbol va durar una setmana.

—Doncs jo hi viuria, en aquesta casa tan gran, amb ell, tant si és horrible com si no —va dir la Meg.

Finalment, la Beth va venir i es va inclinar cap a la finestra, amb una espatlla clavada a la meva.

—Tenen un piano preciós —va dir, amb cada paraula carregada d'anhel.

Els dits d'en Laurie es movien tan ràpid per sobre del teclat, que juraria que gairebé podia sentir la música des de la cuina.

—Quan sigui una escriptora d'èxit, et compraré el millor piano del món —vaig prometre a la meva germana, i ho deia de debò.

—La majoria d'escriptors no poden ni pagar les factures, i encara menys comprar un piano, Beth. Per tant, quan em casi amb un home ric, podràs venir a casa i tocar el meu —va dir l'Amy.

Ostres, semblava la Meg, sempre parlant de casar-se, però almenys sabíem que a la Meg li agradava un noi, i li agradava fins i tot abans que se n'anés a West Point.

L'Amy va ballar al voltant de la cuina i va enfonsar la mà al bol de les patates per agafar un grapat de xips de formatge tallades a triangles. Eren les seves preferides. Els seus dits de color taronja no m'agradaven.

—I si resulta que l'home que estimes és pobre, però és un bon home? Com el pare? —li va preguntar la Beth a l'Amy. La Beth va posar una càpsula a la Keurig per fer el cafè de la Meg i va abaixar la palanca.

El cap d'en Laurie es va començar a agitar seguint el moviment dels seus dits. Era fascinant observar-lo. Era ben bé el contrari de la Beth quan tocava, amb els seus dits calmats lliscant sobre les tecles, suaus com la mantega, amb els ulls tancats per concentrar-se en la tranquil·la melodia. Els dits d'en Laurie, en canvi, eren violents amb les tecles, picaven fort contra l'ivori, i tenia els ulls ben oberts mentre tocava.

El cor em bategava amb força dins del pit i em ressonava fins a les orelles mentre el contemplava. Amb prou feines sentia el que deien les meves germanes.

—Bé —va dir l'Amy—, almenys no és com tenir un nas gros, que això no pots canviar-ho. En canvi, sí que puc triar qui estimo.

—De totes maneres, això del nas gros ja no és un problema avui dia. Si vols, s'arregla més ràpid del que trigues a trobar un nòvio —va respondre la Meg.

Jo continuava mirant en Laurie mentre tocava. Mai no havia vist ningú tan aliè al seu entorn com ell en aquell moment. L'estàvem mirant —vaja, almenys jo ho feia— i ell no se n'adonava en absolut. Estava massa ficat en el que fos que estava tocant.

—I tu, Jo? Et casaries amb un home pobre, si fos bon home? —em va preguntar l'Amy, sense deixar de voltar per la cuina amb el seu cos menut. Duia una llauna de refresc de taronja en una mà i un grapat de patates de color taronja a l'altra.

No vaig apartar la vista de la finestra.

—Jo no em casaria amb ningú per diners. No vull que ningú tingui aquest tipus de control sobre mi. I, a més, jo ja en guanyaré prou.

L'Amy va esbufegar.

—I tant, Jo.

Ni tan sols podia enrabiar-me amb ella; estava massa fascinada amb el noi emmarcat en aquella finestra.

—I tu, Amy? —vaig dir, amb fredor—. Creus que tindràs un marit ric? Em sap greu dir-t'ho, però...

—Jo. —La veu de la Beth va tallar la meva frase.

—I tu para de parlar de nois, Amy. Ets massa jove —va dir la Meg.

No vaig esmentar que quan feia setè la Meg ja s'havia fet petons amb uns quants nois.

L'Amy va beure un glop de refresc, que li va deixar una ratlla taronja sobre el llavi, com un bigoti. La va llepar ràpidament.

—Totes ens farem grans algun dia, Meg. I potser també sabrem el que volem.

En Laurie es va eixugar el front amb el dors de la mà i els cabells rossos se li van moure, fregant-li lleument les espatlles. Vaig pensar com seria el meu marit, però com sempre, no me'l podia imaginar.

De fet, ni tan sols sabia si volia un marit. Semblava que era una feinada, això de trobar-ne, i no havia conegut mai cap noi amb qui pogués considerar la possibilitat d'anar a sopar, i encara menys casar-m'hi. Mirava fixament en Laurie, i tot d'una els seus dits es van aturar. Vaig acotar el cap just quan es va girar en direcció a la nostra finestra, i la Beth es va posar a riure quan al cap d'uns instants hi vaig tornar a treure el cap.

Encara estava assegut, però ara havia deixat de tocar i tornava a tenir el llibre a les mans.

—En què has estat treballant últimament, Jo? —em va preguntar la Beth, per canviar el tema de matrimonis i homes rics.

En un munt de coses, volia dir. Em faltaven pocs paràgrafs per acabar el meu text més llarg, un article sobre el tràfic sexual de dones a Cambodja. Havia dedicat més temps a aquest article que a qualsevol altra cosa que hagués escrit abans. Sabia que el senyor Geckle mai no em permetria publicar-lo al diari de l'escola, o sigui que tenia pensat enviar-lo al *Vice* jo mateixa. Era una aposta amb poques probabilitats d'èxit, i segurament ni tan sols es llegirien l'article, i encara menys el publicarien, però l'havia d'enviar, havia de fer-ho per mi. Un cop fet això, estaria preparada per a qualsevol cosa. El senyor Geckle només podia controlar la meva veu dins de les parets de l'institut White Rock.

—En res especial —vaig començar, tot i que era mentida. Allò era especial, era la cosa més especial que havia escrit mai. Ho notava en el moll dels ossos.

—Vaig llegir el teu text sobre l'esclavitud sexual. El que tens al portàtil —va dir l'Amy. M'hi vaig llançar a sobre i la vaig agafar pel braç. La llauna de refresc va caure a terra i el líquid taronja escumós es va escampar per les rajoles.

—Què vas fer? —vaig cridar. Va intentar escapolir-se, però li tenia el braç ben agafat.

—Estava obert en el teu portàtil! —va xisclar, per defensar-se.

—M'és igual! —La vaig deixar anar quan vaig notar la mirada de la Beth a sobre meu.

No era pas que no volgués que ningú s'ho llegís; estava enfadada perquè em pensava que el meu portàtil era l'únic lloc on tenia una mica d'intimitat fora de les meves tres germanes, i l'Amy me l'acabava de prendre.

La Meredith va entrar esperitada a la cuina i jo em vaig apartar, lluny del bassal de refresc del terra.

—Què està passant aquí? —La Meredith va donar una

ullada a aquell merder i va deixar anar un sospir abans que algú li respongués.

—Res, Meredith. No passa res —va dir la Beth, mentre agafava el drap penjat a la porta del forn. El va deixar a terra, i l'Amy i jo vam deixar de mirar-nos amb mala cara mentre la Beth netejava el nostre desastre.

—Qui es barallava? He sentit crits. —La veu de la Meredith era ferma, i no estava d'humor per als nostres jocs.

—Ningú. —La Beth es va ajupir—. Estàvem jugant i prou. No pateixis, estem cuinant i preparant-ho tot per a aquesta nit. Jo estic a punt d'acabar la crema de formatge.

La Meredith ens va mirar a totes quatre i va brandar el cap. Vaig suposar que no es creia la Beth, però no tenia ganes de discutir-se la nit de Cap d'Any. La Meredith tenia un got d'un líquid clar a la mà, i vaig pensar que se n'hauria de servir un altre. No l'havia vist mai tan tensa i cansada com ho estava últimament.

Ens va dir que anéssim amb compte i no féssim més merders, i ens va deixar a la cuina.

Vaig llançar una mirada a l'Amy i vaig tornar a la finestra. En Laurie ja no hi era.

Vaig anar a la meva habitació, vaig tancar la porta i vaig escriure per oblidar l'enrabiada amb la meva germana.

Capítol 7

Meg

Ja anava maquillada i m'acabava d'assecar els cabells. Mentre esperava que la Jo sortís de la dutxa i m'ondulés els cabells, vaig agafar el llibre que m'havia posat sota el coixí per Nadal. Sincerament, encara no l'havia començat, però ara tenia una estona, així que vaig obrir les cobertes de color negre i vaig triar una pàgina a l'atzar. Deia:

el que més m'agrada de tu és la teva olor

Ho vaig tornar a llegir, en un silenci ple d'astorament, i després ho vaig tornar a llegir, i em van venir al cap les mans d'en Shia, amb terra sota les ungles. Sempre anava brut, sempre estava plantant alguna cosa o ajudant alguna dona gran a moure els mobles de lloc o el que fos. Sempre feia olor de terra, de jardí.

No em podia creure que tornés a ser aquí, i pitjor encara, no em podia creure que ara mateix estigués pensant en ell. En John arribaria d'aquí a una setmana, per veure'm. Hauria d'estar pensant en les mans netes i fortes d'en John, i en la seva olor de colònia fresca i de sabó de la roba.

Ell no s'atreviria a anar amb samarretes espellifades o amb unes vambes brutes, tal com feia en Shia.

—Jo! —vaig cridar.

Eren dos quarts de nou, i tothom començaria a arribar a casa al voltant de les deu. Per tothom em referia als veïns i els seus fills. Jo no havia convidat cap dels meus «amics», perquè la meitat no em parlaven per culpa d'un rumor que ni tan sols era veritat. Això és el que passa quan t'etiqueten com la «puta» de l'escola en un petit poble de l'exèrcit. I et dura fins i tot després de graduar-te. La veritat és que no m'hi atabalava gaire, i encara no m'hi atabalo. Si fossin amics de debò, sabrien que jo mai no faria allò de què m'acusaven. A Fort Hood em va passar el mateix, però molt pitjor; en comparació, el rumor que s'havia escampat aquí era com un joc de nens.

Aquella nit hauríem seguit la nostra tradició de celebrar la nit de Cap d'Any a casa, però a última hora la Jo i jo vam rebre una invitació per anar a la festa de prometatge de la Bell Gardiner a casa dels King, de manera que vam decidir treure-hi el cap una horeta i tornar a casa cap a les onze. Jo no hi volia anar, especialment perquè em feia por trobar-m'hi en Shia, però vaig suposar que com que la festa es feia a la immensa propietat dels King, hi hauria molta gent i per tant tindria poques probabilitats de topar amb ell.

—Josephine! —vaig tornar a cridar.

Mentre l'esperava, vaig obrir el llibre per una altra pàgina.

El poema era simple, i començava així:

com pot morir el nostre amor...

Atordida, vaig girar unes quantes pàgines més.

no tornarà...

Sota el poema hi havia la paraula *pansit*, com si el poema estigués signat per un tal Pansit. Vaig pensar en el ram de flors que la senyora King tenia al tocador. La targeta estava signada per en Shia, i els pètals vermells estaven pansits. Vaig tocar la punta d'un pètal, que es va desprendre i va caure sobre la superfície de fusta. Vaig pensar en la seva marxa precipitada i en el temps que jo havia perdut desitjant que tornés.

Mentre intentava apartar aquelles flors pansides i els seus ulls verds dels meus pensaments, vaig tancar el llibre de cop i el vaig llançar sobre el llit just quan la Jo entrava a la nostra habitació.

—Ja sóc aquí! —va dir, amb un somriure.

Duia les mans plenes de coses. En una, hi portava la planxa d'ondular i el mòbil, i a l'altra, un grapat de Doritos. Tenia els cabells llargs deixats anar, i gairebé li tocaven els malucs mentre se m'acostava i es col·locava darrere meu al tocador. Se li veia la cara acabada de rentar, i la pell rosada li brillava.

Mai no em feia cas quan li deia que tenia sort de tenir aquella pell tan impecable. La Beth i jo teníem acné, tot i que jo havia solucionat bastant el problema des que havia començat a treballar a Sephora, perquè havia de provar tots els productes nous per a la pell de les marques més bones i cares, però de franc.

—T'ha quedat molt bé el maquillatge —va dir la Jo.

Va endollar la planxa i jo em vaig separar els cabells, subjectant-me els de sobre amb una pinça perquè em pogués començar a ondular els de sota.

Vaig mirar al mirall i vaig somriure a la meva germana. Últimament estàvem més unides, i començava a notar-li algun canvi. Ja no era la meva petita Josephine que fugia de casa quan el vell senyor Laurence atrapava un ós rentador en una gàbia i no el deixava anar. Estava creixent molt ràpid, i això volia dir que jo també. Estava preparada per ser gran; no suportava estar al llindar de ser una dona, perquè jo m'hi sentia, però ningú no em tractava com a tal.

—Ondes grans, sisplau.

La Jo va assentir i es va posar a treballar.

—Creus que l'Amy aconseguirà mantenir-se desperta avui? —vaig preguntar, mentre m'ondulava un floc de cabells. Els notava calents quan els descargolava de la planxa i em queien sobre les espatlles.

Just quan començava a respondre, l'Amy va entrar fent saltirons a l'habitació.

—Jo. Meg. Després vull que m'expliqueu com era la festa.

—No pateixis, t'ho explicarem tot. Penses quedar-te desperta? O ja estaràs dormint quan tornem? —li vaig preguntar, mentre la Jo enroscava un altre floc de cabells a la planxa.

L'Amy va brandar el cap i es va acostar al tocador. Va agafar un pintallavis i es va inclinar davant del mirall mentre els seus petits dits treien el tap, revelant el to porpra fosc.

—Estaré desperta. —L'Amy va fer girar el tub un munt de vegades, com si intentés esbrinar com funcionava—. Vosaltres dues us divertireu molt. Sabeu que la Bell Gardiner s'ha promès? Estic impacient per veure l'anell! Ostres, us divertireu molt més que jo. —L'Amy va sospirar i es va humitejar els llavis abans d'untar-se'ls amb el pintallavis. Quan va acabar, es va tirar enrere i es va mirar al mirall.

—Serà una festa impressionant. I esclar que ho sabem, Amy. Ens hi han convidat. —La Jo va posar els ulls en blanc.

L'Amy va fer una ganyota.

—Para de refregar-m'ho!

A mi no m'interessava especialment el prometatge de la Bell Gardiner, ni ella tampoc. Era un any més gran que jo i suposadament s'havia de traslladar a Florida per estudiar a la universitat, però no va passar del Barri Francès. Corria el rumor que treballava en un bar del centre del barri, en algun lloc entre Bourbon i Royal. O sigui que era cambrera, vaja, com la meva tieta Hannah.

—Com creieu que deu ser el seu anell? —va preguntar l'Amy, amb els seus petits peus embotits en mitjons que no paraven de moure's per l'habitació.

La Jo i jo ens vam mirar al mirall.

—Però amb qui s'ha promès? —va preguntar la Jo.

Vaig arronsar les espatlles i vaig tancar els ulls. Qui ho sabia? Jo no, ni m'importava. Em feia llàstima el pobre noi que li havia demanat per casar-se. Hauria pogut dir un motiu rere l'altre del perquè no em queia bé la Bell, però la raó principal era en Shia. Havien sortit durant un temps al final del meu tercer any d'institut, el seu últim, i aquelles dues setmanes van ser les més llargues de la meva vida.

—Vés a saber. Segurament amb algun soldat —va dir la Jo, mirant l'Amy a través del mirall.

Els ulls de l'Amy es van il·luminar.

—T'imagines? Tothom té sort menys jo —va sospirar.

—Sort? Prometre's als vint anys? —vaig replicar a l'Amy.

Tot i que acabava de fer aquell comentari maliciós, sempre havia desitjat poder trobar l'amor de la meva vida de ben jove i tenir la seguretat de ser la dona d'algú. Era conscient que estava gelosa de la Bell Gardiner, i malgrat que mai no ho diria a les meves germanes, secretament desitjava que en John em proposés matrimoni quan tornés a casa la setmana següent.

Es va sentir la veu de la Beth a la porta, on estava repenjada contra el llindar.

—M'alegro de no haver de venir i estar amb tota aquesta gent espantosa i intentar pensar alguna cosa per dir.

No suportava les multituds. Em vaig sentir una mica culpable quan vaig rebre la invitació a través de Facebook només per a la Jo i per a mi, però la Beth preferia quedar-se a casa amb la Meredith i l'Amy que no pas venir a una festa molt concorreguda amb la Jo i amb mi.

Vaig fer un somriure compassiu a la Beth i vaig mirar de nou la Jo.

—Aniràs vestida així aquesta nit? —li vaig preguntar.

Va assentir i es va mirar el conjunt negre. Texans negres, camisa negra. Just a sobre dels malucs, se li veia una línia prima de pell blanca. No recordava l'última vegada que havia vist la Jo amb un vestit. Probablement aquell any per Pasqua que la Meredith ens va fer guarnir a totes amb uns vestits i uns cistellets de conjunt per fer-nos fotos familiars.

—Què és aquesta olor? —va preguntar l'Amy, ensumant l'aire. Feia olor de cremat...

—Oh, Déu meu, Jo! —Vaig apartar el cap d'una estrebada. Un floc de cabells s'estava socarrimant, encara enroscat a la planxa.

L'Amy va cridar més fort que jo, i la Jo va deixar caure la planxa a terra.

—Agafa-la de terra! —va xisclar la Beth—. Cremarà la moqueta!

Em vaig mirar els cabells i vaig passar-me els dits per la clapa que m'hi havia quedat.

—Perdona'm! Ostres... —va començar la Jo.

—No puc anar enlloc, així! —Se'm van omplir els ulls de llàgrimes, i malgrat que no volia escridassar la meva germana, em va saber molt de greu perquè jo sempre em cuidava i em preocupava molt per l'aspecte dels meus cabells.

—Sempre ho espatllo tot —va mussitar la Jo, tan fluixet que amb prou feines la vam sentir.

Les seves paraules desprenien tanta tristor que em van venir ganes de consolar-la. Però simplement em vaig quedar mirant el floc de cabells que m'havia cremat i no vaig trobar les paraules.

L'Amy se'm va acostar i es va treure el llaç que duia als cabells rossos.

—Té, posa't això i ningú no se n'adonarà. —Jo no en duia mai, de llaços, era massa gran, però em va semblar que hi havia alguna cosa atractiva, com de nina, en la manera com em quedava el llaç negre als cabells.

Em vaig mirar al mirall i vaig redreçar l'esquena. No podia permetre que els cabells cremats m'espatllessin la nit. Malgrat tot, estava sexi. M'agradava el contrast entre el maquillatge fosc i el llaç infantil.

—Ets molt maca, Meg. Espero ser tan guapa com tu quan sigui gran —va dir l'Amy.

Això em va fer somriure. La petita Amy sempre aconseguia donar-me l'empenteta extra de seguretat que necessitava. La Bell Gardiner estaria impecable. Ho sabia. Sempre estava perfecta, i el seu promès segurament era un home ric del sud, i es passaria tota la festa presumint d'un diamant preciós, i jo em passaria la festa emmurriada i recordant-me que jo també tenia algú.

Aviat arribarà en John.

Aviat arribarà en John.

—Aviat arribarà en John —va dir la Jo, robant-me les paraules de dins del cap.

Vaig somriure pel seu detall i em vaig posar les sabates de taló.

Capítol 8

El camí d'entrada de la casa dels King estava ple de cotxes negres i de gent ben mudada per celebrar el Cap d'Any. Els peus ja m'estaven matant, i cada vegada que mirava les vambes de la Jo desitjava que no m'importés tant el que l'altra gent pensava del meu aspecte. Si fos com la Jo i no m'importés, aniria amb texans i sabates planes. Vam passar pel costat d'un tot terreny i em vaig mirar, fent servir la finestra com a mirall. El vestit brillant em quedava ajustat i els cabells em queien formant ondes.

Em vaig tornar a mirar, intentant ser més segura, com la Jo. Estava sexi, i era conscient que ho era, només havia de recordar-m'ho unes quantes vegades més.

—Ostres, quanta gent —va dir la Jo, mentre esperava que l'atrapés.

La finca dels King era una immensa casa de dos pisos de color marró clar, amb unes grans columnes blanques al porxo que arribaven fins al segon pis. Els porticons allargats de les finestres de la planta baixa eren de color negre, i des que jo hi havia estat la setmana anterior, algú havia penjat unes tires de petits llums blancs a la balconada de dalt que baixaven cap a les columnes. La casa era preciosa; havia sigut la casa dels meus somnis des de molt abans de posar-hi els peus, però aquella nit encara semblava més màgica. Hi havia flors pertot arreu. Les violetes pujaven per un emparrat, i unes flors blaves de les quals no sabia el nom penjaven de les jardineres.

L'estil arquitectònic del sud de Louisiana era el més bonic que havia vist mai. M'encantaven les cases antigues i quadrades, amb porticons i columnes, i l'aire misteriós que desprenien encara les feia més atractives per a mi.

Quan finalment vam arribar al porxo, el cor em bategava desbocat i em feien mal tots els dits dels peus dins de les sabates de taló. Vaig veure el senyor Blackly, el porter de la finca, que em va somriure i em va fer un senyal perquè em saltés la cua que hi havia per entrar. Era increïble la llarga filera de gent que s'havia format a la porta. Tanmateix, no em va sorprendre, perquè la casa dels King era la més gran de la zona. Era una casa amb doble porxo. M'encantava aquell estil, especialment quan es tractava de les cases del Barri Francès.

Un dia, vaig preguntar a la senyora King per què no se n'anaven a viure més a prop del Barri Francès, i ella em va mirar amb un somriure sorneguer i em va dir: «Perquè m'encanten els meus diamants, estimada Meg». Es va mirar el canell, que va espurnejar amb els llums del tocador. Jo vaig assentir i la vaig continuar maquillant.

Vaig agafar la Jo per la màniga de la jaqueta texana i ens vam obrir pas entre la multitud que s'esperava per entrar. No vaig reconèixer ni una cara enmig de la gentada.

El senyor Blackly em va dir que em divertís i que begués una mica de xampany per ell. Encara em vaig sorprendre més quan vam entrar a la sala d'estar. Els mobles estaven col·locats com sempre, però hi havia tot de tauletes plenes de canapès, i en un racó, una barra muntada. L'home que hi havia al darrere agitava un recipient metàl·lic amb una mà i abocava licor en un got amb l'altra, i em va fer la sensació que era en una festa del gran Gatsby.

—Això és una autèntica bogeria —em va dir la Jo a cau d'orella.

Li vaig dir que estava d'acord amb ella mentre anàvem cap al saló per veure si hi havia algun conegut, qualsevol excepte en Shia.

La primera persona que vaig veure va ser la Bell Gardiner, dreta al costat del piano. Duia un vestit llarg de color verd maragda, i no vaig poder evitar mirar-li la mà esquerra. L'anell brillava des de tres metres de distància, i vaig veure que la pedra era del mateix color que el vestit. Era preciós. L'aversió que sentia per ella va augmentar a l'instant. La Bell va somriure a l'home que tenia al davant, i em vaig preguntar si era el seu promès. Com que vaig veure que tenia una gran clapa calba a la part posterior del cap, vaig desitjar que ho fos. Era mesquí per part meva, però almenys ho admetia.

—Ha passat una hora, ja? —La Jo es va treure el mòbil de la butxaca del darrere dels texans i va comprovar la pantalla—. Com pot ser que només hagin passat cinc minuts? —va preguntar, i se'l va tornar a guardar.

La Jo va agafar un sandvitx de cogombre, i vam continuar explorant. Al cap d'uns minuts, vaig veure en Reeder i en Laurie a la barra. Quan vaig dir a la Jo que volia parlar amb ells, va negar amb el cap i va dir que hi anés jo, però que ella es quedava on era.

No volia deixar la meva germana petita tota sola en un lloc tan ple de gent, però estava molt avorrida.

—Meg. —En Reeder va somriure quan m'hi vaig acostar. Em va passar un braç per les espatlles i jo em vaig repenjar en el seu pit ample. Era un noi molt robust.

El coneixia des que ens havíem traslladat a Fort Cyprus. No vaig trigar gaire temps a guanyar-me l'antipatia de tots els estudiants, però ell sempre era molt amable amb mi. Solia acompanyar-me a l'escola els matins que tenia patrulla, i era un dels únics nois que coneixia amb qui em sentia segura.

Una nit desastrosa del meu últim any d'institut, quan en John havia renyit amb mi, vaig anar a una festa i em vaig inflar de vodka amb aroma de vainilla. Estava feta un desastre i llavors va aparèixer en Reeder amb els seus amics. Era la primera vegada que el veia sense uniforme, i em vaig llançar a sobre seu com una abella al pol·len. Em va portar a casa i em va acompanyar fins a la porta del darrere, i jo vaig intentar fer-li un petó.

Abans d'aquella nit, no m'havia rebutjat mai cap noi, ni cap home, i no m'han tornat a rebutjar des que en Reeder amablement va declinar les meves intencions. Em va dir que havia begut massa. Tenia raó.

—Hi ha molta gent aquí —vaig dir als dos nois. Em vaig preguntar com era que en Reeder, un agent de la policia militar, s'havia fet amic tan ràpid amb aquell noi greixós amb jaqueta de pell que venia d'Europa. Jo no podia confiar en un noi amb aquells cabells.

—Ja ho pots ben dir. Bon any nou! —En Reeder va alçar un got de líquid transparent, i jo vaig agafar una copa de xampany de la safata d'un cambrer que passava per allà.

En Laurie em va mirar i va beure un glop d'una llauna de Coca-Cola. Que vulgar.

—On és l'altra noia? La teva germana, suposo?

—No hauries de suposar tant.

Se li va dibuixar un somriure als llavis.

—D'acord, doncs on és la teva no-germana?

Me'l vaig quedar mirant directament als ulls. Els tenia negres com el carbó. Era inquietant.

—No està gens interessada en tu —vaig dir.

La Jo no havia tingut mai nòvio, i era impossible que aquest paio intentés ser alguna cosa semblant a un nòvio. Els nois com ell no volien tenir nòvia; només volien una cosa, i la Jo no estava preparada per donar-la a ningú.

—Mmm. Ets molt amable. —Es va passar els dits llargs i pàl·lids pels cabells rossos.

Em vaig girar d'esquena; no volia alimentar-li l'ego o irritar-lo prou perquè desitgés encara més la meva germana. Sabia de quina pasta estaven fets els nois com ell. Vaig buscar la Jo a la taula on l'havia deixat, però no la vaig veure ni allà ni a cap lloc del saló. Sabia que podia espavilar-se perfectament ella sola, fins i tot més que jo, però no em podia treure de sobre la sensació inquietant que se m'havia instal·lat a l'estómac des del moment en què havíem arribat a la festa.

Vaig dir a en Reeder que ja ens veuríem més tard i a en Laurie només li vaig llançar una mirada abans d'anar-me'n a buscar la Jo. Em vaig obrir camí entre uns globus gegants amb els números del nou any pintats, vaig agafar una altra copa de xampany i vaig començar a buscar la meva germana.

Capítol 9

Jo

Cada centímetre de la casa dels King desprenia desproporció i opulència. Em treia de polleguera passejar-me per una casa tan plena d'excessos, quan pel camí ens havíem creuat amb un grup de sense sostre que compartien les restes d'un menjar que havien tret de les escombraries del restaurant crioll del costat de la base.

Ja sé que els King no podien alimentar tota la ciutat. Bé, potser sí que podrien, però no era pas culpa seva que hi hagués gent menys afortunada que ells, i tanmateix em costava recordar-ho mentre passava pel costat d'una taula plena d'ampolles de xampany perfectament alineades.

No havia suportat mai la sensació que m'envaïa quan algú em mirava fixament. Tenia l'extraordinària habilitat de notar els seus ulls en el moment en què me'ls clavava. Vaig esperar uns segons abans d'alçar el cap, i quan ho vaig fer vaig veure un home de cabells castanys que em mirava. Anava vestit amb l'uniforme militar, i em vaig preguntar per què el duia posat en una festa de prometatge la nit de Cap d'Any. Quan em va veure que el mirava, va somriure. No em va agradar el canvi que li va fer la cara amb aquell gest. No era un somriure amable ni càlid; era expectant i arrogant.

Com que no sabia què més fer a part de tornar-li el somriure, ho vaig fer. Va ser un gest minúscul i simple, però devia interpretar-lo com una invitació a acostar-se'm, perquè va deixar l'ampolla de cervesa a la taula més propera i es va començar a obrir pas. Vaig buscar la Meg al meu voltant però no la vaig veure, de manera que en el breu instant que el soldat va apartar els ulls de mi, em vaig escapolir entre dues senyores grans i vaig desaparèixer per una cantonada.

Vaig girar un parell de cantonades més fins que vaig arribar a la cuina, plena de personal atrafegat per alimentar els centenars de persones que omplien la mansió. L'olor de pa de blat de moro i de romaní em va fer grunyir l'estómac. Hauria hagut de menjar alguna cosa més que Doritos i un sandvitx de cogombre en tot el dia.

Vaig veure un home amb una safata que es disposava a sortir de la cuina, i li vaig pispar un canapè quan va passar pel meu costat. Mentre examinava el canapè que tenia a la mà, vaig donar gràcies a les meves estrelles de la sort que no fos de carn. Semblava una mena de salsa de tomàquet sobre el pa. Se'm va acudir que la Beth una vegada havia fet una cosa semblant, però no me'n recordava del nom. En vaig fer una queixalada i l'estómac em va tornar a grunyir.

Vaig continuar caminant, i de tant en tant mirava darrere meu per assegurar-me que l'home no em seguia. No el veia enlloc, però com que no em volia arriscar, vaig girar una altra cantonada i vaig pujar l'escala que hi havia a prop de la porta del darrere. Estava tot en silenci en aquella part de la casa, i em vaig preguntar si era correcte que fos allà. La Meg m'havia explicat que la senyora King tenia algunes manies amb certes habitacions de la mansió, però tenia moltes ganes d'allunyar-me de la festa, encara que fos tan sols durant uns minuts.

Vaig passar per davant de dues portes tancades i vaig arribar al final del passadís. Hi havia alguna cosa al racó... Semblava un banc, però no ho veia bé perquè una cortina en tapava una part. M'hi vaig acostar per veure si m'hi podia amagar una estoneta.

Vaig apartar la cortina i de cop i volta vaig topar amb una estàtua col·locada sobre un podi de marbre. Vaig allargar les mans de seguida per subjectar-la abans que caigués a terra, i quan la vaig tornar a deixar ben col·locada, vaig donar la volta a l'estàtua per anar a seure al banc.

—Au! —va gemegar una veu masculina, i vaig fer un bot de sorpresa.

En Laurie estava assegut al banc, amb una llauna de Coca-Cola en una mà i el meu braç a l'altra.

Em vaig agitar per desfer-me'n i vaig tirar de nou la cortina disposada a fugir.

—Perdona! No t'havia vist.

Amb tots els llocs que hi havia en aquella mansió, havia d'estar assegut en l'únic racó tranquil que jo havia trobat.

En Laurie va deixar la llauna de refresc a terra i em va mirar.

—No passa res. Només m'estava amagant.

Fins i tot assegut, es notava que era molt alt. Tenia la boca oberta, la vaig observar breument, just el temps suficient per notar-me el rubor a les galtes, i vaig apartar la mirada.

—Me'n vaig. —Em vaig girar per marxar.

Em va agafar pel colze.

—No. Queda't.

Quan va dir aquestes dues simples paraules, vaig notar una mena de *déjà-vu*, cosa que era impossible perquè només havia intercanviat unes quantes paraules amb ell. Vaig pensar que potser estava perdent el cap, que barrejava els somnis amb la realitat, però hauria jurat que l'havia sentit dir aquelles dues paraules abans.

—No conec ningú, i no en sé gens, de donar conversa als desconeguts, per això he preferit amagar-me aquí fins que sigui hora de marxar.

—Si no coneixes ningú, qui et diu quan és hora de marxar? —vaig preguntar.

Va inclinar el cap i se'm va quedar mirant uns instants. Tenia les cames tan llargues que li arribaven fins a la vora de la catifa. Esperava que no fos cap pell d'animal, allò que pressionaven les seves botes negres.

—Bona pregunta —va respondre, somrient—. I tu? Qui et diu quan és hora de marxar? La teva germana gran?

Vaig negar amb el cap.

Em va mirar durant el que a mi em van semblar minuts però que en realitat van ser deu segons. Vaig comptar cinc respiracions mentre esperava que els seus llavis es moguessin. Els tenia molsuts, com els meus, i em vaig preguntar si a ell també li posaven sobrenoms per això a l'escola, tal com em passava a mi, o si el fet de ser tan guapo el salvava de la ridiculització dels companys, tal com li passava a la Meg.

—Així, què hi fas a la festa, si no coneixes ningú? —li vaig preguntar.

Va donar uns copets al seient del seu costat i vaig seure, però mantenint-me el màxim de lluny possible. Tot i així, el banc era tan petit que l'espai entremig no feia pas més de mig metre.

—Mirar la gent.

—I com ha anat? Has vist algú que t'agradés mirar?

Què vol dir això?, em vaig preguntar en silenci.

Va semblar que m'entenia i em va somriure.

—La teva germana és agradable de mirar, la Meg Spring. —Duia els cabells recollits en un petit monyo, i vaig pensar que hauria de ser model.

—Ah, la meva germana, esclar. —Vaig riure—. A tothom li agrada mirar la Meg.

—M'ho imagino.

Es va reclinar al respatller encoixinat del banc, i jo vaig mirar al capdavall del llarg passadís. Aquella casa semblava encara més gran des de dins que des de fora. Hi havia antics retrats familiars a les parets, penjats de manera perfectament simètrica.

—És una mica esgarrifós, oi? —Parlava ràpid i en veu baixa, i els llavis se li movien molt de pressa—. Trobo que és estrany, immortalitzar tota la família i penjar-la a les parets d'aquí dalt, on se suposa que els convidats no haurien de ser.

—Sí, molt.

—I tu? A qui has mirat, tu, per aquí a fora?

Vaig negar amb el cap.

—A ningú.

Era veritat. Jo no havia mirat ningú de la manera que ell mirava la Meg. En Laurie estava inclinat endavant, posant-se bé la vora dels texans per sobre les botes.

Quan ja no vaig poder suportar més el silenci, vaig preguntar:

—És veritat que ets d'Itàlia?

Em va mirar.

—Sí. La meva mare és italiana. És pintora. Hi vaig viure de petit, i després ens vam traslladar als Estats Units. L'any passat hi vaig viure durant el curs escolar, fins que em van enviar de nou cap aquí.

Ara entenia el seu lleu accent. Vaig sospesar si seria de mala educació demanar-li que em parlés en italià, tan sols per poder-lo sentir.

—Com és Itàlia? Jo tinc moltes ganes d'anar a Europa. Quan treballi per a la revista *Vice*, tinc pensat tot de països on anar i d'històries per cobrir. Vull veure molts més llocs, a part d'aquí; he vist les mateixes coses durant tota la vida. La mateixa gent, la mateixa mentalitat. —Em vaig deixar endur tant per les paraules i pels meus somnis de futur, que gairebé em vaig oblidar d'on era i amb qui estava parlant.

—Així, Jo Spring, tens molts somnis, oi?

En aquell moment vaig decidir que, malgrat que probablement mai més no tindria una conversa amb ell, necessitava saber coses d'Europa.

—Sí. No n'hauria de tenir tothom?

—Parles en general, o de mi en particular?

Llavors vaig entendre de què m'havia advertit la Meg. Dels nois que juguen. En Laurie Laurence definitivament era un noi que volia jugar. I els jocs de paraules eren només el principi.

Doncs jo també en sabia, de jugar. Tant era que no hagués tingut mai cap nòvio. Tenia tres germanes. Jo era la reina dels jocs.

D'acord, potser la reina era la Meg, però jo era la princesa. Per descomptat.

—Me n'he d'anar —vaig dir, en comptes de moure la meva peça al tauler. Sabia jugar, però no ho volia. El que volia era saber coses d'Europa i del món de fora del meu petit univers, però ell no semblava disposat a compartir-ho.

—Què? Per què? —Es va aixecar amb mi, però jo em vaig moure ràpid i vaig tancar la cortina darrere meu abans que ell pogués dir res més.

Escac i mat, Laurie, vaig pensar mentre corria escales avall.

Capítol 10

Meg

—Has vist la Jo? —vaig preguntar a en Reeder quan finalment el vaig tornar a veure.

Havia buscat a la sala d'estar, al menjador i a la cuina, i no trobava la meva germana enlloc. Ja començava a sentir pànic, imaginant-me la reacció de la Meredith quan tornés a casa sense la Josephine.

Vaig agafar el mòbil de la bossa i el vaig comprovar de nou, per assegurar-me que no m'havia trucat o enviat un missatge.

On coi s'ha ficat?, em vaig preguntar. Espero que no m'hagi deixat aquí sola.

Havia passat prop d'una hora i jo ja estava a punt per tornar a casa. Encara no havia vist la senyora King des que havia arribat a la festa. Tot i que últimament m'havia passat gairebé tot el dia en aquella casa, m'hi sentia fora de lloc quan hi havia tants desconeguts.

En Reeder em va dir que no, que no havia vist la Jo, i em vaig dirigir cap al jardí de la part del darrere de la casa. Vaig agafar la tercera copa de xampany i vaig empènyer la porta per sortir. La gespa estava plena de gent, i hi havia llums penjats als arbres. Tot era preciós fins que vaig sentir la veu estrident de la Bell Gardiner.

—Meg Spring! Què coi hi fas, aquí?

Quan em vaig girar cap a ella, em va fer un somriure tan radiant que per un moment em vaig pensar de debò que érem amigues. Però una minúscula vacil·lació gairebé imperceptible en el seu somriure em va recordar que no ho érem. De la mateixa manera que jo no tenia motius perquè no em caigués bé, ella encara en tenia menys per mirar-me com si d'alguna manera m'hagués colat en aquella festa. Hi havia almenys dues-centes persones a la finca, i podia afirmar amb tota seguretat que la majoria no tenien ni idea de qui era la Bell.

—M'han convidat. —Vaig aconseguir fer-li un somriure.

No pensava permetre que s'adonés que temps enrere m'havia fastiguejat molt i que encara em durava.

Els ulls blaus li brillaven amb els llums del jardí. El vestit pràcticament no s'agafava per enlloc en el seu cos esvelt, només una tira a l'espatlla esquerra li aguantava la tela de setí verd. L'esquena era tota descoberta, deixant a la vista la pell suau. Ni tan sols duia sostenidors. Malparida.

—Ah, sí? —Va fer una pausa i em va mirar de dalt a baix—. Fantàstic.

Vaig mirar la dona del seu costat i vaig suposar que era

la seva mare. Tenia els mateixos cabells foscos i els ulls blaus que la Bell.

—Felicitats pel prometatge —li vaig dir.

Em va fer una mirada compassiva.

—Deu ser difícil per a tu.

Vaig mirar la gent que teníem al voltant i em vaig adonar que tothom s'havia quedat en silenci. Ens estaven observant com si allò fos l'últim capítol de *Gossip Girl*.

La Bell es va mirar l'anell mentre jo feia un esforç per trobar les paraules. Per què havia de ser difícil per a mi? En John arribaria la setmana vinent de West Point. No creia pas que el seu promès tingués un historial millor que el d'ell.

Vaig decidir comportar-me com una adulta madura i somriure en comptes d'escopir-li a la cara. La cosa que menys suportava del món era fer el ridícul davant de la gent, i allà tenia la Bell Gardiner intentant fer-me semblar patètica i inferior a ella amb el seu estúpid vestit verd i la seva gran maragda de prometatge.

—De debò que me n'alegro per tu, Bell.

Em vaig girar per marxar i vaig veure que s'acostava en Shia.

Ostres no, no, no, vaig pensar. Vaig tancar els punys amb força. No volia haver de suportar aquells dos. Aquella nit no; ni mai.

—Shia, rei! —La Bell el va saludar agitant la mà enlaire, i jo em vaig aturar de cop tot pensant en alguna cosa enginyosa per si un dels dos em feia un comentari insolent.

A més, on era el seu promès? Si l'estimava tant per

comprar-li un anell tan bonic, per què no era al seu costat en aquella luxosa festa en honor seu?

Vaig intentar esquivar els ulls d'en Shia mentre s'acostava, però no vaig poder. Odiava aquell poder que tenia sempre d'atraure'm, fins i tot quan feia temps que no el veia. Portava uns pantalons de vestir negres i una camisa negra, tot perfectament de conjunt amb l'americana negra. Mai no m'hauria imaginat que el veuria vestit d'aquella manera. Fins a aquell dia, només l'havia vist amb texans i samarretes.

Vaig intentar apartar la vista dels seus ulls verds, però no vaig poder.

—Mira qui ha vingut a felicitar-nos. —No vaig captar les paraules de la Bell Gardiner fins que vaig veure que li agafava la mà i l'estirava cap al seu costat. Ell li va fer un petó als cabells.

Les cames em van quedar entumides. No podia formar cap pensament coherent mentre observava com la Bell agafava la mà d'en Shia entre les seves.

L'anell brillava, em va encegar.

Quin coi de broma era aquesta?

La Bell Gardiner i en Shia King?

Com?

Per què?

Ell em va mirar amb fredor.

—Gràcies per venir, Margaret.

Margaret? Des de quan era la Margaret per a ell?

Un record fosc em va venir de sobte al cap, anunciantme que probablement m'havia convertit en Margaret quan el vaig deixar plantat esperant-me a l'aeroport. Va ser aquell dia, quan em vaig convertir en una simple coneguda de nom sencer.

—Oh, de res —vaig respondre. Em notava les paraules com esquerdills de vidres a la gola.

No em podia creure que visqués en un món en el qual la Bell Gardiner i en Shia King fossin la parella promesa i feliç per qui se celebrava aquella festa. Ni tan sols sabia que ells dos seguien en contacte.

Amb la quantitat d'hores que m'havia passat amb la senyora King en aquella casa, a la botiga, al seu club de camp, i mai no m'havia esmentat res d'en Shia i la Bell. O de la Bell i en Shia. Ni d'aquella festa. Ni una sola vegada. De fet, amb prou feines en parlava, d'en Shia; solia parlar més de les seves dues filles, de les quals se sentia molt orgullosa. Totes dues s'havien graduat a la facultat de dret, seguint els passos del senyor King, l'advocat més destacat i més ric de tot l'estat de Louisiana.

—Oi que és genial, la festa? —va preguntar la Bell.

Sabia que parlava amb mi. Em feia por no tenir prou forces per alçar la vista i mirar-la als ulls, de manera que vaig pensar en el que la Meredith sempre ens deia: «No permeteu mai, mai de la vida, que ningú us prengui la força, noies. No deixeu que ningú us faci sentir inferiors, i si algú ho intenta, demostreu-li qui sou». Ens ho havia dit a totes quatre tantes vegades, que quan jo tenia deu anys ja ho havia memoritzat. Em sembla que ens va dir que ho havia llegit en un llibre quan estava embarassada de mi.

Vaig alçar la vista cap a la Bell Gardiner i en Shia. El somriure em va fer estirar les galtes i vaig desitjar que el pintallavis encara estigués al seu lloc.

—És genial, de debò. Moltes gràcies per convidar-me. Ara, si em disculpeu, he perdut la Jo i l'he d'anar a buscar. Que acabeu de passar una bona nit.

No els vaig donar ni temps de parpellejar que ja m'havia girat per marxar, intentant moure els malucs amb seguretat mentre desapareixia entre la multitud.

Els ulls em coïen quan vaig trobar la Jo repenjada a la paret i bevent una copa de xampany.

—No hauries de beure, la Meredith em matarà —vaig dir.

La Jo va posar els ulls en blanc.

—No pateixis. No l'hi diré pas. Estàs a punt per marxar?

La meva germana tenia les galtes vermelles. Volia parlar-li d'en Shia i la Bell, però necessitava uns minuts per refer-me.

—Havies begut mai abans? —Vaig agafar una copa de xampany de la taula del costat, la vaig buidar de cop i en vaig agafar una altra.

—Sí. Una vegada. La Beth i jo ens vam servir del carregament de licor del pare a Fort Hood. —Va somriure—. L'endemà estàvem fetes pols.

Em va venir al cap un record vague de la Beth aguantant els cabells de la Jo a la tassa del vàter.

—No em puc imaginar que ho fes precisament la Beth. —Em va sortir una rialleta irònica.

—Has esbrinat qui és el promès de la Bell Gardiner? No he sentit ningú que en parlés. Em sembla que aquí la gent ha vingut per les begudes i els sandvitxos. La Bell Gardiner no cau bé a ningú.

El xampany em va borbollejar i em va cremar a la boca.

—No ho sé —vaig mentir—. Però tens raó amb això que a ningú no li cau bé la Bell Gardiner.

Sovint sentia l'impuls de compartir més coses amb la Jo, de deixar-la créixer més ràpid del que els meus pares l'hi permetien. La Meredith havia fet molt bé d'ensenyar-nos a ser fortes, a ser competents, però no ens havia sabut ensenyar res sobre la realitat de ser adolescents. Una vegada em va dir que ella havia hagut de créixer molt ràpid, i no volia que a nosaltres ens passés el mateix. Comprenia el seu punt de vista, però la Jo probablement encara no havia fet un petó a cap noi, vaig pensar, meravellada. Jo, a la seva edat, ja m'havia ficat al llit amb tres. No me n'havia penedit llavors, i sens dubte no ho faria pas ara.

—He de fer pipí. Podem anar al lavabo? —Vaig buidar el que quedava a la copa. Havia perdut el compte de les que m'havia begut. El pit ja no em feia fiblades, però no podia deixar de pensar en en Shia i la Bell. No ho entenia de cap manera. Les seves personalitats no podien ser més diferents. I amb el que ell arribava a viatjar, com s'ho havien fet per mantenir una relació, i per mantenir-la prou forta per haver-se promès? Des de quan estaven junts? No en tenia ni idea. Jo havia seguit la pista d'en Shia, o si més no m'ho pensava, perquè era evident que alguna cosa m'havia passat per alt en la meva recerca cibernètica. Això, o és que a ell no li importava prou la Bell per parlar d'ella a la xarxa.

Capítol 11

Vaig trobar fàcilment el lavabo del pis de dalt, el que connectava amb l'habitació de la Ineesha. Era la filla gran de la senyora King. Em vaig preguntar si la Ineesha també era a la festa. No l'havia vist, però hauria sigut estrany que la germana d'en Shia no s'hagués molestat a tornar al poble per assistir a la festa de prometatge. Em vaig quedar uns instants al davant del mirall abans de barallar-me amb la faixa i fer les meves necessitats.

Quan vaig sortir, em va semblar que sentia veus masculines parlant en veu baixa però amb fúria. Em vaig aturar davant d'un gran quadre penjat a la paret. El coneixia molt bé, aquell quadre. Era el retrat de la família King. No em calia mirar-lo per saber que la senyora King duia un vestit de color vermell viu i que un jove Shia seia als peus de la seva mare, amb un petit osset als braços. Tenia les galtes rodonetes i els cabells força llargs i rinxolats.

Veia el quadre cada dia quan travessava els passadissos buits del pis de dalt. Ara, mentre intentava escoltar la conversa a través de la porta de l'habitació més propera, vaig donar una ullada al meu voltant per comprovar que no hi hagués ningú. Em vaig amagar a la cantonada de la paret. Els passadissos estaven buits; només se sentien les veus dèbils i l'eco de la música de la planta baixa. Em va sorprendre que no se sentís més xivarri des de dalt, tenint en compte la quantitat de gent que hi havia a la casa.

Se'm va encongir l'estómac. La casa dels King sempre estava molt buida. Quan caminava, sentia els meus propis passos que ressonaven des del terra de fusta original, que a la senyora King li encantava dir que era del 1860, fins als altíssims sostres, adornats amb les motllures originals adaptades a les parets de color crema. La senyora King estava molt orgullosa de casa seva; parlava dels detalls de les finestres de vidre pintat a les golfes amb molt més orgull que no pas en les comptades ocasions en què parlava del seu fill i les seves «aventures» arreu del món.

Em vaig començar a avorrir i em van venir ganes de tornar a buscar la Jo, encara que em donés la tabarra amb aquell tal Laurie.

Just quan vaig fer el primer pas per anar-me'n, vaig sentir una veu que vaig reconèixer.

—No ho saps, això!

En Shia parlava cridant. Vaig arrossegar els peus lentament per acostar-me a les veus.

—Que no ho sé? —va cridar una veu greu a dins de l'habitació.

Alguna cosa va caure i es va trencar. Semblava vidre esmicolat.

—Tu no saps res, noi! Et penses que perquè has anat a

una missió i has alimentat un poble ja ho saps tot d'aquest món? Bé...

La veu va quedar tallada i després vaig sentir que la senyora King deia alguna cosa inintel·ligible.

Des que treballava en aquella casa, mai no havia vist el senyor King. Només li havia sentit la veu una vegada, quan havia trucat per telèfon per parlar amb la seva dona. Tenia la veu més greu que havia sentit mai.

—Estàs content, ara? Em vas deixar ben clar que no vols que formi part d'aquesta família! —va cridar en Shia.

Em vaig preguntar si la Bell Gardiner era a l'habitació. No podia evitar la meva constant inclinació pel drama. Generalment no era una cosa que trobava per casualitat, però aquella nit sí, perquè jo només havia anat al lavabo —intentant fugir de la Bell—, de manera que devia ser el destí el que m'havia portat a sentir la discussió que mantenien.

No obstant això, era molt estrany, perquè a diferència de la majoria d'altres vegades, mentre estava allà dreta al passadís escoltant com el senyor King escridassava el seu fill, no sentia el rampell d'adrenalina que em solia provocar el drama. Només vaig notar que se'm posava la pell de gallina als braços i que se'm tensava l'esquena.

—Mai no has merescut formar part d'aquesta família! —va cridar el senyor King—. Ets el meu únic fill, l'únic que pot continuar amb el nom de la família, i mira't!

Em va semblar que sentia els sanglots d'una dona.

És la Bell Gardiner, potser?, vaig pensar, acostant-m'hi una mica més.

Vaig respirar fondo i vaig fer l'últim pas cap a la porta.

No havia estat mai en aquella habitació, però sabia que era el despatx del senyor King. Hi havia passat una vegada que la porta estava oberta, però l'únic que en recordava era el gran escriptori del centre de l'estança. Ara, tot espiant a través del marc de la porta, vaig veure tres persones.

En Shia era el que era més a prop de la sortida, d'esquena a mi. Davant seu hi havia el senyor King, un home gairebé tan alt com en Reeder. La seva pell era d'un marró més intens que la d'en Shia, i tenia els ulls foscos, però la semblança entre ells dos em va sorprendre.

El senyor King va fer un pas cap al seu fill, que es va girar de perfil per mirar-lo. Ara en Shia duia la camisa per fora, li penjava per sota els malucs. L'expressió de la cara era tensa, amb els ulls tancats i les comissures de la boca cap avall.

—Em pensava que a hores d'ara ja en tindries prou de perdre el temps amb aquests jocs infantils —va dir el senyor King, que ja tornava a cridar.

En Shia es va girar i va mirar la seva mare.

—Jocs infantils? —Es va pinçar el pont del nas i va caminar seguint una línia irregular per la moqueta—. Faig el que m'apassiona! Tens idea de la quantitat de gent que he ajudat? Els he donat menjar, els he ensenyat a llegir, i tu encara em dius que sóc una criatura?

El so d'un mòbil va ressonar per tota l'habitació. Va sonar un munt de vegades fins que el senyor King va etzibar:

—He de contestar.

La vibració de les seves sabates contra el terra de fusta va arribar fins al passadís.

—Esclar, per descomptat —va dir en Shia, però el seu pare no va respondre.

Vaig notar que el pit se'm tensava i vaig pensar en la primera vegada que vaig veure en Shia King. Ens acabaven de destinar al sud de Louisiana provinents del centre de Texas, i jo caminava tota sola pel Barri Francès. Recordo que vaig deixar les meves germanes i la tieta Hannah en una botiga de iogurt gelat per explorar la zona tota sola durant uns minuts. No havia estat mai al Barri Francès, i era l'únic que desitjava fer des que ens havien anunciat el CPP, el canvi de post permanent, a Louisiana.

Jo tenia ganes de marxar de Texas després del que m'havia passat durant el primer any d'institut. Va ser com un regal de Déu quan el meu pare ens va fer seure, nerviós i preparat per a la pitjor reacció per part nostra, i ens va dir que aquell estiu ens traslladàvem. Jo me'n vaig alegrar, contenta de poder-me allunyar dels estúpids companys de l'institut, a la Jo li va venir un atac, la Beth va somriure, i a l'Amy tot li estava bé.

Aquell va ser l'estiu en què em vaig reinventar. Em vaig tenyir els cabells d'un to més pujat, de color castany fosc, i em vaig tallar el serrell. Vaig aprendre a maquillar-me i estava convençuda que podia començar de nou.

Aquell dia en concret, el sol em cremava la pell mentre caminava pels carrers empedrats. Les espatlles se'm van posar vermelles tan sols amb vint minuts de passejar. Anava sense rumb, simplement volia explorar els carrers. L'olor dolça de sucre em va dur per Decatur fins a una botiga de pralinés criolla.

L'edifici era preciós; l'exterior era encantador, del típic

estil de Nova Orleans. El metall blau que semblava cinta de seda emmarcava les finestres. Era impossible pensar que algú pogués passar per aquell lloc sense entrar-hi. Se'm va fer salivera, tenia el cos cremant i no era l'única persona que havia sortit aquell dia. A l'interior del local, tenia una filera d'una vintena de persones al davant. L'aire condicionat bufava fort i amb un soroll estrepitós des del sostre.

Hi havia petits carrets plens de souvenirs, amb el logo de la botiga a tot arreu, des d'una samarreta fins a una tassa. Vaig agafar una tassa perquè no m'hi vaig poder resistir.

—Has de tastar la xocolata —va dir una veu darrere meu.

Em vaig girar i vaig veure en Shia, amb un somriure jovenívol i els ulls d'un verd brillant.

—No hi havia estat mai, aquí.

Ell va somriure i va mirar la tassa.

—Ja m'ho he pensat.

Em vaig girar de nou cap endavant.

Al cap de poc, em va tocar amb els dits a l'espatlla.

—No has agafat la xocolata —va dir, mentre feia la primera queixalada de praliné cruixent.

Vaig estar a punt d'agafar xocolata, però no ho vaig fer, per despit. La nostra relació va seguir sempre més aquest patró. Ell em donava un consell i jo feia el contrari, només per despit. Per això era impossible que mai pogués funcionar. Ho vam provar unes quantes vegades, però cap dels dos no tenia prou paciència per aguantar l'altre.

—Meg? Què hi fas, aquí?

La veu de la senyora King em va treure dels records. Tenia la barbeta alçada, i la meva esquena es va redreçar encara més mentre intentava pensar en alguna cosa per dir.

Tanmateix, el seu to de veu era bastant suau, com si el seu marit i el seu fill no acabessin d'escridassar-se l'un a l'altre mentre talaven l'arbre genealògic.

—Jo, mmm —vaig fer una pausa—. Estic buscant la meva germana.

Vaig sentir passos a l'interior de la gran habitació i només desitjava marxar abans que en Shia sortís i em veiés.

—La teva germana? La rossa petita o la que té els cabells llargs?

Volia dir a la senyora King que en realitat tenia tres germanes, però em va fer la sensació que no era el moment; no semblava que recordés els seus noms, malgrat que jo parlava d'elles constantment. Bé, potser no hauria de dir constantment, perquè no parlava gaire quan era amb la senyora King, però quan ho feia, parlava molt de les meves germanes.

—Exacte, sí. Em sap greu haver-la molestat. —Vaig observar al meu voltant per intentar evitar la seva intensa mirada. Era molt intimidant.

Vaig fixar-me en el seu conjunt i em vaig preguntar si mai em vestiria com ella quan fos gran. La jaqueta granat combinava a la perfecció amb la faldilla recta, era exactament el mateix to. Al coll, hi duia un gran collaret de perles, i s'havia pintat els llavis de color fúcsia fosc. Era una dona guapa que s'acostava a la cinquantena. No m'imaginava la cara que devia fer quan es llevava. Fins i tot quan venia a primera hora de la tarda per maquillar-la, ja anava ben pentinada i normalment ben vestida, amb les joies de conjunt i tot.

Jo volia ser com ella quan fos gran.

Em sembla que no volia que captés la mirada que va fer cap a la porta oberta mentre començàvem a caminar passadís avall.

—No passa res, maca. Anem cap a baix —va dir, amb veu neutra.

La senyora King era almenys deu centímetres més alta que jo amb els talons d'agulla. La gràcia amb què hi caminava feia que els meus peus adolorits semblessin encara més patètics. Em quedava molt per aprendre.

Em feia sentir els dos extrems, molt més vella i molt més jove del que era.

Vaig mirar la meva mestressa, i ella es va girar per mirar-me mentre passàvem per davant del lavabo de dalt. La porta estava tancada i un petit fil de llum es projectava a terra. Hi havia silenci, i quan em va parlar, la seva veu era tan suau com el sucre de llustre de pastisseria.

—T'ha agradat la festa? Estic segura que has sentit coses que no hauries d'haver sentit. Però podem oblidar aquesta discussió familiar privada, oi que sí?

Vaig assentir. Sí, sisplau.

Esperava que no em renyés perquè havia trucat per dir que estava malalta per anar a treballar i en canvi ara era allà, mudada i evidentment gens malalta.

—Per descomptat. I sí, la festa és espectacular. Me n'alegro molt pel seu fill, i per tots vostès.

El somriure li va fer apujar les galtes empolvorades. Fos qui fos que l'havia maquillat aquell vespre, ho havia fet pràcticament tan bé com jo.

—Jo no me n'alegraria tant —va dir, amb una veu tan baixa que em pensava que m'ho havia imaginat.

Cap de les dues va parlar mentre recorríem tot el primer pis de la casa. La música i les veus de baix arribaven esvaïdes. Era estrany, el silenci que hi havia a dalt. A casa nostra, se sentien absolutament tots els sorolls d'una paret a una altra. Jo tindré una casa com aquesta quan tingui trenta anys.

—Vols prendre una copa amb mi abans de tornar a la festa?

Mai no m'havia passat pel cap que arribaria el dia en què la senyora King em convidaria a una copa. Ni tan sols sabia què contindria el got que m'oferia. Però, en aquell moment, m'hauria empassat fins i tot una copa de melassa tan sols per quedar bé amb ella.

—I tant. —Vaig intentar mantenir el somriure fred, sense mostrar-me gaire emocionada. Les noies madures mantenen el control. Sempre.

La vaig seguir cap a un petit rebost del majordom. Mentre caminàvem, em vaig treure els cabells de darrere les orelles i em vaig allisar la vora del vestit. La senyora King va agafar una ampolla negra amb una etiqueta en forma de diamant i es va girar cap a mi.

Va assenyalar sobre el meu cap.

—Agafa dos gots.

Vaig alçar la vista i vaig veure tot de prestatges plens de gots i copes. Hi havia de tot, des de flautes de xampany fins a gerres de cervesa. Vaig agafar dos gots que em va semblar que eren adequats pel que fos que aquella dona em volgués fer beure. Quan els hi vaig donar, va girar el canell i el rellotge va brillar sota la llum. Tota ella desprenia elegància i classe. Em va fer un somriure d'aprovació i el cor em va fer un salt. Després va obrir una petita nevera encastada a la paret. Es va inclinar i vaig sentir el gel que dringava dins dels gots.

Vaig llegir l'etiqueta de l'ampolla negra: Hendrick's Gin. Només havia tastat la ginebra una vegada abans d'aquella nit, amb la meva exmillor amiga de Texas, la Justina. Va ser una nit horrible. El principi del final de la nostra amistat.

—Ja ho tenim a punt.

Em va donar el meu got i va deixar el seu al taulell. Amb els dits esvelts va agafar el coll de l'ampolla de vidre i va obrir el tap. Les ungles de color albercoc quedaven elegants i boniques en contrast amb la pell fosca mentre servia la ginebra als gots amb gel.

Quan va acabar, vaig esperar un moment, suposant que trauria algun estri per barrejar. No ho va fer. Simplement va beure un glop directament de la beguda acabada de servir i va dir:

—No bec sovint, però quan ho faig, ho faig de debò.

Vaig somriure i vaig seguir el seu exemple, alçant el got a la seva salut. Vaig fer un petit xarrup i la llengua em va cremar, però en realitat no estava pas tan malament. Era molt i molt millor que la cervesa barata i les ampolles de sangria que els meus amics de Texas pispaven del rebost de les seves mares. Des de llavors, mai més havia pogut suportar l'olor de sangria, perquè em recordava les males bruixes que em van fer la vida impossible a Texas.

La senyora King va deixar el got al taulell que teníem al davant.

—Així, Meg, surts amb algú?

No vaig poder evitar quedar meravellada perquè el pintallavis no se li havia corregut gens ni mica.

Vaig assentir esperant no ennuegar-me a l'hora de parlar.

—Sí, senyora King. Surto amb un home que es diu John Brooke. Es gradua de West Point la setmana que ve. —Volia impressionar-la.

—Em sembla que el conec. Està molt bé, Meg, ell et cuidarà. No podem esperar res més.

La manera en què va dir aquestes paraules em va irritar una mica, però era la veritat, si no, per què havia esmentat la graduació de West Point d'en John?

—Sí —vaig dir.

—Deixa'm dir-te una cosa, Meg. —No era una pregunta. Ho hauria dit independentment de la meva resposta.

Vaig assentir. Vaig beure un altre glop de ginebra, i em va cremar una mica menys que el primer.

—El meu fill es pensa que ho sap tot del món i de la manera com funciona. Es fa aquestes il·lusions seves de ser com una mena de salvador. —Va agitar la mà en l'aire com si acomiadés algú—. L'únic que volem és que progressi. Volem que faci sentir orgullosa la nostra família i que s'ocupi del llegat del seu pare. Ets conscient de la pressió que suporta la nostra família? Ser la família més rica de la regió i ser negres?

Els ulls de la meva mestressa em van mirar fixament, i jo no sabia què respondre. No sabia la pressió que suportaven. Jo només sabia que la gent parlava dels King com si fossin una família entremig d'un conte de fades i de la reialesa.

—El meu fill té la responsabilitat de portar el nostre nom. Les dues filles ja han fet el que se suposava que havien de fer; vaja, fins i tot més del que se suposava. La Ineesha es va graduar amb la millor nota del seu curs i ara és la sòcia més jove en la història de l'empresa on treballa. El marit de la meva filla petita es presentarà com a candidat al Senat. I resulta que en Shia no fa res més que perdre el temps en aquests països on va, deixant que els deliris de llibertat afectin el seu futur. Va abandonar la universitat, per l'amor de Déu!

Jo no sabia què dir. No em sentia qualificada per donar-li cap consell ni per fer cap comentari, però volia que continués parlant.

—Què voldria que fes en Shia?

No va dubtar abans de respondre:

—Anar a la facultat de dret. Gaudir d'aquest prometatge amb la Bell Gardiner. Escoltar el seu pare.

—Així, en Shia no vol ser advocat? —Tant de bo m'hagués pogut cosir la boca.

La mirada se li va endurir una mica, però va assentir.

—Tens raó. No vol ser advocat, però quan sigui un adult i visqui en una casa com aquesta, ens ho agrairà. No series feliç amb una casa com aquesta, Meg? Encara que haguessis de fer algun sacrifici per aconseguir-la?

Vaig donar una ullada al rebost del majordom, que era més bonic que la majoria d'habitacions de casa nostra.

—Sí, i tant.

Quan la Jo i jo parlàvem del futur i dels nostres plans, inconscientment sempre em sentia una mica culpable perquè volia ser mare i esposa. La Jo tenia uns plans diferents, i la idea de ser mare i esposa sense una carrera professional seria un infern per a ella. Però per a les dones com jo o com la senyora King, no era cap vergonya. Era cap mal que estigués disposada a sacrificar unes quantes coses per ser mare i esposa? No, per a mi no. Per a la Jo i la Meredith sí, però per a mi no.

—Ja sabia que tenies el cap al seu lloc. Per què en Shia no va fer el que li vam dir i es va matricular a la facultat de dret? Encara hi és a temps, el seu pare té contactes. Ara l'admetrien, fins i tot després d'haver perdut dos anys donant voltes pel món. Però no ens vol escoltar de cap manera, és un noi impossible.

Era estrany sentir la senyora King parlant d'en Shia d'aquella manera, com si tot el que fes estigués malament, mentre que jo a vegades desitjava poder ser com en Shia. Desitjava que no m'importés el que la gent pensés de mi, i desitjava poder deixar la meva família per viatjar arreu del món. També desitjava poder ser prou valenta. Almenys durant un quant temps.

—Estic segura que es deixarà convèncer. Té molta sort de tenir uns pares com vostès —la vaig tranquil·litzar, tot i que em sentia una mica traïdora.

El somriure de la senyora King hauria compensat el meu sentiment de culpa si en Shia no hagués entrat per la porta oberta just en aquell moment i m'hagués llançat una mirada que deia que havia sentit absolutament tota la conversa.

Capítol 12

Jo

La Meg ja feia vint minuts que havia marxat quan em vaig començar a avorrir, i tenia ganes d'anar-me'n. Bé, per ser del tot sincera, ja tenia ganes de marxar en el moment en què havíem travessat la reixa de ferro forjat que separava els King de la resta del món. Realment allò semblava un univers a part, on la gent rica es ficava culleradetes de caviar a la boca i el feia baixar amb alcohol del car. Era un món en el qual no volia acabar vivint.

Per sort, el xampany hi ajudava una mica.

—Oi que és fantàstica aquesta festa? —em va preguntar una dona alta. Vaig haver de torçar el coll cap amunt per mirar-la, i tot i així, em costava veure-li la cara. Portava un gran barret de plomes al cap. Era un paó sumptuós i molt treballat. I potser igualment inútil.

—És meravellosa. —Vaig canviar el to de veu pel d'una noia meridional, i la dona va picar de mans.

Vull dir que realment va picar de mans.

—Ai, sí! Aquesta tal Bell Gardiner té molta sort de poder-se casar amb un dels King. T'ho imagines?

El plaer i la delectació que la dona sentia per aquella família em van fer regirar l'estómac. Per a mi, els King eren malbaratadors, avorrits i tan narcisistes com es podia ser. Aquella festa n'era la prova. I també els esgarrifosos quadres d'ells cinc estratègicament col·locats en cadascuna de les estances en què jo havia estat fins a aquell moment. Potser era veritat que fer-te pintar un retrat et robava l'ànima. O era quan et feies fotos? No me'n recordava, però en qualsevol cas explicaria el que havia passat en aquella casa. No en sabia gaire res, d'ells, però veient l'odi que la Meg sentia per en Shia i les seves queixes per la fredor de la senyora King, necessitava fer una mica d'investigació pel meu compte. I aquella esplèndida festa era suficient.

—No m'ho imagino. Suposo que deu ser divertit estar-te en aquesta enorme i antiga mansió sense res més a fer que beure xampany i queixar-te de la vida. Sí, deu ser divertit, oi? —Movia els malucs mentre parlava, i em va sortir un somriure quan vaig veure que la dona em mirava amb el front arrugat.

—Quin problema tens, noia?

La seva indignació era ridícula. Es comportava com si estigués parlant de la seva germana o la seva mare; la seva pell blanca em va revelar que no era el cas.

—Cap. Només era un comentari. He sentit a dir que si véns a viure en aquesta casa, lentament et converteixes en un robot. És absurd. La Bell Gardiner. —Vaig assentir en direcció a la llarga taula on l'estrella del vespre i els seus amics estaven asseguts. El nòvio era l'única persona que hi faltava. El seient buit del seu costat destacava com un gra a la punta del nas.

—Ets... —La dona va esbufegar i els seus ulls brillants van aparèixer sota aquell extravagant barret. No volia quedar-me allà el temps suficient perquè trobés les paraules que buscava, de manera que em vaig escapolir entre un cambrer i un grup d'homes molt alts.

Volia tornar a l'amagatall del banc, però no volia arriscar-me a trobar-me en Laurie i que intentés enredar-me amb els seus jocs.

Vaig agafar el mòbil i vaig enviar un missatge a la Meg: «Torno a casa. Ja ens veurem allà. No ho suporto més».

La Meg ja se sabia espavilar tota sola. Sortia gairebé cada cap de setmana i no tornava fins a hores després d'haver-me'n anat al llit. Vaig agafar un altre pa amb tomàquet i vaig somriure als robustos guardes de seguretat que hi havia a la sortida.

Vaig tornar a agafar el telèfon per demanar un taxi, però quan vaig mirar al meu voltant, la foscor silenciosa del carrer em va agradar. Vaig pensar que podria caminar una estona, per posar-me una mica d'aire fresc de Louisiana als pulmons i silenci dins del cap, i després ja trucaria perquè un taxi em portés la resta del trajecte. Vaja, fins a l'entrada del post militar. No podien travessar les portes de seguretat sense un adhesiu d'autorització al cotxe.

A vegades tenia sort i aconseguia un taxista amb autorització o amb identificació militar, i llavors podien entrar al post, però no sempre. Des d'on era, l'entrada era només a deu minuts en cotxe, i des de l'entrada trigava uns cinc minuts a peu fins a la porta de casa. No trigaria gaire a arribar-hi, i llavors em podria posar el pijama i estar amb les meves germanes. Hi havia tradicions que seguíem cada any. La Beth i la Meredith omplien la cuina de menjar, i quan venia la tieta Hannah, encara era millor. Bé, em refereixo al menjar. No al silenci incòmode que ressonava a través de l'estança entre la mare i la seva germana. L'Amy sempre corria amunt i avall preguntant a tothom quins eren els seus records preferits i ella explicava primer els seus. La Meredith i l'Amy sempre es quedaven adormides abans de mitjanit, i la Beth despertava la Meredith just abans. Llavors, ens abraçàvem i ballàvem, i el pare encenia bengales i cridàvem «Prost!» quan brindàvem amb les copes. El pare havia après aquesta paraula a Alemanya, i ens encantava dir-la.

El trobava a faltar, el pare. Començava a pensar en ell cada hora. Quan era més petita, em resultava més fàcil distreure'm quan l'enyorava. Estava enfeinada amb l'escola i amb els textos que escrivia, i els dies em passaven més ràpid. Però ara que em fixava molt més en el món del meu voltant, no era tan fàcil.

Els professors em parlaven de la guerra, i el canal del meu Twitter estava ple de política, la majoria contradient el que aprenia a l'escola.

Em sentia molt més jove tot just l'any passat.

La Meredith sempre em deia que els setze anys són diferents de qualsevol altra edat. Quan tens quinze anys, encara no condueixes, i és molt probable que no surtis amb nois. La regla em va venir més tard que a les meves germanes, sense comptar l'Amy. Em sentia molt jove fins que d'alguna manera, sense adonar-me'n, l'any passat em vaig trobar empesa cap a una edat adulta primerenca. Cada dia era una cosa nova, i sentia que el món es feia més petit amb cada albada. Les meves germanes pensaven que era una exagerada, però ara les coses eren diferents, fins i tot des que la Meg tenia la meva edat, feia dos anys.

Un mes més i el pare tornaria a casa. Tornaria i la vida s'il·luminaria una mica. Jo tindria algú amb qui discutir, algú amb qui contrastar les meves idees. Estava orgullosa del meu pare, però no podia evitar pensar que m'agradaria que no s'hagués fet oficial. Llavors, la culpa em rosegava i m'apartava aquella idea del cap, em disculpava mentalment amb el pare i amb l'univers, i ho tornava a pensar. Tenia sort que tornés a casa. Ho sabia. Però per molt que ho sabés, no m'ajudava a sentir-me millor quan no hi era.

Vaig passar caminant per un camp buit i vaig pensar en la privacitat de tot aquell espai. Estava segura que els King també eren propietaris d'aquelles terres, ja que no hi havia cases edificades. Només bestiar. Dos ulls m'observaven des de la foscor, i em vaig apartar una mica de l'animal. No em feien res els gats i els ocells, però els animals grans de granja no estaven fets per a mi. Com la majoria de dies al sud de Louisiana, l'aire es va tornar enganxós a la nit. Encara feia fresca, però aquella nit era més freda que el matí. Vaig buscar més vaques i vaig seguir caminant sota els fanals del camí per si de cas passava algun cotxe. La Meg no m'havia contestat el missatge encara, i esperava que la Meredith no s'espantés quan em veiés arribar a casa sense ella.

No creia que s'espantés, però ja ho veuríem. Potser la Meg em respondria o em trucaria abans que jo avisés un taxi. Li vaig tornar a escriure: «Meg, on ets?».

Em va semblar sentir una branca que petava darrere meu, però també sabia que la meva imaginació volava molt. Cada vegada que hi havia massa silenci, la meva ment creava alguna cosa per mantenir-se ocupada. Per això escrivia, per descarregar una mica la meva desbocada imaginació.

Un altre espetec. Molt bé, hi ha alguna cosa darrere meu. Una vaca?

Diguem que és una vaca...

Em vaig girar, i vaig veure en Laurie caminant uns tres metres enrere.

Va alçar els braços enlaire.

—No em disparis!

Em vaig posar a riure i me'l vaig quedar mirant. M'estava seguint?

—Per què em segueixes? —vaig cridar. Ara ja era a només dos metres; les seves gambades el van fer arribar ràpidament al meu costat. Duia la camisa per fora dels pantalons i els cabells rossos apartats de la cara.

—No et segueixo. T'he vist caminant i he pensat que podia venir amb tu. —Va somriure i es va humitejar els llavis.

El vaig mirar als ulls.

—Això és molt semblant a seguir-me. Què vols?

Els llavis humits li brillaven sota el fanal del camí.

—Jo també vaig cap a casa. Per què no hi anem junts?

Mmm.

—És molt lluny des d'aquí. Per si no ho sabies. —Probablement no ho sabia, perquè acabava de venir a viure aquí, i a mi m'encantava saber més que ell sobre aquest tema.

Va riure entre dents i va brandar el cap.

—Ets tan agradable, Jo Spring...

No vaig somriure.

—Oi que sí? És un cafè, això?

Vaig assenyalar el got de paper que duia a la mà. I vaig afegir:

—D'on coi l'has tret, un cafè?

Havia vist taules i taules plenes de xampany i dues barres plenes de licors, però no havia vist cafè enlloc.

—Sí. El vols? —Me'l va oferir.

Vaig assentir i vaig agafar el got. Encara estava calent.

—Ara mateix prefereixo un cafè que compliments.

Vaig alçar la tapa blanca de plàstic del got. Vaig ensumar per assegurar-me que no feia olor d'alcohol. El xampany que havia fingit que m'agradava era més que suficient per a mi. Després del que havia tastat aquell vespre, sincerament no entenia per què la gent bevia tant. Els adults encara, perquè tenen més maldecaps, però els adolescents? No entenia l'afició que tenien a l'alcohol.

Vaig tornar a col·locar la tapa. Era segur prendre'm allò? Odiava haver-ho de posar en dubte.

—Beu-ne tu una mica —li vaig dir, tornant-li el got.

Va desviar la mirada dels meus ulls cap al got, i el va agafar. A part d'inclinar el cap a un costat, no va dir res abans de beure'n un glop. Va fer gàrgares com si s'estigués rentant la boca, se'l va empassar i va treure la llengua per demostrar que ja no tenia res a la boca.

—Caminant des d'aquí només es triguen deu minuts, si fem drecera pel cementiri —va dir en Laurie al cap d'un moment.

—Pel cementiri? —No podíem fer drecera pel cementiri. Estava tancat i barrat.

I feia una mica de por, la veritat.

—Sí.

Va clavar una puntada de peu a una pedra amb la bota. Va lliscar pel carrer fosc, i l'únic que se sentia era el cant dels grills i la vibració de les llagostes als camps del voltant. Estàvem a punt d'arribar a un camp de blat de moro que sempre estava tan fosc que, cada vegada que hi passava caminant, no podia evitar pensar en la pel·lícula de terror que havia triat l'Amy per Nadal, *Els nens de les panotxes*.

—És més ràpid. Creu-me. Jo hi passo sempre.

M'empipava que ell sabés això i jo no.

—Està tancat.

—I? Et puc ajudar a passar per sobre de la tanca, si és això el que et preocupa. La majoria de noies no s'hi poden enfilar. Ja t'ajudaré. —Va somriure.

M'encantava el repte, i la manera de dir «la majoria de noies» m'havia molestat.

—Segur que podré tota sola. No necessito la teva ajuda. —Li vaig tornar el somriure i el vaig seguir per la carretera en direcció a la porta del cementiri.

—No hauria de fer tanta calor. Aquest estiu serà brutal —va dir en Laurie.

Me'l vaig quedar mirant.

—Que vols parlar del temps, ara?

Va respondre amb una riallada.

—Suposo que no.

El cementiri estava demarcat amb una gran porta de fusta vermella.

—Preparada? —va preguntar en Laurie amb una rialleta de satisfacció que era un repte embolicat amb un gran llaç vermell.

—Sip. —Vaig començar-me a enfilar un segon abans que ell i no vaig necessitar la seva ajuda per saltar per sobre de la tanca d'acer. Vaig pujar i baixar tota sola i només em vaig esquinçar els pantalons per dos llocs. Però els texans eren un sacrifici digne de la meva causa d'autosuficiència.

Vam caminar en silenci entre les làpides. En Laurie em va dir que si molestàvem els morts, ells també ens molestarien a nosaltres.

Sabia que només ho deia per fer-me por, però tot i així em va venir una esgarrifança i em vaig acostar més cap a ell, assegurant-me que els meus passos fossin ben lleugers fins que vam arribar de nou al camí pavimentat. Gairebé ja érem a l'entrada del post. La veia a la llunyania, a tan sols uns minuts caminant.

En Laurie feia molt poc que havia vingut a viure aquí, com era que sabia més coses del poble que no pas jo?

—A veure, Jo, què és el que t'apassiona?

—Quina cosa més estranya de preguntar. —Vaig riure mentre intentava mantenir el ritme de les seves gambades.

—No gaire. Només tinc curiositat.

En Laurie es va ficar les mans a les butxaques i va alentir la marxa per caminar just una mica darrere meu.

—Doncs jo vull saber què t'apassiona a tu, Laurie. —Vaig redreçar l'esquena tant com vaig poder—. Explica'm alguna cosa de tu. No m'agraden els jocs.

—Mmm, Jo... No sé per què, però no m'ho crec.

Va somriure i la lluna va brillar amb més intensitat.

Capítol 13

—No et deixaré caminar amb mi si has de ser desagradable —vaig respondre.

No em volia passar la resta del camí fins a casa jugant a endevinalles i veient com feia comentaris críptics i gens productius sobre qualsevol cosa que jo digués.

—No ho seré pas. Et prometo que el meu comportament serà impecable a partir d'ara. —Va alçar la mà i es va dibuixar una creu sobre el cor.

Va ser un gest maco. Em vaig posar a riure.

—Va, parlem —va dir, i em va començar a disparar preguntes. Quan vam arribar a l'entrada de la base, havíem parlat tant, que el camí s'havia fet curtíssim.

D'on havia sortit el meu nom?

Per què m'agradava que em diguessin Jo en comptes de Josephine?

Quina de les germanes era la gran? I la petita?

Jo no m'havia assabentat pràcticament de res sobre ell, excepte que tenia clar que volia ser la seva amiga.

Quan ens vam apropar a l'entrada, no sabia per quin carril passar. Un dels meus amics no militars una vegada em va dir que l'entrada era com un peatge. En Laurie semblava que sabia per on havíem de passar, de manera que el vaig seguir pel carril de l'esquerra. Els llums que hi havia a sobre nostre eren molt brillants, i la policia militar que vigilava cada carril duia grans metralletes penjades a l'uniforme.

L'amic de la Meg, en Coleman, era el guàrdia de l'entrada, i la seva feina era comprovar la nostra identificació i donar-nos la benvinguda al «magnífic lloc» que era Fort Cyprus. No ens va posar cap pega per deixar-nos passar. Ni tan sols va comprovar els nostres carnets d'identitat. Probablement se'n volia anar al llit amb la meva germana, igual que la resta de soldats que coneixíem.

—Digue'm per què sempre tens el front arrugat, Jo.

Quan vaig informar en Laurie que *no* sempre tenia el front arrugat, m'ho va tornar a preguntar i me'l vaig quedar mirant. Em vaig preguntar si tots els nois eren tan interessants com ell. El pare ho era, però alguns nois de l'escola, i fins i tot alguns de més grans amb qui sortia la Meg, semblaven menys estimulants que un iogurt natural.

—Així, Jo, puc assumir que tens un fort temperament que acompanya aquest front arrugat? —va preguntar en Laurie quan passàvem per la botiga de l'altra banda de l'entrada.

La Shoppette sempre estava plena de gent i tenien el millor menjar calent i els millors caputxinos per menys d'un dòlar que sortien de la màquina en menys de trenta segons. Quan passàvem per caixa, comprovava el tiquet com un recordatori de tots els diners que ens estalviàvem en no pagar els impostos dels nostres caputxinos, Tornados i dònuts Krispy Kreme, i el pare deia que sempre havíem d'aprofitar els recursos que l'exèrcit ens proporciona. Durant el curs escolar, el pare s'hi anava a omplir la seva gran tassa de cafè cada matí. M'encantaven els dies que ens podia acompanyar a l'escola. Normalment només era un dia a la setmana, però parlava tot el camí.

Durant un segon, em vaig oblidar que estava amb en Laurie mentre el pare era a onze mil quilòmetres de distància. Una filera de cotxes sortia de l'aparcament, i ens vam esperar a la vorera.

En Laurie semblava la mena de noi que sortia fins tard.

—El meu pare diu que tinc temperament. Diu que el meu geni, la llengua afilada i l'esperit inquiet sempre em fan ficar en problemes.

En Laurie va riure.

—Em sembla que el teu pare sap de què parla.

En Laurie va ensumar i es va treure un mocador de la butxaca. Es va eixugar el nas i em va fer un gest perquè passés davant seu. Vaig baixar de la vorera i vaig fer una broma dient que aquesta vegada no m'havia entrebancat, però crec que no la va captar.

—Molt bé, Laurie. Fins ara has sigut tu el que m'has fet les preguntes. Ara em toca a mi. —No em vaig girar per mirar-lo, i caminava uns quants passos davant seu.

—Què hi ha per aquí al voltant, per divertir-se?

—Res. Jo també intento esbrinar-ho sempre. Però no hi ha res —li vaig dir, oblidant-me que em tocava a mi fer les preguntes.

—Has de crear les teves pròpies aventures, Jo.

Quan el vaig mirar, em va semblar que em podia llegir la ment.

Ell es crea les seves pròpies aventures, vaig pensar.

—Vols que entri? —em va preguntar en Laurie, quan vam arribar al camí d'entrada de casa.

Les cortines estaven obertes i veia la Meredith asseguda a la butaca del pare i la tieta Hannah al sofà. L'Amy era a l'altre extrem del sofà amb el telèfon a la mà. No veia la Beth, però estava segura que era a la cuina. Vaig mirar l'hora al mòbil, només eren tres quarts d'onze. La Meg encara no m'havia contestat.

—Sí, i tant. La meva família a vegades... —Vaig mirar cap a dins i em vaig preguntar si la mare i la tieta s'escridassarien en algun moment abans o després de la mitjanit—. Però va, entra. Tenim una pila de menjar i coses.

Vaig mirar cap a la casa del vell senyor Laurence, que era fosca com una gola de llop. Vaig fer un gest cap a la casa.

—L'hi has de dir a ell?

—No. —En Laurie es va posar a riure—. Està dormint. Ni tan sols se n'adonarà.

—És tan horrible com tothom diu que és? —vaig deixar anar de sobte.

En Laurie es va aturar un moment i es va quedar palplantat al mig del camí d'entrada.

—Vols saber què hem fet avui al matí?

Vaig assentir i em vaig posar els llargs cabells darrere les orelles.

—Aquest matí el xofer ens ha dut al Barri Francès, a

aquella botigueta on al meu avi li agrada comprar els pastissos per a les festes. A prop hi ha una petita peixateria, i mentre ens esperàvem, una dona sense sostre ha suplicat a l'amo que li deixés netejar una mica de peix a canvi de quatre escorrialles perquè la seva família pogués menjar. L'acompanyava un nen que feia cara de no haver menjat durant dies.

L'estómac se'm va regirar.

—Total, que l'amo de la peixateria li ha dit que no i els ha fet marxar. Llavors el meu avi li ha dit a l'home que era un mal educat, ha comprat tota una bossa de peix i ha sortit amb la dona i el fill a fora. Els ha donat un grapat de diners, el peix i una ampolla d'aigua. —En Laurie em va mirar—. Fins i tot ha somrigut al nen desdentegat, i mira que aquest home no somriu mai. És dur de pelar, però és un bon home. No facis cas dels rumors que les dones desvagades fan córrer sobre ell.

Em vaig quedar perplexa...

Però m'encantava el gir de la història. M'encantava la idea que la gent no fos mai com et pensaves que era. Era absurd pensar que la primera impressió o fins i tot la desena era suficient per conèixer bé una persona. Jo no hi creia, en això, o sigui que ho vaig trobar molt divertit quan el vell senyor Laurence es va convertir en un osset de peluix, i no en un ós bru.

—És la teva mare, aquella? —En Laurie va assenyalar cap a dins de casa.

Vaig veure la tieta Hannah dreta a la finestra.

—No, aquella és la tieta. Aquella d'allà és la meva mare. —Vaig assenyalar la Meredith, asseguda a la butaca. Duia un vestit vell de cotó, i els cabells, embolicats amb un mocador estampat.

—Som-hi. —Vaig agafar en Laurie per la jaqueta i em va seguir fins a la porta, que va grinyolar quan vam entrar.

L'Amy va redreçar l'esquena immediatament, i vaig veure que s'estufava els cabells rossos agitant-los amb les seves mans petites.

La Meredith ens va observar en silenci, però no es va moure de la cadira.

—Eeei, hola a tothom. —En Laurie va saludar en aquell ambient incòmode i va alçar la mà.

—En Laurie passarà el Cap d'Any amb nosaltres, va bé? —vaig dir en general.

No vaig esperar que ningú em respongués abans d'acompanyar-lo cap a la cuina. Els llums estaven encesos en la posició més tènue, de manera que vaig alçar l'interruptor. En Laurie va entretancar els ulls però de seguida ens vam acostumar a la claror.

Vaig assenyalar el menjar.

—Menja.

Amb un petit somriure, en Laurie va agafar un grapat de patates fregides d'un bol. Inclinat sobre el marbre per mirar a dins de les cassoles Crock-Pot, va alçar la tapa de la que contenia les salsitxes rostides i se'n va servir una cullerada en un plat de plàstic. Eren el meu plat preferit abans que deixés de menjar carn.

—Parlem una mica més —va suggerir en Laurie.

—Jo ja he parlat molt, i si vols, pregunta-ho a la Beth, em passo el dia parlant. No puc parar mai! —vaig dir, rient. Em sentia molt més tranquil·la a casa, lluny de la festa ampul·losa dels King. No m'estranyava que la Meg s'hi hagués quedat. Sospitava que no arribaria a casa abans de la mitjanit.

—La Beth és la que no surt mai, oi? La que té les galtes vermelles i sempre va amb el cistell de la bugada, oi? —va preguntar en Laurie amb interès, i després es va ficar una cullerada de salsitxes a la boca.

Una línia fina i fosca de salsa barbacoa li va caure a la camisa i ell la va fregar. Si m'hagués passat a mi, la Meg m'hauria renyat i m'hauria dit que em canviés de roba. Els nois feien més la seva i passaven més de tot, i això m'empipava.

—Sí, exacte. És meravellosa. És la més bona persona de totes —vaig dir, convençuda. Era la veritat. La Beth era millor que nosaltres, fins i tot que la Meredith.

—Sempre us sento com us crideu pel nom quan estic assegut a la sala d'estar d'allà. —Va assenyalar la casa del costat amb la barbeta—. I quan miro per la finestra, us veig totes a la taula o al sofà. És agradable.

No sabia què dir. Nosaltres l'havíem espiat a ell unes quantes vegades, o sigui que no em podia pas enfadar, i no ho estava. Coneixia molta gent xafardera.

—Com ens veus des de la finestra, Laurie? —li vaig preguntar, per curiositat.

—Sembleu el gran somni americà de què vaig sentir a parlar durant tota la meva infantesa.

Vaig inclinar lleument el cap, i vaig sucar una galeta salada a la crema de formatge que la Beth havia preparat per a mi.

—Doncs t'asseguro que és ben lluny de la realitat. Som molt lluny del somni americà, però jo aviat m'hi acostaré. Me n'aniré quan acabi l'institut i no tornaré mai més. Ho tinc tot planejat.

—I on te'n vols anar? No trobaràs a faltar les teves germanes?

Va sonar l'alarma del forn just quan acabava de fer aquesta pregunta, i la Beth va entrar a la cuina arrossegant els peus. Se li van posar les galtes vermelles i li va baixar el rubor fins al coll quan va veure en Laurie.

—Beth, et presento en Laurie. Passarà el Cap d'Any amb nosaltres.

La Beth duia uns texans clars amb dos forats grans als genolls i una samarreta ampla del viatge que vam fer a Disney World l'any anterior. Portava el davantal de ratlles de color porpra i anyil de la Meredith. Duia els cabells pentinats enrere, només recollits amb un llaç fluix.

—Hola —va dir, i va anar directament cap al forn.

No parlava gaire.

L'Amy va entrar a la cuina fent saltirons, i em vaig adonar que s'havia pintat els llavis. Feia uns minuts, no duia ni aquell vestit ni el gloss als llavis. Només podia suposar que ho havia fet per en Laurie...

—Hola, Laurie. Gràcies per venir a la nostra festa —va dir l'Amy, amb una veu que jo no li havia sentit mai.

En Laurie doblava l'alçada a l'Amy, que també tenia les galtes ben vermelles.

La Beth es va posar a riure des del forn, i jo vaig tornar a comprovar el mòbil. No estava preocupada per la Meg, però m'empipava que hagués desaparegut d'aquella manera només perquè estava en companyia d'una colla de gent rica.

Capítol 14

Em vaig posar la gorra.

Eren les nou del matí del dia d'Any Nou, i ja no suportava ni un minut més estar tancada a casa escoltant les queixes de l'Amy i la Meg parlant d'en Shia i la Bell. Vaig agafar una escombra i em vaig posar les botes velles. Escombraria el camí d'entrada o el que fos necessari.

—Què coi fas ara, Jo? —va preguntar la Meg.

—Vaig a fer exercici. —Vaig somriure, tot agitant les pestanyes.

—Ja has anat a caminar aquest matí, i a fora fa fred. Ets ben beneita de voler sortir, tenint la llar de foc encesa i Netflix. —La Meg va mirar la Beth buscant suport.

La Beth no semblava interessada a posar-se del costat de ningú.

Vaig alçar l'escombra enlaire.

—Jo no sóc com tu, Meg. No em puc passar el dia ajaguda. Necessito més aventures que això.

La Meg va esbufegar i va prémer uns quants botons del

comandament. La vaig deixar allà asseguda i vaig sortir cap a fora. El camí d'entrada estava bastant net, o sigui que no sabia gaire què fer amb l'escombra que duia a les mans. Vaig alçar la vista cap a la casa dels Laurence i vaig comptar les finestres de la part del davant. Sis. La casa era de pedra vista, i el jardí del davant estava molt més ben cuidat que el nostre. A Fort Cyprus t'enviaven algú a tallar la gespa i a mantenir el jardí mentre el cap de la casa estava de servei.

La casa dels Laurence no semblava la casa d'un oficial; semblava la casa d'un general. Era maca, amb un conjunt de mobles d'exterior al jardí i un cotxe negre aparcat a fora. Es veia solitària, gairebé sense vida. No hi havia nens jugant al jardí ni adolescents cridant a dintre, i tampoc no hi havia sabates al porxo. A casa nostra, sempre hi havia sabates al porxo.

Mentre contemplava els detalls de la casa dels Laurence, la imaginació em va començar a volar. Em vaig imaginar que era un palau encantat, ple d'esplèndids objectes inútils dels quals ningú no gaudia. Em vaig preguntar on devia ser la família del vell senyor Laurence i per què només venia el seu nét a casa seva. Sabia que potser la resposta era simplement l'habitual d'una família militar, que ningú no viu en el mateix estat que la seva família a causa del canvi de post permanent. En Laurie ja m'havia dit que el seu pare era a Corea.

Vaig mirar cap a la finestra de la segona planta, i quan em vaig adonar que hi havia en Laurie allà palplantat, mirant-me fixament, ja era massa tard per marxar dissimulant. Vaig saludar-lo amb l'escombra, i la finestra es va resistir una mica mentre ell l'estirava per obrir-la.

—Com estàs? —va preguntar.

Vaig arronsar les espatlles. Tenia el nas vermell i des d'on era jo se li veien els ulls inflats.

—I tu?

—Una mica malalt. Ja em passarà.

—Et quedaràs tot el dia aquí tancat? —No sabia les confiances que se suposava que havies de tenir amb un noi abans de començar a sortir amb ell, però tampoc era que m'importés gaire el que se suposava que havia de fer.

—Que m'estàs oferint la teva companyia, Jo? —Em va somriure des de la finestra. En aquell moment, no semblava malalt.

—No. —Li vaig tornar el somriure.

—Doncs *m'hauries* d'oferir la teva companyia —va dir, molt segur d'ell mateix.

Em sembla que m'agradava aquella seguretat que tenia. No sabia ben bé si era autèntica, però volia que es quedés prou temps per poder-ho descobrir.

—Au, vinga, Jo Spring! —va cridar des de la finestra.

—No crec que sigui una bona companyia si estàs malalt! —vaig cridar—. No sóc ni agradable ni silenciosa!

Vaig sentir que l'Amy parlava a la cuina mentre observava el meu intercanvi amb en Laurie.

—No vull pas que ho siguis!

Vaig brandar el cap. En realitat volia coneixe'l millor, i ara em tocava a mi fer preguntes. Però havia de demanar a la Meredith si li semblava bé que hi anés. No creia que hi hagués cap problema, però mai no li havia demanat per anar a casa d'un noi.

—He de demanar a la meva mare si puc venir. I ara

tanca la finestra abans que empitjoris! —Em vaig girar i vaig arrossegar l'escombra cap a dins. Vaig entrar per la porta del darrere i em vaig trobar l'Amy, la Beth i la Meredith a la cuina.

Al cap d'uns segons de silenci, vaig preguntar:

—Què?

—Res —va dir la Meredith, amb un somriure als llavis. Semblava que estigués tramant alguna cosa. La seva cara en forma de cor mirava per la finestra, cap a la d'en Laurie. Vaig anar a comprovar què mirava, i vaig veure en Laurie davant del mirall, pentinant-se.

—No n'hi ha pas per a tant —els vaig dir—. I no hauríeu de ser tan xafarderes!

L'Amy va començar a fer sorollets de petons amb els seus petits llavis rosats. Els rínxols rossos se li agitaven al voltant de la cara.

—És que està boníssim. Quina sort que tens —va dir, fent uns quants petons més a l'aire.

—Amy! —vam exclamar alhora la Meredith i jo.

—Què passa? —Va treure un maluc enfora i per un instant va semblar que tingués setze anys—. És la veritat.

L'Amy va agafar el seu mòbil de sobre el marbre i va demanar a la Beth que li preparés l'esmorzar. La Beth es va posar en marxa immediatament, va obrir un armari i va agafar una llesca de pa.

—Així, Meredith, et sap greu si vaig a fer una estona de companyia a en Laurie?

Estava a mig beure el cafè, se'l va empassar i va negar amb el cap.

—No, no em sap greu, Jo. Tu tens ganes d'anar-hi?

L'Amy va alçar el cap i les celles alhora.

—Sí.

—Doncs confio prou en tu per deixar-t'hi anar. Envia'm un missatge d'aquí a una hora per saber com va.

La Beth agitava una ampolla de suc de taronja, i si no hagués tingut tanta pressa per anar a casa dels veïns, hauria sigut tan mandrosa com l'Amy i li hauria demanat que me'n servís un got.

Mentre recorria el passadís, vaig passar per davant d'un mirall...

Estava horrible. No m'havia ni passat pel cap pensar quin aspecte tenia mentre parlava amb en Laurie, ni que duia uns *leggins* negres, una samarreta del Menjaclosques i unes Vans molt brutes. Havia sortit a escombrar el camí d'entrada, no a parlar amb en Laurie des de la finestra.

Tanmateix, no tenia ganes de canviar-me, i de totes maneres ara ell ja m'havia vist vestida amb allò. Em semblava una feinada pensar en quina roba posar-me i arreglar-me només per un noi. No havia entès mai aquest concepte, perquè, al capdavall, què passa quan te'n vas a viure amb algú? T'has de posar el despertador una hora abans per estar ben arreglada quan la teva parella es desperti? No, gràcies.

Vaig anar al lavabo i em vaig rentar les dents, em vaig pentinar amb el raspall de l'Amy i em vaig posar els cabells per darrere les orelles. Tenia els cabells molt greixosos i de seguida se'm veien bruts, però no volia posar-me les pólvores de xampú sec de la Meg, o sigui que em vaig tornar a ajustar la gorra al cap.

Després em vaig inclinar davant del mirall i em vaig

examinar la cara. Tenia els llavis molsuts com sempre, i les celles espesses ja tornaven a estar esbullades. La Meredith sempre em deia que me les deixés estar fins que em portés a depilar-me-les. Fins i tot va agafar fotos de deu anys enrere, quan estaven de moda les celles primes. Em vaig alegrar molt de no haver viscut en aquella època en la història de la bellesa.

Encara tenia la son enganxada als ulls, vaig mullar una tovalloleta amb aigua calenta i me'ls vaig netejar, i després la boca. Abans de poder trobar alguna cosa més per fer amb el meu aspecte, vaig apagar el llum i vaig tornar a la cuina.

—Té, porta-li unes quantes sobres d'ahir al vespre. —La Meredith em va donar una safata tapada, i després hi va posar amb compte un tros de pastís a sobre. Era el pastís de cireres que la Meredith feia per Nadal i que no es menjava mai ningú excepte el pare. Des que la tieta Hannah havia arribat, semblava que volia compensar el fet de no haver vingut a casa per Nadal fent tants pastissos com podia.

—Molt bé, molt bé. —Vaig impedir que la Meredith posés una altra cassola a sobre de tot, aquest cop de mandonguilles. En una punta de l'illa de la cuina hi vaig veure un bol amb les salsitxes rostides que li havien agradat tant a en Laurie, de manera que el vaig agafar i el vaig col·locar a sobre.

—Vigila, no aixafis el pastís —em va avisar la Meredith. La Beth em va agafar la pila d'estris de les mans i va abocar les salsitxes a la safata gran de sota de tot.

—Ja t'obro la porta —va dir la Beth, obrint-me pas

per ajudar-me. Vaig pensar que la Beth feia cara de cansada.

Vaig agafar bé les safates i vaig travessar el jardí del darrere.

—Jo! No et poses això? —va cridar la Meg des de dins de casa. Jo vaig continuar caminant i no em vaig girar per mirar la meva germana.

Quan vaig arribar a la porta dels Laurence, vaig haver de trucar dos cops al timbre abans que algú contestés. Ja estava a punt de marxar quan un home gran va obrir la porta. Tenia els cabells blancs, gairebé transparents, però anava ben pentinat i semblava que ni una ventada els hi pogués fer moure. El vaig reconèixer de seguida, era el vell senyor Laurence.

—Digue-li que pugi! —va cridar la veu d'en Laurie des de dalt, i el vell senyor Laurence em va fer entrar.

Els seus ulls eren desconfiats i d'un to verd viu que no havia vist mai. Els ulls d'en Laurie eren molt foscos, i em va sorprendre que fos tan diferent del seu avi. El vell senyor Laurence tenia la mandíbula quadrada, i les espatlles prominents em recordaven algú de la tele, però no sabia qui.

Vaig donar les gràcies a l'home, vaig anar cap a l'escala i vaig veure en Laurie que començava a baixar. Els braços m'estaven matant. L'interior de la casa era estrany. Hi havia unes cortines de color granat immenses que queien per sobre del paper de paret de color verd fosc. Hi havia tantes cortines que fins i tot molestava. Els canelobres dispersos i la quantitat de llibres que hi havia a tot arreu em van fer pensar en un plató de *Downtown Abbey*, o d'alguna altra sèrie per l'estil. Estava més desordenat del que m'havia imaginat, especialment en comparació amb les vistes de les finestres a través de les quals jo solia espiar.

—Necessites ajuda? Què és tot això? —Les cames llargues d'en Laurie van baixar l'escala ràpidament i em va agafar el menjar dels braços.

Em va acompanyar cap a la seva habitació i va deixar el menjar en una taula que hi havia a prop de la porta. L'habitació em va semblar insípida en un primer moment, però quan m'hi vaig fixar més bé, vaig començar a veure tocs màgics a tot arreu. Des de lluny, el paper de la paret semblava de guixots negres sobre un fons blanc, però quan m'hi vaig acostar em vaig adonar que era una partitura.

A la paret més distant de la porta hi havia el llit. Els llençols i els coixins eren d'una tela blanca i gruixuda que em va fer recordar un anunci de l'IKEA. El sol de Louisiana entrava per les grans finestres obertes. S'estava més calent a dins de l'habitació que a fora, i el ventilador del sostre feia un airet agradable. Mentre en Laurie obria la tapa del Tupperware amb les salsitxes, em vaig dedicar a explorar l'habitació. Em va semblar que no li feia res, perquè va seure a la vora del llit i va començar a menjar mentre jo fullejava un llibre antic i voluminós amb la paraula *Barcelona* a la coberta. Les pàgines estaven plenes de fotos brillants i vives, amb platges precioses i plats de tapes.

—Has estat mai a Barcelona?

Tenia la boca plena. Va assentir amb el cap.

—Va ser maco?

Va assentir molta estona.

No m'imaginava com devia ser, ser tan jove i haver

viatjat tant. Com que era filla de militar, m'havia traslladat amb la meva família unes quantes vegades, de Connecticut a Texas i ara a Nova Orleans, però això no era res comparat amb el fet de viatjar per Europa i tenir una artista italiana com a mare. Jo l'estimava molt, la Meredith, però el meu amor per l'escriptura no em venia pas d'ella.

Vaig deixar el llibre de Barcelona i vaig agafar una llibreta plena de gargots.

—Això no. —En Laurie me la va agafar de la mà abans que tingués temps de fullejar-la.

Em van venir encara més ganes de mirar-la.

—Què és?

—És una llibreta de dibuixos, però no en sé gens, de dibuixar.

Vaig deixar que l'amagués. Algun dia, quan fóssim amics, li tornaria a demanar si me la deixava veure.

Vaig anar cap a una altra banda de l'habitació, a prop del llit. Tenia piles de novel·les amb il·lustracions en idiomes que ni tan sols sabia reconèixer. Al costat, hi havia ampolles buides de Coca-Cola i dos gots del que vaig suposar que era aigua. A la tauleta de nit, hi havia la seva cartera col·locada sobre un exemplar de la revista *GQ*, i estava atapeïda de targetes i tiquets de caixa. La vaig agafar i vaig començar a mirar les targetes. A veure, qui guardava tants paperots? Hi havia una targeta de regal d'Urban Outfitters, una targeta de punts de Panera Bread, una targeta de visita amb el nom d'un agent immobiliari.

Abans que tingués temps de mirar-ne més, en Laurie em va cridar pel nom i va dir:

—Mmm, què representa que fas, revisant la meva cartera?

Vaig notar que em posava una mica nerviosa.

—Només mirava. —Vaig arronsar les espatlles i em vaig girar cap a ell.

Tenia la safata del pastís a les mans, però no semblava enfadat. Em va fer un mig somriure.

—Això sol fer-ho la gent de per aquí? Agafen la cartera d'algú altre i la comencen a xafardejar? —Hi havia un deix d'humor en el to de veu—. Imagina't que jo et prengués la bossa i t'obrís el moneder! —Va seure en el petit sofà que tenia a l'habitació.

—Jo no tinc bossa.

Suposo que es podria considerar invasiu, el fet de remenar les coses d'una altra persona d'aquella manera. Tot d'una, la cartera em va pesar entre les mans i la vaig deixar de nou a la tauleta de nit.

—Tinc tres germanes. —No vaig poder evitar riure'm de mi mateixa—. No tenim intimitat. Perdona'm. —Em vaig apartar de la tauleta de nit i vaig buscar alguna altra cosa per mirar.

—Saps que en rus no tenen cap paraula per designar la intimitat? —va preguntar en Laurie.

El sofà era prou gran per a tots dos, de manera que vaig seure a l'altre extrem. Entremig de nosaltres, hi havia un coixí vermell amb la cara d'una guineu. Me'l vaig posar a la falda i vaig tocar-li el pèl suau. Durant un instant, vaig pensar que era molt estrany que sabés el que m'acabava de comentar, però llavors vaig recordar que jo també ho sabia.

—Sí que ho sé —vaig dir, força orgullosa.

En Laurie es va girar per mirar-me.

—Ah, sí? Com ho saps?

Em va semblar que no em creia i ho vaig trobar divertit.

—Perquè una vegada ho vaig llegir en un llibre.

—En quin llibre?

—*El genet de bronze*. És un...

En Laurie es va aixecar del sofà.

—Ja ho sé! Era el llibre preferit de la meva mare. Vaja, els llibres preferits, perquè és una trilogia. Me'ls vaig llegir tots tres l'estiu passat.

—No pot ser.

Definitivament, en Laurie era el noi més interessant que havia conegut mai.

—I tant que sí. A la versió italiana han retallat part del text, t'ho pots creure?

M'agradava la manera com s'emocionava fàcilment. A mi també em passava, però la Meg sempre em deia que era una immadura. Si en Laurie era un immadur, la Meg també.

—Què? I per què ho han fet?

—No ho sé. Però és veritat.

—De què parlàvem abans? —Ho veia tot confús quan intentava recordar el que estava passant abans de seure al sofà amb en Laurie.

—És igual. Va, parlem de la teva mare i la teva tieta. Són germanes?

Li vaig parlar de les teories que teníem nosaltres, les noies, sobre la tieta Hannah i la Meredith i el drama entre elles dues. Li vaig explicar més del que calia, però no hi vaig veure cap mal. Durant un segon, vaig pensar en la Meg i en com en River la va torturar quan van tallar. Havia de tenir clar que els nois poden ser importants per a mi, però que jo ho sóc més. Vull una carrera professional i vull que em respectin. No m'imaginava sent la dona d'algú i conformar-me només amb això. No creia que hi hagués ningú al món que m'agradés prou per compartir-hi el comandament a distància.

El mòbil d'en Laurie va sonar dues vegades mentre parlàvem, i quan vaig fer una pausa, va dir:

—És la meva mare —i va fer aquell somriure tímid que fan els nois de les revistes.

Em preguntava si era conscient que semblava un músic turmentat o un actor lluitant per obrir-se camí. Tenia el refinament del fill d'un polític elegant, però l'enginy del fill d'un cambrer de bar. Em vaig quedar mirant la seva boca i els moviments lents que feia mentre m'explicava detalls i records que tenia de Roma i Boston i em deia que els dos llocs li agradaven igual. Em vaig preguntar com devien ser les noies amb qui sortia normalment. No és que les noies guapes no poguessin ser intel·ligents, perquè sabia que ho podien ser. En coneixia moltes. La qüestió era que a vegades a les noies guapes els ensenyen que la seva feina és ser guapes, i no intel·ligents.

Em vaig preguntar si als nois els ensenyaven el mateix. Una vegada, la Meg em va dir que les noies més guapes tenien una vida més fàcil. En aquell moment no me la vaig creure, i no creia pas que pogués estar-hi mai d'acord, amb això. Em vaig preguntar si les noies guapes amb qui en Laurie sortia eren gaire interessants. No era just pensar que no ho eren, però com que jo no tenia gaire experiència social, només podia basar les meves idees en els estereotips bàsics.

Al cap d'una estona, en Laurie va canviar de tema.

—I què me'n dius, de l'institut?

Vaig grunyir.

—L'odio. Estic impacient per ser periodista. O dona de negocis. O escriptora. O totes tres coses alhora.

L'expressió d'en Laurie va canviar i em vaig pensar que volia dir alguna cosa, però no parava de donar-se copets als llavis amb les puntes dels dits i d'estirar-se'ls pels extrems. Jo també ho feia, això, quan era petita, i sempre tenia tot el voltant de la boca irritat. La Meg deia que era «l'anell dels meus llavis», i l'Amy deia que era una malaltia. Eren dos tipus de persones diferents. Vaja, tres, incloent-hi la dolça Beth, que m'ajudava a posar-me crema als llavis abans d'anar a dormir.

Li vaig començar a parlar de l'institut i del que pensava sobre els professors. Sobretot del senyor Geckle i la seva jugada de treure'm del diari per degradar-me a fer l'anuari. En Laurie va riure molt i també es va enfadar molt, especialment amb el senyor Geckle, les seves galtes vermelles i els dits peluts.

—Expliques les coses i les històries d'una manera molt divertida. És molt... molt real, però explicat d'una manera que a mi no se m'hauria acudit —va dir en Laurie—. Quan era més petit, el meu pare tenia una nòvia que parlava com tu. Vivia en algun lloc de Nova Anglaterra, i era una mena de gitana.

Vaig riure, com si acabés de dir una ximpleria, però em va encantar la comparació.

—Vols que t'ensenyi la casa? —va preguntar en Laurie, la tercera vegada que li va sonar el telèfon.

Però just arribar a l'escala, la Meredith em va enviar un missatge per dir-me que el pare trucaria al cap de vint minuts. Vaig dir a en Laurie que me n'havia d'anar, i em va acompanyar fins a la porta.

El vell senyor Laurence m'observava i va obrir la boca com si em volgués dir alguna cosa abans de marxar, però de sobte es va girar i va desaparèixer darrere d'una altra porta.

Capítol 15

Meg

—Jo? Jo? On ets? —vaig cridar, al capdavall de l'escala de casa.

Vaig sentir un llunyà «Aquí!» des de dalt. Em va semblar que venia de la nostra habitació, i evidentment, quan hi vaig pujar, vaig trobar la Jo llegint *La campana de vidre* i tapada de cap a peus amb la manta del pare, que normalment era al respatller de la seva butaca.

Aquesta era la utopia de la Jo, tenir un bol de Doritos a la falda i una novel·la a les mans. Li proporcionava una mena de refugi; tots ho sabíem. La Meredith sempre ens recordava els nostres punts forts i dèbils. La Jo era intel·ligent, els estudis serien fàcils per a ella. I jo, bé, jo era maca i encantadora. Potser no era intel·ligent per haver llegit llibres, però era intel·ligent com una persona del carrer, i a vegades això és més pràctic a la vida. Ja ho veuríem.

La Jo se'n sortiria, i l'Amy també. La Beth era l'única que m'amoïnava.

—En què et puc ajudar? —Els ulls de la Jo es van apartar del llibre a contracor. L'aguantava per les vores amb fermesa, vigilant de no perdre el punt.

—Mira. —Li vaig ensenyar la pantalla del mòbil, mostrant-li la invitació de Facebook amb la cara de suficiència de la Bell Gardiner inclosa.

Uf, per què em convida a mi? Per refregar-me pels nassos que ara ella forma part d'aquella família?

—La senyoreta Gardiner, que aviat serà la senyora King, ens convida al sopar d'Any Nou de la família King. Què et sembla? —vaig dir, d'una tirada. Intentava mantenir la calma, però en aquell moment no tenia gaire paciència.

La Jo va sospirar i va tancar el llibre. La seva mirada estava plena de maduresa i saviesa quan va parlar. Em feia la sensació que canviava i creixia cada dia més.

—De debò que hi vols anar, Meg? O es tracta d'una mena d'estrany sabotatge social en el qual no ens hauríem d'involucrar? A mi em sembla un muntatge. He llegit històries que començaven així —va dir la Jo, amb molt d'escepticisme i exaltació.

—Jo —vaig sospirar. Ella no ho entenia. No era pas que jo volgués anar al sopar, però en certa manera havia d'anar-hi. Havia de fer veure que no em preocupava gens el nou promès de la Bell Gardiner ni la seva nova família aristocràtica, que jo anhelava tant. Que no m'importava la seva introducció en una part de la societat amb la qual una dona que treballa en un bar no hi té res a veure.

Jo també podia obrir-me camí per arribar al mateix nivell; només necessitava temps. De totes maneres, la Bell Gardiner era més gran que jo i tenia avantatge. Quan en John tornés, ho compensaria. Estaria amb un home que m'adorava, i això era l'únic que jo desitjava a la vida. Bé, això i uns fills preciosos, bons i feliços, una casa ben maca i un matrimoni ple d'alegria. Sabia que la Jo no compartia aquests valors, però esperava que em donés suport amb això.

—Sí, vull anar-hi. Què ens posarem? —li vaig preguntar, per canviar el fil de la conversa. Només tenia dues hores per arreglar-me. Era obvi que fos quin fos el motiu que la Bell hagués tingut per convidar-me, se li havia acudit a última hora, i això em molestava més que no pas la invitació en si mateixa.

La Jo es va treure de sobre la manta de quadres blaus i grisos i va mirar avall.

—Va bé això que porto? —Duia una samarreta grisa i uns texans blau marí amb esquinços a les cames.

—T'has de posar un vestit, Jo. Sisplau. Fixa't en la invitació! Hi haurà vaixella i coberteria de plata i cambrers per servir el sopar. No pots anar amb texans.

Normalment m'encantava l'estil desenfadat de Los Angeles de la Jo, però no en una ocasió com aquella. La senyora King s'ofendria moltíssim si em presentava al seu sopar anual d'Any Nou amb la meva germana vestida amb texans.

—No en tinc cap, de vestit. —La Jo va arronsar les espatlles com si no n'hi hagués per a tant. I, de fet, per a ella no n'hi havia per a tant, però per a mi allò era importantíssim. Hi havia d'haver algun motiu perquè la Bell Gardiner m'hagués convidat. La invitació no m'havia arribat de la senyora King, tal com a mi m'hauria agradat. No esperava que em convidessin, en absolut, però hauria sigut una història completament diferent si m'hagués convidat la senyora King, especialment després de la conversa confidencial de la nit abans.

Per tant, la meva actitud havia de ser impecable amb la senyora King, i la Jo amb texans no entrava en aquest esquema.

—Josephine. T'has de posar un vestit, si no, no pots venir. —Vaig fer un esforç perquè no em sortís la veu entretallada.

No suportava estar tan nerviosa amb tot això. Però no ho podia evitar. Quan pensava en la Bell Gardiner amb aquell impressionant vestit verd, em feia pànic imaginar-me com aniria de mudada la gent en una ocasió tan formal. I jo no volia ser l'única nota discordant.

—Jo, sisplau. Per què no et poses un vestit de la Beth o un de meu? Busca alguna cosa per posar-te! Però que sigui un vestit. —Estava neguitosa.

La Jo es va aixecar i va deixar el llibre a la taula que tenia al capdavall del llit.

—Doncs no vull venir. No m'agraden aquestes presumptuoses reunions socials plenes d'energia negativa. Són inútils, i tant me fa si caic bé o no a la gent.

Això era ridícul. No podia entendre com era possible que dues germanes poguessin ser tan diferents. Em semblava impossible que aquell petard de cames llargues i cabells llargs fos de la meva sang. No li importava gens la reputació, ni tampoc el que els nois o les noies del seu curs pensaven d'ella. Sincerament, a mi em preocupava més el que pensaven les dones, perquè eren les que realment jutjaven. A vegades pensava que m'agradaria assemblar-me més a la Jo, però quan m'imaginava la crua realitat, ràpidament em treia del cap aquesta idea absurda.

—Au, vinga, Jo.

Va tancar els ulls i no els va obrir, tal com feia sempre, i jo vaig deixar volar els pensaments durant uns segons. Vaig pensar en en Shia. Com aniria vestit, com actuaria davant de la senyora King després de la baralla de la nit anterior. Em notava l'estómac regirat. Esperava que em passés abans de sopar. Quan m'atabalava d'aquesta manera, el pare sabia com tranquil·litzar-me. El pare, en Shia, la Jo, eren tots ben diferents, i en canvi estaven vinculats amb mi i amb la meva vida.

—Posa't alguna cosa meva, Jo. Tria el que vulguis.

Intentava ser amable.

En el moment que va assentir, vaig córrer a dutxar-me, depilar-me i arreglar-me.

Al cap de dues hores, érem a la porta de casa, la Jo amb un vestit meu de roba texana. Una de les tires li queia una mica de l'espatlla, i duia els cabells llargs tots cap a un costat, sense ratlla i una mica esbullats. Li quedava perfecte. La Jo tenia el tipus de cara i de cabells que quedava bé amb un aire desenfadat. Quan provava de fer-m'ho jo, era com si m'acabés de llevar.

Semblava que fos a Califòrnia, i no a Louisiana, però estava impressionant. Sempre ho estava. Les dones que venien a Sephora pagarien quaranta dòlars per tenir aquell to rosat natural a les galtes.

—Ho podem fer —li vaig dir, i ella va alçar el cap amb aire desafiador i d'alguna manera vaig saber que faria qualsevol cosa que li demanés. Això em feia estimar-la més, i notava que el nostre vincle es reforçava. Últimament passava sovint. La Jo finalment havia arribat a aquella edat en què podíem tornar-nos a relacionar més. A certes edats, el vincle es debilita una mica, sobretot des dels dotze o catorze fins als setze. Ara, en canvi, ja en tenia gairebé disset i em feia la sensació que tornava a estar molt bé amb ella.

—Ho podem fer. —Em va somriure.

Sempre l'he estimat, però l'amor entre germanes és diferent de la relació totalment còmoda que pots tenir amb una amiga. Hi havia coses que explicava a les meves amigues de Texas que m'humiliarien moltíssim si les arribessin a saber la Jo o la Beth. Però últimament la Jo estava desdibuixant la línia que separa aquests dos sentiments.

Em feia sentir molt bé, tenir una altra persona en qui confiar. Per descomptat que confiava en la mare i en les meves germanes, però la confiança i la comoditat no sempre van juntes. Era difícil trobar les persones amb qui sentissis les dues coses, i jo solia equivocar-me cada vegada.

Just quan em disposava a trucar a un taxi, la Jo em va abaixar la mà tot brandant el cap. Una limusina va sortir del camí d'entrada dels Laurence i va entrar en el nostre. Quan la porta es va obrir, em disposava a explicar al xofer que s'havia equivocat de casa, quan tot d'una en Laurie, el nostre veí, va treure el cap per la finestra del cotxe. Era una limusina vella i semblava una mica atrotinada, però a la Jo se li va il·luminar la cara quan va veure que el noi inclinava el cap i alçava la mà com un porter per guiar-la cap al cotxe. No em va agradar la manera com va desviar la mirada després d'ajudar-la a pujar, com si jo ni tan sols existís. No era pas que jo volgués acaparar l'atenció; simplement, no creia que aquell noi fos prou bo per a la Jo.

La Jo necessitava una persona madura, amb una mà ferma i un ego estable. El seu pretendent havia de ser prou responsable per guiar-la i mantenir a ratlla els seus rampells emocionals. En Laurie, el nét criat a Europa que duia botes Chelsea i un monyo masculí... No, la Jo no estava preparada per a aquella mena d'esbojarrat somni adolescent.

—El vostre carruatge us espera, noies Spring! —va cridar en Laurie, mentre jo m'esforçava per esquivar una gran caixa que hi havia al seient—. No sóc el senyor Laurence, sóc en Laurie —estava dient a la Jo quan vaig seure davant d'ells. Estaven separats per un metre de distància. En Laurie feia girar el coll d'una ampolla de vidre de Coca-Cola sobre la camisa, i la Jo va somriure quan tot seguit li va oferir el refresc.

—Laurie Laurence, quin nom més estrany —va dir la Jo, i es va acostar l'ampolla als llavis.

—No —va dir ell, rient—. El meu nom és Theodore, però no m'agrada. Per si t'interessa, resulta que quan era petit els companys de classe em deien Dora, o sigui que em vaig canviar el nom quan vaig començar l'institut. Vivíem al nord d'Itàlia i ens vam traslladar al sud, o sigui que va ser fàcil tornar a començar.

La Jo va alçar les espatlles amb emoció, i va brindar amb l'ampolla de Coca-Cola del noi. Semblava que anessin al ball de graduació, malgrat que la Jo es negava a anar a cap ball de graduació, a cap festa i ni tan sols a cap partit de futbol. En canvi jo era a tots, animant els estudiants. No podíem ser més diferents. Van beure un altre glop, i un petit fil de refresc es va escapar dels llavis de la Jo, li va baixar per la barbeta i li va tacar el vestit.

—Parla'm d'Itàlia, vull saber-ho tot —va dir la Jo, mentre s'eixugava la taca amb la mà. M'estava fent venir mal de cap.

En Laurie li va donar un tovalló i li va dir que la taca no es veia gaire. Ella va riure i es va reclinar de nou al seient de pell. Vaig veure un aire de familiaritat en el noi que vaig pensar que era desagradable, però l'únic que podia fer era parlar-ne després amb la meva germana. Potser totes les noies, fins i tot la Jo, necessitaven un Laurie perquè els agités una mica la vida i s'esfumés ràpidament, deixant-les desflorades i madures. Potser era això el que necessitava la Jo per desenvolupar-se del tot. En certa manera s'havia quedat encallada en aquella tímida etapa de noia casolana, i això estava molt bé per una banda, però per l'altra també li feia més difícil poder fer amics a l'escola.

Llavors en Laurie va començar a parlar de l'escola de Vevey, on els nois porten tots el mateix pentinat i intenten ficar-se al llit amb les seves tutores. Quan feien les vacances de primavera de Suïssa, explicaven els seus avenços als altres nois, i en Laurie no ho va dir, però la meva germana i jo sabíem que això els devia fer sentir més homes.

Se'm feia estrany presenciar el primer flirteig de la Jo amb un noi. No teníem germans i tampoc gaires cosins, i els que teníem, amb prou feines els coneixíem, de manera que els nois eren com una espècie diferent per a nosaltres. Jo això ho vaig superar a setè, quan em va venir la regla i em van créixer el pit i els malucs. Els nois es van començar a fixar en mi, i les noies van començar a ser antipàtiques.

Mai no havia volgut ser la líder de l'escola, com la Shelly Hunchberg, però volia tenir amigues. Em vaig ajuntar amb una colla de noies semihorribles que bàsicament estaven obsessionades amb YouTube i els pintallavis mats. Com més grans es van fer més horribles es van tornar, fins que van decidir posar-se de la banda d'algú altre en comptes de fer-me costat a mi, i des de llavors no ens hem parlat més. No volia que la Jo hagués de passar per aquestes proves socials. Per molt que els professors i els pares volguessin negar-ho, l'etapa dels setze als vint era molt difícil. I la Jo tot just era al principi de les proves.

Vaig ignorar el que fos que en Laurie deia a la Jo i vaig mirar per la finestra. No era un trajecte gaire llarg. Vaig pensar que ja tenia prou feina amb el meu propi niu de vespes; havia de parar de preocupar-me tant per la Jo. Volia protegir la meva germana, però no creia que li fes cap bé a la llarga. Per sentir una cosa, has de conèixer els alts i baixos, vaig pensar. Si impedia que la Jo cometés els seus propis errors, mai no aprendria a moure's pel món. Ho veia constantment amb les meves amigues. Els seus pares les sobreprotegien i elles no tenien ni idea de com funcionava el món real, i en el moment que les acomiadaven de Forever 21 o de qualsevol altra botiga de roba, trucaven histèriques als pares, amb l'iPhone tremolant entre les mans, i els suplicaven que volien tornar a casa. Ho veia constantment.

Jo encara vivia amb la Meredith, i tenia pensat continuar-hi vivint fins que en John i jo estiguéssim promesos. No sabia quan passaria això, però estava segura que seria aviat. A l'exèrcit, estar casat encara era millor per a la teva reputació. Jo estava completament preparada per ser l'esposa perfecta d'un oficial. Encara havia d'aprendre moltes coses per dominar la part domèstica del paper, però ja tenia els referents socials. Malgrat que la Jo no ho veia, el fet de ser la dona d'un militar significava molt més que cuinar i passejar un munt de canalla amb cotxe amunt i avall. Es tractava de ser forta, de ser capaç de portar una casa, i de donar tot el suport possible al marit i al país.

Vam passar per una filera de cases grans, i vaig saber que ja érem a prop de la casa dels King. La Jo i en Laurie encara xerraven d'Europa.

En John Brooke em donaria el millor en tots els aspectes. Era estable i ben plantat. Ho tenia tot. Jo sempre havia buscat la seguretat. Aquest aspecte en Shia no me l'hauria pogut oferir mai: malgrat els diners que tenia la seva família, ell estava disposat a abandonar-ho tot per viure una aventura rere l'altra. En John, en canvi, em podia oferir estabilitat. En John Brooke era un noi amable que no parlava gaire, però quan ho feia sempre tenia una cosa intel·ligent per dir.

—La Meg diu que el vestit em va massa gran. Però me

l'ha fet posar —vaig sentir que la Jo deia a en Laurie quan l'ajudava a baixar del cotxe—. Si vols, pots riure —va dir, mentre em mirava amb un somriure a la cara.

En Laurie no va riure.

Simplement la va observar un segon i li va xiuxiuejar alguna cosa que no vaig acabar d'entendre però que sonava com «No calia que et posessis vestit», i la Jo em va mirar fent petar la llengua.

No vaig poder evitar una riallada davant d'aquell puntet d'innocència que encara li quedava. Sabia que aviat s'evaporaria, no m'havia passat per alt com se li havia desenvolupat el cos l'estiu anterior.

La Jo em va agafar la mà quan vam sortir del cotxe i me la va estrènyer amb força mentre travessàvem de nou el reixat de la casa dels King. En Shia era a la porta, i em va veure abans que el pogués esquivar.

Vaig estrènyer els dits de la Jo i em vaig inclinar perquè en Shia em fes un petó a la galta. No m'agradava ser formal amb ell, però havia de representar el meu paper. I ell també, i és per això que va posar-me els llavis a la galta només el temps necessari.

Em vaig apartar. El vestit granat se m'havia enganxat a la pell en el temps de sortir de la limusina i caminar fins a la porta principal. La casa tenia un aspecte diferent que la nit anterior. Havien passat menys de vint-i-quatre hores, però s'havia transformat completament.

La primera diferència era que no hi havia una multitud de gent. Els King estaven alineats a les escales, saludant com autèntics diplomàtics, i allà hi havia la Bell Gardiner, amb els cabells recollits en un monyo ben tibat. Li sortien alguns clips dels costats, i se sentia l'olor de laca des d'un tros lluny.

Sense mirar-me, en Shia va somriure a la Jo.

—Gràcies per venir. Ens ho passarem bé, us ho prometo. —Li va estrènyer l'espatlla, i vaig veure que la Jo es relaxava. En Shia tenia un do per a això.

Vaig desviar la vista i vaig veure en Laurie mirant-me fixament. La Jo el va mirar a ell i després a mi, i les espatlles li van caure una mica. En Laurie em va saludar amb la mà, potser per burlar-se de mi, però jo el vaig ignorar i vaig donar la jaqueta a un home que hi havia a la porta i que s'assemblava moltíssim a Christopher Walken.

Primer de tot, vaig anar cap al lavabo de l'entrada. Per desgràcia, la Bell i la seva mare eren al mig del pas. Per esquivar-les, vaig passar per la cuina i vaig veure la senyora King. Estava dreta al costat de l'illa de la cuina. Uns fins remolins dentats recorrien el marbre blanc, i el color de les arcades i de les motllures de la paret eren exactament del mateix to de gris. L'estança semblava una saleta antiga.

—Meg —va dir, quan em va veure.

La seva mà elegant sostenia una copa de vi. Em va fer un somriure imperial i em va indicar que m'hi acostés. Darrere meu hi venien la Jo i en Laurie, i vaig desitjar de tot cor que la senyora King no veiés la taca al vestit de la meva germana.

La senyora King va deixar la copa i em va abraçar. Amb en Laurie es va fer dos petons a les galtes d'aquella manera que sabien fer-ho tots dos perquè havien viatjat a Europa. Vaig veure que la Jo es quedava mirant aquell gest de salutació, i vaig sentir que en Laurie li explicava en què consistia mentre es dirigien cap al menjador; en aquell moment vaig saber que ben aviat la Jo es començaria a fer petons a l'aire amb tothom.

La Jo sens dubte marxaria del poble quan fes els divuit anys. Ens ho recordava cada dia. Un home de cabells pèl-rojos es va fixar en l'escot de la meva germana, i jo m'hi vaig acostar per apujar-li la tira de l'espatlla.

Els peus m'estaven matant, amb prou feines se m'havien curat les butllofes de la nit abans que ja m'havia tornat a torturar amb aquelles sabates. Hi havia dotze cadires col·locades al voltant de la taula ovalada, i la vaig recórrer lentament tot buscant el lloc amb el meu nom escrit en una petita targeta. Quan el vaig trobar, vaig descobrir que seia just al davant d'en Shia i la Bell, i quatre llocs més enllà de la Jo. Vaig considerar la possibilitat de demanar que em canviessin de lloc, però no volia molestar.

Al llarg del sopar, ens van servir plats i plats de menjar exquisit. L'àpat de sis plats era molt semblant a un típic sopar de *réveillon* crioll, que era un element bàsic en un Nadal a l'estil de Nova Orleans, però els King el feien el dia d'Any Nou. En certa manera, quedava adequat. Aquella família podia canviar la data i els costums de Nadal, i molta gent els seguiria.

Durant el sopar, la Jo va parlar del menjar amb en Laurie i en Shia King, tot i que també la vaig veure gairebé fent arcades davant del foie-gras que li van servir en un platet. Va tastar la meitat dels plats, i en Shia va menjar un tros de suflé de la forquilla de la Bell Gardiner. Els cambrers eren ràpids i eficients. Quan a la Jo se li va vessar una cullerada de sopa de porro a la taula, immediatament van tapar la taca amb un tovalló net, i feien servir unes petites escombretes per treure les engrunes de les estovalles de color cru entre un plat i l'altre.

Vaig aguantar fins a les postres, els còctels i els cafès de després, i fins i tot el delicat discurs de la senyora King. Va donar gràcies al seu marit pel seu cor bondadós i al seu fill per passar les vacances amb ells. Vaig mirar la Jo, que no apartava els ulls d'en Laurie. Em vaig atrevir a ser prou grollera per treure el mòbil de la bossa. A la pantalla hi havia una notificació d'un missatge de l'Amy:

«Com va això, nena? No saps pas la sort que tens!».

No li vaig respondre a ella, però vaig escriure a la Meredith per dir-li que tot anava bé, vaig tornar a guardar el telèfon a la bossa i la vaig penjar al respatller de la cadira. Anava seguint la major part de la conversa de la taula. Tothom parlava de teatre i de gales i dels propis èxits. Asseguda com un estaquirot, jo assentia a aquella mena de concurs que es produïa al meu voltant. La veritat és que em sentia bastant malament, sense tenir res per dir excepte que treballava per a la senyora King i que abans havia estat a Sephora. Fins i tot la Bell tenia més coses per dir que jo, i només era una cambrera. En Shia havia viatjat per tot el món, la seva família era rica gràcies a l'èxit del senyor King, i la senyora King havia criat tres membres actius de la societat. Jo no podia ni dir que era una artista del maquillatge; simplement, ho feia bé. La matriarca de la casa va fer un intent per incloure'm en la conversa i va elogiar el meu talent amb el maquillatge, dient a tothom que havia aconseguit fer-la semblar deu anys més jove. Quan em disposava a respondre, la Bell i la seva mare van prendre el control de la conversa, així que vaig continuar assentint amb els llavis premuts mentre els cambrers netejaven la taula.

Necessitava una mica d'aire fresc; em tornaria boja si no sortia a fora un minut. Vaig veure que alguns seients de la taula estaven buits, de manera que vaig agafar el got d'aigua i em vaig aixecar. Vaig intentar cridar l'atenció de la Jo, però vaig veure que gesticulava amb les mans i que mirava en Laurie i un home gran que no havia vist mai mentre parlava.

Vaig suposar que s'ho passava bé; tenia les galtes vermelles i les espatlles relaxades. Com que em va fer l'efecte que els feia un sermó, me'n vaig anar.

Vaig travessar lentament el passadís fins al jardí del darrere. Des de fora, sentia les veus dèbils que provenien del menjador. El jardí estava buit, vaig seure en una cadira de ferro negre i vaig repenjar els colzes a la taula de conjunt.

Vaig contemplar el paisatge perfecte, i em va intimidar. Devia costar molt mantenir una propietat com aquella. Sempre havia somiat tenir una casa ben gran amb un jardí preciós. Tanmateix, no sabia si seria capaç de recordar que s'havien de retallar els arbustos de les tanques. Els llums de la nit anterior encara hi eren, i feia una bonica nit de Louisiana. Devíem estar a uns vint-i-dos graus i feia una mica d'aire. Vaig recollir-me alguns flocs de cabells que se m'havien desfet. Estava completament en pau fins que la meva bombolla va explotar.

La veu d'en Shia en va ser la causa.

—Alguna cosa interessant per aquí?

Vaig negar amb el cap. No estava preparada per renunciar a la pau que sentia allà a fora i definitivament no estava preparada per parlar amb en Shia.

—No. Ja pots tornar cap a dintre. Aquí no hi ha res per veure.

Vaig intentar semblar divertida, però no va funcionar; en Shia es va acostar i va seure davant meu. La cadira va grinyolar quan va seure, i vaig intentar imaginar-me com devia ser créixer en una casa de conte de fades on fins i tot els vells mobles de jardí eren encantadors. Tot i així, sabia prou bé que no era just dir que la seva vida era un conte de fades.

—Tot i que vas venir ahir i també avui al vespre, la mare diu que has estat malalta. Et trobes bé, Margaret?

Era molt a prop meu i es va acostar una mica més. Fins i tot els grills havien callat, i em vaig aguantar la respiració. Sentia l'olor de mel dels seus llavis. Era molt astut en aquest sentit. Et feia desitjar-lo, però llavors desapareixia i et deixava pensant que tot plegat eren imaginacions teves.

—Estic bé, gràcies per l'interès. —Em vaig girar i em vaig deixar anar els cabells. Em vaig preguntar si el maquillatge encara estava bé. No hi havia pensat més des de l'hora de sopar.

Feia olor d'estofat de gambes? En Shia King no feia olor de gambes, ni tampoc de les carxofes amb all que havia vist que devorava. Feia la seva olor de terra, com de pluja i llenya i un toc de colònia. La seva vestimenta em va sorprendre quan m'hi vaig fixar. No m'havia pres la llibertat de mirar-lo bé, però ara estàvem sols, i ell mirava a terra.

La camisa i la jaqueta eren gairebé del mateix to oliva, i l'armilla de vestir estava botonada fins al coll. Era estampada, amb petits motius negres, i portava unes botes de color gris fosc. Semblava acabat de sortir de Nova York o de Milà. Tot d'una em va preocupar que es veiés el perfil dels meus sostenidors sense tires. Jo no podia dur els mateixos vestits que la Bell Gardiner, però sabia que aquell vestit granat em quedava bé. Simplement, jo tenia més coses per tapar.

—No sabia que tu i la mare fóssiu tan amigues. —Em va mirar i es va acostar el got als llavis—. Fins que us vaig sentir parlar ahir al vespre. Sempre he sabut que eres més com ella que no pas jo, però no sabia que us assembléssiu tant.

—La teva mare només vol el millor per a tu, Shia. Ets el seu únic fill. Volen el millor per a tu...

—Oh, Déu meu, Meg! Que et sents? Ets aquí... —Va callar i em va clavar la mirada. Va començar a tamborinar amb els dits sobre la mostra de parra de la taula—. Ets una còpia d'ella. Ahir al vespre, quan us vaig veure al rebost, em va impressionar com us assembleu. Si fins i tot agafàveu el got de la mateixa manera!

Va agitar les espatlles i jo em vaig tirar enrere.

En part, no podia amagar que em sentia afalagada que en Shia pensés que ens assemblàvem tant, però potser aquest era el motiu pel qual a vegades li agradava i a vegades m'odiava.

...I finalment m'havia dit *Meg*.

—Tens molta sort que els teus pares es preocupin tant per tu —vaig dir.

En Shia va posar els ulls en blanc i va inclinar el cap enrere, contemplant el cel estrellat.

—Em pensava que ho entenies, Meg. Però no entens res. És el que hi ha.

La manera com va brandar el cap em va fer sentir com si m'estigués jutjant.

Em vaig impulsar amb els braços i em vaig aixecar de la taula.

—Tu no tens ni idea del que entenc o no entenc.

Si hagués tingut una beguda, me l'hauria empassat d'un sol glop o l'hi hauria tirat per la cara. Tenia ganes de fer un drama; nosaltres érem així.

—Abans sí. I tu ho saps. —Em mirava amb fermesa, amb els ulls clavats en els meus.

Vaig donar la volta a la cadira i vaig anar aïrada cap al jardí. Si les sabates no m'haguessin fet tant de mal, hauria sigut molt més fàcil fer una sortida elegant i descarada. En comptes d'això, vaig acabar de cul a l'herba i intentant treure el peu d'un forat de terra. En Shia va venir de seguida a treure'm la sabata, amb la cara inexpressiva.

El taló es va trencar i en Shia va assenyalar el meu turmell.

—No fa gaire bona pinta.

Vaig donar-hi una ullada.

Tenia el turmell torçat d'una manera poc natural. No m'havia adonat del mal que em feia fins que ell m'ho va dir. Era ben estrany. La Jo hauria tingut una teoria per a això; tenia teories per a tot. Després l'hi demanaria.

—Vine, que t'ajudo a aixecar-te. —En Shia es va inclinar per agafar-me les mans.

Em vaig apartar i vaig negar amb el cap.

—Vés a buscar la Jo. No necessito la teva ajuda.

Va alçar les mans enlaire, exasperat, però no va dir res i va anar cap a dins a buscar la meva germana.

Em sentia absolutament humiliada, i notava com em cremaven les llàgrimes darrere els ulls. Necessitava marxar d'allà com més ràpid millor. De fet, no em podia creure que hi hagués anat. En què coi estava pensant? No ho sabia. Em vaig quedar asseguda a la gespa esperant que vingués algú. No m'hauria hagut de moure de la cadira i no hauria fet aquell numeret com una idiota.

La Jo va sortir corrents per la porta del darrere, molt àgil amb les seves botes planes. Hauria d'haver sigut llesta i fer com la Jo.

Em notava la pell enganxosa.

—M'he torçat el turmell. Són aquestes estúpides sabates, en pots estar ben segura. —Vaig moure una mica el cos i vaig notar una punyida al turmell—. No em veig amb cor d'aixecar-me.

—Ja t'ho deia jo, que aquestes sabates eren horribles. No valia la pena patir tant, ho veus? —La Jo em va fer fregues al turmell.

—Necessito tornar a casa. Truca a un taxi o fes alguna cosa. —No sabia pas com ho faria per aixecar-me de terra o per travessar la casa, i encara menys per arribar fins al cotxe, però ja trobaria la manera.

—Laurie! —va cridar la Jo.

Vaig arrugar el front i vaig agitar la mà en l'aire.

—No, però què fas? No el molestis. Segur que ell es vol quedar. Jo, no...

Vaig callar a mitja frase. En Laurie va sortir de la casa fent gambades, amb en Shia darrere seu. En aquell moment ja estava completament mortificada. Em vaig mossegar el llavi i vaig intentar aixecar-me, però quan vaig recolzar tot el meu pes sobre el genoll, vaig tornar a caure i vaig cridar de dolor.

—Meg. Para de moure't —em va dir en Shia.

Vaig esbufegar i li hauria engegat algun insult si no hagués vist que la senyora King sortia corrent darrere d'ell. Semblava amoïnada però alhora una mica avorrida. Era estrany, i la veritat és que jo no volia molestar ni ser el centre d'atenció enmig d'aquella petita multitud que ara tenia al voltant.

—Estic bé. Només necessito arribar fins al cotxe —vaig dir a tots els que s'aplegaven al meu costat.

—Ja la porto a casa. No passa res —va dir en Laurie, mentre es treia el telèfon de la butxaca. Va mussitar unes paraules, va penjar i va tornar a guardar el mòbil als texans.

M'agradava la manera com observava la Jo constantment. La meva germana va desaparèixer i va tornar amb una enorme taca marró a la part del davant del vestit. Anava realment feta un desastre. La senyora King ni tan sols va mirar la Jo. Era com si no hi fos.

—És molt d'hora, Laurie. Segur que et va bé? —vaig preguntar.

La Jo el va mirar.

En Laurie va assentir.

—Sempre em retiro d'hora. De debò. I ara, deixa'm que et porti fins al cotxe, que ja deu estar a punt d'arribar. Ajudaré la Jo a portar-te a casa.

En Laurie em va agafar en braços abans que jo pogués protestar, i vaig veure els ulls aïrats d'en Shia clavats a la seva esquena fins que vam desaparèixer a l'interior de la casa.

Capítol 16

Beth

En Laurie va entrar trontollant a casa, amb la Meg aferrada a un costat. Ella s'agafava a la samarreta d'en Laurie i anava coixejant. La Jo l'aguantava per l'altre costat, i primer de tot vaig mirar si hi havia sang. No sabria dir per què, però suposo que el fet de viure en un poble de l'exèrcit et fa tenir uns instints diferents que les altres persones.

No vaig veure sang enlloc, i la Meg no plorava ni cridava, o sigui que vaig córrer a ajudar-los. La Meg estava pàl·lida i duia un preciós vestit granat que ara tenia rastres d'herba a tot un costat. Em vaig agenollar i amb molt de compte li vaig alçar la vora del vestit per veure com tenia el turmell abans de palpar-l'hi.

—El tinc trencat, oi, Beth? —va somicar la Meg.

En Laurie estava inclinat sobre la Meg, amb les mans a les butxaques i els genolls flexionats.

—No, Meg. Només és una torçada. Vaig a buscar gel. No et moguis —li vaig dir, i em vaig aixecar de seguida.

Quan vaig arribar a la porta de la cuina, vaig cridar a la Jo:

—No la deixis moure!

La Meredith va entrar a la cuina, amb pinces als cabells i el vestit arrossegant per terra.

—Què passa?

Vaig obrir el calaix i vaig agafar bosses de plàstic.

—La Meg s'ha torçat el turmell a casa dels King. El té bastant inflat.

La mare va obrir la porta del congelador i em va ajudar a omplir una bossa de gel.

—Aquell noi és el de cals Laurence?

Vaig assentir.

—Sembla bon noi.

Va tancar la porta del congelador i es va repenjar al taulell.

—Jo també ho penso.

La Meredith em va seguir cap a la sala d'estar i va donar les gràcies a en Laurie per haver ajudat la Meg. La Jo va fer el mateix i va desaparèixer escales amunt. No va tornar a baixar. En Laurie es va quedar mirant l'escala durant tota l'hora següent, fins que finalment va desistir i se'n va anar. Crec que la Jo no sabia gaire com tractar els nois, especialment els alts i amb cabells llargs com en Laurie. Probablement no li va ni passar pel cap de dir-li adéu.

La Jo era així; ella vivia en el seu propi món, era una

de les seves millors qualitats, però havia d'aprendre en quins moments havia de tornar al nostre.

L'endemà al matí, em vaig despertar abans que tothom i vaig preparar la cafetera, vaig donar menjar als peixos i vaig regar les plantes. Només eren les vuit, però vaig pensar que ja podia fer l'esmorzar. No sabia si teníem tot el que em feia falta, de manera que primer de tot vaig buscar els ingredients als armaris i al rebost.

Ous: comprovat.

Llet: comprovat.

Torrades... Vaig apartar una bossa de creps i vaig trobar una llesca de pa al darrere. Em semblava recordar que hi havia un paquet de béicon al congelador, o sigui que ho vaig investigar. A sota d'una bossa de pit de pollastre congelat, hi vaig trobar un paquet de béicon. Vaig engegar l'aigua calenta i vaig posar el paquet sota el raig perquè es descongelés. Trobava a faltar el pare, perquè sempre es llevava d'hora i m'ajudava a fer l'esmorzar. O parlàvem de música mentre plegàvem roba. El trobava molt agradable, aquell temps amb el pare. De fet, crec que em pensava que no s'acabarien mai aquelles hores amb ell. Semblaven infinites durant l'any que s'estava aquí, tot i que potser no hauria de ser així. A hores d'ara, hauria d'estar acostumada a les seves absències; tots ens hi hauríem d'haver acostumat, i en canvi era ben al contrari.

Mentre esperava que el forn s'escalfés, vaig girar el béicon. El pare em parlava dels concerts on solien anar ell i la mare. Als anys noranta eren fans de Bob Dylan, i recordo que una vegada vaig sentir que s'entrebancaven en arribar a la nostra antiga casa de Texas, i la mare reia tant que em vaig pensar que plorava. Em vaig amagar darrere la porta, i vaig veure que el pare l'ajudava a aixecar-se i després la perseguia per la cuina. També recordo com la va abraçar contra el seu pit quan finalment la va atrapar. Els pares que tinc a la memòria són molt diferents dels que conec ara, però la vida és així. I tenia molta sort de poder tenir el pare i la mare sota el mateix sostre.

L'Amy va entrar a la cuina quan el béicon va començar a perfumar tota la casa.

—Mmm. —Va seure a la taula. Es va treure el telèfon de la butxaca i no va dir res més fins que va venir la Meg. No podia parar de pensar que el pijama de l'Amy era massa petit; els camals dels pantalons li arribaven només fins a mitja cama.

Al cap d'una estona, la Meg va entrar fent saltirons i es va posar una tassa de cafè mentre jo treia la paella del béicon del foc. Va anar a peu coix fins a la taula i va seure.

—Em sembla que se m'ha vessat cafè —va mussitar, amb el cul a la cadira.

Li vaig dir que ja ho netejava jo, ella va somriure i em va donar les gràcies, i em va dir que el turmell l'estava matant.

La Jo i la Meredith van ser les últimes de baixar, i quan tothom ja estava assegut, la cara de la Meg era una ganyota de dolor i el dit de l'Amy encara teclejava.

—Ostres, no trobeu estrany que ara haguem de seguir amb la vida de sempre després de les vacances? Tot tornarà a la normalitat quan vosaltres aneu a l'escola —va dir la Meg, amb la boca plena.

—A mi m'agradaria que sempre fos Nadal i Cap d'Any. Així tothom estaria encara més estressat i tindria menys diners —va deixar anar la Jo.

—Jo, para —va dir la Meredith, però va somriure quan va girar el cap.

Vam esmorzar, i l'Amy va parlar d'un intercanvi de menjar que farien a l'escola quan tornessin de vacances. Jo em vaig oferir per ajudar-la en el que calgués i ella em va llançar un petó brillant de gloss des del seu lloc. La Meredith va dir que havia enviat un mail al pare el vespre anterior i que esperava que avui poguéssim parlar amb ell per Skype. Em feia la sensació que últimament les trucades eren menys freqüents, i havia llegit els mails entre el pare i la mare sobre la seva propera missió. Sabia que al seu escamot l'havien enviat a una missió perquè en els missatges deia que seria fora durant més d'una setmana.

M'agradava molt més quan es quedava a la base. Jo no feia com la Jo, que llegia cada *hashtag*, o com l'Amy, que no era conscient de la majoria dels esdeveniments. Jo estava entremig de totes dues, però si s'hi afegia el fet d'haver de cuidar la mare i les meves germanes, llavors la cosa es complicava. Estava molt preocupada pel pare, i esperava que truqués a la mare ben aviat.

—Meg, necessito que em portis a la feina demà. Ja no em puc agafar més dies lliures aquest mes. L'amo em matarà —va dir la Jo.

Estava picotejant el menjar del plat. A hores d'ara, la

seva truita vegetariana ja devia ser freda. L'havia fet abans de preparar la torrada de Santa Teresa. La Jo era l'única que no criticava mai la meva torrada de Santa Teresa, excepte quan el pare era a casa. La mare del pare em va ensenyar a fer-ne, amb pa de blat, una mica de nou moscada i un *toc d'imaginació*, tal com solia dir ella. Era com si la sentís, amb el seu accent de l'Oest Mitjà, tot i que ella deia que *això no existia*. I ja la tornava a sentir.

La Jo i el pare eren els únics en qui es podia confiar un plat de galetes de xips de xocolata acabades de fer. En canvi, tots dos eren capaços de menjar-se tota una bossa gran de patates fregides. Els millors amics de la Jo eren els seus Doritos. La truita que li havia fet per esmorzar segur que no. Semblava que alguna cosa l'amoïnava.

—Amb prou feines puc caminar, Jo. Com vols que t'acompanyi? —La Meg va assenyalar el turmell accidentat.

Sens dubte, el tenia molt menys inflat que la nit abans.

—No puc faltar a la feina, i l'autobús triga una eternitat.

La Meredith va sortir de la cuina i aviat ho faria jo. La Meg i la Jo havien de solucionar aquell tema elles soles, i la mare semblava una mica absent. Probablement estava exhausta de preocupació.

—Meredith! —va dir la Jo amb veu calmada—. Estàs ocupada aquest dimarts? Puc trobar algú per anar-hi, però no per tornar a casa.

La Meredith va treure el cap, li va demanar a quina hora plegava i li va dir que potser s'hauria d'esperar vint minuts abans de poder-la recollir.

—És que també he d'anar a buscar la tieta Hannah a la feina —va dir.

—Gràcies —va dir la Jo a la Meredith, amb un somriure.

Quan la mare va tornar a sortir de la cuina, l'Amy es va adreçar a la Jo:

—No és culpa seva que no et pugui portar, té mal al peu.

Va semblar que la Jo reflexionava en el que li acabava de dir. Va girar sobre la cadira per posar-se de cara a la Meg.

—Ho sento. Ja sé que no és culpa teva. És que estic cansada i ja em falta poc per acabar aquell article. És estressant.

La Meg no va poder amagar la cara de sorpresa. Sempre era molt calmada, i em vaig adonar que la sincera disculpa de la Jo l'havia afectat una mica. I a mi també.

—Gr-gràcies —va respondre la Meg, que gairebé s'havia quedat sense paraules, confosa—. No passa res. Ja sé que tens moltes coses al cap.

La sorpresa de la Meg d'alguna manera em va afectar directament a mi, i se'm va acudir una cosa. La Meg i la Jo últimament havien passat molt més temps juntes que no pas abans. A les nits, sentia les seves veus fins tard, xerrant mentre tothom dormia. No les havia sentit parlar d'aquella manera des que érem petites i la Meg feia servir la Jo com a conillet d'índies a l'hora d'anar a dormir. L'endemà al matí, el coixí de la Jo sempre estava brut de maquillatge.

—I per què no li demanes a en Laurie que et porti, ara que és el teu nòvio? —L'Amy va tocar el braç de la Jo i ella li va apartar la mà—. Qui ho havia de dir que la Jo tindria un nòvio tan guapo. Gairebé és massa guapo i tot. —L'Amy va tocar un moment la pantalla del mòbil i després ens va mirar a totes tres.

La resposta de la Jo va ser implacable.

—Fes el favor de callar.

—Només era un dir. —L'Amy va somriure i va mirar la Meg buscant la seva aprovació. Idolatrava la Meg en tots els sentits.

Van passar uns segons i la Jo es va aixecar de la taula.

—Me'n vaig —va anunciar, i va sortir de la cuina. Jo també me'n vaig anar.

Havia d'acabar el treball d'història amb l'ordinador de la mare abans de mitjanit. Valia més que m'hi posés ara, perquè sabia que em penediria de fer un treball sobre la Segona Guerra Mundial just abans d'anar a dormir. Era absolutament segur que em provocaria malsons. Però m'havia endarrerit amb la feina de l'escola per culpa de la mandra de les vacances.

Quan vaig entrar a la sala d'estar, la Meredith estava asseguda a la butaca del pare amb els ulls tancats. Quan m'hi vaig acostar per agafar el portàtil del costat de la butaca, va obrir els ulls de cop i em va donar un ensurt de por. Es va posar a riure quan se'm va escapar un crit.

—Perdona, maca —va dir, somrient.

Sempre se la veia jove quan somreia. La mare era guapa, però a vegades semblava que envellís cinc anys en tan sols un. Estava preocupada per ella i tenia moltes ganes que el pare tornés a casa.

—He de fer un treball. Te'l tornaré abans d'anar a dormir —li vaig dir. Em va somriure, feia cara de son.

—No pateixis. Fes-lo aquí, si vols. No molestaré pas.

Només vull mirar *Criminal Minds* —va dir. Va alçar la palanca de la butaca i va aparèixer el reposapeus.

Em vaig posar a riure.

—És impossible que no molestis si mires *Criminal Minds*.

Comentava cada escena, i constantment intentava endevinar qui era l'assassí i escridassava la pantalla.

Va riure i va arronsar les espatlles.

—Encara penso que l'FBI hauria de vigilar els guionistes d'aquesta sèrie. És un argument molt retorçat.

Deia això cada vegada que miràvem la sèrie juntes. Jo era l'única que podia suportar mirar-la. L'Amy era massa aprensiva, la Meg massa cagada i la Jo massa literal. Ella analitzava les incoherències de l'argument i la veracitat de tot.

M'encantaven aquelles estones amb la mare, quan estava contenta i distreta.

—Au, vinga, Beth, queda't aquí a baix... —va dir, fent una ganyota i ajuntant les mans com si resés.

Vaig intentar mantenir la cara seriosa quan vaig seure al sofà i li vaig tirar el comandament.

—Només pots parlar quan facin anuncis. M'ho promets?

Es va passar el dit polze i l'índex junts per sobre els llavis, com si tanqués una cremallera, i després va fer veure que em llançava la clau.

Capítol 17

Durant les setmanes posteriors a Nadal, les coses van canviar.

La Jo i en Laurie es van fer inseparables.

Ara que en Shia era fora del país, salvant el món a la seva manera, la Meg tornava a treballar a casa dels King. En John Brooke havia d'arribar a casa molt aviat, i la Meg no parlava de res més. Estava molt nerviosa, encara que fes veure el contrari.

La Meredith mirava de mantenir-se ocupada, i la tieta Hannah venia més del que era habitual.

Tothom estava la mar de bé excepte l'Amy, a qui van tornar a expulsar temporalment de l'escola perquè continuava comerciant amb menjar a la classe després que la professora l'hi hagués prohibit un munt de vegades.

Pel que sembla, van avisar el director quan van enxampar l'Amy amb un pastís de llima a dins del pupitre. Un pastís sencer. A dins del pupitre. Quan em va demanar que l'hi fes, no vaig dubtar ni un segon. Em pensava que era per a alguna mena de celebració de l'escola, de manera que li vaig fer un pastís que suposadament era una rèplica casolana de la recepta del Petite Amelie.

Per tant, l'Amy es va estar a casa amb mi durant tota una setmana, i la Meredith em va demanar que li fes classe durant aquells dies. Les meves classes *online* només m'ocupaven un parell d'hores al dia, de manera que em quedava temps de sobres per poder estar per ella durant els cinc dies que va durar l'expulsió. La meva germana estava asseguda davant meu a la taula de la cuina; aquell matí, teníem tota la casa per a nosaltres dues.

—Vull tornar a anar a casa d'en Laurie —va rondinar, mentre menjava cereals.

Vaig enfonsar la cullera al bol i em vaig posar uns quants anells de Cheerios estovats a la boca, i de la mateixa manera que m'havia parlat ella, tot menjant, vaig preguntar:

—Per què?

—Per què?

Va fer un sospir intens i dramàtic. Sempre era molt emocional, fins i tot més que la Meg. L'Amy sempre semblava que fos als núvols. La Meg era la germana que tocava més de peus a terra, l'Amy la que menys.

—Allà ho tenen tot. Un jardí immens. Fins i tot tenen un petit cotxe de golf aparcat al pati del darrere —es va lamentar.

Vaig pensar en els patinets i les bicicletes pels quals els meus pares havien estat estalviant durant mesos, i em vaig haver de recordar que l'Amy només tenia dotze anys. Ella no s'adonava que era una nena mimada.

—Com ho saps?

L'Amy es passava el dia xafardejant d'amagat. Vaig sentir que la Meredith deia a la tieta Hannah que s'hauria de posar una contrasenya a l'ordinador, si no volia que l'Amy l'hi tafanegés.

—Ho sé. —A l'Amy li brillaven els ulls quan va continuar—. Ens hi hauríem de traslladar. Hi ha una biblioteca per a la Jo, un piano per a tu, i a la Meg li encanta l'hivernacle. Estic segura que també hi podem trobar alguna cosa per a la Meredith.

Era veritat, el vell senyor Laurence tenia un preciós piano de cua a la sala d'estar. Només l'havia vist una vegada de prop, la setmana passada, quan vaig entrar a la casa per primera vegada.

Vaig somriure a l'Amy.

—Crec que no seria pas tan fàcil aconseguir que el vell senyor Laurence ens cedís aquesta casa tan gran.

L'Amy va assentir, amb els rínxols que li fregaven les espatlles.

—El podries convèncer. Fins i tot una de nosaltres es podria casar amb ell!

—Apa, què dius! —Em vaig quedar mirant la meva germana, bocabadada, mig fent broma, tot i que no m'agradava que a la seva edat ja parlés de casar-se amb un home vell per diners. Vés a saber d'on havia tret aquella idea; de la Meg, potser?

—Jo ho faria! I tu també ho hauries de fer —va dir l'Amy, amb un fals accent del sud—. Faria gairebé qualsevol cosa per una vida millor. Si fos la dona del vell senyor Laurence, podria pintar tot el dia, prendre el te i ser una perfecta dona del sud. —Tot alçant la cullera, l'Amy va aixecar el dit petit.

Vaig riure per aquell canvi de veu, però no m'agradava la rapidesa amb què s'havia degradat la conversa. Hauria de parlar amb la Meredith sobre el comentari de l'Amy i, sincerament, em vaig quedar sense saber què dir. Jo no sabia res sobre el matrimoni, ni tan sols sobre com parlar amb el sexe oposat.

Per tant, en comptes de donar-li un mal consell, vaig dir:

—Si aquesta energia que dediques a planificar la teva vida com a esposa trofeu l'apliquessis a les matemàtiques, com a mínim obtindries un diploma.

L'Amy va somriure, i se li van marcar els clotets de les galtes. Tenia les dents molt rectes, però una mica massa petites per a la seva cara, de manera que se la veia més jove del que era.

—Semenfot.

—Aquest terme no existirà mai, Amy.

Ulls en blanc.

—Ja existeix, Beth.

—Conforma't amb el que tens.

Va brandar el cap.

—Vull més coses.

—D'acord, doncs si vols més coses, treballa més. Ningú no et regalarà res, i com més aviat ho tinguis clar, més fàcil et serà la vida. Fixa't en el pare, els esforços que fa perquè puguem tenir una bona vida. —Vaig allargar el braç per tocar-li la mà—. Ja sé que costa, però intenta ser una mica agraïda.

L'Amy va abaixar la vista a la taula i em va tornar a mirar.

—Em pensava que ho feia perquè era el seu deure patriòtic.

Vaig fer una rialleta.

—Sí, per això també. I ara, vés a buscar el llibre de mates i treballem una mica.

Amb un sospir, l'Amy es va menjar un últim mos de l'esmorzar i em va seguir cap a la tauleta de centre de la sala d'estar, on em passava hores ensenyant-li a fer divisions llargues. El seu llibre de text era molt més avançat del que em pensava. Ja estava aprenent a restar fraccions. No crec pas que jo ho aprengués tan aviat, això. La vaig ajudar a sumar i a restar negatius sense fer servir els dits, i va riure quan em vaig equivocar en alguns resultats. Li vaig anar fent preguntes, i cada cop ho feia millor.

Asseguda davant de l'Amy, em sentia com una germana gran per primera vegada en molt de temps. Em sentia com la protagonista d'una d'aquelles sèries de televisió nord-americanes aptes per a tota la família on els germans s'agafen de la mà i no es volen separar mai. La Meg en mirava una, d'aquestes sèries, i totes ens hi vam enganxar, però ara ja ni sabíem com es deia. Recordàvem que una noia de cabells arrissats parlava amb la lluna, i que el seu veí estava molt enamorat d'ella, però del títol no en teníem ni idea. Alguns mesos enrere, ens vam passar tota una tarda buscant per internet, però no hi va haver manera de trobar-ho.

Jo m'entenia bé amb totes les meves germanes, en general. La Jo i l'Amy eren les que es discutien més, i per tant passaven poc temps juntes. L'Amy i jo estàvem una mica més unides, des que jo era sempre a casa.

Em preguntava si li agradava estar amb mi tant com amb la Meg. Ho dubtava. La Meg ensenyava a l'Amy a estirar-se els rínxols amb una planxa i a pintar-se floretes a l'ungla del dit gros del peu. Quan estaven de bones, la Jo ensenyava a l'Amy a escriure poemes curts, se'ls llegien mútuament en veu alta, i també havia sentit la Jo explicant a l'Amy històries de fantasmes del Barri Francès. L'últim Halloween, mentre la tieta Hannah es cuidava de l'Amy, la Meg, la Jo, la Meredith i jo vam anar a fer el recorregut fantasmal al Barri Francès. El tema de l'esgarrifosa ruta d'aquell any eren les dones assassines. Va ser increïble. Quan vam tornar a casa, la Jo va explicar l'excursió a l'Amy amb tots els ets i uts, i això li va fer guanyar punts. Coneixent la Jo, potser havia intentat espantar la nostra germana, però el que va aconseguir va ser deixar l'Amy ben intrigada.

Vaig intentar pensar què aportava jo a l'Amy, però com que no em venia res al cap, em vaig distreure preguntant:

—Què vols ser quan siguis gran?

—La dona del vell senyor Laurence —va respondre, rient.

—Va, ho dic de debò.

Va arronsar les espatlles i va mirar cap al sostre.

—Vull ser com la Meg.

—Com la Meg? En quin sentit?

No gosava dir-li que la Meg no havia aconseguit gaire res encara, a la vida, però em feia la sensació que l'Amy n'estava ben convençuda, que volia ser com la Meg.

—Ja m'entens —va dir, arronsant les espatlles—.

Em vull posar pintallavis i vestits ajustats, i ser guapa i popular.

La camisa de l'Amy tenia una petita taca al coll, i mentre la mirava, em vaig preguntar qui li havia ensenyat a preocupar-se tant per les aparences.

—La teva feina no és pas ser bonica. El que has de fer és donar el millor de tu mateixa, no pas voler ser bonica. Això no ho deus a ningú.

—Esclar, Beth.

I, sincerament, em va sorprendre que hagués escoltat el que acabava de dir.

Capítol 18

Aquell vespre, la Jo feia tard a sopar i la Meredith em va enviar a casa dels veïns a buscar-la. La Meredith era molt estricta amb l'horari de sopar entre setmana, volia que hi fóssim totes ben puntuals; era una mania seva. Podíem sortir abans i després de sopar, si volíem, tot i que a mi no em venia mai de gust. M'agradava gaudir de la pau i la tranquil·litat i de les converses amb la mare, mentre l'ajudava amb les feines diàries que no podia fer el pare quan estava de servei.

La Jo coneixia bé la norma de la Meredith, i mai no l'havia desobeït fins a aquella setmana, en què va arribar tard tres dies seguits. La Meg era l'única que no havia incomplert mai la norma del sopar, però des que havia fet els divuit, la Meredith li deixava fer el que volgués, en general.

La Meredith hauria pogut anar a buscar la Jo ella mateixa, però últimament em feia l'efecte que cada dia que passava, a la Meredith se li feia una mica més difícil sortir de casa. Totes ajudàvem tant com podíem. La Jo havia estat treballant molt més que abans i s'havia començat a pagar les factures del telèfon. La Meg era la taxista que ens acompanyava a tot arreu, i l'Amy... Bé, l'Amy era petita i no col·laborava gaire. Quan jo tenia la seva edat, ja ajudava a rentar plats i a fer la bugada, però l'Amy era una nena de dotze anys molt immadura, i a vegades semblava que no tenia ni idea de què era la responsabilitat.

Mentre em posava les sabates, em vaig recordar a mi mateixa que feia un favor a la Meredith anant a recollir la Jo. No havia sortit de casa des que l'havia anat a buscar a casa dels Laurence el vespre anterior. A vegades feia llargues passejades per tot el veïnat, només per respirar una mica d'aire fresc i per tranquil·litzar la Meredith. Era conscient que l'amoïnava la meva angoixa, però jo era més feliç a dins de casa i no em feia res estar sola. De fet, ho preferia.

La Meredith intentava trobar la fulla de llorer a dins de la cassola i l'Amy parava la taula quan vaig estar a punt per sortir. Normalment trigava uns minuts a assegurar-me que ho tenia tot. A vegades desitjava no haver de marxar mai de casa. Fins i tot se m'havia acudit la idea de fer servir aquells tubs que tenen els bancs, i enviar menjar i subministraments a través dels tubs perquè la gent no hagués de sortir mai de casa.

—Beth, te'n vas, ja? El sopar estarà a punt d'aquí a deu minuts.

—Sí, Meredith. —Vaig sortir per la porta del darrere i vaig travessar el jardí.

Vaig buscar algun indici de vida a través de la finestra

arquejada de la casa dels Laurence. La cuina es veia buida des d'on era jo. En Laurie i la Jo eren en algun lloc de l'interior de la casa, però potser no hi hauria ningú més. Tant de bo. El vell senyor Laurence sempre m'intimidava, amb aquelles celles tan espesses i l'expressió sorruda. No havia vist mai una persona que semblés tan fastiguejada de la vida. A veure, jo no era pas precisament trempada com un pèsol, però comparat amb el posat del senyor Laurence, feia que ho semblés.

En Laurie no feia aquesta cara sorruda permanent com el seu avi. Dissabte passat es va mostrar molt dolç amb la Jo, i es va estar a casa fins tan tard que es van quedar tots dos adormits al sofà. La Jo tenia el cap repenjat al braç d'en Laurie, i ell tenia la boca una mica oberta mentre respirava. Tenia un cos tan llarg, que gairebé em vaig entrebancar amb les seves cames quan els vaig anar a despertar.

La seva amistat em semblava ben lògica. Les seves personalitats rebels s'havien trobat en un post de l'exèrcit ple de gent que complia ordres en gairebé tots els aspectes de la vida. Estava convençuda que jo seria un bon soldat. La Jo, no gaire. Li encantava qüestionar l'autoritat en tots els àmbits de la vida. A vegades això li portava problemes, com quan va trencar el vidre del vell senyor Laurence, o quan va escriure tota una pàgina per al diari de l'institut sobre els efectes del trastorn per estrès posttraumàtic en els soldats quan tornaven de la guerra, i el seu professor, el senyor Geekle, bàsicament li va dir que era impossible que publiqués l'article al diari de l'institut de White Rock, i ella el va colar de resquitllada just abans d'imprimir-lo. Per sort, només la van castigar amb un dia d'expulsió. Tenia l'esperança que no es fiqués en problemes més greus, tot i que era conscient que publicar unes pàgines al diari de l'escola era un joc de nens en comparació amb el que ella era capaç de fer.

Quan la Jo era amb en Laurie, em preocupava una mica menys per ella. La Josephine era la germana que m'amoïnava més. Era la més inspirada de totes, i tenia una passió que podia calar foc a tot un camp de flors silvestres, però no sabia si seria capaç d'apagar-lo quan calgués. Necessitava el pare. Necessitava algú que l'ajudés a convertir aquella ferotge passió en una cosa productiva. La Jo sempre havia sigut una lluitadora, des que s'havia negat a fer que la seva Barbie anés de parella amb en Ken, fins que va sortir de classe el dia que li van dir que disseccionés una granota.

El pare en sabia molt, de fer-la tocar de peus a terra. Li explicava que la Barbie no havia pas de ser la nòvia d'en Ken, però que podien ser amics, i també va escriure una nota per excusar-la de la resta del projecte de dissecció.

Jo també l'enyorava, el pare. Enyorava la manera de fer de la Meredith quan el pare era a casa. Com a filla de militar, se suposava que hauria d'estar acostumada a aquella vida, amb desplegaments anuals i només amb un any d'interval entre l'un i l'altre. Se suposava que la meva vida havia de continuar amb normalitat quan ell no hi era, però a vegades era difícil. Sovint trobava la Meredith arraulida a la seva butaca, amb un marc de fotos de fusta a les mans. A dins del marc de dotze per divuit, hi havia una fotografia del pare quan encara no era oficial, el sergent Spring, amb tota la vestimenta posada. Duia l'arma pesant a les mans, i el somriure li omplia tota la cara. Sempre se'l veia més jove a les fotos, deia la Meredith. M'explicava moltes coses d'ell quan l'acompanyava a anar de la butaca cap al llit. Algunes nits plorava, i d'altres somreia i em parlava d'un record feliç de quan eren joves. Jo sabia que la Meredith enyorava la joventut, i això m'entristia una mica.

Quan vaig trucar fluixet a la porta dels Laurence, el cor em palpitava amb força. No suportava trobar-me en situacions com aquella, en què no sabia què passaria. A mi m'agradava saber on era i qui m'obriria la porta. No tenia gaire traça a gestionar les situacions inesperades. Vaig comptar fins a deu amb els dits i vaig tornar a mirar per la gran finestra. La cuina era fosca, tota de fusta de cirerer i marbre fosc. Un gran rellotge penjat a la paret marcava les nou en punt, però quan em vaig treure el mòbil de la butxaca i vaig prémer el botó, vaig comprovar que només eren les cinc i vint.

Vaig tornar a trucar, aquest cop una mica més fort, i després vaig donar una ullada més enllà de la cuina, en direcció a la sala d'estar. A sobre de la lleixa de la llar de foc, hi havia tota una filera de fotos emmarcades. No veia les imatges, però hi havia un munt de marcs. Una ombra es va moure a la cuina, em va espantar i vaig fer un salt enrere. L'ombra es va acostar i vaig veure un flaix de cabells grisos.

Merda, Jo.

El vell senyor Laurence va obrir la porta i em va fer un gest perquè entrés, i tot seguit es va girar donant-me l'esquena. No em va mirar als ulls abans de girar-se, no va dir hola... ni res. Em va acompanyar fins al peu de l'escala i em va tornar a fer un gest amb la mà. Vaig assentir com a senyal d'agraïment i vaig pujar cap a dalt; quan l'home va desaparèixer, vaig córrer la resta de les escales. Em va fer recordar quan era petita i corria pel passadís fosc sortint del lavabo i em llançava d'un salt a sobre el llit, eliminant la possibilitat que alguna cosa amagada a sota em pogués agafar per les cames.

No sabia quina era l'habitació d'en Laurie, perquè quan hi havia anat el dia abans els havia trobat a la biblioteca. Vaig passar per davant d'un lavabo amb una gran banyera de potes i una dutxa integrada al terra. El passadís estava fosc, malgrat que a fora no s'havia acabat de pondre el sol, encara.

Quan vaig arribar a la penúltima porta, vaig veure un fil de llum projectat al parquet del terra de la cambra. M'hi vaig acostar a poc a poc. Era l'habitació d'en Laurie. La meva germana estava estirada a terra amb un llibre a la mà, la seva habitual expressió relaxada estava embolcallada amb un somriure i no es va adonar que jo era a la porta. En Laurie era al llit, amb els ulls clavats al telèfon, i l'altaveu que tenia a l'escriptori reproduïa música electrònica a un volum molt baix. Vaig trucar i vaig cridar la meva germana. En Laurie em va dir que entrés.

—Arribes tard per sopar i la Meredith m'ha enviat a buscar-te.

En Laurie no va dir res, només va alçar el cap i em va saludar amb la mà lliure, mentre amb l'altra aguantava el mòbil. Vaig veure que duia braçalets fets de fils i granadura.

La Jo va mirar el telèfon i va assentir.

—Ara mateix parlàvem de la biblioteca que tenen aquí. L'hauries de veure. I també hi ha un piano enorme. És absurd. —La Jo semblava l'adolescent d'una pel·lícula de Karen McCullah.

—Jo sóc l'únic que el toca, i la veritat és que amb prou feines m'hi acosto. El meu avi l'ha tingut tota la vida —va comentar en Laurie des del llit—. Vine, Beth, seu si vols.

Vaig anar fins a la butaca que hi havia en un racó de l'habitació. Hi havia una pila de revistes a sobre, i en Laurie em va fer un gest per indicar-me que les tragués per poder seure. M'hi vaig enfonsar, i la pell negra i càlida de l'entapissat feia olor de cedre i de tabac. A terra, al costat de la paret empaperada, hi havia un coixí tan llarg com tot un cos. La casa dels Laurence tenia més aire de Nova Orleans que la nostra, probablement perquè era més antiga. Nosaltres només érem la segona família que vivia en aquella casa, malgrat que Fort Cyprus era un post molt antic. La Meredith ens va explicar que hi havia hagut un incendi, provocat accidentalment per la filla petita de l'última família que havia habitat la casa antiga. Va quedar tot arrasat i el pare va patir cremades greus, però tothom en va sortir viu.

La casa on vivíem era una edificació més recent, amb un revestiment gris i un porxo molt gran. La dels Laurence tenia un estil grec *revival*, estava situada a la cantonada de Nightshade amb Iris i tenia més llibres i estris per fer bonic dels que jo havia vist mai en quinze anys. La casa desprenia una mena de sensació d'antic. Feia gust de canyella i clau. Hi havia ombres a tots els racons, i immediatament em vaig adonar del que havia fascinat la Jo. A la meva germana li encantava el perill, i aquí el tenia, de la manera més segura possible. Aquella casa esgarrifosa no tenia una personalitat com la nostra. A casa dels Laurence, la foscor s'enfilava per les parets i quedava suspesa en l'aire espès.

El quarto d'en Laurie estava ple de coses. A tot arreu on mirava hi veia pòsters, discos, llibres, no hi havia ni un pam d'espai lliure enlloc.

—Beth, quin tipus de música t'agrada? La teva germana m'estava dient que t'encanten els Bastille.

La Jo no va dir res i jo no la vaig mirar. En Laurie era agradable, però jo no suportava haver de parlar amb persones que no coneixia. Em feia eriçar la pell.

Amb l'aire que em cremava als pulmons, vaig respondre:

—Sí, m'agraden. Toco el piano i el teclat. Una mica la guitarra, però no en sé gens.

—Au calla, nena, i tant que en saps! —va dir la Jo des de terra. Va ajuntar els peus. A una de les botines negres li faltava una sivella. Volia arreglar-l'hi i me n'havia descuidat. Se li va trencar la nit que la Meg i en Shia van tenir l'última baralla forta feia uns mesos. Fins a aquesta setmana, la Jo no havia portat res més que vambes i botes amb cordons.

Vaig notar que la cara em cremava.

—No en sé.

—Estic segur que ets genial. —En Laurie em va somriure i va deixar el telèfon.

El mòbil em va començar a sonar a dins de la bossa, i

la Jo es va incorporar. El to de la trucada era una cançó d'Ed Sheeran que la mare havia escoltat absolutament cada dia des que el pare era fora.

—Està trucant. —Em vaig aixecar ràpidament. Vaig saludar en Laurie amb la mà i vaig esperar la Jo al costat de la porta.

Però la Jo ens va dir a mi i a en Laurie que havia d'anar un moment al lavabo. Vaja, exactament va dir:

—Vaig a pixar. Ens trobem a baix.

O sigui que vaig baixar tota sola. Vaig passar pel costat de l'estança que veia des de la finestra de la cuina de casa. Fins i tot abans d'entrar-hi, sabia que hi havia el piano de tantes vegades que havia vist la Jo observant en Laurie tocant des de la finestra, i també de quan l'havia vist de prop el primer cop que havia entrat en aquella casa. Vaig mirar darrere meu, esperant que no hi hagués ningú. Estava sola. Sempre podia aparèixer una minyona o alguna altra visita a la casa, o pitjor encara, el vell senyor Laurence un altre cop.

Em vaig acostar al piano. L'elegant Seiler estava col·locat davant d'una gran finestra amb el marc de roure. Era la finestra a través de la qual sovint contemplava en Laurie tocant. Vaig passar el dit índex per una tecla negra i una fina capa de pols se'm va quedar acumulada a la punta quan vaig retirar el dit. Vaig bufar-la i vaig seure a la banqueta. El batec normalment ràpid del meu cor es va alentir lleument quan vaig moure les espatlles i vaig alçar les dues mans, amb els dits polzes just a sobre del do del mig. No sabia si l'instrument sonaria gaire fort, però vaig prémer la tecla amb el polze per comprovar-ho. Sonava bastant baix, i em va importar una mica menys si algú em pescava allà asseguda, tocant les tecles. Feia molt de temps que no tocava res que no fos un teclat senzill, i des que la Meredith m'havia permès iniciar l'escolarització a casa només havia utilitzat el vell teclat que els meus pares em van regalar pel Nadal de quatre anys enrere.

Després de tocar uns segons, em vaig adonar que els meus dits pressionaven les tecles familiars d'una peça que estava estudiant abans de deixar l'escola. Em vaig permetre tocar uns quants segons més abans de retirar les mans i vaig abandonar l'estança.

Vaig veure una ombra al passadís mentre sortia, i vaig desitjar que fos la Jo o en Laurie.

Capítol 19

Meg

En John tornava avui a casa.

No em podia creure que finalment tornés.

Havia comptat els dies i les hores i ara els minuts que faltaven perquè arribés a Fort Cyprus. Duia una camisa negra llarga amb un escot pronunciat i les espatlles descobertes. Una vegada em vaig posar una camisa escotada i en John no em va treure les mans de sobre. Esperava que aquesta vegada fos igual. M'havia imaginat un munt d'escenaris diferents sobre com seria la tornada d'en John.

Vaig seure al tocador i vaig mirar el correu al mòbil.

En tenia un d'en John. El cor se'm va accelerar i el vaig obrir immediatament.

El missatge m'havia arribat feia pocs minuts. A l'assumpte hi deia «No sé què fer».

Hola, Meg,

Com va tot? He pensat moltíssim en la tornada a casa i crec que no puc continuar així. Estic molt confós.

Ho sento.

Segon tinent Brooke

Vaig tornar a llegir el missatge i vaig notar que la sang m'abandonava la cara.

Després de llegir-lo per quarta vegada, vaig tirar el mòbil al tocador com si cremés. La capsa de pinzells de maquillatge va sortir volant i tots els pinzells van caure a terra. Van rodolar pel voltant dels peus i un pinzell gruixut es va aturar a la punta de les meves Steve Madden. M'havia pintat les ungles dels peus de color vermell, perquè a en John li agradava que les portés pintades. M'ho va dir una vegada.

Recordava tots els compliments que m'havia fet.

En John Brooke no parlava gaire. Era un home de poques paraules, però això feia que les apreciés més.

Vaig intentar mantenir la calma, pensar abans de fer res, però em costava. No sabia si li havia de respondre, eliminar el missatge o ensenyar-lo a algú per tenir una segona opinió.

Què significava això? En John arribaria a casa aquella mateixa nit, només faltaven dues hores! Què podia haver passat durant l'últim dia i mig, perquè se sentís tan confós? L'últim cop que vam parlar, va fer broma perquè no m'agradaven les pel·lícules de superherois, i jo li vaig prometre que en miraria almenys una amb ell. Em va parlar de la seva mare, que vivia a Maine, i de la seva germana, que acabava de tenir el tercer fill. No li vaig notar cap senyal de desànim.

Jo li vaig dir que estava impacient per tornar-lo a tocar. Li vaig explicar alguns detalls del que tenia pensat fer-li. La línia va quedar uns instants en silenci, després va fer un sospir profund i em va dir que l'estava matant. Jo em vaig fondre per dins, i em moria de ganes de poder-lo tocar. Em pensava que aquesta nit seríem en un llit d'hotel ben calentó. Em pensava que en John seria a dintre meu, dient-me que m'havia enyorat molt mentre féssim l'amor. Em pensava que em diria que em necessitava i que sense mi no era res. I al matí, menjaríem un bon esmorzar d'hotel, amb creps farcides i plenes de sucre. Se suposava que després de les creps el provocaria fins que em tornés a fer estirar per fer-me l'amor entre els llençols de cotó.

Què li diria ara, a la gent?

Què li diria, a la senyora King? Miri, resulta que en John Brooke ha tallat amb mi en comptes de proposar-me matrimoni, i per tant ara no tinc parella i en Shia i la Bell Gardiner continuen promesos, i jo estic soltera i treballo per a vostè. Ho he dit, que torno a estar sense parella?

Com era capaç de fer-me això, en John? I a través d'un mail? Em vaig quedar ben trasbalsada, semblava que em fes mal tot el cos. Era una bogeria. Tan sols l'angoixa que em provocava el fracàs social era suficient per matar-me, i això sense comptar que tornava a estar soltera i que tothom s'assabentaria que en John havia tallat amb mi a través d'un mail.

M'hauria d'haver imaginat que tot era massa maco per ser veritat. Aquesta era la típica acció que feien els sempre previsibles homes de la meva vida. El meu exnòvio, en River, havia fet el mateix, però a través d'un missatge de text, i després d'haver escampat les meves fotos privades per mitja escola.

Llavors, entraves a qualsevol aula d'informàtica i hi havia la meva foto parpellejant a totes les pantalles...

Encara no sé qui ho va fer, això, però segurament era algú de la meva antiga colla d'«amics». Primer en River, després els amics i ara en John. No m'hauria de sorprendre que es repetís aquella pauta en la meva vida.

—Què passa? —La veu de la Jo em va arribar a les orelles com a través d'un túnel.

No sabia què havia d'explicar a la Jo sobre tot allò. No sabia si era prou madura per comprendre-ho, o si el meu ego era prou dur per entomar un cop com aquell. Vist en retrospectiva, em preocupava massa pel que la gent pogués pensar de mi, però la veritat és que al final del dia la meva reputació era més important que res més. M'havia esforçat molt a recuperar-la quan ens vam traslladar de manera permanent a Fort Cyprus. Malgrat que tenia la sensació que la meva imatge se m'escolava entre els dits, no estava disposada a permetre-ho. Encara no estava preparada per destapar la veritat de la meva vida. Vaig redreçar l'esquena abans de respondre.

—Res. —Vaig empassar-me saliva. Em notava les llàgrimes cremant als ulls.

Em vaig girar cap a la Jo, però ella no em mirava. Tenia la vista clavada en el merder que hi havia a terra. Va agafar el mòbil que jo havia llançat sobre el tocador, de cap per avall i cobert de pólvores blanques.

Va mirar la pantalla i la vaig deixar fer. Semblava mentida que hagués canviat tan ràpid d'opinió... Potser era perquè m'estava tornant boja?

—Llegeix. —Vaig sospirar, derrotada.

Si en John estava confós, havia d'intentar aclarir-li les idees. Però si no hi havia cap possibilitat, potser era millor començar a parlar de la ruptura abans que ell en tingués l'oportunitat.

La Jo va esbatanar els ulls mentre llegia el mail.

—Què coi vol dir això?

—No ho sé, Jo. —Els ulls em cremaven amb les llàgrimes que amenaçaven de brollar.

—Però no se suposa que ha d'arribar d'aquí a poques hores? —La Jo va avançar entre els estris escampats per terra i va seure a la vora del llit—. Li has contestat?

—No! —Vaig negar amb el cap—. Ho hauria de fer? —No volia admetre que no tenia ni idea de què havia de fer.

—Jo ho faria. És el teu nòvio. Li hauries de trucar.

Com si fos ben obvi que hauria de ser capaç de telefonar a en John i simplement parlar-li d'això perquè era el meu nòvio, i ja està. Oh, Jo. Havia d'aprendre tantes coses, encara, sobre els nois i les relacions i com moure's per la vida.

—No ho entens —vaig dir.

—Com que no?

—No havies tingut mai cap nòvio, abans d'en Laurie...

Va obrir molt els ulls i es va ruboritzar des del coll fins a les galtes.

—En Laurie no és el meu nòvio.

—No li puc trucar. Les coses no funcionen d'aquesta manera. Si li truco, farà una d'aquestes dues coses. O bé tallarà definitivament amb mi, o no contestarà. Les dues opcions són horribles. Ara mateix està confós.

Ara era la Jo la que estava confosa, i vaig pensar que era fascinant i una mica ingenu per part seva.

—Així... esperaràs fins que... —Feia que tot semblés o blanc o negre, però jo només ho veia tot gris.

El mòbil va sonar a la mà de la Jo i va estar a punt de tirar-lo a terra.

—Mail —va dir, amb veu suau—, és un mail. D'en John Brooke.

Em vaig girar i la vaig mirar pel mirall del tocador. Aguantava el telèfon perquè en pogués veure la pantalla. Estava impacient. I neguitosa. Necessitava alguna cosa on agafar-me. Vaig respirar profundament i li vaig dir que me'l llegís.

Sense dubtar-ho gens, va començar:

—«Hola, Meg, perdona'm pel que t'he dit abans. No era la meva intenció. Ens veiem aquest vespre. En tinc moltes ganes. Segon tinent Brooke».

Vaig mirar la Jo i vaig esperar que la sang em comencés a bombejar per tot el cos.

—Ho veus? Només eren els nervis d'última hora. Ja està tot arreglat. Si li hagués trucat, ho hauria espatllat t...

Una altra alerta de mail.

—Torna a ser en John —va dir la Jo, sense apartar els ulls de la pantalla.

Jo tenia el cor desbocat. *Què està passant?*

—Llegeix-lo! —vaig cridar.

—«Meg, mira, de debò que no puc continuar així. No em tornis a trucar ni a escriure. Ho sento. Segon tin...».

Les paraules d'en John de la boca de la Jo em pesaven tant a dins del pit, que no volia sentir res més.

—Ja ho he entès! —vaig cridar.

Volia prendre-li el telèfon de les mans abans que tornés a sonar, però no em podia moure. El cap em donava voltes i no parava de fregar-me les mans als texans. Vaig ficar els dits entre els esquinços de la tela i vaig estirar fort.

—Em sap greu, Meg. —La Jo estava dreta al meu costat. Va alçar una mà com si es disposés a tocar-me, però no ho va fer. La meva germana no era gaire afectuosa, i ho vaig comprendre.

—No passa res.

Em vaig mirar al mirall i vaig intentar trobar el que a en John Brooke ja no li agradava de mi. Immediatament vaig pensar en en River i en Texas, i em vaig preguntar si algú havia dit a en John que sortia amb la puta de Fort Hood. Havia de ser això. No podia ser el meu pentinat, ni la corba dels meus pits. Segur que s'havia assabentat del meu passat a Texas.

Vaig mirar les espesses pestanyes que tenia enganxades a les parpelles. A la capsa hi deia Seductora, i tenien una forma sexi. Eren massa exagerades?

Tenia les galtes brillants i els llavis perfilats i pintats de color vermell viu. M'havia passat molta estona arreglant-me, volia estar perfecta per al retrobament. I ara em sentia com una idiota, tota empolainada per un home que creia que un mail era la forma de comunicació adequada en una relació.

Feia mesos que no veia en John. Se suposava que el retrobament havia de ser especial i definitiu. M'havia pintat les ungles, m'havia arreglat els peus, i duia unes calcetes de puntes de color vermell molt sexis i uns sostenidors de conjunt. La pell em feia olor de coco, i m'havia gastat l'última paga de la senyora King per comprar-me unes Steve Maiden noves. Havia aconseguit tenir l'aspecte adequat per anar al Ritz Carlton del Barri Francès.

No sabia imaginar-me com anava vestida la gent en aquell hotel tan luxós. Recordava que els King hi havien celebrat una festa d'aniversari en un dels salons. En Shia s'havia queixat de l'aire antiquat i meridional de l'hotel, i deia que no l'havien decorat en cent anys.

Ara no ho veuria mai. No ho podria comprovar.

Em vaig passar els dits pels cabells i em vaig treure els clips que m'aguantaven els flocs rebels del serrell darrere les orelles. Vaig agafar les tovalloletes per desmaquillar-me i vaig estirar l'adhesiu tan ràpid que se'm va trencar.

La Jo estava en silenci mentre em treia el pintallavis. Estava segura que notava la vergonya que m'envaïa en feixugues onades que s'estavellaven contra els meus peus. M'havia posat el millor pintallavis per ell, i això ja era molt, perquè en aquell no m'hi podien fer descompte.

Vaig intentar riure'm de mi mateixa perquè em preocupava més pel pintallavis empastat que no pas per la meva vida destrossada. Tant de bo no m'importés tant, però allò no era real, i necessitava alguna cosa, qualsevol cosa, a la meva vida que fos real. Encara que fos una sensació horrible.

Les pestanyes postisses estaven enganxades a la superfície de vidre del tocador, i mentre mirava el pintallavis escampat i després els dits dels peus pintats, vaig veure la Jo, brillant i natural darrere meu.

—Per què no et vols casar, Jo? —Esperava que pogués aguantar el pes de la pregunta.

—Per evitar tota aquesta merda —va dir, amb un mig somriure.

—T'ho demano de debò.

Va arronsar les espatlles i va seure a la vora del llit.

—No ho sé. No és que no ho vulgui, però tinc la sensació que ara mateix no m'he de centrar en això —va fer una pausa—, ni ara ni en un futur immediat. Jo vull ser periodista, escriptora, vull ser més que una esposa. Només tinc setze anys, coi.

La seva resposta semblava ben simple. Tan juvenil però tan sàvia alhora. Això només sabia fer-ho la Jo.

—No és pas que vulgui ser simplement l'esposa d'algú, Jo. També vull tenir una feina i tot això, però vull algú amb qui compartir la vida. Eres massa petita quan el pare i la mare es demostraven de debò com s'estimaven i segurament no te'n recordes; potser per això no t'importa tant.

La Jo va agafar aire per la boca; el soroll entre els llavis va sonar gairebé com una rialla.

—No crec que això hi tingui res a veure.

Jo tampoc no n'estava segura, però trobava més lògic això que no pas pensar que simplement estava desesperada per aconseguir l'atenció i l'afecte d'un home. Jo volia el que anys enrere havia vist en els meus pares. Encara recordava el dia que el meu pare va tornar de l'Afganistan dos desplegaments enrere, i l'expressió de la seva cara quan va veure que la mare corria cap a ell. Hi havia un munt de gent en aquella cerimònia de benvinguda, però la mare el va trobar de seguida, va deixar anar la mà de l'Amy, la va entaforar a la de la Beth i va sortir esperitada a abraçar-lo.

Mai no oblidaria la manera com el pare la va agafar i les llàgrimes que tenia als ulls quan va pujar l'Amy a coll. Aleshores l'Amy tenia vuit anys, i totes portàvem unes samarretes amb el cognom imprès a l'esquena i el que fos que se'ns hagués acudit estampar-hi amb pintures de roba. La de l'Amy deia BENVINGUT A CASA, PARE, amb tota la família dibuixada en forma de ninotets de pal. El pare li va demanar a la mare que guardés aquelles samarretes per fer-ne un edredó algun dia.

El meu pare era un bon home, i en John Brooke també. Quin mal hi havia a voler compartir la meva vida amb un bon home?

—Coneixes algú que estigui enamorat, a part dels nostres pares? —vaig preguntar.

La Jo va arronsar les espatlles.

—A la vida real?

—Quina altra vida hi ha?

Em va mirar als ulls, després es va mirar les mans. Va passar els dits per l'edredó.

—La dels llibres, la de la tele. N'hi ha moltes.

Volia corregir-la per assegurar-me que no pensava realment que les paraules d'un llibre extretes de la ment d'un autor, o els actors d'una pantalla a la nostra sala d'estar, eren el mateix que la realitat. Estava convençuda que distingia la diferència, que això només ho deia a causa de la seva vena fantàstica i artística.

—Oh, Jo, no tens ni idea de què estàs dient. —Vaig sospirar. L'estimava molt, o sigui que seria suau amb ella, només era una nena. Era evident que per a algunes coses era llesta, però no sabia res sobre les relacions. Això m'amoïnava. Imaginar-me la Jo com a mare d'un nadó era com imaginar-me en Shia King amb un vestit negre emmidonat a la sala del tribunal.

—No hi estic d'acord, Meg. —Ho va dir mirant-se les ungles, no pas a mi.

Vaig fer petar la llengua.

—D'acord. —Vaig fer una rialleta. A vegades la Jo es pensava que ho sabia tot—. Però això no vol pas dir que tinguis raó. No tens gens d'experiència amb els nois.

La Jo va sospirar, va alçar les mans de la falda i se les va passar pels cabells. Quan érem petites, la Jo tenia un remolí pronunciat a la part del davant dels cabells, just al mig. Ara tenia setze anys i el remolí continuava allà, tot i que se li veia menys, perquè tenia molts cabells.

—Hem de parlar d'això?

—Què? —Em sentia buida per dintre. Buida i angoixada només de pensar en el nom d'en John. Em sentia patètica i confosa—. El meu nòvio, que suposadament havia d'arribar d'aquí a una estona, acaba de tallar amb mi a través d'un mail! —Vaig alçar la veu i el coll em cremava.

Vaig mirar el mòbil, a la falda de la Jo. Feia estona que no sonava, però d'alguna manera encara sentia l'eco de la notificació del mail ressonant en el silenci de l'habitació.

El pit em pujava i baixava agitat, i la Jo ni tan sols intentava consolar-me. S'estava allà asseguda, recorrent l'habitació amb la vista i les mans plegades a sobre la falda. Impassible i tranquil·la.

—Vés-te'n, Jo —vaig sospirar.

No sabia què més dir-li, i era conscient que la meva germana no em diria res del que jo necessitava sentir.

On era, la Beth?

Capítol 20

Ja havia parat de plorar quan em vaig instal·lar al sofà entremig de la Beth i l'Amy. La Meredith ens va preparar una mica de menjar, i vaig seure tapada amb una manta fins a la barbeta i amb un bol de macarrons amb formatge a la falda. Tenia les cames estirades amb els peus sobre la falda de l'Amy, que ja estava mig adormida. No eren ni les vuit, però jo també tenia ganes d'anar-me'n a dormir. La Jo seia a terra, amb el portàtil sobre les cames. Ja no estava empipada amb ella. No la podia culpar de no preocupar-se per una cosa que no entenia.

Egoistament, desitjava que algú li trenqués el cor, però que després se solucionés de seguida. No, no li volia pas tant de mal, pobra. Llavors vaig canviar de pensament i vaig desitjar que fos la Bell Gardiner la que s'emportés un desengany amorós. Aquest pensament no el vaig retirar.

—Hi ha un cotxe a fora —va dir la Meredith. Es va inclinar cap a la finestra i va enretirar la cortina gruixuda que tapava el vidre.

Vaig menjar una mica més de macarrons amb formatge i vaig esperar que el reflex dels fars desaparegués de la finestra. Com que vivíem en un cul-de-sac, la gent sovint feia servir el nostre camí d'entrada per girar.

Vaig sentir el soroll de la porta d'un cotxe, i la Meredith va tancar el reposapeus de la butaca del pare amb les cames.

—És un home —va dir.

El primer pensament que em va venir al cap va ser que el pare havia tornat abans d'hora per sorprendre'ns, però era molt poc probable; a més, sabia perfectament que la Meredith odiava les sorpreses.

—Qui és? —va preguntar la Beth.

—No ho veig bé... però sembla en John...

Vaig fer un bot del sofà i vaig córrer cap a la finestra, amb el bol a la mà i tot. Vaig veure en John Brooke que s'acostava caminant pel jardí, amb el seu uniforme i l'expressió seriosa.

—Què hi fa, aquí?! —Em va sortir un xiscle, i la Beth va venir al meu costat a l'instant.

L'Amy va fer cara d'horror.

—Ostres, Meg! En John és aquí i tu vas amb *això*.

Vaig mirar cap avall. Els pantalons curts estampats de flors i el top de color rosa no podien ser més diferents del que jo havia planejat posar-me per al nostre retrobament. Per què havia vingut? Que no n'hi havia prou amb els mails?

La Beth em va agafar el bol de macarrons amb formatge just quan en John va trucar a la porta amb els artells.

—No el deixeu entrar! —vaig cridar, enmig del pànic que omplia la sala d'estar.

—Aquest fill de... —va començar la Meredith.

—Per què no? Potser... —va començar a dir la Jo.

Jo no podia pensar amb claredat. Per què m'havia desmaquillat? Encara tenia els ulls inflats. Per què havia vingut?

—Sí o no, Meg? —va preguntar la Meredith, que ja s'havia aixecat.

Vaig dubtar un segon. Havia de dir el que pensava a en John Brooke? Li havia de deixar les coses clares per haver tallat amb mi per mail i després presentar-se a casa meva?

Va tornar a trucar.

—Deixa'l entrar —vaig dir, tot i que em feia molta ràbia fer aquella mala cara.

La Jo era com una estàtua, encara asseguda a terra, teclejant.

Tenia gust de tòfona a la boca, i sabia que feia olor de bolets i que tenia un aspecte horrible. Em vaig arreglar els cabells mentre la Meredith obria la porta.

—Hola, Meredith, com estàs? —La veu d'en John era profunda.

La Meredith es va girar per mirar-me, i en John es va situar sota el llum de l'entrada. Anava amb l'uniforme de West Point, i duia els cabells més curts que mai. Els seus ulls blaus em van trobar, i no vaig poder reprimir el crit que em va esquinçar els pulmons i es va escampar per l'estança. A en John li va canviar l'expressió de cop i es va acostar cap a mi, amb el barret a les mans.

Jo em vaig girar, vaig córrer passadís avall cap a la meva habitació i vaig tancar la porta d'una revolada. Vaig sentir uns passos feixucs darrere meu, després uns trucs suaus a la porta, però en John va obrir abans que pogués respondre.

—Hola —va dir, amb la veu tremolosa.

El vaig mirar en tota la seva esplendor de West Point. Feia l'efecte que li havia crescut tot el cos des de l'última vegada que l'havia vist. Els botons daurats de l'uniforme brillaven molt. Se'l veia molt polit i arreglat i jo, en canvi, estava feta un desastre.

—Què vols, John? —Esperava que el meu to de veu hagués sonat prou intimidador i segur, no com el d'una noia de dinou anys que s'havia passat les últimes dues hores plorant per un noi.

Excepte que en John ja no semblava un noi. Era tot un home.

—Què? Meg, què està passant?

Vaig ignorar la veueta que em deia que mirés cap al mirall del tocador. Veure el meu aspecte desastrós només empitjoraria les coses.

—Què està passant? —Vaig riure—. Digue-m'ho tu, John. Què coi està passant? Per què has vingut?

Les seves celles d'un ros castany es van ajuntar sobre els ulls clars, i va fer un pas enrere, en direcció a la porta.

—Vés-te'n, si vols! —vaig cridar, com si el seny hagués fugit per la finestra que tenia al costat.

—Però què coi passa? Ja ho sabies, que vindria. Teníem plans, te'n recordes?

—Sí! En teníem. Però estàs molt confós, te'n recordes? Deus estar tan confós que t'has oblidat d'enviar-me un mail per dir-me que al final vindries!

Com més cridava, més fluixes em notava les cames.

Vaig seure a la vora del llit i vaig posar el cap entre les mans.

—Meg. —La veu d'en John era suau—. No entenc què passa. No sé de què em parles. T'he vingut a buscar per anar a passar el cap de setmana al Barri Francès. Acabo d'arribar, he anat a buscar el cotxe i he vingut aquí.

Vaig alçar el cap. Què?

Estava mentint? Vaig veure la cara de confusió que feia i el petit moviment de les seves mans tremoloses. No sabia què pensar.

—Intentes dir-me que has canviat de pensament?

En John se'm va acostar, i em vaig encongir una mica quan em va agafar les mans. Les va deixar estar. Es va agenollar davant meu i em vaig centrar en la forma de l'uniforme gris, els repunts marrons, el coll alt que li arribava a la nuca. Tenia la cara vermella, sempre l'hi tenia una mica, però realment semblava confós.

—Meg, sisplau, em diràs què està passant? —La veu suau d'en John em va acariciar com una ploma, calmant la ira que m'havia provocat el seu rebuig.

—M'has enviat un mail. —Vaig treure el mòbil de sota el coixí, on s'estava carregant, i el vaig estirar cap a mi.

—T'he enviat un mail? —Les seves mans pigades van agafar les meves al voltant del mòbil, tremoloses. Jo les vaig apartar i ell em va deixar, i llavors vaig obrir els seus missatges.

Vaig girar el telèfon i vaig alçar la pantalla perquè ho veiés. Va posar els dits al voltant de l'iPhone i va agusar la vista per llegir la lletra petita.

Al cap d'uns segons va començar a brandar el cap.

—Això no ho he enviat jo. Per descomptat que no. Això no ho faria mai, Meg.

Me'l vaig quedar mirant mentre assimilava les seves paraules. M'estava mentint? Li vaig escodrinyar els ulls i no n'estava segura. Si no ho havia fet ell, qui ho havia fet?

En Shia va ser la primera persona que em va venir al cap.

—Meg, mira'm. —En John em va fer alçar la barbeta—. Meg, t'he enyorat moltíssim. I he vingut pensant que estaries contenta de veure'm.

Va fer un mig somriure i tota la meva mortificació es va esvair. Esclar que en John no faria mai una cosa així.

Vaig alçar les mans i les hi vaig posar al cap.

—Oh, Déu meu, perdona'm! Esclar que estic contenta de veure't. —Li vaig passar les ungles llargues pel costat del cap i per la cara acabada d'afaitar—. Jo també t'he enyorat molt.

Va tancar els ulls quan li vaig passar els dits per la boca, i els llavis se li van separar fent un gran somriure. No li vaig fer cap petó, tot i que en tenia ganes. Ell tampoc no me'n va fer cap, però mai no havia sigut una persona gaire afectuosa.

Vaig sentir una veu a l'altra banda de la porta, i no em va ni molestar saber que les meves germanes estaven escoltant. Tant m'era. En John era aquí, davant meu, acabat de llicenciar de West Point.

Vaig sospirar, recordant de sobte el meu aspecte desastrós.

—Estava molt diferent d'ara, abans de rebre aquests mails.

—Estàs la mar de bé. Preciosa. —En John va alçar la

mà i em va fregar la galta amb els artells—. No t'havia vist mai així.

Em vaig notar una fiblada d'angoixa al pit. No tenia pensat permetre que en John em veiés sense maquillar de moment, o mai.

Li vaig dir que em donés cinc minuts per preparar-me la bossa per al cap de setmana i el vaig enviar a xerrar amb la família. Quan va obrir la porta, va enxampar l'Amy i la Jo escoltant amb l'orella enganxada, però ell simplement va somriure i va fer una salutació militar a l'Amy. Mentre travessaven el passadís, vaig sentir que en John parlava a l'Amy del seu uniforme antiquat, i immediatament em vaig preguntar com reaccionaria amb les altres. Però es va mostrar molt calmat, fins i tot després d'haver-lo escridassat davant de tota la família

Si això mateix ho hagués fet a en Shia, m'hauria saltat a sobre amb dents i ungles i m'hauria fet arrossegar per aconseguir el seu perdó. En Shia era molt emocional, i molt tossut. En John Brooke també era dur, però d'una manera més suau.

En John Brooke era ideal per a mi, era realment bo.

Capítol 21

En John havia pensat en tot. Va llogar un cotxe perquè ens portés fins al Barri Francès, i vam seure al darrere com dos enamorats ingenus. Em sentia com el dia del ball de promoció, però sense la part desagradable de la fel·lació al seient del darrere del cotxe d'en River. En John havia comprat una ampolla de xampany que tenia gust de maduixes i felicitat.

Durant el trajecte, em va agafar la mà entre les seves a sobre de la falda, i jo mentrestant bevia glopets d'una copa de plàstic.

—Parla'm de la teva graduació. Em sap greu no haver pogut venir.

—No pateixis. —El seu somriure em va recordar que, de fet, ell no m'hi havia convidat, però jo ja no estava enfadada per això.

Ja no ho estava.

Només érem nòvios, i vaig comprendre que no volgués que anés a Nova York a passar un fantàstic cap de setmana, perquè m'hauria hagut de presentar la família i els nous amics.

A vegades, m'empipava que les nòvies de militars no obtinguessin la mateixa atenció o reconeixement que les esposes de militars. I, altres vegades, creia que la Jo tenia raó quan deia que la cultura militar obligava els soldats a casar-se joves. D'altra banda, aquells homes i dones s'esforçaven molt pel seu país, i per què haurien de fer-ho sols? Els soldats més tristos que coneixia eren els que no tenien dona i fills esperant-los a casa. Esclar que la majoria tenien pares, però no era el mateix.

En John Brooke es voldria casar amb mi encara, després d'aquell numeret? Ell no havia enviat els missatges. N'estava segura. Per reafirmar la idea, el vaig mirar a la cara. Havia canviat alguna cosa des de l'última vegada que el vaig veure? Tota la nostra relació havia sigut a distància. Això hauria hagut d'afectar-nos d'alguna manera, però no ho havia fet. Més aviat ens havia enfortit com a parella; així eren les relacions en el món de l'exèrcit. Se'l veia exactament com sempre, potser una mica menys xerraire, si és que això era possible. Continuava tenint les mans plenes de pigues, i just al nas se li marcava un petit solc.

Vaig mirar darrere seu, el meu propi reflex al vidre. Em vaig veure la cara nua, i fins i tot en la foscor em vaig veure les ulleres sota els ulls. No anava mai enlloc sense maquillar-me, i era allà, amb en John, de camí cap al Ritz amb una mala cara de por.

Mentrestant, ell em parlava de la cerimònia de graduació, dels sanglots plens d'orgull de la seva mare quan ell va pujar a l'escenari. Vaig pensar que qualsevol pare es devia sentir molt orgullós del seu fill el dia de la graduació a West Point, tot i que com que no coneixia la seva mare, em preguntava quina mena de dona devia ser realment. Em va estrènyer la mà i va fer un somriure quan el vaig mirar de nou. Li quedava molt bé l'uniforme. Era especial. Ell era especial i l'uniforme encara l'hi feia ser més.

—M'agradaria que coneguessis la meva mare algun dia —em va dir, quan vam entrar a l'autopista. El cotxe lliscava amb suavitat d'un carril a l'altre; era completament diferent del meu Prius o del Cherokee de color granat dels meus pares, semblava que suréssim sobre l'asfalt—. Li cauries la mar de bé. —Em va acariciar la pell amb el dit polze, un petit gest que em va proporcionar el confort i l'afecte que necessitava.

Ah, sí?, tenia ganes de preguntar-li, però hauria semblat insegura, i una dona no pot permetre mai de la vida que un home sàpiga que se sent insegura. Això m'ho va ensenyar la Meredith, i ara posava a la pràctica el que ella m'havia inculcat, finalment, després de dinou anys. Els seus consells eren ben útils ara, especialment perquè l'home en qüestió m'acabava de trobar en pijama i amb unes ulleres fosques sota els ulls. Necessitava mostrar seguretat per esborrar-li aquesta imatge del cap.

Vaig mirar en John, i ell es va inclinar per fer-me un petó a la galta. Era impossible que hagués enviat aquells mails. No tenia ni idea de qui ho havia fet, però sabia que no havia sigut ell. Era impensable.

Me'l vaig quedar mirant, ben a prop seu, i m'agradava

la manera com els fanals de la carretera li il·luminaven la cara mentre avançàvem a tota velocitat.

—M'agradaria molt coneixe-la. —Vaig procurar que els llavis toquessin un extrem dels seus, just per notar la seva escalfor, però no suficient per quedar-ne satisfeta.

Quan vam arribar a l'hotel, el cotxe es va aturar en una entrada coberta i de seguida van venir dos grums. Un d'ells s'assemblava a un noi que venia amb mi a l'institut, i vaig intentar no mirar-lo amb mala cara. Van agafar les maletes del darrere, fins i tot el meu maletí de maquillatge, i em va fer mal el cor quan vaig veure que el noi que em resultava familiar el tirava al carret sense miraments.

En John em va agafar la mà mentre recorríem el laberint per arribar fins al vestíbul i els ascensors. Hi havia parelles pertot arreu, parelles grans que feien olor de laca i de diners; tots els homes duien un rellotge massís al canell. Ja no érem a Fort Cyprus.

La dona de la recepció era amable, duia un pintallavis rosa intens i unes pestanyes postisses. Ens va demanar si volíem canviar l'habitació per una de millor de classe Club, i en John va dir que sí. La dona ens va començar a explicar els avantatges de la classe Club, com per exemple que teníem una zona d'estar reservada. Crec que ho va anomenar saló, i estava ple de neveres amb aigua i refrescos, i al centre, una taula amb tot de menjar servit a l'estil d'un bufet.

Jo em vaig concentrar a absorbir l'energia de l'ambient i a intentar esborrar qualsevol resta de malestar que m'hagués quedat encara de l'incident dels mails. Vaig mirar en John durant tota l'estona en què la dona va parlar, i també mentre el grum s'enduia les maletes i mentre pujàvem amb l'ascensor i recorríem el llarg passadís.

L'habitació era preciosa, tal com m'imaginava. Vaig decidir fingir que per dintre no em sentia confosa, i em vaig convèncer que no tenia el mal de cap palpitant que em turmentava des de la tarda. En John era amb mi, al meu costat, agafant-me la mà i fent tot allò per fer-me feliç. Es mereixia molt més que uns ulls inflats i una cara trista.

El grum finalment ens va deixar sols, després d'ensenyar-nos gairebé cada centímetre de l'habitació i les seves comoditats. El llit ja estava obert, i vaig riure amb el record d'uns estius enrere.

—Què passa? —va preguntar en John. Ja no m'agafava la mà, però tampoc no podia perquè estava desfent la maleta.

—Pensava en la vegada que vam anar tota la família a un hotel de Houston; mentre estàvem sopant ens van anar a preparar els llits, i després la Jo estava convençuda que hi havia un fantasma a l'habitació. —Vaig tornar a riure pensant en l'esverament de la Jo—. Va obligar el meu pare a comprovar els armaris i sota els llits, tot i que era ben absurd, perquè els fantasmes són invisibles.

Vaig mirar en John i li vaig veure un somriure a la cara.

—La Jo és un cas a part —va dir, amb l'expressió suau.

Vaig assentir.

—Sí, tens tota la raó.

—Tens gana? Has sopat?

No recordava si havia menjat o no. Ni tan sols sabia quina hora era.

—Tu tens gana? Acabes de fer un vol llarg. Segur que sí.

Va assentir.

—Una mica. Vols que sortim? O demanem que ens ho portin?

El servei d'habitacions era una novetat luxosa que tenia ganes de provar.

—Et sap greu si demanem que ens ho portin? No vaig arreglada ni res...

En John va mirar la seva vestimenta, el seu uniforme perfectament tallat, i després em va mirar a mi, amb *leggins* i jersei.

—Aquell mail ha tirat enlaire el meu pla tan meticulosament organitzat. —Em vaig empassar el nus que em notava a la gola.

Encara em sentia confosa i molt enfadada pel fet que algú m'hagués volgut perjudicar d'aquella manera cruel i absurda. Aquell incident havia trasbalsat la nostra nit junts, i volia mirar d'oblidar el que havia passat. Almenys fins l'endemà.

—Doncs demanem al servei d'habitacions. —En John va assentir i va seure al llit—. Què vols menjar? —va preguntar, mentre començava a llegir la carta del menú.

Capítol 22

Jo

—Quantes vegades ho diràs, això? —va rondinar l'Amy, alçant els braços davant del seu petit cos mentre travessava la sala d'estar.

—Tantes com sigui necessari —va contestar la Beth—. Has d'acabar la feina demà abans d'anar al parc.

No estava gaire al cas de la seva conversa, perquè jo em disposava a gaudir de la meva pròpia aventura asseguda a terra amb les cames encreuades. Vaig col·locar l'antic tamboret amb esglaó de l'Amy davant meu i hi vaig installar el portàtil a sobre. Era la cosa més semblant a una taula que tenia; l'escriptori de l'habitació em bloquejava les idees només de seure-hi. Mai no hi havia escrit més d'un centenar de paraules, allà, i la Meg i jo teníem aquella taula a l'habitació des que havíem anat a viure a Texas. Ni tan sols sabia quants anys feia, d'això. Aquell escriptori estava maleït.

Estava llegint un article al *Teen Vogue*, un text escrit per una *freelance* que es deia Haley Benson. Parlava d'un viatge que havia fet sola i com li havia canviat la vida. Esmorzava, dinava i sopava tota sola i sortia a passejar per la sorra blanca d'una illa molt lluny de Louisiana.

Quan la vaig buscar pel Google, vaig descobrir que havia nascut a Geòrgia i que feia poc l'havien ascendit a la revista. Els cabells castanys li arribaven una mica més avall de les espatlles, i a la foto de perfil de Facebook els duia recollits en una trena. Si m'imaginava el que estava fent però a la inversa, és a dir, que una adolescent qualsevol, una mica tafanera però sobretot admiradora, revisava el meu perfil a la xarxa amb l'esperança d'aconseguir tan sols una mica del meu èxit, em semblava impossible.

No suportava els moments com aquells, quan començava a preguntar-me en què coi estava pensant quan m'havia entestat a anar a viure a Nova York algun dia.

Jo no era com les altres noies de l'escola o de la xarxa que s'empassaven massa capítols de *Gossip Girl* i ja es pensaven que pertanyien a la Gran Poma. Jo era més aviat una jove somiadora, una mica trista, però sobretot aspirant a periodista amb zero d'experiència i amb un munt de coneixements, que cada nit es quedava fins ben tard davant de la pantalla per absorbir tota la informació del món possible. A l'escola mai no et diuen que la majoria de feines relacionades amb les arts o els mitjans es troben a les dues costes. I com que no era al sol de Califòrnia, doncs hauria d'anar a Nova York.

D'altra banda, el fet de viure en una gran ciutat m'oferiria invisibilitat enmig d'un mar de gent. Estava impacient.

Hauria d'haver treballat en el meu article en comptes de passar l'estona somiant i preocupant-me per la meva fugida, però estava preparada per fer el pas. Esperava que no fos mentida quan la gent deia que l'institut representa una minúscula part de la teva vida. Segons els meus professors, el rendiment a l'institut determinaria el meu futur com a persona adulta, la feina que tindria i l'acceptació que rebria en el món. Ens sermonejaven sobre la importància de les proves d'accés a la universitat i ens volien fer creure que faríem servir molt les divisions llargues després de l'etapa a l'institut White Rock.

Però la Meredith em va confirmar que això no era veritat.

D'altra banda, hi havia el cas d'en Roy Gentry, un dels meus poetes preferits, que va patir greus assetjaments a l'institut i que afirmava rotundament que l'institut no val per a res un cop acabes. Deia que la meitat de la seva classe ni tan sols es recordava del seu nom ni del motiu pel qual li van fer la vida impossible durant quatre anys; els més populars sempre són els que es claven la patacada més forta a la vida real. Després de llegir els posts d'en Roy a les xarxes socials, em vaig sentir satisfeta de no destacar gaire a l'institut i, sincerament, pel bé de la Meg, desitjava que l'institut no tingués gaire importància en la vida real. La seva experiència havia sigut pitjor que la meva.

Vaig començar a pensar en la quantitat de gent que se'n va a viure a les grans ciutats i comparteixen pis amb persones desconegudes i rares i guanyen el sou mínim plegant samarretes en qualsevol botigueta mentre esperen que els contracti l'empresa dels seus somnis. Tenia tot això ben present perquè una altra cosa que m'havia ensenyat internet era que un enorme percentatge dels articles que apareixien publicats *online* i en paper estaven escrits per periodistes experimentats, no per estudiants d'institut que comparteixen habitació amb la seva germana. Havia d'aconseguir destacar entre els veterans, i amb el meu article havia de fer saber a la gent què estava passant a Cambodja.

Vaig tancar l'article de la Haley Benson a la seva pàgina de Facebook i vaig obrir el navegador. Gairebé tenia el meu article acabat, i després m'endinsaria al cau dels fòrums d'internet. Em podia passar hores llegint les ximpleries dels comentaris dels fòrums, estava mig obsessionada per veure què deia la gent en els racons més profunds i foscos d'internet. Vaig obrir una pestanya privada i vaig tancar tot el que l'Amy havia obert. Esperava que l'Amy no mirés coses que no hauria de veure amb el meu ordinador, i una ullada ràpida a l'historial em va indicar que tot estava en ordre. Vaig tancar una altra pestanya, una pàgina de Google.

La setmana anterior, l'Amy va entrar a LiveJournal i va llegir els antics comentaris que jo havia penjat els primers anys d'institut. Estaven plens de dramatisme i parlava dels dinars de l'escola, i ara em feien riure, però no volia que la meva germana petita els llegís i em molestés durant tot un mes seguit. Va ser culpa meva perquè em vaig descuidar la pestanya oberta, mala sort.

M'empipava molt no tenir cap mena d'intimitat. No suportava que els meus pares no em deixessin posar una contrasenya a l'ordinador. Una vegada els vaig desafiar, i quan casualment el pare va veure que s'activava la pantalla de la contrasenya, em va prendre l'ordinador durant dues setmanes.

Suposo que hauria d'estar contenta que l'Amy navegués per internet sobretot amb el mòbil, i que la Meg només fes servir l'ordinador quan volia mirar tutorials sobre maquillatge a YouTube. Deia que la seva pantalla era massa petita per veure el contorn, tot i que no sabia pas què volia dir això.

Vaig obrir el document Word i vaig examinar el paràgraf on m'havia quedat durant l'última edició del text. Just quan me'l vaig acabar de llegir, la pantalla va quedar negra i em va venir pànic de cop. Se'm va tensar la gola. Vaig cridar la mare, què més podia fer? No parava de prémer el botó d'engegar, i vaig deixar anar un esbufec quan l'avís de bateria baixa va aparèixer fugaçment a la pantalla abans de tornar a quedar tota negra.

—Em podeu donar el carregador? —vaig dir a ningú en concret. Feia servir el dels meus pares des que, l'estiu passat, a la Meg se li va acudir portar un cadellet amb berrugues a les galtes a casa i va rosegar el cable del meu. Hauria de fer servir una part de la meva pròxima paga per comprar-ne un de nou. Ja feia temps que volia fer-ho. Abans d'un any, va resultar que el gos era una mena de pit bull, i el servei de control d'animals de Fort Cyprus se'l va endur i el van sacrificar al cap de quaranta-vuit hores perquè no li vam trobar cap nou amo que se'n fes càrrec. El pare em va haver de treure de l'oficina de la gossera i tapar-me la boca perquè parés d'escridassar el malparit que ens va atendre al taulell.

La mare va entrar a la sala d'estar i, quan va veure la situació, va canviar l'habitual expressió d'alarma per una de molt suau, amb un somriure de vellut i uns ulls blaus ennuvolats.

—Jo, fa molta estona que estàs connectada. Per què no fas alguna altra cosa? Vés al cine, demana a alguna de les teves amigues a veure si hi vol anar. *El que sigui.*

—Quines amigues? —va dir l'Amy, i va riure fins que la Meredith la va fer callar—. Porta'm al cine! —va exclamar, recordant-me que la seva companyia era meravellosa.

La Meredith va arronsar les espatlles i em va mirar als ulls.

—Si no, em pots ajudar a endreçar el garatge.

Vaig tancar el portàtil immediatament.

—De fet, em sembla que sortiré a passejar una mica.

Vaig estirar els braços amb un gest exagerat i em vaig posar les Vans brutes. La Meredith ens havia promès que aniríem al centre comercial després de Nadal, però érem a finals de gener i aquell Nadal gairebé no l'havíem celebrat. Per tant, ara per ara esperava que el forat del dit gros no se'm fes més gran.

Just abans de tancar la porta, vaig sentir que l'Amy demanava a la Meredith si podia sortir amb mi. Vaig desitjar que la mare li digués que no, però vaig aguantar la porta ajustada per saber si havia de posar-me a córrer o no.

—Amy, fem alguna cosa divertida, per exemple un

pastís amb ratlles de zebra o unes galetes en forma de flors —va dir la Beth, amb la veu melosa, convincent i suggeridora.

Vaig sentir la resposta entusiasmada de l'Amy i vaig tancar la porta. Em vaig alegrar d'haver-la esquivat aquest cop, sincerament.

Mentre baixava el camí d'entrada, vaig enviar un missatge a la Meg per comprovar que tot anava bé amb en John. El que havia passat aquell vespre no tenia ni cap ni peus. Des dels mails per tallar fins al maquillatge escampat de la Meg, des de l'aparició d'en John com un cavaller amb un cotxe de lloguer en comptes d'un cavall fins a la marxa de la Meg cap a la posta de sol de Nova Orleans amb ell.

La veritat és que no sabia si en John mentia o si estava confós, o què coi li havia passat. L'únic que sabia era que jo no hauria pas marxat tan ràpid amb ell si no m'hagués donat una bona explicació sobre els mails, o alguna prova convincent que demostrés que ell no els havia enviat.

Esperava que simplement fos un problema de comunicació. No creia que la Meg pogués suportar el rebuig amb tanta facilitat. Especialment després d'haver-se passat mesos i mesos esperant que en John es llicenciés de West Point.

El soroll sec d'un pal em va treure dels pensaments amb un sobresalt. Vaig mirar al meu voltant i no vaig veure ningú, però de totes maneres vaig travessar el carrer. Segurament era un animal, però amb una mica de sort no seria una mofeta. Ja m'havien ruixat tres vegades a la vida, i això no era normal. Era evident que les mofetes em tenien mania, i jo no tenia gens de ganes de tornar-me a fregar tot el cos amb llaunes de suc de tomàquet.

Quan vaig haver donat la volta a l'illa de cases i vaig passar per davant de la casa dels Laurence, no vaig poder evitar mirar l'enorme finestra il·luminada. Podia veure gran part de la sala d'estar amb tot d'objectes amuntegats, amb els mobles d'estil aristocràtic i carregat. Ja em començava a acostumar a aquell lloc, però encara em feia una mica de cosa anar-hi. Em vaig preguntar si en Laurie era a casa. Encara era d'hora, de manera que em vaig aturar mentre dubtava de si trucar a la porta. No m'havia adonat que no tenia el número de telèfon d'en Laurie, i semblava una mica estrany, però tot el que estava relacionat amb en Laurie era estrany. Ell vivia en el seu propi món, un món que a mi m'agradava visitar.

De cop i volta, es va obrir la porta principal i en va sortir una dona.

No, no era una dona, ben mirat. Era una noia, una adolescent.

No, no era una adolescent, era una serp amb els cabells rossos i una veu aguda...

Em vaig quedar mirant l'escena com un cérvol al mig de la carretera que no mou ni un múscul mentre se li acosta un cotxe.

La Shelly Hunchberg va travessar el jardí i va prémer el comandament del seu Volkswagen verd. No em podia creure que no l'hagués vist abans, aquell inconfusible cotxe de color de moc.

Per què havia anat a casa d'en Laurie?

Tot seguit, la silueta d'en Laurie va omplir el marc de

la porta, i es va quedar allà dret observant-la mentre sortia pel camí d'entrada. La grava va cruixir sota les rodes, i vaig odiar aquell soroll.

La Shelly Hunchberg, precisament? Com podia ser que conegués en Laurie? La nostra ciutat era petita, i la majoria eren famílies de l'exèrcit, però en Laurie ni tan sols anava a la nostra escola.

—Jo? —va cridar en Laurie, de sobte.

Vaig pensar a fugir corrents, però hauria sigut encara més estrany que no pas el fet d'enxampar-me mig espiant.

—Jo? Ets tu?

—Sip! —vaig cridar. La veu em va sortir rara.

La llum al voltant de la silueta d'en Laurie va desaparèixer quan va tancar la porta i va sortir al porxo. Ens vam trobar a la meitat del camí. Duia una samarreta negra de màniga llarga i uns texans foscos almenys una talla massa grans, tenia els cabells humits i li baixaven fins a les espatlles.

—Hola. —Semblava que li faltés l'alè.

—Hola —vaig dir, malgrat que el que tenia ganes de dir era «Què hi feia la mala bruixa de la Shelly Hunchberg a casa teva? Que no veus que és horrible i la més malparida de l'escola i que et xuclarà l'ànima... i probablement altres parts del cos...?».

—Què hi fas, per aquí? Passejar una mica?

Vaig arronsar les espatlles. Per què de sobte tot era tan incòmode?

—Més o menys. La Meg és amb en John Brooke, l'Amy no para de molestar i el meu ordinador s'ha mort mentre estava editant. O sigui que m'he de conformar amb l'aire nocturn.

En Laurie va riure i es va posar els cabells darrere l'orella.

—Per què li dieu John Brooke? És com si fos un agent superimportant o un president o vés a saber el què?

Li vaig respondre que no sabia exactament per què, però que em semblava que la Meg havia començat a anomenar-lo així.

—Com és? És tan captivador com diu la teva germana?

—No ben bé. —Vaig fer una rialleta—. Però és maco i tot això.

—Maco?

No vaig dir res més, perquè no volia ser una impertinent i riure a costa d'en John Brooke. Era un home recte, potser una mica tens, però no era mala persona.

Per canviar de tema, vaig demanar a en Laurie com havia passat el dia. Em va explicar que havia anat al post amb el seu avi perquè li renovessin el carnet d'identitat, i després havien sopat en un restaurant on només servien llagosta. Pastís de llagosta, sopa de llagosta, tot de llagosta.

En Laurie va canviar el lleuger accent italià per l'accent del sud.

—Es poden fer a la brasa, a la planxa, bullides, al forn, saltades. Hi ha broquetes de gambes, gambes criolles, pastís de gambes, arrebossades, bunyols de gambes, fregides, hi ha gambes amb pinya, amb llimona, també amb coco, amb pebre, sopa de gambes, estofat de gambes, amanida de gambes, gambes amb patates, hamburguesa de gambes, sandvitx de gambes...

Al final em vaig posar a riure.

—De debò que vas memoritzar *Forrest Gump*?

Va assentir.

—No tota la pel·lícula, però una bona part. És una de les millors.

Estava d'acord amb ell, tot i que era un talent ben excepcional, ser capaç de recitar-ne una gran part.

En Laurie es va girar cap a casa seva.

—Vols entrar? O vols anar a fer un volt? Tinc una mica de gana.

—D'acord —vaig contestar, tot i que volia dir «Vaja, que la mala bruixa de la Shelly Hunchberg no t'ha atipat bé, tal com se sol dir?».

En comptes d'això, vam travessar el carrer en silenci fins que en Laurie va tornar a recitar una de les frases d'en Bubba i jo em vaig posar a riure.

Capítol 23

Meg

El menjar era deliciós, especialment el variat assortiment de formatges que acompanyaven l'entrepà, amanit amb salsa barbacoa i gambes cruixents. En John va demanar massa menjar i ens en va sobrar molt, fins i tot una *crème brûlée* que no vam ni tastar.

De totes maneres, tenia la intenció de tastar aquell sucre cremat abans d'anar-me'n al llit. O potser fins i tot ens hi podríem divertir una mica, amb aquella crema.

Però en John estava mig adormit a la butaca, i jo estava tan tipa que amb prou feines em podia moure. Tot i així, ara que finalment estava sola amb ell, necessitava un bany o anar a córrer una marató. Com que no volia pas anar a cremar el sopar com una model dels anys noranta, vaig sortir de sota el flonjo edredó de plomes, vaig passar pel costat d'en John i vaig anar cap al quarto de bany.

El lavabo era de rajoles fosques, i la pica i un gran mirall estaven separats de la resta. La dutxa era enorme, com el jacuzzi; no era tan gran com semblava a les fotos, però sens dubte hi cabíem tots dos. Estrets, però d'això es tractava.

Vaig engegar l'aigua i ben aviat les bombolles van començar a pujar fins a superar la vora de la banyera. En John es va despullar mentre jo trucava a la mare, i es va ficar a dins de l'aigua abans que tingués temps de mirar-li bé el cos. No estàvem junts des del permís que va tenir a l'octubre. Estava més nerviosa del que em pensava, i la panxa plena de formatge no m'ajudava a calmar-me.

Quan vaig tornar a entrar al lavabo, en John estava enfonsat amb bombolles fins al coll, i la seva mirada em va calmar i alhora incitar.

—Vine, estic una mica sol aquí —va dir, somrient.

Era un home de poques paraules, però sabia exactament quines utilitzar, i quan. Em vaig treure el jersei pel cap i el vaig deixar caure a terra. No em treia els ulls de sobre, m'absorbia, em devorava, i això em va fer excitar prou per oblidar-me de la meva panxa inflada.

Em vaig treure els pantalons, i els ulls d'en John se'm van menjar com si fos un *brunch* de diumenge en un club de camp del sud. Vaig pressionar els braços als costats del pit i es va vessar una mica d'aigua quan en John va canviar de posició. M'encantava el que el cos d'una dona podia provocar en un home. No el que podia fer *per* ells, sinó *a* ells. Els nois de l'institut sempre em deien que era una coqueta, i era veritat. Em desitjaven —i no em podien tenir—, de manera que feien veure que eren massa bons per a mi i m'insultaven i es passaven fotos del meu cos, el qual mai a la vida no arribarien a tocar.

Quan les calcetes van lliscar per les meves cames fines i llises, en John va quedar amb la boca oberta i amb prou feines parpellejava. Em vaig redreçar, l'adrenalina em corria per tot el cos i alleujava la tensió que sentia. Em vaig acabar de treure les calcetes i em vaig ficar a la banyera. L'aigua em va cremar a la pell quan em vaig submergir dins del bany escumós. Vaig seure davant d'en John, amb un mar de bombolles que ens separava. Em feia la sensació que li havia d'explicar moltes coses, però al mateix temps no sabia de què parlar.

Vam quedar en silenci, l'únic soroll que se sentia eren les bombolles que esclafien al nostre voltant. Els cabells curts d'en John encara estaven secs, i es veien d'un to més clar que el pèl del pit moll. Tenia ganes de tocar-lo, de manera que em vaig col·locar sobre el seu cos nu, ell va separar les cames i em va fer repenjar l'esquena sobre el seu pit.

—Trobava a faltar el teu cos —va dir, mentre les seves mans m'exploraven el coll i el pit. Les mans d'en John Brooke no eren mai rudes; sempre desprenien una mena de timidesa i, alhora, com un desafiament.

Vaig empènyer el cul contra el seu cos i vaig notar-li l'erecció.

—Jo trobava a faltar el teu.

Em va agafar les mans i me les va moure cap al seu entrecuix, per fer-me agafar el penis. Em vaig sentir poderosa manipulant-li el cos amb carícies suaus. Em vaig sentir com una deessa quan va inclinar el cap enrere, i em va semblar com si les meves mans estiguessin connectades a la terra. La Meredith sempre ens deia que el cos d'una dona és la cosa més divina i més poderosa de l'univers, és l'entitat que crea la vida, i també hi pot posar fi. M'havia ensenyat a no tenir mai vergonya del meu cos o de la meva sexualitat.

Tot i que crec que no es referia exactament a arribar tan lluny com ho feia sempre.

Però era allà, com una depredadora sexual, gairebé com la versió delicada d'una estrella porno, fent servir les mans i el cos per dur la meva presa fins a l'èxtasi. Vaig mirar en John als ulls i em vaig assegurar que veiés que anava calenta, que pensava coses obscenes d'ell i que estava impacient per tenir-lo a dintre meu. Fins i tot en vaig dir unes quantes i em vaig delectar veient com li canviava la cara. Parpellejava ràpid i tenia la boca entreoberta mentre pronunciava el meu nom. Ja estava a punt, de manera que vaig començar-lo a acariciar més ràpid i li vaig demanar si volia que el follés. Gairebé no va ni poder assentir, completament captivat amb el meu cos i amb el moviment dels meus malucs. Estava asseguda a sobre d'ell, que entrava i sortia de mi. Va deixar anar un reguitzell de paraules incomprensibles i va sospirar el meu nom mentre s'escorria ràpidament. Malgrat que em sentia afalagada perquè havia aconseguit el que volia fins i tot més aviat del que havia planejat, sabia per experiència que quan en John s'havia escorregut una vegada, necessitava una estona per recuperar-se.

Em va fer petons al coll mentre sortia de dintre meu i m'abraçava. Em vaig tornar a col·locar davant seu, amb el cap repenjat al seu pit. Després, de nou el silenci.

Vam quedar asseguts en aquella posició durant el que

em van semblar hores, i quan vaig sentir el lleu ronquet d'en John a la meva orella, em vaig girar i vaig veure que tenia els ulls tancats.

Jo estava esgotada, i sabia que ell també ho havia d'estar, però era allà, completament nua a dins d'una banyera, amb ell, i pràcticament no ens havíem ni acariciat abans del seu orgasme. I ara s'havia adormit. Ulls tancats, respiració profunda, boca fluixa. Estava ben adormit.

Jo ben nua i ensabonada, i ell ben adormit.

El Ritz del Barri Francès era una passada. Em sentia molt lluny de casa meva i de la banyera vella i d'aquells plats que la Beth rentava i eixugava cada dia i que tothom deixava a sobre del marbre fins que la Beth els recollia.

No volia anar a descansar en aquella habitació luxosa mentre ell dormia a la banyera. Necessitava sortir, però tampoc volia fer-ho sola.

Em vaig apartar d'en John intentant no despertar-lo. Trobava al·lucinant que pogués seure a l'altra banda, amb la barbeta repenjada a la vora de la banyera i les cames estirades, i que encara no toqués el cos d'en John.

Vaig reflexionar de nou en els mails de la tarda mentre les bombolles esclataven i l'aigua es refredava. Em pensava que havia deixat enrere els embolics i els sabotatges dels meus antics amics de Texas. Vaig aguantar dos anys d'assetjament i vaig marxar de Fort Hood cap a Nova Orleans amb les coses bastant arreglades. No se m'acudia ningú que pogués perdre el temps enviant-me mails falsos, excepte potser la Bell Gardiner. Aquella noia de cintura prima i de cabells negres era prou venjativa per fer una cosa així. I prou mesquina. M'odiava per cap altre motiu que la meva relació amb en Shia, si és que d'allò se'n podia dir una relació? Trobava molt trist que les noies es barallessin pels nois, en comptes d'aliar-se. La Bell Gardiner era una mica massa gran per enviar mails falsos, però encara es pintava amb el llapis d'ulls de color blanc, o sigui que no podia descartar res.

Però la Bell Gardiner ja tenia en Shia King. Des del dia que en Shia va marxar de Louisiana en el seu primer viatge humanitari, em vaig convèncer a mi mateixa que no volia tenir res a veure amb els seus ulls verds ni amb la seva bonica pell morena. Tant m'era si pensava que la Bell Gardiner era millor que jo. En John Brooke sens dubte feia molt més bona parella amb mi que no pas en Shia. Allò no hauria hagut de ser una competició.

Però ho era. En Shia probablement estava follant la Bell Gardiner mentre jo estava despullada a dins d'una banyera d'aigua tèbia amb un nòvio roncant.

Un nòvio roncant que s'acabava de graduar a West Point, si més no.

En Shia segurament era a sobre de la Bell Gardiner, prometent-li les mateixes mentides que em prometia a mi.

«Viatjarem per tot el món tu i jo junts, Meg».

«Estic impacient per viure el nostre futur, Meg».

Una vegada, fins i tot em va dir que estava impacient per dir a la seva mare que sortíem junts, i jo me'l vaig creure.

M'imaginava que ens passejàvem agafats de la mà per Ciutat de Mèxic, menjant fruita fresca de les parades del carrer. No es va creure mai que fugiria amb ell, i això és el que va espatllar la nostra relació, el fet de negar-se a creure que deixaria la meva mare i les meves germanes per viatjar amb ell per tot el món.

Mentre observava en John adormit a la banyera, encara no estava segura de si en Shia tenia raó sobre mi.

En Shia King s'obria pas entre els meus pensaments, fos on fos, i m'estava fent un embolic. Hauria de sentir-me afortunada de poder ser en aquella enorme i luxosa habitació d'hotel amb en John Brooke, tots dos a dins d'una banyera en ple centre del Barri Francès. El pobre John ben cansat, i jo com una malparida pensant en en Shia.

Em vaig inclinar cap a en John i li vaig tocar l'entrecuix. El vaig notar tou durant uns segons, però llavors en John es va revifar, i també ho va fer la resta del seu cos. Va obrir els ulls de cop i va tenir un sobresalt fins que va recordar on era, després va tancar els ulls, va repenjar el cap a la vora de la gran banyera i em va deixar jugar amb ell.

Vaig començar a poc a poc, amb la mà ferma al voltant del penis, movent-la amunt i avall, i llavors vaig notar que m'agafava per les espatlles i em feia girar. Immediatament em vaig trobar els seus llavis sobre els meus i va gemegar mentre em besava.

—Toca'm —li vaig dir a dins la boca.

Les seves mans eren tímides mentre m'explorava els pits, i els seus dits van evitar els mugrons, cosa que em va fer excitar moltíssim. No sabia si ho feia expressament, però volia creure que sí. No sabia amb quantes dones s'havia ficat al llit, en John, però sabia segur que jo no era la primera.

Va fer lliscar les mans pel meu cos fins que es van aturar a l'entrecuix. Jo panteixava, igual que ell, i cada vegada la tenia més dura entre la meva mà. Em vaig deixar endur pel ritme del petó, de la seva mà entre les cames, endins i enfora. Fins que em vaig encamellar a sobre seu, li vaig passar els braços pel coll i me la vaig tornar a ficar a dintre.

En John va tancar els ulls en el moment que vaig abaixar els malucs, i me la va clavar fins al fons. La tenia més ampla que llarga, i vaig notar com em deixava endur pel desig.

Capítol 24

Jo

—Vols un cafè? —En Laurie em va fer un gest perquè el seguís cap a la cuina—. Descafeïnat o normal? —va preguntar, interpretant el meu moviment com a resposta.

Va obrir un calaix i en va treure una caixa de càpsules. Com a barista, em va fer posar els ulls en blanc, però aquelles càpsules no eren res en comparació amb l'oferta de descafeïnat.

—Descafeïnat?

Va assentir.

—El descafeïnat no és ni cafè.

Va posar una càpsula de Dunkin' Donuts a la màquina.

Em vaig fregar les temples amb un gest exagerat i em vaig acostar a la cafetera.

—La teva espectacular falta de respecte pel cafè m'ha deixat aclaparada ara mateix.

En Laurie va inclinar el cap enrere i els cabells se li van agitar.

—Ei, no tothom pot ser un barista extraordinari.

—No cal ser un barista extraordinari per no voler beure aigua amb aroma de cafè —vaig dir, fent broma.

Va posar dues tasses sobre el marbre. Una tenia un pingüí, i l'altra deia NAMASTE AL LLIT a dins del contorn d'un sol.

Vaig assenyalar la tassa.

—És maca.

Era la mena de noi que tenia tasses originals però que prenia descafeïnat. Per a mi no tenia sentit, però m'agradava aquella contradicció.

Quan els «cafès» van estar a punt, el vaig seguir cap a la seva habitació, al pis de dalt. Vaig sentir l'olor del seu quarto fins i tot abans de traspassar la porta. L'olor casolana familiar em va envair els sentits i em va calmar immediatament. Era estranya, aquella sensació.

—Quina colònia fas servir? —Em vaig deixar caure al sofà de l'habitació i vaig posar els peus a la tauleta de roure. Em va dir que era espanyola i que la seva mare havia pagat una fortuna per enviar-la a l'altra banda de l'oceà.

—De fet, no ho sé. —En Laurie es va aixecar i es va acostar al tocador per agafar una ampolleta de vidre.

En comptes de preguntar-me per què ho volia saber, o de llançar-me una mirada de sospita, va llegir el nom de la colònia. No l'havia sentit mai, i el seu accent italià la va fer semblar encara més exòtica i més cara del que estava segura que era.

Mentre es prenia el descafeïnat, em va continuar parlant de com se sentia pel fet que el seu pare l'hagués enviat a viure amb l'avi, que no entenia com funcionava la gent jove. En Laurie era un noi solitari però sociable. Em confonia bastant.

—El trobes a faltar encara, el teu pare? —Em va preguntar, quan va tornar a seure—. O ara ja t'hi has acostumat?

—Encara l'enyoro. No vull acostumar-me a un tipus de vida que faci que ja no l'enyori més.

En Laurie es va mossegar el llavi i em va preguntar si el convertia en una mala persona el fet de no enyorar el seu pare. Jo li vaig dir que no, que si fos una mala persona, mai no hauria plantejat aquella pregunta, per començar. Va assimilar la meva resposta i vam quedar en silenci fins que ens vam acabar el cafè amb calma.

A la paret del quarto d'en Laurie hi havia penjats uns quants pòsters de pel·lícules sense cap relació aparent, enganxats amb xinxetes vermelles. Les pel·lícules que anunciaven anaven des d'*El planeta dels simis* fins a *Gairebé famosos*. Igual que amb els altres aspectes d'en Laurie, vaig intentar trobar-hi una relació, alguna cosa que m'acabés de confirmar quina mena de persona era.

En Laurie m'observava mentre jo mirava els pòsters. Li notava els ulls a sobre, però no era una situació incòmoda, cosa que en si mateixa ja era estranya.

—Tens gana? —em va preguntar, finalment.

—Sempre tinc gana.

Es va aixecar i em va donar la mà, però vaig dubtar un segon abans de deixar-me agafar i guiar cap a fora.

Mentre baixàvem la gran escala, en Laurie em va anar assenyalant tots els retrats familiars de les parets.

Estaven emmarcats en marcs de diferents mides. Un dels marcs era d'acer fosc i la foto mostrava tota una filera d'homes uniformats. Però no tots duien l'uniforme verd; alguns anaven amb l'uniforme blanc de la marina, i d'altres, amb el blau de les forces aèries. Al final de la fila hi havia un nen, en Laurie, l'únic de la foto que no duia uniforme. Anava vestit amb una samarreta negra i uns texans blaus esquinçats, i no devia tenir més de dotze anys. Un espès floc de cabells rossos li tapava el front, i no somreia.

—Una imatge val més que mil paraules —va dir, amb veu burleta, i vaig examinar la resta de fotos mentre acabàvem de baixar l'escala.

Quan ja arribàvem a baix, vaig veure unes fotos d'anuari amb més homes uniformats.

—La veus molt sovint, la teva mare?

Va arronsar les espatlles.

—Ara fa temps que no la veig, però des que vaig venir als Estats Units, normalment ens veiem cada sis mesos. Per Nadal i per les vacances d'estiu.

No em podia imaginar viure en un país diferent que el meu pare i la meva mare, ni viure amb els meus avis. De fet, no havia vist els pares del meu pare des de la cerimònia d'entrada en servei del pare dos anys enrere. Es van estar en un hotel a fora del nostre post a Texas, i van venir a casa una vegada durant tot el cap de setmana que van ser allà. El pare sempre deia que l'avi estava malalt, però aquell diumenge al matí, tots sis, els meus pares i les meves germanes, vam anar a esmorzar al Golden Corral, i els avis també hi eren, asseguts a dues taules de distància de la nostra. L'avi es va servir un plat de salsitxes i a mi em va semblar que se'l veia molt saludable.

Pel que fa a la mare de la mare, bé, ella i la Meredith passaven per una de les seves fases sense parlar-se, i ja feia temps que havia deixat de preocupar-me'n perquè no acabava d'entendre aquell estira-i-arronsa seu. Creia que no valia la pena trencar-m'hi el cap.

Hauria preferit viure a l'armari del conserge de l'institut White Rock que no pas amb qualsevol dels avis.

—Enyores Itàlia?

—Itàlia o la meva mare?

—Les dues coses.

—Sí, les dues coses.

No va fer cap més comentari sobre el tema, i jo no hi vaig insistir. Anava recollint fragments d'en Laurie cada vegada que parlàvem, i tenia prou paciència per anar-los encaixant de mica en mica.

Quan vam entrar a la cuina, en Laurie va obrir una nevera de mides industrials i em va llançar una capsa petita. Em va anar just d'agafar-la al vol, i quan la vaig tenir a les mans vaig veure que era un Yoo-hoo.

—Déu meu! —Vaig alçar la capsa davant meu i no vaig poder-me contenir el gran somriure que se'm va dibuixar a la cara. Era com un flaix del passat, aquell logo de lletres blaves sobre un fons groc. Vaig desenganxar la petita canya del darrere, la vaig clavar al foradet i vaig beure'n un glop llarg.

—És bo, eh? La minyona en va comprar fa unes quantes setmanes, i m'hi he ben aficionat. I mira que és un simple batut de xocolata amb llet —va dir, com si no sabés que era una cosa més antiga que jo.

—Que no en bevies quan eres petit? —Quan vaig veure que brandava el cap, vaig afegir—: Ostres, és increïble, mira que és gran el món. Aquí et ben juro que la majoria de cases en tenien.

La rialla d'en Laurie era com una pluja fina.

—Val més tard que mai. —Va beure un glop i es va llepar la xocolata dels llavis—. I el món és petit, i no gran.

Me'l vaig quedar mirant i es va girar per tornar a obrir la nevera. Va semblar que no trobava el que buscava i va tancar la porta.

—Per què penses que és petit? —vaig preguntar, mentre es dirigia cap al rebost.

—Potser podríem demanar alguna cosa? Pizza? Menjar xinès?

Tot i que la pizza em venia molt de gust, no duia diners a sobre i no estava segura que la targeta tingués saldo, perquè m'havia comprat una funda per al portàtil i havia guardat la resta dels diners per a quan em traslladés a la ciutat. No era gaire bona estalviadora, però només tenia setze anys, no hi havia pressa.

—No porto diners a sobre —el vaig advertir, però ell ja tenia el fullet amb totes les ofertes.

En Laurie em va mirar a través de les espesses celles rosses però no va dir res. Es va treure el mòbil de la butxaca dels texans foscos i es va humitejar els llavis. Eren una mica massa molsuts per a la seva cara, però segur que això els encantava, a les noies de la seva edat... i probablement de la meva també. La Meg sempre deia que als nois els agradaven els llavis molsuts com els meus, però fins ara, a part dels comentaris desagradables que me n'havien fet, no hi semblaven pas gaire interessats. Els agradaven molt més els pits de la Meg, cosa que jo trobava força irònica, perquè els llavis podien proporcionar als nois molt més plaer que no pas els pits.

—Sí, perfecte —va dir al telèfon.

Era possible demanar una pizza sense que et fessin esperar una bona estona al telèfon? Jo em pensava que no.

—De què t'agrada la pizza? —em va preguntar en Laurie.

—Del que sigui però que no hi hagi carn, sisplau.

Va demanar una pizza gran de formatge i bastonets de pa i vam tornar cap a dalt per esperar que ens la portessin. No em va explicar per què trobava que el món era petit, però sabia que algun dia ho faria.

Capítol 25

Beth

L'Amy estava asseguda a la taula de la cuina disculpant-se per cinquena vegada en cinc minuts. L'olor amarga de massa cremada omplia l'estança com un núvol espès. Vaig obrir la porta del darrere per mirar d'airejar una mica, però l'aire estava estancat, decidit a fer tossir l'Amy com fos. Tenia els ulls ben vermells i una mà sobre el pit.

—Amy, vés a dalt fins que això s'airegi una mica. No et va gens bé respirar aquest fum. —Vaig agitar la mà entre l'espessor blanca que ens separava.

Havia sigut una errada terrible per part meva. Havia d'haver vigilat l'Amy quan va encendre el forn i assegurar-me que el posava a tres-cents vint-i-cinc graus, i no a cinc-cents i, per descomptat, ho hauria d'haver comprovat bé abans de col·locar-hi la safata de galetes a coure.

L'Amy no es va moure de la cadira.

—Estic bé. Mira, el fum ja se'n va.

No em podia creure que la mare encara no s'hagués despertat al sofà. La cuina estava separada per una paret amb arcada, però sens dubte l'olor de fum li havia d'arribar fins allà. Nosaltres bé l'havíem sentit des de la nostra habitació del pis de dalt, amb la finestra oberta i una d'aquelles espelmes perfumades que la mare venia.

Vaig obrir una altra finestra, la de sobre l'aigüera, i vaig mirar cap a la casa dels Laurence. Sabia perfectament on estava col·locat el piano, malgrat que la sala estava a les fosques. Abans de girar-me de nou cap a l'Amy, es va encendre un llum a baix. En Laurie, seguit de la meva germana Jo, va passar per davant de la porta de la sala del piano. Em vaig preguntar si sortien junts. Em sorprendria, amb l'actitud radical que tenia la Jo sobre aquests temes, però potser estava preparada per tenir el primer nòvio.

La Jo va ser l'última de nosaltres de fer el seu primer petó; fins i tot a mi m'havien petonejat dos nois amb qui no pensava repetir mai més l'experiència.

—Què passa? —L'Amy era al meu costat, de puntetes, per poder veure més bé per la finestra.

—Res, xafardera. —Li vaig donar un copet a les costelles i ella va agusar la vista per veure què trobava d'interessant a l'altra banda del jardí.

—S'ho estan fent, ja? Vull dir si fan sexe.

—Ei! Xxt! —Vaig fer xocar la meva espatlla amb la de l'Amy. Vaig somriure quan la vaig renyar—. No, no fan sexe —vaig xiuxiuejar, i després d'una pausa vaig afegir—: I a més, tu què en saps, de sexe?

L'Amy em va mirar. Tenia els ulls perspicaços i el seu

somriure em va recordar que estava en sintonia amb el món. Als dotze anys, jo jugava amb les nines de les meves germanes grans i formava part del cor de l'escola. Als seus dotze anys, l'Amy tenia el món al palmell de la mà i amb un toc de dit podia mantenir una conversa amb algú del Japó.

—No ho vulguis pas saber. —L'Amy va fer una rialla.

—Ho has tret d'internet?

Va assentir.

Sovint, m'amoïnava pel que l'Amy mirava a internet. Des dels vídeos de gent barallant-se fins als de persones que es rebentaven grans. Es passava el dia mirant coses que a mi m'haurien torturat a la seva edat. Tot just la setmana anterior, jo plegava roba i l'Amy ens va explicar a la mare i a mi el cas d'un nadó de divuit mesos que s'havia mort a causa d'una pallissa que li va clavar la seva mare. Ens ho va exposar d'una manera que semblava que no captés l'horror d'aquella història.

La vaig advertir que havia d'anar amb compte amb el que mirava, però ella va acabar la frase en un to de veu que vaig suposar que volia imitar el meu.

—Sí, d'internet. No saps mai què t'hi pots trobar. No és segur. —Es va balancejar una mica sobre les puntes dels peus mentre ho deia.

La vaig agafar per l'espatlla i la vaig fer girar cap a mi.

—T'ho dic de debò, Amy. Amb tots els articles que llegeixes, hauries de saber que a vegades hi ha gent molt fotuda pel món.

Vaig fer servir aquesta paraula gruixuda perquè veiés que parlava seriosament. No volia que s'hi amoïnés tant com jo, però malgrat que sabia que les possibilitats que em passés alguna cosa eren baixes, les estadístiques continuaven sent alarmants.

—Amy —vaig insistir, quan vaig veure que no responia.

Va alçar la barbeta amb aire desafiador.

—Estàs paranoica, Beth —va dir, rient. A vegades es pensava que tot era una broma.

L'Amy tenia les dents petites i els ullals afilats, però en moltes ocasions això no era suficient, i jo la volia protegir amb totes les meves forces. I a la Jo i a la Meg també. Malgrat que jo no era la més gran, tenia més responsabilitats que totes les meves germanes juntes.

—Només intento ajudar-te. Ja ho entendràs a mesura que et vagis fent gran.

Va suavitzar l'expressió i va sospirar profundament.

—Ja no sóc una nena, Beth.

Em va mirar amb cara de compassió, i jo vaig brandar el cap. Abans de poder respondre, la mare va entrar a la cuina tota esverada. Tenia les parpelles inflades, pràcticament no se li veien els ulls blaus, i els cabells eren un embull de flocs rossos amarats de suor.

—Què passa? Esteu bé, nenes? —Va moure el cap lentament per examinar tota la cuina, però semblava que li costava fer el moviment.

—Sí, ho sento. Se'ns han cremat les galetes. —Vaig fer un gest amb la mà en l'aire.

La mare va donar una ullada a tot el voltant. Va obrir una mica més els ulls. Només una mica.

—Estàs bé? —va preguntar l'Amy, que va mirar la mare i després a mi.

La mare va assentir mentre es passava els dits pels cabells i se'ls arreglava una mica de dalt. A la part del davant sempre li quedava un petit bony. La Meg feia anys que intentava arreglar-l'hi, però no se n'havia acabat de sortir. Només havia aconseguit dissimular-lo una mica.

—Sí, estic bé. Però estic cansada. Fa dos dies que tinc mal de cap. —Tenia la veu enrogallada, com una granota.

Vaig anar fins a l'armari i vaig agafar un got per posar-li aigua. L'Amy va dir que se'n volia anar al llit, i la Meredith li va fer un petó al front abans d'abraçar-la per la cintura i estrènyer-la ben fort.

—Deu minuts de mòbil i després el deixes. Pujaré d'aquí a mitja hora. Tens temps de sobres de dutxar-te i de rentar-te tot el que t'hagis de rentar —de cop i volta l'Amy tornava a ser una nena de cinc anys, somrient amb aquella tirallonga que la mare ens havia repetit mil vegades a totes—, posar-te el pijama, jugar amb el telèfon, ficar-te al llit i tapar-te tot el que t'hagis de tapar —un altre somriure de l'Amy, i aquesta vegada un de meu també—, i després apagar el llum. D'acord?

L'Amy va assentir, i la mare li va dir que l'estimava.

Quan la meva germana va anar cap a dalt, la mare es va preparar un got de llet calenta i va seure per esperar que s'acabés de coure una fornada de galetes comestibles. Eren les nou tocades, però era dissabte, de manera que era normal que l'Amy encara estigués llevada i que la Jo i la Meg fossin fora. Com que jo m'escolaritzava a casa, els meus dies sempre eren més o menys iguals. La majoria de nits era la que anava a dormir més tard a casa, i a vegades la mare es quedava amb mi i miràvem pel·lícules de terror o comentàvem els anuncis. Altres vegades, enviava les meves germanes a dormir i jo em quedava al sofà escoltant música i l'únic que feia la mare era besar-me el front i dir-me com m'estimava.

Sovint, a la Jo li agafava un rampell i es queixava dient que jo era la filla «mimada», però això passava perquè jo era la que ajudava la mare a dur la casa mentre el pare era fora.

—Saps res del pare? —vaig preguntar.

La mare se'm va quedar mirant uns segons amb la cara demacrada abans de respondre. Fins i tot va beure un glop de llet i el va entretenir dins la boca una estona. Un lleu moviment de cap va ser suficient per entendre que no en sabia res.

Em va sortir de dintre una barreja de terratrèmol i de sospir, vaig clavar els colzes a la taula i vaig repenjar-hi el cap.

—Quants dies fa? —vaig preguntar, tot i que ho sabia perfectament.

—Quatre.

—Quatre —vaig repetir. Quatre dies que semblaven quatre-cents—. Has parlat amb el Grup de Preparació Familiar?

La mare va assentir.

—Si d'aquí a dos dies no ens ha dit res, aniré a la Creu Roja tal com vaig fer quan el meu pare —va fer una pausa i es va corregir—, el teu avi es va morir. Segur que m'ajudaran a localitzar el pare.

—I si la Jo, la Meg o l'Amy pregunten? —Tot i que jo també volia saber què estava passant.

La bata de la Meredith li va baixar de l'espatlla, i vaig veure que duia posada la roba del pare. Ho feia sovint, això, però sobretot quan es produïen bloquejos en la comunicació. Com que el pare era oficial d'artilleria, a vegades el destinaven a missions i estava dies sense poder-se posar en contacte amb nosaltres. Per desgràcia, això mateix passava en el cas que algú fos mort o ferit, ja que llavors l'exèrcit bloquejava tota la comunicació fins que s'informava la família de la situació. Durant aquells dies, la sensació era com aguantar-te la respiració mentre algú et va clavant cops de puny a l'estómac.

La Jo i la Meg no havien preguntat pel pare, però no les criticava pas. Cadascú tenia la seva manera d'afrontar les coses i, a més, totes dues estaven prou atrafegades. Era jo la que em passava el noranta per cent del temps a dins de casa. L'altre deu per cent es dividia entre la botiga de queviures, l'economat i algun viatge al Shoppette del capdavall del carrer.

—No ho sé, Beth. Els ho haurem de dir. No els vull amagar res. Però no les voldria alarmar. —A la mare li va tremolar el llavi, però va agafar aire per dissimular-ho—. Em pensava que a hores d'ara ja m'hauria enviat un missatge.

Van trucar a la porta i la mare va fer una ganyota que semblava sortida d'alguna criatura de les històries que solia escriure la Jo. El meu cervell va anar exactament cap al que estava pensant la mare.

Ens vam quedar totes dues immòbils.

—No pot ser. —Respirava a batzegades, i una onada de llàgrimes estava a punt de brollar-li dels ulls.

Em vaig dirigir cap a la porta i la mare em va agafar pel braç. Tenia els dits tensos i només li vaig veure pànic a la cara.

—No, no pot ser —li vaig dir, i li vaig apartar la mà suaument.

La vaig mirar de nou i li vaig dir que tot aniria bé. Normalment em creia, però en aquell moment no estava segura de si confiaria en mi.

Em notava el cor desbocat mentre caminava pel terra enrajolat de la cuina cap a la moqueta de la sala d'estar; tenia un nus a la gola i el pit encongit quan vaig apartar les cortines. Hi havia un cotxe aparcat al camí d'entrada, però el llum del porxo estava fos i ningú no es recordava mai de canviar-lo, de manera que no distingia quina mena de cotxe era.

Van tornar a trucar.

Just abans que el cap em donés voltes i quedés tan agitat com tot el meu cos, vaig agafar el pom de la porta i vaig obrir.

I en comptes de trobar-me amb una allau destructiva, vaig veure en Shia King que s'allunyava del porxo mentre mussitava alguna cosa entre dents.

Va alçar les mans enlaire quan vaig sortir al porxo, si és que es podia anomenar porxo aquella sèrie de blocs de ciment.

—Perdona, Beth. Que estaves dormint?

Vaig negar amb el cap.

—Ah, d'acord, bé. Que hi ha la Meg?

Duia una samarreta amb la cara d'un lleó estampada, i semblava molt gastada.

Vaig tornar a negar amb el cap.

Ell va assentir lentament i es va humitejar els llavis a càmera lenta.

—D'acord —va dir. Se'l veia derrotat.

Sempre m'havia caigut bé, en Shia, malgrat que no havia parlat gaire amb ell. Quan va començar a venir a casa, en l'època en què sortia amb la Meg, jo encara era menys comunicativa amb la gent.

—Bé, doncs —va dir, com si allargués les paraules—, me'n vaig.

El carrer estava en silenci i a la casa dels Laurence hi havia molts llums encesos.

—Espera't —vaig aconseguir dir.

En Shia es va girar i va esperar que parlés.

—Tornarà demà al vespre.

—On és? —Em devia veure l'aprensió a la cara, perquè abans que pogués respondre va afegir—: Perdona'm per preguntar-ho. Si no m'ho vols dir no passa res.

Jo no era tan transparent com la Jo, però gairebé.

—No, tranquil. És amb en John Brooke. —Vaig notar una fiblada de culpa a l'estómac.

Va assentir com si ja s'ho imaginés, i vaig pensar que diria alguna cosa més a part de «Com estàs, Beth?», però no ho va fer.

Li vaig dir que estava bé, i al cap de deu segons, la mare va sortir al porxo i va passar davant meu. Estava plorant, i els seus sanglots esquinçaven l'aire calmat de Louisiana mentre es dirigia cap a en Shia amb la bata voleiant darrere seu.

Ell es va tirar enrere i gairebé es va entrebancar. Tenia

una expressió a la cara que només podria descriure com de pur pànic. Devia estar sorprès per aquella reacció rabiosa. Jo ho estava, i sabia que la mare es pensava que en Shia era el missatger d'una notícia fatal i, a més, estava cansada.

—Per què has vingut? —Tenia els punys tancats amb força al costat del cos.

—Volia parlar amb la Meg.

La mare va fer un soroll a mig camí entre un sospir i un esbufec. Em vaig pensar que clavaria una empenta a en Shia, i crec que en Shia també s'ho va pensar, perquè es va apartar i va tornar lentament cap al cotxe.

—Què et fa pensar que la Meg vol parlar amb tu? —va cridar la mare, que ja no plorava. Li havia desaparegut la pena de cop.

Vaig tancar la porta de casa i vaig avançar uns quants passos per la gespa cap on eren ells.

—No ho sé. No estic pas segur que ho vulgui —li va dir a la mare amb un to de veu que em va fer preguntar què li havia fet en Shia a la Meg.

Em vaig assabentar del drama de la Meg i en Shia quan s'estava produint. Vaig aguantar els cabells a la meva germana mentre vomitava a l'aigüera després d'una forta baralla amb ell. Mai no havia sabut gestionar l'estrès i, igual que la mare, vomitava fàcilment. Era un d'aquells divendres a la nit en què li deia a la mare que «sortia una mica», cosa que volia dir que aparcaria el cotxe al pàrquing del darrere del gimnàs i esperaria en Shia. Una vegada la Meg em va explicar les seves sessions de morrejades al cotxe, però un dia se'm va escapar el secret davant de la Meredith i la Meg no m'ho va perdonar mai. Em va dir «Ophelia» durant mesos. No suportava que em digués el nom de la meva exmillor amiga com un insult, però l'havia traït de la mateixa manera que l'Ophelia m'havia traït a mi.

L'últim cop que la Meg va buscar la meva antiga amiga per les xarxes socials, es va assabentar que sortia amb en River. A veure, no esperava pas que l'Ophelia em mostrés ni tan sols un bri del que jo sentia per ella, però mai no m'hauria imaginat que seria capaç de sortir amb una persona tan desagradable com en River, encara que ella no sabés de primera mà com era de repulsiu i mentider. Però ho sabia, si més no sabia una part de la història.

L'Ophelia ens va ajudar a esquinçar els humiliants llençols blancs de la traïció. I després va sortir amb ell. Més d'un cop. Però quan ens vam traslladar aquí i la Meg va conèixer en Shia, uns quants vespres a la setmana la Meg m'acompanyava a «les meves classes de piano» per poder estar amb ell.

—És amb en John Brooke, Shia. És amb ell! —va exclamar la mare, que estava alterada i feia uns crits més propis de la meva germana gran que no pas d'ella—. L'ha portat a passar la nit al Barri Francès. En John Brooke s'acaba de graduar a West Point, Shia!

En Shia no va dir res.

—En John Brooke és un bon home i fa molt feliç la meva filla.

En Shia continuava impassible.

La mare no va callar.

—L'ha vingut a buscar aquest vespre després d'un embolic amb uns mails. Que en saps res, d'això, per casualitat?

Les celles fosques d'en Shia es van ajuntar. Va negar amb el cap.

—Quin embolic de mails?

No coneixia prou bé en Shia per saber si mentia, però en general tenia molta intuïció per captar aquestes coses, i em va semblar que estava realment confós. La Jo sempre deia que això em faria arribar lluny en el món del periodisme, però en realitat ni tan sols m'havia ajudat a travessar la porta principal.

—Algú li ha enviat uns mails a la Meg que no hauria d'haver enviat, fent veure que era una persona que no era, i ha causat un mal innecessari. Com que resulta que la Meg no té gaires amics aquí, estic convençuda que serà fàcil reduir la petita llista de sospitosos i esbrinar qui ha sigut. Qui més li podria voler algun mal sense cap motiu aparent?

—Jo no. —En Shia va alçar les mans al pit i les va posar sobre la samarreta gastada—. Però quina mena de mails eren?

La mare va brandar el cap.

—No penso explicar-t'ho. Això és cosa seva. Què has vingut a fer aquí? De què volies parlar amb la Meg?

En Shia em va mirar. Jo vaig apartar la vista. Semblava que li costés molt trobar les paraules adequades per a la mare. No el culpava pas.

—Què, noi? —va insistir ella.

En Shia, que normalment no tenia pèls a la llengua, dubtava de si seguir la veta a la mare; semblava que sabés que era millor no parlar gaire, quan la mare estava d'aquella manera.

—Només volia parlar amb ella. No sé si ella...

—És la meva filla i *tu* li vas fer mal. Mira, noi, o em dius de què li volies parlar i jo et diré on és, o ja pots pujar al teu cotxet de luxe i tornar per on has vingut i a veure si tens sort la propera vegada.

En Shia era una mica més alt que la mare, però en aquell moment semblava molt més baixet.

Va sospirar i es va girar cap a la casa dels Laurence. Em vaig preguntar si la Jo i en Laurie sentirien els crits i sortirien a fora. No sabia si en Shia viuria per veure el seu propi casament, si la Jo sortia i trobava la Meredith en aquell estat i en Shia retirant-se amb aquella cara de culpa; se'l menjaria viu. La Meg mai no havia volgut que ningú sabés res de les seves trobades amb en Shia, i jo havia jurat no dir-ne res. Era realment bona, guardant secrets.

La mare es va apartar per anar-se a repenjar al Jeep del pare.

En Shia va tensar la barbeta i va tirar el cap enrere.

—Senyora Spring, ja sap que vostè sempre m'ha caigut bé —es va humitejar els llavis—, i no gosaria pas faltar-li al respecte, però no tinc ni idea de què m'està parlant.

La porta principal es va obrir i la llum de dins es va reflectir sobre l'herba.

—Qui hi ha? —va preguntar l'Amy, des de darrere meu. Vaig notar que les seves mans em tocaven l'esquena quan passava pel meu costat.

—Hola, Amy. Com va tot? —va preguntar en Shia. Se'l veia molt incòmode, però tot i així intentava ser educat.

—Torna a dintre, Amy —li va manar la Meredith.

—Mare...

Quan la mare li va clavar la mirada, l'Amy em va agafar de bracet.

—Anem cap a dins, Amy. La mare i en Shia estan parlant —vaig dir. Em feia la sensació que la mare tenia ganes de brega.

Però la meva germana estava astorada...

No sabia què passaria, però quan em vaig girar per estirar-la cap a dins, ella no es va moure.

En Shia va mirar la mare, després a mi i a l'Amy.

—Miri, senyora Spring, jo només intentava trobar la Meg per parlar amb ella...

La mare es va acostar tant al noi, que no sabia si li faria un petó o li clavaria una empenta.

—Parlar de què? Dels mails que li has enviat per mirar d'espatllar la seva relació amb en John?

En Shia va negar amb el cap.

—Jo no la faria mai, una cosa així, senyora Spring. Mai no li faria mal, a la Meg.

L'Amy va retrocedir una mica, tenia la cara vermella.

—Ja n'hi has fet, de mal! Et penses que ets mooolt millor que nosaltres, oi, Shia King? —el va provocar la mare. Em vaig preguntar quant de licor s'havia pres aquell vespre.

—Què? —En Shia es va fregar el cap afaitat—. No. Jo...

—Fot el camp, Shia! Deixa'ns en pau i torna a la teva elegant mansió de...

—Mare! —Finalment vaig intervenir per aturar aquell

sermó. A la mare li queia bé en Shia, però estava descarregant la seva ira contra ell perquè li feia por.

Em va mirar i vaig brandar el cap. La seva mirada era assassina i per un instant no la vaig reconèixer.

Sense dir res a en Shia, ni a mi ni a l'Amy, la mare va anar aïrada cap a casa i va tancar la porta d'una revolada.

—Perdona, és que la mare...

—No passa res. Ja ho entenc —va dir en Shia, amb la veu trista.

—Anem —vaig dir, estirant l'Amy cap a dins de casa.

Just abans d'entrar, l'Amy es va girar cap a en Shia i va cridar:

—És al Ritz del Barri Francès amb en John Brooke!

Quan vam entrar a dins i els fars de l'elegant i modern cotxe d'en Shia van enlluernar la finestra i després van desaparèixer pel carrer, la mare va preguntar:

—Per què ho has fet, això, Beth?

No m'ho va dir cridant, però això per a mi encara era pitjor. Estava enfadada, però no era de la mena de mares que criden tota l'estona. La mare de l'Ophelia sí que era així. Ella venia corrents a casa quan el seu pare arribava fent olor de whisky.

—L'estaves escridassant, mare. No ha pas fet res de dolent, que nosaltres sapiguem —vaig dir.

La mare va sospirar i va repenjar els braços al respatller de la butaca.

—Bé, almenys no sap on és.

Vaig mirar l'Amy i després la mare.

L'Amy es va avançar.

—L'hi he dit jo. Ho sento, però he vist que cap de les dues el volíeu ajudar.

—No calia que sabés on és. La teva germana està la mar de bé sense ell, i ara és amb en John.

No estava d'acord amb el fet que la Meg estigués la mar de bé sense en Shia, però tot i així havia de renyar l'Amy per ser tan bocamolla.

—No està bé, això que has fet, Amy.

—Jo crec que l'estima —va dir la meva germana petita.

La mare va riure. Era absurd.

—Què t'ho fa pensar?

La mare va seure a la butaca del pare, i l'Amy, al puf de color vermell, que va fer un xiulet quan s'hi va deixar caure.

—Doncs que ha vingut fins aquí —va dir l'Amy, com si la mare sabés menys coses de la vida que l'Amy amb dotze anys.

Em vaig estirar al sofà, una mica incorporada. Les mantes del respatller feien l'olor de la casa de Texas. En aquella època la mare encara tenia més espelmes perfumades, i aquella aroma s'havia impregnat a la tela definitivament. Vaig agafar la manta de l'àliga del pare, la que feia olor de canyella torrada, i me la vaig posar a les cames.

—I això vol dir que l'estima? Per què? —va preguntar la mare. Ara semblava menys enfadada. Era més com la mare que jo coneixia i estimava, i menys com la tieta Hannah quan bevia massa i s'enrabiava per qualsevol tonteria.

—Perquè viu molt lluny! I està promès amb la Bell

Gardiner! Però tot i així ha vingut fins aquí. És evident que estima la Meg.

Vaig riure per aquella explicació sobre l'amor de nena de dotze anys.

La mare també va riure.

—Reina, les coses no funcionen així. Si a un noi li agrades, o t'estima, t'ho demostrarà. I tu ho sabràs. Si dubtes o no ho veus clar, és que no t'estima. I encara que t'estimés, si no ho demostra de cap altra manera que presentant-se a casa teva a les deu del vespre encara que estigui promès amb una altra, no es mereix el teu amor.

Em vaig preguntar si aquelles normes també es podien aplicar a les noies.

—Potser quan tu eres jove, sí, però ara ja no funciona així.

La Meredith va esbufegar i va mirar l'Amy amb incredulitat.

—En Shia King va fer mal a la teva germana, i després de tot el que la Meg ha passat, no li fa cap falta això. Ni els mails, ni els nois rics que es pensen que són massa bons per a la meva filla. —La mare es va girar cap a mi—. Hauríeu de tenir més seny. Sempre us he ensenyat què heu d'aguantar i què no. La Meg no té cap necessitat d'aguantar les estupideses d'en Shia i, Amy —la mare la va mirar directament a ella—, tu no tens per què ajudar en Shia a ficar-se en la vida de la teva germana. La Meg és feliç amb en John Brooke.

—Però què li va fer en Shia a la Meg? Per què no ens pot caure bé? Perquè jo estic segura que és el noi més ric i més guapo de per aquí. Té un perfil...

A l'Amy pràcticament li queia la bava quan la mare la va interrompre.

—Amy, és això el que vols aconseguir a la vida? Ser estimada per nois rics i guapos?

—Sí! —va xisclar l'Amy—. Sí, i tant que sí!

—I després què? Què passa quan arribes als trenta i el teu noi ric i guapo es converteix en un home ric, no-tan-guapo i malcriat i, Déu no ho vulgui, passa alguna cosa i et quedes sola per pujar els fills i no tens ni feina ni experiència?

L'Amy va sospirar.

—Mare, t'asseguro que això no passarà. Ja em cuidaré prou que el meu marit sempre sigui guapo —va dir l'Amy, rient.

L'expressió de la mare era dura.

—Parlo seriosament, Amy. Primer de tot has de tenir una feina i unes ambicions a la vida. I no pots anar pel món jutjant els nois només pel seu aspecte. No és just quan els nois ho fan amb les noies, o sigui que les noies tampoc no ho hauríem de fer.

—Jo em casaré amb un home com el parc, i sempre serà al meu costat i m'ajudarà a educar les meves filles.

Coneixíem aquesta tàctica de l'Amy: dir una cosa que no li podies discutir ni rebatre per posar fi a l'absurda discussió que tinguessis amb ella.

Aquest comentari va fer somriure la mare, malgrat tot.

—Espero que sigui veritat. I espero que tinguis tres o quatre filles com tu. Saps què diuen?

Jo sí, perquè havia sentit que la mare li deia allò mateix a la Meg un munt de vegades. La Meg parlava de tenir fills més que cap altra noia sensata de dinou anys. Estava convençuda que algun dia seria una bona mare, però potser li hauria de fer més cas a la Jo i esperar uns quants anys per amoïnar-se amb aquelles coses.

—No. No vull saber què diuen. —L'Amy va inclinar el cap enrere, i la mare li va tocar la punta del nas. L'Amy va riure—. No m'ho diguiiis.

—Diuen que tots els disgustos que li dónes a la teva mare els pateixes tu el doble de fort quan tens una filla. O sigui que continua burxant-me i veuràs com me'n venjaré quan tinguis una Amy petita.

La mare va començar a fer pessigolles a l'Amy, i les rialles de la meva germana van rebotar per les parets. Era un so agradable, i va ajudar a dissipar la tensió que s'havia creat amb el que acabava de passar.

Quan l'Amy es va poder desfer de la mare, va venir a seure al meu costat al sofà. La Meredith va posar una pel·lícula, la *Halloween* original.

Just abans que comencés, l'Amy va preguntar a la mare si diria a la Meg que havia sigut ella la que havia xerrat massa amb en Shia.

La mare la va mirar amb aire burleta i va dir:

—Per descomptat que sí —i va tornar a la pel·lícula.

Capítol 26

Jo

L'habitació d'en Laurie era un desastre. Estava plena de contradiccions. Com per exemple un tocadiscos d'Urban Outfitters amb un disc de Halsey girant, o una capsa autografiada de cintes de lluita de la World Wrestling Entertainment. Era tan fascinant i alhora tan normal, que per a mi era tot un personatge.

Hauria pogut escriure quaranta mil llibres sobre en Laurie. Potser algun dia ho faria.

Vaig continuar endinsant-me en el meu viatge pel món d'en Laurie i em vaig acostar a l'escriptori. Ell m'animava a remenar les seves coses, com si es tractés d'un joc.

—Digue'm si veus alguna cosa que et sorprengui —va dir, amb un bolígraf a la boca.

—Sí, no pateixis.

Vaig obrir un calaix, i ell va canviar la cançó del tocadiscos a través del mòbil.

Els meus dits van notar una cosa flonja, com peluda, i una de freda i metàl·lica.

—Què coi és això? —Vaig apartar la mà corrents i me la vaig fregar als texans.

En Laurie es va aixecar de cop i es va acostar a l'escriptori. Em vaig preguntar si el seu avi era a casa.

—Què passa? —En Laurie va ficar la mà dins del calaix misteriós i jo vaig tancar els ulls.

Podia ser un hàmster o una rata morta. Ecs.

Quan va treure la mà, tenia un clauer pelut negre i vermell penjant de la punta del dit índex.

—Només és una pota de conill. —La va agitar a prop meu i jo vaig apartar-me de seguida.

Feia segles que no veia un clauer de pota de conill, però vaig recordar que la Meg sempre en duia un munt quan treballava a la pista de patinatge de prop de la meva escola de Texas. En va penjar un de color porpra al retrovisor del seu primer cotxe, un Buick Riviera antic de color ocre i amb l'interior de fusta marró. Aquella pota penjant m'esgarrifava.

—Ecs.

—Què vol dir, ecs? Porta bona sort.

Vaig negar amb el cap. La Meg també ho deia, això.

—Una pota d'animal no porta bona sort. La natura no permetria una cosa tan cruel.

En Laurie es va quedar dret al meu costat, acariciant l'objecte.

—És molt típic dels humans, oi? Dir que la pota d'un animal ens porta bona sort. Estem ben sonats.

—Sip.

—És per això que no menges carn?

—No. Bé, en part sí. Suposo. No per una pota de conill exclusivament. Pots treure'm això del davant, sisplau? —Vaig assenyalar el clauer amb cara de disgust. El va llençar de nou a dins del calaix i el va tancar de cop. De moment, jo ja havia fet prou de detectiva.

—Penso que està bé. A veure, no tinc pas pensat canviar de dieta. —Es va tocar l'estómac per refermar les paraules—. Però crec que està bé que facis el que vulguis i que creguis en una cosa.

—Crec en un munt de coses.

—Sí, ja ho sé.

Vam seure un a cada punta del sofà. Jo era a prop d'una tauleta auxiliar pintada de color daurat sobre la qual havíem deixat els brics de Yoo-hoo. No recordava quin era el meu, i hauria quedat molt estrany fer-ho a sorts i agafar-ne un i posar-me a beure.

—Així, les teves germanes tenen nòvio? Sé que la Meg surt amb en John o com se digui, però i la Beth i l'Amy?

Em vaig inclinar i li vaig clavar un cop a la cama.

—L'Amy només té dotze anys.

Va fer una ganyota amb la cara volent dir «I?».

—Jo vaig tenir la meva primera nòvia força abans dels dotze. Es deia Lucia i tenia uns cabells rinxolats preciosos.

—I per què vau tallar, tu i la Lucia?

En Laurie es va passar una mà pels cabells. Els tenia molt ondulats, ara que se li havien eixugat.

—Mira, jo em pensava que érem nòvios, però resulta que ella sortia amb tots els nois de la classe. Em va trencar el cor només amb deu anys. No me n'he recuperat mai més.

Vaig posar els ulls en blanc.

—I tant, ja m'ho penso. Però parlant seriosament, no, l'Amy no té nòvio. I la Beth tampoc.

No volia dir-li que estava convençuda que la Beth no tindria mai cap nòvio. No em tocava pas a mi dir aquesta veritat.

—I tu?

La pregunta no va sonar tan grollera com hauria sonat normalment venint d'un noi com en Laurie. No sé per què el meu cervell constantment pensava això d'*un noi com en Laurie*, ja que en realitat no sabia desxifrar què significava.

—No. I tu?

—Un nòvio? No. —Em va somriure ensenyant-me les dents. Tenia el que la Meredith anomenava una dentadura de noi ric.

—Vull dir nòvia —vaig aclarir. La visió de la Shelly Hunchberg sortint de casa seva em rondava pel cap i per la punta de la llengua.

—No ben bé.

Vaig mirar cap al sostre, i em vaig preguntar si en Laurie havia trencat mai el cor d'una noia. Sospitava que sí. I tant que sí. Els nois com ell eren especialistes en això. Esperava que les noies que s'havien enamorat d'ell n'haguessin sortit més fortes, i no més dèbils, un cop tallada la relació.

—Aquí no —em va dir.

Mmm.

—Vols dir que no aquí a Fort Cyprus, o no als Estats Units?

En Laurie va riure i va sacsejar la cama per clavar un cop contra la meva. Em vaig apartar i ell va riure encara més.

—A Fort Cyprus.

—I la Shelly? És una de les teves nòvies?

Més rialles.

—No. A més, què en saps, tu, d'ella?

—Res que vulguis saber, t'ho ben asseguro. Com és que us coneixeu?

—La seva mare l'ha fet venir a portar-nos un paquet per a aquella cosa per recaptar fons que han organitzat.

—Quina cosa per recaptar fons?

—No ho sé, però suposo que l'avi li va dir que jo hi aniria.

Em preguntava què devia ser això per recaptar fons. Segur que es tractava d'alguna mena de pícnic o una cosa per l'estil. Aquells últims dies havia fet força bon temps i la mare de la Shelly, la Denise, sempre buscava qualsevol motiu per organitzar una «recaptació de fons benèfica» per poder ser el centre d'atenció.

Si la Meredith no ho sabia, no l'hi diria jo.

—Sembla bona noia —va dir—. És maca. Potser una mica manaire.

No em va agradar la manera com van sonar aquestes paraules. Tot d'una, ja no volia saber res més de la seva opinió de la Shelly. Ni de cap altra noia que en Laurie trobés maca però una mica manaire. No volia imaginar-me les cares de les noies del passat d'en Laurie. Trobava estrany que mai no hagués pensat en aquestes noies ni hagués volgut saber res d'elles abans.

No estava pas gelosa, oi? No n'estava segura, però em sentia confosa.

En Laurie tenia les galtes vermelles.

—Has tingut mai algun nòvio aquí? —La veu li va sortir més aguda del normal. No el vaig mirar—. Als Estats Units? —Va exagerar el seu accent italià per jugar amb el so de les paraules.

—No. No ben bé. —No en absolut.

Va fer un soroll amb la gola.

—Quants nòvios has tingut?

—Què vols dir, des de sempre? —La resposta era zero, excepte que comptés una relació per internet que va durar un cap de setmana amb un noi que vaig conèixer seguint un tema de Tumblr. Però vaig suposar que no.

No sabia fins a quin punt l'usuari Eurosnlife17 tenia interès en la nostra relació, però quan una setmana després em va demanar fotos meves despullada, vaig suposar que tenia unes quantes nòvies més en la seva agenda amorosa *online* de la versió que fos.

—Suposo que cap —vaig respondre, finalment. Vaig notar que em sortia la veu vacil·lant, però no podia fer-hi res—. Diguem que no hi parlo gaire, amb els nois.

Em vaig quedar mirant el perfil del seu coll mentre m'empassava saliva.

—Mmm. Per què no?

De fet, no hi havia un motiu específic. Simplement no hi parlava.

Vaig començar a dir alguna cosa, bàsicament per donar-me una resposta a mi mateixa.

—No ho sé, no hi parlo. No és que no hagi volgut sortir amb ningú, és que senzillament no ha passat mai. Tinc molt de temps, encara —vaig dir, com una reflexió per a mi mateixa.

A mi em semblava bé, això. Jo no sortia amb nois, tal com feia la Meg, i encara era verge. No sabia què sentiria amb el cos fort d'un noi sobre el meu, i de fet no sabria ni què fer amb les mans quan em fes petons amb algun. Encara no les havia après, aquestes coses, però només tenia setze anys. D'acord, m'hauria agradat molt trobar un noi fascinant a l'escola i sortir amb ell, però tampoc no tenia gaires opcions.

Era impossible que em conformés amb un noi com en River, que va tallar amb la Meg amb un missatge pel mòbil al cap d'una setmana d'haver fet sexe amb ella i li va fer la vida impossible durant gairebé dos anys. No volia ser humiliada per un noi com en Josh Karvac, que es negava a portar camises i només duia jerseis i que va sortir amb la Meg perquè en River anava dient a tothom que feia molt bones mamades.

A vegades, i de manera molt i molt egoista, pensava que tenia sort de tenir una germana amb tanta experiència. Jo no volia ser coneguda per fer unes bones mamades, jo volia ser coneguda per les meves paraules i la meva veu. El problema era que als nois no semblava pas que els interessés gaire la veu d'una noia, sinó més aviat silenciar-la ficant-li la tita fins al fons de la gola.

—Ningú de la teva escola no ho ha intentat mai? —va preguntar en Laurie.

El vaig mirar, i em vaig fixar en el reflex que projectaven els llums del sostre a les seves pupil·les.

—Defineix què vol dir *intentar*.

Va fer un somriure sorneguer.

—De fet, no. No hi ha hagut mai cap intent.

—Em costa de creure.

—Vaig sentir aquesta mateixa conversa en una pel·lícula.

Va somriure.

—M'ho crec. És la típica història de l'adolescent irritable i sarcàstica que no és conscient de la seva bellesa i que no ha tingut mai cap nòvio. Es veu constantment. —Va fer un gest amb la mà al voltant de la cara, i les rialles li van arrugar les galtes.

—No em diguis irritable —vaig remugar.

—No et posis aquest collaret. —Va riure i vaig notar que la seva mirada m'acariciava el coll.

Vaig alçar la mà de seguida i em vaig tocar la cinta de vellut que m'envoltava el coll.

—M'agraden aquestes cintes, burro.

Se'm va quedar mirant.

—A mi també.

Vaig empassar-me saliva i de cop i volta em vaig sentir angoixada, com si estigués a punt de passar alguna cosa horrible però no pogués aturar-ho.

Volia que aquella sensació em desaparegués tal com havia vingut. Els pocs centímetres que ens separaven semblaven inexistents, i li sentia l'olor de cigarrets i de llapis.

Vaig mirar en Laurie i ell em va mirar a mi fins que finalment va parlar. Tenia la vista clavada a la paret quan va dir:

—Estic segur que a Nova York hi trobaràs un nòvio.

—Això espero. —Jo també vaig mirar la paret, i em vaig preguntar per què havia mentit. Tant me feia trobar un nòvio a Nova York. El que volia era una feina, i potser un gat.

—Jo també —va dir en Laurie, i vaig pensar que ell també estava mentint—. Tens algun dubte sobre com funciona el joc de les relacions? —va preguntar, al cap d'uns segons.

—El joc de les relacions? Per què dius que és un joc?

Em va mirar.

—Perquè jugar és el que fan les persones. Agafen el que se suposa que és bo per a elles i llavors ho compliquen tot. Ens van posar a la terra per casar-nos, procrear i mantenir l'espècie, per a res més. Aquest és el nostre objectiu, però tothom ho fa tot molt més complicat.

No podia estar menys d'acord amb ell.

—Doncs jo espero que el meu únic objectiu a l'univers no sigui procrear i mantenir la terra poblada. Això sembla l'argument d'una novel·la fatal i nefasta. Jo vull fer alguna cosa més que això. Potser no em vull casar i tenir fills. Potser vull una bona professió i viure sola i viatjar i dormir i pujar dalt d'un avió quan jo vulgui. Quin mal hi ha en això?

—Cap. —En Laurie se'm va acostar una mica més, però crec que ni se'n va adonar—. Però jo no hi estic d'acord. Per descomptat que jo també vull tenir un paper vital en l'univers i tot això, però també em vull casar i tenir una família i passar temps amb la meva dona i els meus fills.

—Ah, sí? —Tenia la boca seca. Se'm feia estrany que un noi de l'edat d'en Laurie es mostrés tan entusiasmat amb la idea de formar una família.

—Sí. Jo no vull ser com el meu pare. —En Laurie parlava en veu baixa i va donar una ullada a l'habitació, com si algú l'estigués escoltant d'amagat—. O com el meu avi. Té aquest llamp de casa, aquest llegat d'una carrera militar, però res més. Quan es mori, l'únic que deixarà serà el desgraciat pare d'un fill i un nét rondinaire malcriat.

En Laurie deia les seves veritats d'una manera tan oberta, que era fascinant.

—I tu què vols deixar quan et moris? —vaig preguntar.

—Encara no ho he pensat, però sé que serà alguna cosa més important que les condecoracions en un uniforme. —El notava molt a prop meu—. I tu, què vols deixar?

—Tampoc ho sé encara, però vull ser excepcional.

—Excepcional —va repetir, amb una mirada intensa—. Ja veig la teva làpida: Jo Spring, filla de la Meredith, paradigma de l'excepcionalitat.

—Laurie Laurence, fill d'un general de l'exèrcit, pare d'un miler de fills.

Em va posar una mà al genoll i me'l va estrènyer amb un gest juganer.

—Un miler? Trobo que és una mica massa, no? I jo no em dic Laurie Laurence —va rondinar, i jo vaig riure com si m'acabés de deixar una nota d'amor a l'armariet.

Quan vaig tornar a mirar en Laurie, vaig veure que se m'acostava, un centímetre cada segon, molt lentament. Els cabells li havien caigut a sobre el front, i no podia apartar els ulls de la petita cicatriu que tenia al llavi inferior.

Vaig notar la seva boca sobre la meva abans de tenir temps de formar un pensament coherent. No tenia ni idea de com havíem arribat fins allà, com havíem passat de riure i fer broma a besar-nos. Potser la cosa sempre anava així, no ho sabia. L'únic que sabia era que la meva boca es va obrir i que aquell petó era molt més suau del que m'esperava. Els seus llavis eren tous i humits com el pastís de la tieta Hannah. Les nostres dents no van xocar, tal com li va passar a la Meg en el seu primer petó. Tampoc no tenia gust de cafeïna pastosa, tal com sempre m'havia imaginat que tindria el meu primer petó. En aquell moment, en aquella habitació, la boca d'en Laurie tenia gust de perill amb un deix de cigarrets.

Tot d'una vaig entendre per què a la gent li agradava el gust del tabac. La llengua d'en Laurie era dolça i terrenal, i els ulls se'm van tancar sols mentre em besava amb tendresa. Li vaig notar les mans als malucs i el meu cos es va deixar anar. Semblava que concentrés tota la força en les mans arrapades al meu cos. El meu jersei va quedar arrugat entre els seus dits i em va agafar encara més fort.

—Hòstia santa, Jo. —Les paraules li van sortir cremant i em va fer seure sobre la seva falda. La sang em bategava a les orelles, i vaig enfonsar els dits entre els seus cabells abundants.

El petó va ser només la llavor. Després, els seus dits es

van convertir en branques que s'escampaven per tot el meu cos. Les meves mans ja no eren meves, i vaig pensar que per això la Meg devia suportar tots els maldecaps que li duien els nois. Per sentir tot allò. Valia la pena, vaig pensar, mentre en Laurie capgirava tot el meu món. Que ràpid que havia passat la meva ment d'elaborar conclusions reflexionades i intel·ligents a desfer-se com la saba que regalima pel tronc dels arbres.

Quan em va posar la mà a l'estómac, vaig moure els malucs per acostar-me més cap a ell. Els seus ulls reflectien els meus. Vaig notar una sensació nova a dintre meu, una agitació que brotava, floria i esclatava en exuberants pètals de feminitat. No és això el que se suposa que s'ha de sentir? Una explosió a dins del cos? No estava segura que fos prou forta per poder suportar gaires més emocions, però quan el timbre de la porta va sonar i ens va interrompre, vaig tornar a la realitat i vaig desitjar que en Laurie i jo no acabéssim d'espatllar tot el que teníem.

Capítol 27

Meg

A casa, cada matí em despertava amb el sol. Notava la seva escalfor a través de les cortines de ganxet brutes de fum de tabac. La capa extra de fum adherida a la tela no impedia que el sol entrés a dins. Aquelles cortines abans eren les de la Meredith, per això hi havia un gira-sol estampat. La mare tenia una obsessió pels gira-sols. Tenia bols i vestits d'estiu, clauers i fundes per al volant del cotxe, tot estampat amb grans gira-sols florits. Aquesta afició facilitava molt la feina quan li havíem de comprar un regal.

Aquell matí, quan em vaig despertar, no estava estirada al meu llit de sempre; era en un llit extragran amb la roba flonja més refinada que els diners antics del sud podien comprar. Aquell llit d'hotel era realment luxós per a mi, i notava els llençols deliciosament freds contra la meva pell. A mitja nit m'havia llevat per posar el termòstat a dinou graus, i a partir de llavors havia dormit com un nadó. Aquell termòstat sí que anava bé, no com el de casa, o sigui que si aquí posaves dinou graus, és que estaves a dinou. El Ritz del Barri Francès era una barreja elegant i luxosa de l'estil modern i clàssic. Em vaig preguntar com devia ser despertar-se en un lloc com aquell cada matí.

M'agradaria despertar-me al costat d'en John a casa nostra, un lloc sense el control dels meus pares. Em vaig preguntar com devia ser una casa sense tota la gent amb qui estava acostumada a viure. La Meredith sempre deia que m'avorriria, sense l'esvalot de les meves germanes petites, però vaig descobrir que en John ja feia prou soroll tot sol. Per a sorpresa meva, en John Brooke no era dels que dormen abraçats a la persona del costat, i a més roncava. Hauria jurat que abans sí que dormia abraçant-me. Recordava perfectament que la vegada que ens vam estar al Red Roof, just a la sortida del post militar, em vaig despertar a mitja nit, suant, amb el seu cos arrapat contra el meu. Aleshores no roncava, o almenys no recordava que ho fes, i aquells udols de balena no serien fàcils d'oblidar.

Només havien passat tres mesos. Per què semblava tan llunyà?

Dormia de panxa enlaire i roncava. I per roncar vull dir que feia uns grunys que semblaven els crits d'aparellament d'un ós bru i uns estossecs que feia l'efecte que s'ofegaria. Tenia l'esperança que aquells roncs fossin temporals. Potser necessitava un temps per acostumar-se al nou ritme de vida, ara que ja no havia de matinar com a West Point. Vaig encreuar els dits perquè fos això. I encara sort que existien aquelles tires per al nas. N'hauria de comprar una capsa per a aquell vespre.

El pare roncava com en John, o pitjor, si és que això era possible. Els roncs del pare a mitja nit eren un dels motius pels quals la Meredith passava tantes nits al sofà, quan el pare era a casa. I ara jo era aquí, pensant en les nits de la resta de la meva vida. Dir que en John i jo havíem passat una nit excitant i confortable seria com dir que era lògic que en Dan Humphrey sortís a *Gossip Girl*.

La nostra luxosa habitació de classe Club estava completament a les fosques. Les cortines gruixudes impedien que entrés ni tan sols un bri de llum de fora. Com més mirava en la foscor, més se m'acostumava la vista, però tot i així no suportava no veure res.

A la Jo sempre li havia agradat estar a les fosques com un ratpenat, però a mi no. Vaig seure al llit, em vaig fregar les mans per escalfar-me-les i em vaig girar sobre l'enorme llit per mirar quina hora era al despertador de la tauleta de nit. Hi feia fred, a l'habitació, i jo anava despullada. Tenia els mugrons durs i en John no es va ni moure quan li vaig fregar l'esquena amb els pits freds i erectes.

La pantalla del despertador marcava dos uns i dos zeros. No em podia creure que hagués dormit tant, però dormir entre núvols de cotó feia aquest efecte a una dona. Potser els ronquets d'en John no em molestarien mentre tinguéssim un edredó tan luxós com el del Ritz.

Em sentia rica allà; fins i tot en la foscor de l'habitació, era com si fos de la reialesa en un espai perfecte per a una reina. Al Barri Francès em sentia molt lluny de Fort Cyprus. Semblava que el llit i l'habitació fossin en algun lloc entre les precioses muntanyes de la Toscana, a l'altra banda de l'oceà. La idea de la Toscana em va fer pensar en en Shia, perquè havia penjat fotos d'ell en petits pobles d'Itàlia, bevent vi i menjant pa acabat de fer amb mozzarella casolana. També havia penjat fotos de la costa rocosa de Nàpols i de la preciosa catedral de Milà. Sempre deia que anava a Itàlia tan sovint com podia.

Jo hi aniria algun dia. La senyora King em va explicar que hi havia bases militars a Itàlia, Anglaterra i Alemanya. Si vius a Europa, segons la Jo, es veu que pots agafar el tren i anar a qualsevol país de visita en un dia. Diu que és per això que les famílies dels Estats Units que estalvien tota la vida per anar a altres països, al final gairebé mai no ho fan. És massa car viatjar fora del país. Fins i tot anar a Disney World és caríssim. Una ampolla d'aigua és més cara que tot un *pack* a la botiga. És una de les moltes coses que la Jo sap i que a mi no se m'havia acudit mai. Els mitjans socials han canviat el joc.

Els telèfons amb càmera de fotos van espatllar els meus anys d'institut. No em puc ni imaginar el que faran Twitter i Instagram a mesura que creixin.

Tot i així, jo havia après la lliçó. La major part del temps que estava connectada a internet mirava fotos de la gent amb qui després em vaig graduar i dels fills que els van anar apareixent a un costat i a l'altre. Quan anava a l'institut, la majoria de les meves amigues eren més grans que jo, o sigui que ara tenien vint-i-dos anys i ja anaven pel segon fill.

En aquella època jo tenia aquesta norma: no volia agafar l'autobús escolar després de la primera setmana d'escola, o sigui que vaig adoptar una actitud ingènua d'estudiant de primer curs amb els pits grans. Sempre trobava algú que em portava. Ara em molestava molt haver-me passat tots els anys d'institut preocupant-me tant pel que els nois pensarien del meu cos. Quina pèrdua de temps i d'energia. Però llavors no m'adonava d'aquell control que jo mateixa m'imposava.

—John —vaig xiuxiuejar, però no es va ni moure.

Em va semblar que distingia els seus cabells de color ros castany i la mandíbula tensa en la foscor. Una vegada, l'Amy va dir que semblava que estigués constantment pressionant les dents. Tenia la cara d'un soldat, la cara d'un rei del ball. Vaig mostrar-li la meva devoció fent-li un petó a la nuca.

—Mmm. —El gemec va ressonar en la foscor. Li vaig fer un altre petó i una petita mossegadeta—. Meg, sisplau. Estic destrossat.

Aquelles paraules em van deixar plegada, però havia de tenir en compte que s'havia passat gairebé quatre anys fent un horari molt estricte. S'havia de llevar a trenc d'alba per a l'entrenament físic, i a West Point les condicions eren molt més dures que per als soldats regulars. En John Brooke formava part de l'elit. El millor del millor. Es mereixia dormir.

No pensava pas posar-me a somicar i a rondinar si ell no es volia llevar amb mi, encara que haguéssim estat separats durant mesos. Havia de tenir en compte que devia estar molt cansat. Per tant, al cap de deu minuts d'observar el sostre, vaig sortir d'aquell llit tan confortable i vaig anar al lavabo.

Vaig obrir els llums i em vaig quedar enlluernada. Vaig palpar de nou l'interruptor i vaig encendre els llums del sostre, que es podien regular, i els vaig posar tan tènues com vaig poder. En el reflex del mirall vaig veure que tenia les galtes vermelles, com sempre, fins i tot amb aquella poca llum. Em feia molta ràbia que per molta crema correctora que em posés sobre la pell rosada, em veiés constantment les galtes vermelles. Tenia la pell com la mare, igual que l'Amy.

Vaig engegar l'aigua freda a la pica de marbre, em vaig posar xampú sec a les arrels dels cabells i em vaig escampar les pólvores blanques amb els dits. Em vaig rentar les dents, desitjant secretament que en John es despertés abans que tingués temps de vestir-me. Però no es va despertar, i al cap de vint minuts ja tenia un tovalló penjat al pit del meu vestit de cotó i les dents clavades en un dònut autèntic del Café Du Monde, tota sola. El sucre fi se'm va escampar per tota la falda, embrutant-me el vestit de color blau marí, però tant me feia. El dònut era boníssim.

Vaig beure un glop de cafè perquè semblés més un esmorzar complet i m'ho vaig acabar tot en menys de cinc minuts. El cafè del Café Du Monde era bo, i el fet que només el servissin de dues maneres el feia semblar un luxe. No era com l'Starbucks, on sempre demanava un cafè amb llet gran amb gel, amb extra de cafè i extra de gel, sisplau. Al Café Du Monde, tenies dues opcions, o un cafè sol o un cafè amb llet. Jo vaig demanar un *au lait*, meitat cafè meitat llet.

A mesura que passaven els minuts, em costava cada vegada més fer veure que no m'importava que en John no s'hagués llevat amb mi. Hauria d'haver intentat despertar-lo de nou, abans de marxar? No ho sabia, de manera que m'ho vaig treure del cap i vaig beure un altre glop de cafè. El local estava ple de gent. Hi havia un grup de turistes xinesos, tots vestits impecables i compartint un plat de dònuts. Una nena xinesa amb un somriure radiant assenyalava un colom que picotejava d'un plat allà a prop. Una família afroamericana amb samarretes que anunciaven la REUNIÓ DE LA FAMÍLIA MERRIWEATHER s'aixecava per marxar, i vaig veure que una noia amb uns cabells preciosos, més o menys de la meva edat, tocava l'espatlla de la cambrera i li donava una bona propina. Una colla d'adolescents, d'una barreja de races, reia i cridava en una taula del fons. Un home blanc i gran esmorzava amb una nena que no devia tenir més de cinc anys i una dona que era com la versió envellida de la petita nena rossa.

Nova Orleans era una barreja de diferents tipus de gent, i m'encantava. Les bases militars també eren així, però mai no acabaven de ser tan boniques com una ciutat com aquella. Els edificis governamentals eren sobretot de color marró i ocre, ja que Nova Orleans era una barreja complexa de cases d'estil crioll i americà amb molt de color i de detalls. L'aire feia olor de cafè, sucre, fum de cigarrets i sol, tot alhora. Observava tots els tons de pell, tots els caminars, mentre m'estava asseguda en una petita taula de ferro a la terrassa del Café Du Monde. Encara era d'hora, o sigui que hi havia més taules buides de les que havia vist mai, però tot i així estava bastant ple.

—Has acabat, bonica?

Vaig alçar el cap i vaig somriure al cambrer gran a qui

li faltava una dent. Tenia alguna cosa que el feia encantador. Potser eren els cabells platejats i la cara arrugada. Semblava que hagués passat una mala nit almenys durant les últimes quatre-centes nits.

—Sí. —Li vaig donar el plat.

Va fer petar la llengua.

—Deixaràs tot aquest sucre? —La seva veu era tan aguda com grisos els seus cabells. Duia un barret de paper i un uniforme blanc, l'uniforme tradicional del Café Du Monde. Com que el local no tancava mai, em vaig preguntar si tot just acabava de començar el torn o si estava a punt de plegar.

Vaig desplaçar la mirada cap al plat que estava a punt de retirar i la pila de sucre fi sobre el paper. Semblava cocaïna, però una que era una mica millor per a la salut. Va doblegar el paper encerat com un taco i va amuntegar el sucre fi. Era del mateix color que els seus cabells.

—Et diré quin és el secret —em va xiuxiuejar, amb veu conspiradora. Em va fer pensar en les vegades que la Jo em despertava a mitja nit per anar a fer alguna aventura. Ens esquitllàvem per la porta del darrere de la casa de Texas i travessàvem la porta espatllada per entrar al centre comunitari del capdavall del carrer on vivíem.

Vaig assentir, esperant que l'home compartís el secret amb mi.

—És un petit secret que només sap la gent d'aquí —va tornar a apujar el to de veu—, i es tracta d'abocar això —va sacsejar el sucre— aquí dins —va assenyalar el cafè.

Un somriure em va omplir la cara i li vaig dir que m'encantaria tastar-ho. Després de barrejar les restes del dònut, em vaig prendre el que quedava d'aquell dolç *au lait* amb sucre extra amb la sensació que ja pertanyia al Barri Francès, ara que sabia el deliciós secret dels residents. Després de pagar, vaig anar a la porta del costat per torturar-me una mica. Ho feia sovint, això. Era una persona extremament crítica amb mi mateixa, i sabia veure'm els defectes i les qualitats. La barreja era explosiva.

Quan vaig entrar a la botiga del costat, l'olor de caramels de praliné era tan forta que em va tornar a venir gana de cop. Vaig treure el mòbil per veure si tenia un missatge o una trucada d'en John, però només hi havia un missatge de veu del conserge del Ritz. Què devia voler? Però no tenia notícies d'en John. Li compraria pralinés. Jo ja m'havia menjat el dònut amb el cafè amb llet; si menjava alguna cosa més, m'hauria de canviar el vestit empolsinat de sucre. Ja hi havia cua a la botiga Aunt Sally, o sigui que em vaig col·locar al final. La dona del meu davant duia un gosset a dins d'una bossa, i li vaig fer una ganyota. El gos va grunyir i em vaig apartar instintivament, rient de mi mateixa. La dona es va girar amb cara d'enfadada i va posar els ulls en blanc. Desprenia aquell aire de dona meridional melosa, d'aquelles que primer t'insulten i després no paren d'elogiar-te. Bàsicament com la mare de la meva mare.

Les coneixia bé, les dones com ella. Va abaixar la mirada cap al meu vestit ple de sucre fi, i em vaig preguntar si els meus llavis pintats i les cares pestanyes postisses li deixarien prou clar que no era una noia qualsevol que feia cua per comprar una mica de sucre sobre paper de cera. «Si no vol cridar l'atenció, per què porta un gosset en una bossa?», vaig mussitar entre dents.

Em va sentir i va esbufegar, i llavors es va tornar a girar. Vaig sentir l'olor de Chanel No. 5 i vaig mirar-li les mans tot buscant una pedra ben gran, i efectivament la duia, decorant-li el dit arreglat amb una manicura perfecta. El cul li quedava perfecte amb els texans que portava, i em va fer venir ganes de posar els ulls en blanc, per cap altre motiu que per la meva mesquinesa. Malgastava molts pensaments criticant mentalment altres dones. No suportava pensar en la freqüència amb què feia això quan era més jove. La Jo i els seus documentals m'havien fet canviar de perspectiva. Encara no estava tan enfadada amb el món com la Jo, però potser ho hauria d'estar?

La cua de l'Aunt Sally avançava bastant ràpid, i quan vaig arribar al taulell, dubtava de triar entre l'original i el de xocolata. Volia els dos gustos.

—Dos de xocolata, sisplau. I una capsa de barrejats —vaig dir finalment, després d'una pausa de dos segons.

Vaig donar la targeta de crèdit a la dependenta somrient i vaig esperar que em donés el rebut per signar. Mentrestant, em vaig preguntar quan se n'aniria en Shia de Nova Orleans, i també si en John tenia pensat trobar-se amb ell. Aquella botiga estava plena de records d'en Shia i de la primera vegada que ens vam veure, més o menys al mateix lloc on era ara. Haurien de posar una cinta protectora al voltant d'aquella zona, o almenys al voltant d'aquell home. Vaig intentar pensar en en John, el meu estimat John, que segurament a hores d'ara ja s'estava despertant. La nit anterior no havia sigut exactament la vetllada romàntica i apassionada que jo havia previst, però avui era un nou dia, i tenia pralinés especialment per a ell.

Quan vaig sortir al carrer, em pensava que el cervell em feia una mala passada.

Però no. Era de debò.

En Shia King venia caminant cap a mi, en carn i ossos, mirant-me fixament a la cara. No podia sortir corrents ni amagar-me. Vaja, sí que podia fer-ho, però òbviament m'hauria atrapat. I a més, no tenia ganes de córrer. Aquell carrer era prou ample per a tots dos. Sincerament, era la pitjor persona amb qui em podia haver trobat en aquell moment. La pitjor de totes.

Malgrat que sabia del cert que no em deixaria passar pel seu costat sense fer-me com a mínim un comentari desagradable, vaig decidir girar i anar en direcció oposada tot fent una queixalada a un praliné. Abans de poder clavar les dents al caramel, ja tenia una mà al voltant del meu braç. Em vaig apartar suaument, i em vaig girar cap a ell.

—Et conec? —vaig preguntar, amb la boca plena. En Shia em feia perdre els papers com ningú més. La seva mare quedaria horroritzada, si em veiés menjant d'aquella manera, amb tot el caramel enganxat a les dents.

En Shia es va posar a riure, però sense fer soroll. Va sacsejar lleument el cos i va brandar el cap, fent un gran somriure de dents blanques mentre es mossegava el llavi inferior. Sempre em quedava sense alè quan feia això.

—Què vols dir? —Va acotar una mica el cap i em va mirar amb una cella alçada.

Què havia de dir? Estava promès amb la Bell Gardiner. La Bell Gardiner, precisament.

—Mmm. No ho sé. —Vaig fer una altra queixalada al praliné i vaig començar a marxar. Sabia que em seguiria—. T'assembles al nòvio de la meva amiga.

Va aparèixer de sobte al meu costat.

—És xocolata, això?

Vaig apartar el praliné abans que me'l pogués agafar.

—Pot ser. Què puc fer per tu, Shia?

—O sigui que saps el meu nom?

—Tal com acabo de dir, em sembla que ets el promès de la meva amiga.

Hi havia gent al nostre voltant. Una parella amb un cotxet de bessons. Els bessons duien una gorra igual sobre els seus caps de patata; un dels nens em va mirar i va somriure, i jo li vaig correspondre el gest.

El seu somriure em va entristir una mica, però era encantador.

—Mmm, em sembla que no sóc jo —va dir en Shia.

El nen amb el qual em pensava que havia connectat es va posar a plorar histèricament. Vaig començar a caminar.

En Shia es va posar a riure al meu costat i llavors va dir:

—De totes maneres, quina casualitat. Què hi fas, al Barri Francès?

Caminava al meu costat, però d'esquena. El sol era tan brillant que havia d'entretancar els ulls per poder-lo mirar. Duia un jersei de color verd terrós, i em va tornar a venir al cap el llibre de poesia de la Jo. Concretament aquell poema que deia «*una mica més humana que la resta de nosaltres*». En Shia s'havia deixat créixer una mica el pèl facial i semblava més gran del que era. No l'havia vist mai en persona amb una barba incipient, només per Facebook. Quan era a casa, sempre anava ben afaitat.

—Coses meves. I tu?

Va tornar a riure sense fer soroll.

—No puc dir el mateix.

Vaig intentar no riure.

—Què vols, Shia? On és la Bell Gardiner?

El seu somriure no va vacil·lar ni una mica.

—Treballant. On és en John Brooke?

Touché, estúpida.

No vaig mirar en Shia.

—Dormint. Escolta, no sabia que els bars obrien tan d'hora els dissabtes. O potser tens algun bon contacte...?

Esperava que aquell comentari el fes enfadar tant com jo volia. De fet, tenia sort que em dignés a parlar amb ell. Si més no, això era el que jo volia creure.

—Ha, ha, Meg. No estiguis gelosa. No et queda bé.

Vaig estar a punt de xocar amb un home que s'estava menjant un gelat de cucurutxo, i que va renegar entre dents quan es va haver d'apartar per esquivar-me. Com era possible que en Shia caminés d'esquena i no xoqués amb ningú? Perquè tot ho feia fàcil. Fins i tot aquell *look* tan simple li quedava bé: una samarreta que posava MANILA al davant, amb un autobús de colors a sota i uns pantalons curts de xandall negres amb la marca Nike, esclar. Devia tenir aquells pantalons de tots els colors. En Shia era tan... *Shia*...

—No estic gelosa —vaig replicar. Em vaig fixar en un taxi que passava ple d'homes escandalosos; cridaven alguna cosa grollera a una colla de noies vestides amb la mateixa samarreta. Només una anava diferent: la seva deia NÚVIA en comptes d'AMIGUES DE LA NÚVIA estampat sobre negre. Les noies també van començar a cridar i jo vaig mirar en Shia.

—Que groller —va dir. Va seguir el taxi amb la mirada fins que va desaparèixer i ja no vam sentir més els crits dels homes.

—Molt. —Esperava que les noies anessin amb compte en una ciutat plena de taxis plens d'homes plens de copes de licor. Odiava aquella part del Barri Francès. A mi m'agradava la riquesa de la cultura, el menjar i la música. Nova Orleans acollia molta bellesa, fora de Bourbon Street. El meu somni era viure en una casa al cor del Barri Francès. Però m'hauria d'esperar fins que el meu marit i jo ens jubiléssim, ja que suposadament passaria la major part de la meva vida en una base militar.

—Però escolta, què hi fas, aquí? No hauries de ser fora, ja? —vaig preguntar a en Shia.

Vam arribar a la cantonada de Canal i Decatur, i ens vam haver d'aturar en un pas de vianants fins que el semàfor es va posar verd. Hi havia almenys mitja dotzena de persones a la vorera esperant, totes callades. Cadascú estava per les seves coses.

—Em quedaré algun temps més a casa.

El vaig mirar a la cara, als ulls.

—Ah, sí? Que la Bell està prenyada, o què?

El somriure li va desaparèixer.

—Ostres, Meg. De debò que vols ser tan immadura?

Estava decidida a no dir res...

—No sóc immadura —li vaig etzibar, una mica massa fort.

Vaig alçar la vista cap a les persones que teníem al voltant, i després cap al trànsit de Canal Street.

Ell va fer un somriure.

—Vés-te'n —vaig dir, tot i que no ho volia.

—Nop —va respondre, perquè sabia que jo no ho volia—. Em pensava que tu i la Bell éreu amigues. A més, no has parat de dir que m'assemblo al promès de la teva amiga.

Em vaig quedar amb la boca oberta.

—Amigues? Deus estar de broma, oi?

La Bell i jo no havíem sigut mai amigues. Era una noia horrible, un llop amb pell d'ovella. Solia deixar anar insults passius-agressius del tipus «Meg, conec un dermatòleg molt bo, si et fa falta», quan me la trobava a l'economat i em veia un granet minúscul a la barbeta. Les poques ocasions que havia sigut «amable» eren qüestionables. A vegades em passava alguna beguda de franc al local on treballava, però va deixar de fer-ho tan bon punt la tieta Hannah va aconseguir una feina darrere la barra amb ella. En Reeder, en Breyer, en John i jo sortíem al Barri Francès cada cop que en John venia de permís de Nova York, però aquell bar va passar de ser el meu preferit a deixar-ho de ser d'un dia per l'altre.

En Shia va somriure.

—D'acord, potser no sou amigues exactament.

Vam reprendre la marxa, jo de cara i ell d'esquena, fins i tot en aquell carrer tan transitat. Érem al centre del

Barri Francès, i aquell càlid dissabte al matí estava ple de gent atrafegada.

—Però no tens cap motiu perquè no et caigui bé. A mi em cau bé en John.

Arribàvem al meu hotel. Era un passeig al voltant d'una illa de cases perfectament quadrada, des d'Aunt Sally fins al Ritz. Què se suposava que havia de fer, amb en Shia al meu costat?

—Tu i en John ja éreu amics abans. No és el mateix. —Em vaig treure el telèfon de la butxaca i vaig comprovar si tenia algun missatge d'en John. Res.

—No érem pas tan amics, i, a més, per què t'importa tant que m'hagi promès i amb qui? —En Shia va arronsar les espatlles. El verd del jersei li quedava perfecte amb la pell fosca. Sempre se'l veia ben arreglat però sense ser gens afectat, tot i que en Shia era molt més que la seva cara bonica. Igual que jo.

En Shia m'havia dit exactament aquelles mateixes paraules en una altra ocasió, en què en John i ell no eren pas tan amics. Quan li vaig preguntar per què, només em va dir «A tu què et sembla?», i va obrir la porta del cotxe negre que el va dur fins a l'aeroport aquell mes de setembre.

Hi va haver una època de la meva vida, tan sols uns mesos enrere, en què em feia la sensació que sempre m'estava acomiadant d'en Shia. Érem amics, i ell també era amic d'en John, però no semblava que en John el trobés a faltar quan en Shia era fora. D'altra banda, en John s'havia passat els últims tres anys a West Point. Però la meva amistat amb en Shia no es podia comparar amb la relació que tenia amb en John, i això que els veia tots dos més o menys les mateixes vegades. En general, no em capficava pel poc temps que podia passar amb en John; només pensava que m'estimava molt i que era molt més madur que en Shia. Últimament, en Shia i jo gairebé no havíem parlat. I jo volia fer veure que no sabia per què.

—Amb prou feines hem parlat aquests últims mesos —vaig dir, finalment. No podia permetre que m'atabalés, tal com li agradava fer sempre. No era la mena de noi amb qui podies parlar tranquil·lament, deixant anar comentaris insulsos com amb qualsevol altre. En Shia no et preguntava quin temps feia, et preguntava quin tipus de tempesta t'agradava més. Les seves converses tenien tots els colors de l'arc de Sant Martí, totes les tonalitats possibles. Quan en Shia King parlava amb tu, es ficava dins la teva ment i se n'enduia unes quantes peces. No demanava mai coses com per exemple «Com estàs?».

—Hauries tingut alguna cosa per dir-me, Meg?

L'estiu passat, just al davant de Jackson Square, em va preguntar: «Què és l'última cosa que t'ha fet plorar?».

—No ho sé. Però m'hauria agradat tenir-ne l'oportunitat.

Vam continuar caminant, i des d'on érem ja veia l'hotel. La temperatura anava pujant a mesura que el matí deixava pas a la tarda. Va quedar en silenci mentre absorbia les meves paraules, probablement buscant una resposta per fer-me ballar el cap amb pensaments que no estava preparada per assumir.

Aquella nit, davant de la plaça famosa pels artistes que hi venen els seus quadres, alguna cosa va començar a créixer en el buit que ens separava. Jo no sabia gaire res d'art.

No era com la Jo o en Shia. En canvi, podia identificar totes les tonalitats dels pintallavis Tarte i el millor tall de cabells segons la forma de la cara d'una persona. Tots tenim els nostres talents.

—Com està el teu pare?

—Fa dies que no truca —vaig dir.

Aquella nit xafogosa d'agost se suposava que havia de ser una nit normal per a mi, fent de taxi; primer havia de portar la Beth a casa de la seva amiga per «estudiar» (quan encara li agradava sortir de casa), i després havia de dur la Jo a la feina. La seva última feina era en una petita cafeteria-creperia just a l'altra banda de Jackson Square. Havia pensat passejar una mica i potser anar fins al centre comercial, però vaig veure en Shia que estava dret a l'entrada i el vaig reconèixer perquè era amic d'en Reeder.

Em vaig passar tot el torn de la Jo parlant a en Shia d'un post d'en River a Facebook. Era un mem sobre exnòvies boges, perquè jo era la boja. D'acooord. No només havia escampat per tota l'escola les fotos del meu cos nu que jo li havia confiat, sinó que no parava de penjar comentaris estúpids de les seves exs.

Quan li vaig haver abocat la meitat de les meves penes a en Shia, la Jo em va enviar un missatge perquè l'anés a recollir. No em podia creure que m'haguessin passat tan ràpid aquelles quatre hores, i també em feia creus que hagués parlat amb tant de detall de les desgràcies que m'havien passat a Texas. No volia que aquella part de la meva vida em perseguís en aquest nou estat, aquesta nova vida, i en canvi era allà, vomitant-ho tot sobre la vorera.

Abans d'aquella nit, en Shia i jo havíem sortit potser sis cops. A vegades amb en John, a vegades amb en Reeder, però mai no havíem anat a casa d'en Shia. Sempre a les habitacions del quarter. Ni tan sols sabia que formava part de la família reial de Fort Cyprus fins que a en Reeder se li va escapar una nit al camp del darrere del Shoppette, però en Shia va desviar el tema de la conversa abans que nosaltres ens adonéssim que ho estava fent.

Després d'abocar-li les meves penes com si fossin vi negre barat sobre un llençol blanc, en Shia i jo ens vam fer amics, suposo que se'n podria dir així. Llavors ens vam barallar aquella nit que jo duia una tiara al cap. Em va dir princesa i em va fer un petó a la boca amb uns llavis de cirera i una llengua molt hàbil. Tot i la discussió, cap dels dos volia que aquella nit afectés la nostra amistat. Al cap de poc, en John em va demanar que ens prenguéssim la nostra relació més seriosament. Fins i tot després d'això vaig continuar veient en Shia, i intentava convence'm que marxés amb ell. Però, al final, sempre es posava a riure i mai no sabia si parlava seriosament.

En aquell moment, el seu silenci em superava i em vaig girar cap a ell, mentre notava que m'envaïa l'enuig, i vaig dir:

—En John és a l'habitació de l'hotel, esperant-me.

En Shia es va quedar mirant la vorera bulliciosa de l'altra banda, el semàfor va canviar de color i vam començar a travessar.

—Mentider! —va xisclar una veu al mig del carrer.

Quan vaig mirar què passava, vaig veure un sense sostre allà dret, amb les mans enlaire i un líquid que li baixava per la barba. En Shia em va tocar el braç perquè continués caminant.

La frustració em bullia per dins.

—Si penses ignorar-me, fes el favor de deixar-me en pau.

En Shia va riure i va gemegar.

—No t'ignoro. Estic pensant abans de parlar. Hauries de provar-ho.

Vaig posar els ulls en blanc amb un gest molt exagerat.

—A més, vull veure en John. Puc venir amb tu? —va dir en Shia, que va esperar que assentís i després em va seguir fins a l'hotel.

Capítol 28

Beth

—Ha trucat la tieta Hannah —vaig dir a la mare, tan bon punt va travessar la porta.

La porta de fusta es va tancar pràcticament sense fer soroll. No era com la porta de caoba massissa de Texas contra la qual la Jo llançava estrelles ninja afilades. Aquella porta es tancava de cop cada vegada que el vent bufava i feia sacsejar tota la casa. La porta d'aquesta casa semblava feta de bedoll i podia sortir volant amb el vent en qualsevol moment.

La mare va deixar la bossa a terra i va anar cap a la nevera. Li vaig veure les arrugues de tensió al front, però es va mantenir impassible.

—Què ha dit?

La tieta havia trucat tres vegades fins que finalment vaig respondre, i semblava que estigués tapant l'auricular. Li hauria dit això, a la mare, si les ulleres que tenia sota els ulls no fossin del color dels meus texans.

—Que vol que li truquis, semblava estressada. —Vaig fer una pausa prou llarga perquè la mare fiqués el cap dins de la nevera per evitar-me—. Va tot bé?

La mare es va posar dreta i va tancar la nevera, amb un cartró d'ous a la mà.

—Sí, sí. Va tot bé. Has fet tots els deures? Vas endarrerida, encara?

Típic de la Meredith Spring, canviar de tema fins i tot amb més habilitat que l'Amy. Coneixia la mare molt més bé que les meves germanes, o sigui que sabia totes les seves estratègies. No en tenia gaires, però últimament les feia servir totes. Ara intentava distreure'm preguntant-me pels deures i fent-me parlar de les meves coses.

—Em vaig posar al dia després de les vacances de Nadal, te'n recordes? —Sabia perfectament que n'havia parlat amb ella a la sala d'estar.

—Ai, sí.

La mare va obrir l'armari i va agafar un bol per batre els ous. Últimament tampoc estava gaire d'humor per cuinar, però no l'hi volia retreure. A mi no em feia res cuinar tots els àpats, però vaig agrair poder fer festa aquell matí. Era gairebé migdia. La Jo era a dalt a l'habitació, escrivint, i la Meg era amb en John a la ciutat. L'Amy era a casa d'una nena del capdavall del carrer, o sigui que estàvem soles. El pare es mereixia que dediqués estones com aquella a la mare. D'aquí a dos dies faria tres setmanes que no trucava, i la mare tenia els ulls ben vermells aquell matí.

S'havia recollit els cabells rossos endarrere amb una pinça. Se li estaven aclarint de la part del davant, just on es feia una onda a sobre del front. La Meg sempre li demanava que es deixés fer un pentinat més modern, però fins ara la mare sempre s'hi havia negat.

—Fins quan tens de temps? Jo hauria de saber-ho. —Es va treure un somriure de la butxaca de la seva samarreta preferida. Dormia amb aquella samarreta, que tenia imprès el nom de l'antiga companyia del pare amb la imatge d'un tanc. Estava tan gastada, que la tela negra s'havia tornat grisa i el tanc ja s'estava pelant. Ara la imatge semblava una casa, o alguna cosa semblant, però no un tanc.

—Fins al maig, en teoria, però segurament ho acabaré abans.

La mare va obrir el cartró dels ous i els va examinar.

—El teu pare sempre em pregunta pel curs que ve. I m'han enviat un mail de l'escola... —La veu se li va apagar una mica.

El pare volia que anés a l'escola «normal», ho sabia, però no ho diria mai així, directament.

—Quina mena de mail?

Va agafar uns quants ous i va anar cap on havia deixat el bol sobre el marbre.

—És un formulari de preinscripció per a tu, l'Amy i la Jo. Estàs preparada per tornar a l'escola?

Va callar, i vaig suposar que s'ordenava els pensaments abans d'expressar-los en veu alta. Triava les coses més estranyes per tractar-me com una nena petita.

—El pare creu que hauria de tornar a anar a l'escola?

—No he pas dit això. He dit que aquests últims mesos m'ha demanat a veure si estaves preparada per tornar-hi.

—Però per què? Que hi ha algun problema amb el que faig? Vaig més avançada del previst, i només m'he endarrerit una vegada amb els deures, perquè eren vacances. La Jo va suspendre aquell examen de mates la setmana passada.

—No es tracta de les notes.

La mare va començar a trencar ous a la vora del bol. Els trencava amb tanta força que estava segura que uns quants trossets de closca havien anat a parar a dins del bol, però no vaig dir res. Normalment, si em passava a mi, els treia al final, mirant de caçar tots els petits fragments. La mare no en sabia gaire, de trencar ous, però almenys no era com la Jo, que no volia ni mirar-los. Es menjava un remenat de carn que no era carn de debò i creps gairebé cada matí per esmorzar. O algun bagel farcit de crema de formatge de tant en tant.

Vaig esperar que la mare m'expliqués per què estava fracassant com a adolescent.

—És que faràs desè. Ja sé que el primer any d'institut és dur, però ja has fet una pausa. No creus que és hora de tornar-ho a intentar? Ara que podries aparèixer a l'Anuari amb la Jo? Ets molt intel·ligent, Beth.

No era el primer cop que la mare treia el tema, però aquesta vegada era molt més directa que les anteriors.

—No ho entens. No es tracta de ser intel·ligent o no, Meredith —vaig dir, sense voler. La vaig deixar descollocada, es veia d'una hora lluny. Les meves germanes havien agafat el costum de dir-li pel nom, però a mi m'agradava dir-li mare. Algun cop li deia Meredith sense adonar-me'n, però intentava no fer-ho—. No es tracta de ser intel·ligent, es tracta que la major part de la jornada escolar no té res a veure amb l'escola real.

—Què vols dir?

Vaig sospirar. Em feia la sensació que això ja ho havia explicat un munt de vegades durant l'últim any.

—Et refereixes al *bullying*? Perquè...

—No es tracta del *bullying*, mare. Es tracta que ningú no entén que a mi no m'agrada estar amb gent tal com us agrada a la Meg, a la Jo, a l'Amy i a tu i al pare. No puc aprendre res en una aula plena de gent. Em sap greu si això no és normal...

—Beth... —La mare va fer una pausa. El seu to de veu era indesxifrable i tenia els ulls plens de culpa. Jo no volia que se sentís culpable, només volia que veiés que això no tenia res a veure amb ella—. No estic pas dient que hagis de tornar a l'escola. Només he tret el tema perquè m'han enviat aquell mail. Tu saps el que més et convé, oi? Confio en tu i estic convençuda que saps el que és millor per a tu, i si et vols escolaritzar a casa fins que vagis a la universitat, doncs cap problema.

Sabia que tenia molta sort de tenir l'opció de poder-me quedar a casa. La majoria de pares haurien actuat al revés que els meus i m'haurien obligat a «superar la meva ansietat», cosa que els meus pares van intentar fins que ja no ho vaig poder suportar més i vaig començar a fer campana.

—Gràcies —vaig sospirar, repenjant-me al marbre de la cuina.

Per ganes, li hauria plantejat que els estudis universitaris també els faria a casa, però en aquell moment volia posar fi a la conversa.

La mare va continuar preparant l'esmorzar fins que la Jo va baixar amb els braços plens de diaris i va dir que en Laurie vindria a casa més tard. Últimament passava molt de temps amb la Jo, i a mi em semblava que això era bo. La Jo no era com la Meg o l'Amy, que de seguida feien amics. Tampoc no era tan fatal com jo, però Déu n'hi do.

—Què és tot això? —va preguntar la mare quan la va veure tan carregada.

—Estic buscant una cosa —va dir la Jo, com si això expliqués què estava fent. L'olór de béicon va inundar la cuina fins que vaig afegir cebes al famós esmorzar camperol de la mare. Era una barreja de patates, oli, mantega, sal i pebre, béicon, salsitxes, ous i formatge. La Jo tenia la seva pròpia paella sense carn, i jo vaig tastar les dues versions.

Després de devorar l'esmorzar, la Jo va dir:

—Era boníssim. Gràcies, noies —i va continuar amb el seu plec de diaris mentre jo començava a rentar els plats.

El telèfon va sonar de nou i vaig prémer el botó per silenciar-lo. Al cap d'uns segons algú va trucar a la porta. La Jo va deixar el diari que tenia al davant, i la mare va dubtar uns instants abans de demanar-me que anés a obrir.

Esperava que no fos la tieta Hannah, però quan vaig veure els dos oficials esperant-se darrere de la porta, vaig retirar immediatament el meu desig.

Capítol 29

Meg

Vaig trucar a en John dues vegades abans que en Shia i jo arribéssim al Ritz. No va contestar, i no podia pas presentar-me a l'habitació amb en Shia i despertar-lo. Per tant, mentre esperàvem que en John donés senyals de vida, en Shia i jo vam anar al saló Club Room de l'hotel, i al final vaig acabar tornant a menjar. El saló en realitat estava format per tres sales, en una de les quals hi havia un sumptuós bufet exposat en una gran taula allargada. Embotits, formatges, petits sandvitxos fets de formatges que jo mai havia tastat. I també hi havia broquetes de fruita tallada de diferents formes i raïm.

Les altres dues sales eren per seure. No podria dir quants sofàs i butaques omplien tot l'espai. En aquelles sales, el temps s'havia quedat aturat. No sabia exactament a quin any se suposava que corresponia la decoració, però sens dubte era d'una època en què hi havia molta tendència als estampats florals. En Shia i jo vam seure en una bonica taula per a quatre persones situada en un racó, al costat d'un televisor de pantalla plana que devia ser almenys de cinquanta polzades.

En Shia es va posar una galeta salada al plat i hi va afegir una mica d'hummus a sobre. No coneixia ningú més a qui li agradés l'hummus. Vaig somriure recordant que una vegada l'Amy ho havia anomenat «menjar de gent rica», i la Jo li va dir que callés i que busqués informació al Google per un cop a la vida.

—Quants dies t'estaràs en aquest hotel? Està molt bé, oi? —En Shia es va posar la galeta sencera a la boca. Va mastegar en silenci; al capdavall, l'educació per saber-se comportar a la taula era ben útil. Jo vaig fer un curs d'etiqueta quan tenia dotze anys, però a en Shia li havien ensenyat a ser un cavaller des que va néixer.

—Una nit més —vaig contestar, amb la gola encesa. Vaig agafar el got d'aigua i després de beure'n un glop vaig acabar de respondre—. I sí, està molt bé. Fixa't en aquest saló. —Vaig passejar la mirada per l'estança i en Shia va fer el mateix.

—T'encanten les coses brillants.

Li vaig clavar la mirada.

—Què se suposa que vol dir això? —L'enuig pràcticament no se'm notava rere el somriure que tenia dibuixat als llavis.

Va arronsar les espatlles.

Vaig donar una ullada al meu voltant i em vaig fixar en el cambrer que arreglava la taula que acabava de netejar posant-hi unes estovalles blanques netes i ben planxades.

—Només era un dir. No t'agraden? —em va desafiar en Shia. Vaig veure que els ulls se li desviaven cap al sucre fi que tenia escampat a la part del davant del vestit.

—No tothom vol malgastar els seus estalvis i negar-se a anar a la universitat. —En Shia va obrir molt els ulls i va clavar un cop de genoll a la taula abans que jo fos conscient que realment acabava de dir allò.

Ens estàvem discutint?

Acabava de començar una baralla, ho sabia, però a vegades aquesta era l'única manera que teníem de comunicar-nos. El que acabava de dir era molt personal i molt més dur que les nostres burles habituals. Normalment, les burles no implicaven cap baralla; més aviat el que fèiem era dir-nos estupideses, però sense gens de malícia, malgrat el munt de vegades que havia dit a les meves germanes que odiava molt en Shia.

—Malgastar? Realment no tens ni idea del que estàs dient. Però és igual, queda't en el teu pedestal, Meg. Aquest matí he rebut una trucada de la meva amiga de Cambodja i m'ha dit que en un mes ha tret dues nenes d'una casa de putes amb els diners que vam recaptar per a ella. Una de les nenes té dotze anys, com l'Amy, i feia tres anys que era esclava sexual.

Se'm va regirar l'estómac.

Ell va continuar:

—I tu què has fet? A part de pintar la cara de la meva mare i de treure els seus gossos a passejar?

Em vaig quedar allà asseguda assimilant cadascuna de les paraules que acabava de dir, i em vaig remoure a la cadira fins que va sonar el telèfon, que havia deixat a sobre la taula.

Vaig fer un esforç per recuperar la veu.

—He de contestar —vaig dir, mossegant-me la llengua.

Vaig veure el nom d'en John a la pantalla i vaig lliscar per contestar. Em va dir que s'acabava de llevar, i quan li vaig comentar que hi havia en Shia, en John em va dir que se n'anava una estona al gimnàs, després es dutxaria i tot seguit es reuniria amb nosaltres.

Quan vaig penjar, en Shia va riure, però sense sarcasme.

—A fer gimnàs? Ostres, no para.

—És el que està acostumat a fer. —Em pensava que com a mínim em demanaria que pugés a l'habitació mentre es dutxava, o que l'acompanyés al gimnàs.

—Ja.

En Shia va alçar la vista cap al televisor i va brandar el cap.

—El nostre país està...

—No comencis a parlar de política. Necessito un altre cafè —vaig grunyir. Era com la Jo si el deixaves fer, no callaven. En general els admirava per aquesta capacitat que tenien, encara que jo no estigués tan al dia com ells, però avui no estava d'humor. Vaig pensar en la nena de dotze anys de Cambodja. I vaig intentar recordar si l'article de la Jo parlava d'aquell mateix lloc...

—Molt bé. Com et va la vida? Ja t'has inscrit a aquell curs de maquillatge?

Instantàniament em van venir ganes de prémer el botó de rebobinar. Vaig negar amb el cap i vaig beure un glop d'aigua.

—No. Encara no.

—Per què? Comença... al maig, no?

El fet que ho recordés em va deixar al·lucinada.

Per descomptat que se'n recorda, va replicar la part honesta del meu cervell.

—Sí. Estic segura que ara ja està ple. De totes maneres, aquest estiu estaré prou enfeinada.

No sabia per què no m'havia inscrit a aquell curs. Vaig conèixer un expert quan va venir a Sephora per al llançament d'una nova marca. Em va parlar d'un curs on ell assistiria a Los Angeles, a l'estiu. La professora era una artista que maquillava famosos i suposadament era una experta en les tècniques més noves. Tècnicament jo no tenia cap formació com a professional i aquell curs m'oferiria una mica més de credibilitat, però era a l'altra banda del país, i molt car.

—Això són motius o excuses? —Aquesta era una de les preguntes preferides d'en Shia sobre qualsevol tema, des de la raó per la qual no li tornava les trucades fins a les decisions importants de la vida.

—Les dues coses.

—Què passa, Meg?

Em vaig remoure a la cadira i vaig mirar al meu voltant. Hi havia menys gent que quan havíem arribat. Només quedaven quatre o cinc persones, una de les quals era un home gran que s'havia quedat adormit a la butaca en una posició bastant rígida, amb les ulleres col·locades a la punta del nas.

—Què vols dir? Només és un curs de maquillatge. —Vaig arronsar les espatlles i em vaig acabar l'últim glop d'aigua que em quedava.

En Shia havia parat de menjar, i una cambrera va venir a retirar-nos els plats. Jo encara tenia el crostini al plat, però en Shia es va fer retirar el seu. També va donar propina a la noia, i em vaig preguntar a quantes persones hauria d'haver donat propina jo, des que havíem arribat, i encara no ho havia fet. Al grum? Al porter? Al conserge quan havia dut l'uniforme d'en John net i planxat aquell matí?

—Estic parlant de la vida. No t'has inscrit al curs del qual vas estar parlant durant setmanes. I a sobre treballes per a la meva mare, precisament? —En Shia va arrossegar les paraules, com si realment necessités que escoltés bé el que deia.

—Em paga bé. Més que a l'altra feina que tenia.

Ell tenia una relació diferent que jo amb la senyora King, i per molt que aquella dona m'intimidés, esperava ser com ella algun dia. La senyora King era tot el que jo volia ser.

—I què fas per ella? Què en trauràs d'això, a la llarga?

No vaig respondre, o sigui que ell va continuar. Va abaixar el to de veu, de manera que no va acabar cridant, cosa que no hauria costat gaire.

—La meva mare diu que et vols casar amb en John. És veritat?

—T'ha dit això? —La cremor del coll se'm va escampar fins a les orelles i les galtes.

—No exactament. Però m'ho va insinuar. Parlava d'organitzar-te una gran festa de prometatge.

Va fer una pausa, i no creia pas que hagués acabat, però el vaig interrompre:

—Com la teva festa de prometatge?

Va sospirar i va alçar la vora de la samarreta per eixugar-se la cara. Se li va veure una franja de pell i jo vaig abaixar la vista al plat. Tenia ganes de mirar-lo, però no volia donar-li aquella satisfacció.

—Més o menys com la meva. Però més romàntica, més real, em sembla.

—Mmm. —Em vaig reclinar al respatller encoixinat de la cadira. No sabia com seria de romàntica la meva festa de prometatge, ni per què en Shia insinuava que la seva no havia sigut real, però no volia seguir-li el joc. Una altra cambrera va venir amb un gerro d'aigua i em va tornar a omplir el got.

Em vaig passejar un glaçó per la boca i em vaig inclinar de nou cap endavant.

—O sigui que ja està? Simplement farem veure que no tenim res per parlar?

—Et refereixes al meu prometatge?

Va negar amb el cap.

—No. Em refereixo a *tu*. Què passa amb les teves promeses de fotre el camp d'aquí?

—Encara tinc pensat anar-me'n.

Es va humitejar els llavis.

—Quan?

—Aviat. No ho sé. El meu pare és fora, i la Jo encara no s'ha graduat. No puc deixar-los ara. De moment treballo i estalvio diners.

L'home que s'havia adormit a la butaca ara s'havia aixecat i remenava un cistell de bosses de patates que hi havia al taulell de sota el televisor, molt a prop nostre.

—Aviat, eh? —va dir en Shia.

Estava tan enrabiada que em feia la sensació que la ràbia que sentia deixaria un rastre de taques vermelles a la tapisseria de la cadira.

—Quin problema tens, noi? Per què em parles d'aquesta manera, retraient-m'ho tot?

—No et retrec res. Només em pregunto per què has canviat completament de plans; i ara què? Esperes a veure a quina base destinaran en John?

La seva resposta em va recordar el discurs que em va fer abans que suposadament m'hagués de reunir amb ell la tardor anterior. Havia passat tot l'hivern i ara ja érem gairebé a la primavera.

—Parlo seriosament, Meg. Tens dinou anys. Tens molt de temps de fer altres coses abans de convertir-te en...

—Calla. —Vaig alçar una mà—. No intentis donar-me lliçons. Estàs promès, Shia.

—Per què no pares de repetir-ho? Que potser té res a veure amb tu, Meg? Em pensava que era un neuròtic i que tot eren imaginacions meves. Però veig que és veritat, per què no pares de parlar del meu prometatge?

Aquí m'havia enxampat. No volia parlar del dia que vam fer volar pels aires les restes de la relació que havíem tingut, i ara teníem aquesta mena de conversa falsa i incòmoda que em feia esgarrifar. No volia que les coses estiguessin tan embolicades entre nosaltres. Normalment, discutir amb en Shia em feia esclafir de riure i afilar la llengua, però ara, asseguda en aquell elegant saló del Club Room del luxós Ritz-Carlton en el famós Barri Francès de Nova Orleans, em sentia com si avancés feixugament per una enorme tina de xarop d'erable.

—No cal que callis, ara —va dir, després de quedar-nos mirant durant un minut.

L'home es va allunyar amb tres bosses de patates fregides amb sal i pebre i una ampolla de Coca-Cola sota el braç.

Vaig dir una petita veritat.

—Jo no he dit mai que fossis neuròtic.

Va riure sense fer soroll.

—Sí, i tant que sí. Li vas explicar a en Reeder una història falsa sobre nosaltres dos. Que potser has intentat convence't que era veritat? —va preguntar, sense que fos una pregunta.

—Doncs què havia de fer? No volia cap drama dins del nostre grup. I tu tampoc l'hauries de voler. O sigui que vaig dir el que havia de dir per aclarir-me.

—Sempre es tracta de tu, oi? I a més, quin és el «nostre grup»? A mi ningú no em diu res quan me'n vaig. I a en John tampoc, excepte jo, i no gaire sovint. No hi ha d'haver cap drama. Jo no sóc en River.

El pols se'm va disparar fins al sostre del Club Room.

En Shia va continuar:

—No m'hauria pas enfadat pel fet que no volguessis marxar amb mi. És la teva vida i pots fer el que vulguis. Però hauria estat bé que m'haguessis dit que no vindries a l'aeroport. Ho hauria entès si simplement m'ho haguessis dit. Si haguessis sigut sincera. —Va ajuntar les mans i les va moure lentament.

—És que em pensava que era sincera. Em pensava

que per una vegada podria ser com la Jo i enfilar-me en un avió i marxar sense fer plans.

Va parlar amb veu monòtona.

—Teníem un pla. Exactament era un viatge planificat amb el finançament del meu pare.

—Ja saps què vull dir. —Els seus comentaris sarcàstics no ens durien enlloc—. Em sap greu no haver-te dit res —vaig recordar com el vaig deixar de penjat— fins que vas aterrar.

—No estic...

—Vaja, vaja, vaja, mira qui hi tenim, aquí! —va exclamar de sobte en John al nostre costat, donant copets a l'esquena d'en Shia.

I tot seguit va resultar que eren amics i s'abraçaven i feien uns somriures massa grans per ser tan falsos com jo sabia que eren.

Capítol 30

Jo

Quan la Beth va tornar a la cuina, li havia desaparegut el color de la cara. Darrere seu hi havia dos homes amb l'uniforme de l'exèrcit.

La Meredith va caure de genolls abans que ells diguessin res.

La Beth va córrer a agafar-la.

Jo em vaig notar com si tingués els mitjons clavats a terra. No em podia moure mentre el caos envaïa l'estança.

La mare va començar a cridar, però les veus dels dos homes es van fer sentir:

—Meredith, Meredith! Només està ferit! He vingut perquè en Frank és amic meu. Perdona'm si t'hem espantat! —va cridar el més alt.

El suposat amic del pare feia cara de voler fotre el camp d'allà immediatament. Tenia les galtes vermelles. Els diaris del taulell s'havien escampat per terra.

—On és? On és el meu marit? —va preguntar la Meredith.

L'altre home va avançar un pas, i amb la bota va tapar una foto de la cerimònia de benvinguda de l'escamot Scout que havia arribat a casa la setmana anterior.

—A Alemanya. És en un hospital per recuperar forces abans de tornar a casa.

—A Alemanya? —va preguntar la Beth.

Li vaig explicar que la majoria de soldats ferits anaven a parar a Alemanya abans de tornar als Estats Units.

La Beth va tapar les espatlles de la mare amb el primer que va trobar, i em va fer la sensació que estàvem protagonitzant un episodi de *True Life* o alguna cosa així. Semblava que res de tot allò ens estigués passant realment. Era com un article d'internet. Una vegada vaig llegir que si miraves molts documentals i vídeos a Facebook, et tornaves insensible a la violència que tens davant teu a la vida real perquè el cervell i la memòria no tenen la capacitat de diferenciar-ho del que has vist virtualment.

Tot va ser bastant agitat fins que la mare es va calmar una mica. La Beth la va fer seure a la butaca del pare i li va preparar una tassa d'alguna cosa que feia una olor més forta que el cafè.

La Beth va trucar a la tieta Hannah i als nostres avis.

Vint minuts abans, jo mirava diaris vells a la meva habitació del pis de dalt. Escoltava música i buscava entre les pàgines les notícies sobre la cerimònia de benvinguda. Encara no sabia exactament què en faria, però sabia que en Laurie tenia un pla quan em va donar una llista amb els noms que havia de buscar. I, de cop i volta, tot allò em va semblar molt poc important mentre veia les espatlles tremoloses de la mare sota la manta que li havia posat la Beth.

La tieta Hannah va arribar al cap de mitja hora, i l'Amy va arribar de casa de la seva amiga i no va parar de preguntar a la Meredith què estava passant fins que la va escridassar. La Beth mirava fixament la paret, i jo, el meu ordinador. La tieta Hannah es va quedar asseguda al sofà, amb la mirada perduda a la pantalla del televisor. L'embull de cables que penjava de la paret i que s'enroscava al voltant del cable d'extensió anunciava a crits un *incendi a casa*, però hi havia moltes coses per connectar.

—Heu parlat amb la Meg, ja? —va preguntar la Meredith, quan la tieta Hannah li va portar una altra beguda. Ni tan sols em vaig parar a pensar què era aquella beguda, no tenia cap dret a qüestionar-la en aquell moment. Fins i tot jo m'hauria pres una copa, i això que no suportava el gust de l'alcohol.

L'únic que sabíem era que el tanc del pare havia passat per sobre d'un explosiu improvisat col·locat a la vora de la carretera i s'havia incendiat. De quatre homes, el pare era un dels dos supervivents. Un dels morts havia tingut un fill a la meitat del servei a l'estranger. No era just, però no podia pronunciar la paraula *just* perquè el meu pare estava viu. Els dos homes que van venir a donar la notícia li van dir a la mare que podia anar a Alemanya i estar-se amb el pare fins que es curés, i ella els va respondre que havia de mirar si podia fer-ho.

La Beth i jo érem a la cuina amb la tieta Hannah estudiant les opcions que teníem si la Meredith decidia anar-se'n.

—Jo puc acompanyar l'Amy on sigui i després anar a treballar —em vaig oferir—. Només he d'anar a demanar la llicència. Hi puc anar dilluns.

La tieta Hannah va treure el cap a la sala d'estar i va tornar amb nosaltres al costat del forn, que va aprofitar per apagar. Estava engegat de quan la Beth i la mare preparaven l'esmorzar, i semblava que feia segles.

—Jo em puc quedar la majoria de les nits, però treballo cinc dies a la setmana —va dir la tieta Hannah. La Beth va assentir i es va apartar un floc de cabells castanys del front—. Us ajudaré tant com pugui.

—L'Amy és l'única que no es pot espavilar sola —vaig dir, just en el moment que l'Amy entrava a la cuina.

—Em sé espavilar la mar de bé, Jo. —Ho va dir amb severitat, però no en vaig fer cas. Havia sigut un dia llarg per a totes, i encara no sabíem res de la Meg. Vaig pensar en la possibilitat de trucar a en Shia o d'enviar un mail a en John, però no sabia si això encara ho embolicaria més.

—És igual... —La Beth va obrir la nevera i va servir un got de llet a l'Amy. Va agafar un paquet d'Oreo i el va fer lliscar per sobre la taula. Per un cop a la vida, l'Amy va negar amb el cap davant d'un paquet de galetes.

—Per tant, Jo, hauràs de fer l'examen aquesta setmana. Quants torns has de fer a la feina? —va preguntar la Beth.

No en tenia ni idea, i els vaig dir a les meves germanes i a la tieta que els ho diria quan ho sabés. Vaig repenjar els colzes sobre el marbre fred i vaig notar que l'estança canviava i que les nostres vides es transformaven a cada segon que passava.

Capítol 31

Meg

En John va seure al meu costat, amb una Coca-Cola a la mà i un plat d'amanida amb salsitxes petites i una salsa d'un color fosc.

—Què heu fet vosaltres dos tot el dia? —ens va preguntar a en Shia i a mi, mentre sucava un tros de pa a l'amanida.

En Shia em va mirar un moment, com si esperés que jo respongués primer. Però jo també volia que parlés ell abans.

—He sortit a passejar pel Barri. No podia dormir —vaig dir.

Em vaig enroscar els cabells al voltant de la mà i em vaig quedar mirant el meu got. L'aigua freda havia format tot de petites perles d'humitat al voltant del vidre, hi vaig passar el dit i vaig dibuixar-hi petites línies amb l'ungla. Fins i tot els gots d'aigua del Ritz eren especials; eren gots de vidre tallats amb unes mostres úniques.

Vaig repassar ràpidament el que havia fet durant el matí i vaig acabar dient:

—I he comprat això. —Vaig alçar la bossa de pralinés que tenia a terra—. Són boníssims. N'he comprat uns quants. —Vaig somriure mentre en John continuava menjant. Vaig tornar a deixar la bossa a terra, al costat dels meus peus.

En John es va mig tapar la boca i va dir:

—Ah, són aquelles coses amb fruits secs! La botiga està molt bé, és mexicana o alguna cosa així, oi?

En Shia va tossir. O es va ennuegar. No n'estava segura.

No tenia ni idea de com havia arribat a aquesta conclusió, en John, però tothom sabia que el Barri Francès no tenia cap mena de vincle històric amb Mèxic. Amb Espanya sí, però amb Mèxic no. Tanmateix, jo no sabria assenyalar on era Espanya en un mapa. Això sí, sabia que era a Europa.

—Són criolls. En vols un? —vaig preguntar a en Shia sense mirar-lo, tot i que notava la seva mirada encesa sobre la meva cara. Em va donar les gràcies i em va demanar un praliné de xocolata, cosa que sabia que feia per provocar-me.

—Què passa? —va preguntar amb un somriure sorneguer, perquè sabia que no podia dir res davant d'en John.

Em semblava una coincidència massa a l'estil de Nicholas Sparks, que ens haguéssim trobat a la mateixa botiga de pralinés on ens vam conèixer. Si hagués sigut tan desesperadament romàntica com sempre deia la Jo, hauria cregut que aquella trobada a l'Aunt Sally era una mena de senyal màgic del destí que significava que estàvem predestinats a fugir junts al capvespre.

Però no era tan pàmfila. Només la meitat del que afirmava la Jo, com a màxim.

En John va brandar el cap quan vaig donar el praliné embolicat a en Shia, mentre mastegava el menjar sense tancar del tot la boca.

—Vosaltres dos sou uns aficionats a les coses dolces. Ecs.

—Mmm —em va sortir a mi.

Em va semblar que en Shia volia dir alguna cosa, s'ho va pensar, amb els ulls clavats al sostre, però finalment no va dir res. Es va reclinar a la cadira.

Van passar uns segons i va preguntar, despreocupadament:

—Així, quins plans tens avui? Què se sent quan tornes al món real?

En John es va passar una mà per la barbeta i va riure.

—És molt estrany, la veritat. Sobretot perquè he de portar roba de carrer —va assenyalar el polo que duia—, tot el dia. No ho sé. La Meg ha planificat el dia, oi que sí, Meg? —En John em va mirar.

Que què?

Jo em pensava que era ell el que havia fet els plans per a tot el cap de setmana. De fet, recordava específicament la veu endormiscada d'en John Brooke xiuxiuejant al telèfon: «No pateixis per res, nena. És el meu regal. Tu només hauràs de pujar al cotxe. No has de fer res més».

—Oi que sí? —va repetir, i mentre l'observava mossegant un tros de pa amb salsitxes i amanida a sobre, una mica de la llum que irradiava va desaparèixer enmig de l'aire carregat, deixant-lo una mica menys brillant del que jo el recordava.

—De fet, no he planificat res —vaig contestar, vacillant, i no hauria sabut dir per què aquella situació era tan incòmoda—. Però segur que hi ha un munt de coses que podem trobar a última hora. Encara que sigui anar a passejar. Alguna cosa se'ns acudirà. També podríem fer un *ghost tour* com el que vam fer amb en Reeder i els altres. Te'n recordes? —Vaig mirar en John, i en Shia em va mirar a mi, i llavors vaig mirar la taula—. Estem ben bé al centre del Barri Francès, hi ha moltes coses per fer.

—I tant. Per mi genial, nena. —En John va alçar el maluc per treure's el mòbil de la butxaca del darrere—. Qualsevol cosa que tu diguis em sembla genial.

Vaig assentir, somrient. Ell també va somriure, però molt poc, i llavors va mirar el mòbil que tenia a la mà. Era un iPhone nou i feia unes fotos com si fos una càmera professional. Era com un petit ordinador de mà. Jo feia temps que en volia un, però eren caríssims, i l'Amy gastava tantes dades que feia pujar molt les factures i la Meredith cada mes l'amenaçava de prendre-li el mòbil. No podia pas afegir-hi una despesa més, jo, i després haver de sentir les queixes de les meves germanes petites. L'Amy no entenia que en realitat treballava per poder-m'ho pagar gairebé tot excepte les despeses bàsiques.

—Perfecte —vaig respondre, amb desgana. No entenia per què el fet de seure a la mateixa taula amb en Shia i en John em feia sentir molt pitjor que no pas quan tenia disset anys i em vaig anar a treure els queixals del seny.

—Mmm —va fer en Shia, amb un so gutural suau que va trencar el silenci momentàniament.

Em vaig preguntar què devia estar pensant, però no volia preguntar-l'hi. Aquella situació era superincòmoda.

Em preocupava quedar com una idiota no només davant d'en Shia King, sinó també davant d'en John Brooke. Devia semblar que no m'importava gens aquell retrobament. Si hagués sabut que havia de planificar una escapada romàntica, hauria encarregat un massatge en parella a l'spa del Ritz. Hauria demanat un esmorzar servit al llit amb maduixes i xampany. En John ja tenia vint-i-un anys, ens l'haurien servit. Hauria planificat un cap de setmana perfecte en parella, tal com havia ajudat a la senyora King a organitzar el seu viatge a Atlanta amb el senyor King. Es van fer uns massatges per quatre-cents dòlars al millor spa de Buckhead, i a la senyora King li van fer un píling corporal amb sucre. Quan ho vaig reservar, hi vaig afegir una hora de regal en parella. Però aquest cop ni tan sols havia tingut l'oportunitat de ser tan meticulosa perquè em pensava que en John s'encarregava de tot.

Feia molt de temps que esperava amb il·lusió aquest cap de setmana, però tot plegat era improvisat i fet a última hora. El que en un principi semblava tan planejat i ben organitzat, ara no era res més que la reserva d'una habitació per dormir. El temps compartit amb en John era molt important per a mi, i volia que ell ho sabés. No es tractava d'això, quan sorties amb algú? Demostrar que podies ser una bona parella? Si més no, aquest era el meu propòsit. I no estava segura que en John en tingués cap.

Si he de dir la veritat, també volia que en Shia s'adonés de la meva devoció per en John. Volia que ho veiés ben clar, de la mateixa manera que jo vaig veure la maragda brillant en el dit delicat de la Bell Gardiner. M'hauria anat bé una petita venjança; la dolça sensació de tenir el control de la situació és el millor de tot. Ni un orgasme, ni un tall de pastís de xocolata acabat de fer, ni la pell fina que em va quedar després de fer servir la crema bàsica de la cara per primera vegada, res no es podia comparar amb la sensació de tenir-ho tot controlat. Amb en River, mai no vaig tenir el control de la nostra dinàmica. Des del primer petó ràpid (un dia que jugàvem a Set Minuts al Cel malgrat que jo no hi volia participar) fins a la primera vegada que vam fer sexe (amb poca traça al seient del darrere del seu cotxe), ell sempre tenia el control de tot, i quan era amb ell sempre em feia la sensació que alguna cosa em pesava sobre el cap. No sé si era la pressió per estar sempre a l'altura d'ell i de la seva colla d'amics, però sempre em notava una cosa sobre el cap, una cosa que m'impulsava a ser la noia descarada, la noia que s'aixecaria la brusa en alguna celebració o que faria una mamada a en River a l'habitació d'un dels seus amics durant una festa.

En River no parava de dir-me que era preciosa fins que em va prendre la virginitat al seient del darrere del seu Lumina del 1991 i em va demanar fotos dels meus pits. Després em vaig convertir en un objecte, i els comentaris sobre els meus ulls bonics van canviar pels comentaris sobre els meus pits grossos i el meu cul, i mai més no vaig sentir la paraula *bonica*. La veritat és que en aquell moment no me'n vaig adonar, perquè em fascinava el poder sexual que exercia sobre ell. Era aquesta sensació el que m'encantava.

A en River no li importava gaire jo, en realitat. Li importava molt més ser el noi guai amb les fotos de la Meg Spring despullada. Fins i tot corria el rumor que en venia còpies a altres nois a deu dòlars. A les noies els les regalava, perquè em rebutgessin, perquè m'insultessin i critiquessin el meu cos, des dels «mugrons *pepperoni*» fins a les estries que tenia a les cuixes. Les noies de la meva antiga escola eren encara pitjors que els nois. Si més no, els comentaris dels nois no eren negatius.

En River era descuidat i desconsiderat, i se suposava que en John era el contrari d'això. Jo tenia el control, tenia les millors cartes, i si aconseguia deixar-li clar a en Shia que era molt feliç amb en John Brooke, potser llavors jo acceptaria més bé el compromís d'en Shia i la Bell. Aquesta era la meva lògica il·lògica als dinou anys.

Després d'haver acabat l'institut, tenia la impressió que cada setmana que passava em coneixia una mica millor. Cada dia descobria coses noves de mi mateixa. Nous menjars, diferents maneres de veure la vida. La Jo sempre em deia que jo duia el poder massa lluny, i que el poder també pot ser silenciós i discret, però a mi m'agradava cridar. Ja havia callat tota la vida, i després d'haver estat tan turmentada per estar en silenci, no pensava callar. La Jo també deia que, amb la meva seguretat, podria ser presidenta d'una gran empresa a Chicago o a Nova York, però jo no volia alimentar el públic amb les meves paraules ni arribar a ser famosa com ella. Jo volia sentir veus de nens jugant i rient, i volia un jardí.

Jo no tenia els somnis novaiorquesos de la Jo, però els meus semblaven més divertits. La Jo volia ser un peix petit enmig de l'oceà, i jo volia ser un peix exòtic i preciós en una peixera ben neta i bonica. A ella no li importava tant com a mi el fet de ser admirada. No tothom podia ser com la Jo, o com en Shia, i jo no volia ser com ells.

En el moment en què vaig pensar en en Shia, ell estava demanant a una dona que passava per allà quina hora era. Sabia que hi devia haver algun rellotge de paret a prop i, a més, ell duia el mòbil a la butxaca, però vaig suposar que intentava rebaixar una mica la tensió parlant amb algú altre, fos qui fos. Em vaig preguntar qui de nosaltres marxaria abans. Vaig començar a pensar que era una paranoia meva aquella incomoditat que m'aclaparava, perquè cap dels dos feia ni un moviment per anar-se'n ni per iniciar una conversa. En John continuava menjant, i en Shia jugava amb un braçalet de fil que duia al canell.

Jo, en canvi, em sentia més incòmoda a cada segon que passava. Era estrany que no parlessin, si se suposava que eren «amics». Tot plegat em rosegava per dins, fins que vaig començar a pensar que potser estaven conspirant contra mi. Què faria la Jo en una situació com aquesta? Segur que tindria una teoria per explicar l'estrany comportament dels dos nois. En John no actuava pas com si ens acabéssim de retrobar la nit anterior.

Al capdavall, jo només volia passar tot el temps possible amb en John. Últimament, com més hi pensava més m'adonava que malgrat que «sortíem» junts, no havíem compartit gaire temps. Tenia raó la Jo, quan deia que no teníem una base sòlida?

Però què en sabia, la Jo, de les relacions?, pensava jo. Bé... ara per ara, la Jo havia passat més temps amb en Laurie que no pas jo amb en John, i això que només eren amics des de Nadal.

Ostres, és que últimament havia passat més temps amb la senyora King que amb ningú més, a part de la meva família. No tenia gaire vida social, entre la feina i acompanyar les meves germanes amunt i avall. En Shia era amic meu, almenys ho era quan vam arribar a Fort Cyprus. Pensant-hi bé, no recordava quan ens havíem convertit en més que amics, o en menys, però sabia que si en Shia m'estimés, m'ho hauria dit. Però mai no m'havia dit que m'estimava, no de la manera que m'ho deia en John. Sí, d'acord, em va demanar que fugís amb ell, però feia servir la paraula «amics» més vegades de les que podria comptar. Érem amics per fer-nos petons, això és el que érem.

La Meg Spring era per petonejar; la Bell Gardiner era per casar-se.

Em feia venir nàusees només de pensar-hi.

Amb totes les xafarderies que corrien pertot arreu, com podia ser que no m'hagués assabentat de la relació d'en Shia amb la Bell? Em passava com a mínim quinze hores a la setmana a casa seva, i no tenia ni idea que sortia amb ella. No sabia res de la seva precipitada relació. Vaig mirar en Shia i vaig recordar els misteriosos mails d'en «John» que en realitat no eren d'en John.

Sincerament, no creia que en Shia hagués fet una cosa

així. M'hauria enviat un missatge de text o s'hauria presentat a casa per dir-me que tallés amb en John, si hagués tingut algun problema amb la nostra relació. No se m'acudia ni un sol motiu pel qual li pogués importar, però jo encara em curava de la ferida del seu prometatge amb la Bell Gardiner, de manera que ja m'agradava que el preocupés una mica. Però en Shia no era així; encara que li hagués importat, no hauria perdut el temps enviant un mail fals fent-se passar per en John per fer-me mal expressament.

Qui tenia temps per fer una cosa així? Ningú. Ningú que estigués satisfet amb la seva pròpia vida.

En Shia estava assegut davant nostre amb la mirada mig avorrida i clavada a la pantalla del televisor. Estaven fent un partit de bàsquet, i conscient que a en Shia no li interessaven gens els esports, sabia que el que feia era evitar una conversa, o potser simplement no tenia res a dir. En una prestatgeria que hi havia al darrere d'en John hi vaig veure una col·lecció d'enciclopèdies, de manera que em vaig enretirar una mica i vaig donar-hi una ullada. Semblaven molt antigues. Devia haver-hi un munt d'enciclopèdies i de diccionaris que havien perdut tot el valor, des que internet es va apoderar del món.

Examinar les enciclopèdies només em va ocupar un parell de minuts, i el silenci s'allargava. En Shia va repenjar un colze a la taula i va fer una ullada a la sala. En John encara mirava el mòbil que tenia col·locat a la falda, i el meu got d'aigua ja tornava a estar buit.

Què coi podia ser tan interessant? Més interessant que jo?

En Shia es va aixecar lentament de la cadira. Es va estirar la camisa per les vores.

—Vols més aigua, Meg? —Em mirava directament als ulls, i sabia que em volia dir alguna cosa, però no sabia què.

Vaig negar amb el cap, malgrat que sí que en volia. El coll encara em cremava una mica. Ara me'l notava tens, com si m'estiguessin estirant per dalt, i quan em deixessin faria un soroll que semblaria un xiscle en comparació amb el silenci que hi havia entre nosaltres. En Shia va agafar el meu got, i em va fer la sensació que en John estava en el seu propi món, sense adonar-se de res.

I realment no se n'adonava. La tensió i la incomoditat d'aquella situació bullia entre en Shia i jo. I allà estava en John, tan distret amb el telèfon que ni tan sols veia que hi havia el foc encès.

Era conscient que estava sent una mica injusta, perquè en John segurament tenia molts amics i familiars amb qui volia parlar, ara que s'havia graduat a West Point, però jo volia una mica més d'atenció, i no veure aquell estúpid aparell entre les seves mans. En John va continuar sense dir res abans que en Shia tornés amb un got i una ampolla d'aigua. De fet, no crec ni que s'hagués adonat que tenia el got buit, i per descomptat no se li hauria acudit anar a buscar aigua encara que jo hagués dit que no en volia. Però havia de fer-ho? En John Brooke havia de jugar a aquests jocs que aparentment jo era incapaç d'obviar?

—Bé, jo me'n vaig. He de passar pel despatx del pare, anar a recollir la Bell a Spirits i després he d'anar a casa. M'ha agradat veure't, nano —va dir en Shia.

En John va allargar la mà i es va aixecar per fer una abraçada a en Shia. En Shia era més alt que en John, que feia un metre setanta-dos i era bastant fornit. En Shia semblava molt més adult ara que l'última vegada que l'havia vist. Em va venir al cap una sèrie d'imatges d'ell des de la primera vegada que el vaig veure fins llavors.

El comiat d'en Shia i en John va durar uns segons, i es van prometre que es trucarien. No creia que ho fessin, però no hauria sabut dir quin dels dos estava *menys* predisposat a fer-ho. En John estava completament abstret, i en Shia semblava que no sabés què dir o què fer, una cosa ben excepcional en ell. Jo no sabia si m'havia d'aixecar o no, però vaig trigar massa a decidir-me, de manera que en Shia va allargar el braç i em va donar la mà. Com si acabéssim de fer un tracte de negocis o fos la primera vegada que ens vèiem.

No com si m'hagués esperat a l'aeroport per marxar del país i jo no m'hi hagués presentat.

Quan em va haver donat la mà, va sortir del saló tan ràpid, que per un moment em vaig pensar que m'havia imaginat que havia estat amb nosaltres. En John va agafar el braç de la meva cadira i la va estirar cap a ell. Vaig fer un crit i ell va riure, i tot tornava a ser perfecte. Vaja, almenys a la meva petita bombolla dins del saló Club Room del Ritz del Barri Francès. Em sentia una mica com la Carrie Bradshaw a París amb el seu artista, l'Alexander. Tanmateix, l'Alexander acaba sent un malparit i el viatge se'n va en orris, i al final en Big ha d'anar a París a buscar-la per endur-se-la cap a casa. Mmm. La pitjor analogia que se'm podia acudir. Molt bé, no em venia res més al cap, però estava segura que hi havia algun personatge interpretat uns anys enrere per Chris Klein que m'hauria servit d'exemple.

En John semblava el tipus d'home que sabia exactament el que volia, i en aquell moment volia la meva boca. Ell tenia els llavis ressecs i els hi vaig mullar abans de buscar-li la llengua. Tenia gust de refresc i de sal, i la pell de la cara molt fina. Recordo que vaig pensar que es devia haver afaitat després d'anar al gimnàs i de dutxar-se. Vaig alçar la mà per acariciar-li la pell, i gairebé em van venir ganes d'obrir els ulls per comprovar que en Shia ja no era al Club Room. En John em va posar les mans als malucs, i el vestit em va semblar molt prim quan va acariciar el cotó sobre la meva pell sensible. Em vaig inclinar cap a ell i li vaig posar les mans a les cuixes.

Els pantalons eren rígids i planxats per deixar la ratlla del mig de la cama ben marcada. El vaig besar per compensar el meu comportament després de rebre aquells estúpids mails, li vaig xuclar una mica la llengua per compensar el fet de no haver planificat res per al cap de setmana, i les meves mans van pujar seductorament per les seves cuixes per compensar el fet d'haver dut en Shia fins allà, malgrat que a en John no semblava que li importés gens ni mica.

Algú va tossir a l'altra banda del saló, i no sé si va ser fet expressament, però jo vaig desfer el nostre petó tot seguit i en John em va somriure. Tenia els cabells molt curts i els llavis vermells del petó.

—T'he trobat a faltar aquest matí. —Em va besar els cabells—. Estava tan excitat després de l'entrenament... Ostres, com t'he trobat a faltar.

—Jo també.

El vaig abraçar, i li acabava d'agafar la cara per fer-li un altre petó quan vaig veure en Shia que entrava esperitat al saló. Es va acostar corrents i jo em vaig separar d'en John, empenyent-lo per les espatlles i molt sorpresa.

—Meg, truca a la teva mare —va dir en Shia.

Abans de poder-li preguntar per què, em va posar el telèfon davant de la cara. La pell se'm va eriçar com si em sortissin centenars d'espines de cop per tot el cos. Vaig agafar el mòbil i vaig marcar el número de la mare, amb l'esperança que l'angoixa que sentia per dins només fos per la cara que feia en Shia.

—Què passa? —va preguntar en John a en Shia.

En Shia no va respondre. Vaig saber que passava alguna cosa des del moment en què la mare va contestar al telèfon.

—Meg, Meg, sisplau vine a casa. És el pare, vine, sisplau. —No estava histèrica ni plorava; tampoc era ella mateixa, però la notava calmada i serena.

—Està...

—No, està viu. Però és a Alemanya. —Hi va haver una pausa llarga—. A Landstuhl.

Vaig notar que se m'escalfava la cara amb cada pensament que em passava pel cap. Què ha passat? Està molt greu? Com estan les meves germanes? Com està la Meredith? Es morirà, el pare?

—Està molt greu?

En John va ajuntar les celles de cop i em va mirar fixament. En Shia em va posar una mà a l'espatlla, i la gola em cremava fins que ja no vaig poder més i vaig deixar anar un sanglot entre els llavis.

—Es recuperarà... és l'únic que sabem de moment. Però me n'he d'anar, i la tieta Hannah necessita que l'ajudis amb la casa. Agafo un avió d'aquí a dues hores, o sigui que me n'he d'anar ara mateix.

—Jo no puc arribar almenys fins d'aquí a una hora. —Havia de fer la maleta i recollir tots els estris de maquillatge que tenia al lavabo. Era impossible que pogués arribar a casa abans d'una hora.

—Ja ho sé. Fins ara hem intentat localitzar-te. Em sap greu, Meg, però he de penjar.

—No pateixis. Ja ho sé, ja ho sé.

Vaig penjar i em vaig quedar mirant en Shia i en John. Les seves cares em van semblar diferents, de manera que vaig donar una ullada a la sala. Ja no hi havia res que em resultés familiar en aquell saló del Club Room. Potser hi havia més gent que abans omplint l'estança. Una estança que perdia la lluïssor a cada segon que passava.

El pare.

Em va venir al cap la imatge de la seva cara. El pare entrant a casa amb el seu uniforme, traient-se les botes de combat a la porta.

—És el pare —vaig aconseguir pronunciar.

En Shia em va estrènyer l'espatlla una mica més fort, i vaig intentar controlar-me les llàgrimes quan em va començar a dibuixar cercles amb el dit gros.

—Què ha passat? —va preguntar en John.

—El meu pare està ferit. Me n'he d'anar. Ara. Oh, Déu meu. —El cor em bategava amb tanta força que el pit em feia mal. M'hi vaig posar la mà a sobre, per mirar d'aturar el dolor—. Déu meu.

—John, avisa que portin el cotxe i vés a dalt a fer les maletes —va dir en Shia, apartant la mà de la meva espatlla. Vaig començar a tremolar immediatament.

—Eeeh, d'acord. Meg, necessito ajuda amb les teves coses.

Vaig intentar assentir.

—Ajuda? Vés a fer les maletes! —El to de veu d'en Shia era impacient i exigent.

En John va mirar en Shia i es va aixecar. Els seus ulls verds em miraven a mi, i jo em notava el cervell com una roda de hàmster.

Vaig treure el mòbil de dins la bossa, i vaig veure la pantalla plena de missatges de text i de trucades perdudes de totes les meves germanes, de la Jo sobretot, però també de l'Amy i de la Beth, a més de la Meredith i de la tieta Hannah. M'havien estat trucant durant gairebé una hora. Per què no m'havia mirat el telèfon? I com ho sabia, la Jo, que podia trucar a en Shia?

—Me n'he d'anar. —Em vaig aixecar—. He d'anar a casa. Ara mateix.

No sé què va passar durant el trajecte de trenta minuts en cotxe entre el vestíbul de l'hotel i Fort Cyprus. La cadena d'esdeveniments era com una taca borrosa, excepte en Shia, que anava assegut al seient del darrere del cotxe d'en John, murmurant les cançons que sonaven per la ràdio i acariciant-me suaument l'espatlla allà on la pell tocava el vidre fred de la finestra.

Capítol 32

Jo

Quan la mare va haver marxat de casa i la tieta Hannah va tornar a entrar, les meves germanes es van enfonsar. L'Amy, a la butaca del pare, no podia parar de plorar. La Beth mirava fixament la paret, com si estigués viva i fos fascinant. I no ho era. Feia més de dues hores que ens havíem assabentat de l'explosió que havia patit el pare.

Una explosió.

No sonava horrible? Era exactament el que havia passat. Feia dues hores que les coses havien començat a agitar-se i a canviar dins de la nostra casa propietat del govern. Em va venir al cap de manera instantània el fet que aquella casa no era nostra. Igual que la de Fort Hood, malgrat que jo hi havia passat la major part de la meva vida. Tenia un munt de records dins del cervell. Des del primer petó de la Meg fins al dia que la mare va perdre un fill i la Meg em llegia *El món que veuràs!* cada nit durant les setmanes que la Meredith va estar plorant. L'Amy hi va aprendre a caminar, en aquella casa, i jo hi vaig aprendre a llegir. En aquella casa vaig escriure la meva primera redacció. La Meredith encara la guardava; tenia pensat penjar-la a la nevera del meu primer apartament a Manhattan.

Quan en Frank va rebre ordres de traslladar-se a Fort Cyprus, vam empaquetar tots els nostres records en un camió del govern i el vam seguir des del cor de Texas fins al sud de Louisiana. Només vam trigar un dia, incloent-hi l'aturada al mig del no-res als afores de Houston, on vam passar la nit en un Americas Best Value Inn que la Meg jurava que estava embruixat. Aquella nit potser només vam dormir dues hores, per culpa de la Meg, que no s'estava quieta, i de l'Amy, que no parava de dir que tenia por del coi de fantasma que la Meg es pensava que rondava per allà. En Frank va haver d'acabar fent una «comprovació de fantasmes», amb llum especial inclòs: és a dir, una llanterna petita que duia sempre enganxada al clauer. Va buscar sota els llits i a dins dels armaris. Totes les altres ens vam quedar adormides de seguida en un dels llits de matrimoni de l'habitació doble. Dues hores es van fer molt curtes aquell dia, però ara, mentre m'estava dreta repenjada a la paret de la sala d'estar de la nostra casa de Fort Cyprus intentant processar el que estava passant, dues hores semblaven una eternitat.

Dues hores i la Meg no era enlloc, la Meredith era a l'aeroport per agafar un avió cap a Alemanya i la tieta Hannah ja havia trobat l'ampolla de Captain Morgan que hi havia amagada sota l'aigüera, just al darrere de les bosses d'escombraries i al costat del netejavidres.

La Beth estava asseguda al sofà, a prop de la paret plena de marcs amb fotos de la família. En una, jo estava enfilada a les espatlles del pare. Anava vestida amb una granota i una gorra, i estàvem al davant d'una estàtua de bronze de Walt Disney i de Mickey Mouse. El pare tenia els ulls entretancats, i se li veia la cara arrugada com quan riu molt. La Beth duia uns texans curts tenyits amb lleixiu, com els que encara portava ara amb quinze anys. Duia els cabells foscos recollits en una cua, tal com els solia dur en aquella època. Totes semblàvem molt petites en aquella foto. La Meg portava uns pantalons curts i una samarreta d'en Tweety lligada a l'altura del melic.

El Frank que ens va portar a Disney World i que em mantenia al dia de les notícies, els acudits i la música, i fins i tot dels passos de ball cursis, segurament no seria el mateix Frank que arribaria a casa. No sabia com processar-ho, això. Sabia què era un trastorn per estrès posttraumàtic, i em feia patir pel pare. Però no sabia com seria conviure amb una cosa així. Jo només volia que el pare estigués bé.

—Quan arribarà la Meg? —va preguntar l'Amy, ensumant, amb els ulls vermells i inflats i els llavis ressecs.

La Beth va respondre en veu baixa.

—Aviat, Amy. Ja està de camí.

L'Amy va sanglotar i va doblegar els genolls cap al pit. Em preguntava si era el fet que el pare estigués ferit el que la feia plorar, o bé el xoc de la situació, la marxa de la Meredith, el silenci de la Beth, la Meg sense aparèixer.

Jo començava a estar molt enfadada perquè la Meg no arribava. No considerava pas que fos injust, estar empipada amb ella. La necessitàvem. Bé, jo no, però l'Amy no parava de demanar per ella. El mòbil no parava de vibrar dins de la meva butxaca, i el nom d'en Laurie continuava parpellejant. Vaig llençar el telèfon al sofà i vaig anar cap a la cuina molt emmurriada. No m'agradava que la petita ment de l'Amy estigués en estat de xoc. Vaig llegir un article *online* que deia que el cervell d'una persona jove pot perdre literalment un petit percentatge de funcions durant el xoc després d'haver perdut una persona estimada. Era conscient que la nostra situació no era com haver perdut un familiar, però tampoc era tan ingènua per no saber que una part del nostre pare ja no tornaria.

Em vaig quedar dreta al costat del marbre i vaig mirar per la finestra de la cuina. Vaig veure llum a la sala d'estar, allà on hi havia el piano de cua abans que l'avi d'en Laurie el donés a la Beth. M'havia passat un munt de matins mirant els dits d'en Laurie colpejant les tecles d'ivori. Tots aquells matins, fins i tot el de la setmana anterior, em semblaven llunyíssim. Encara tenia setze anys? O m'havia estat allà a la cuina palplantada durant dies, o setmanes? Tenia els peus entumits. Me'ls notava freds i no sabia per què. Ni tan sols sabia segur si els tenia freds. Potser el meu cervell s'ho imaginava perquè pogués transferir el dolor a una altra part del cos.

Algú va trucar a la porta, i ni tan sols em vaig sobresaltar. Vaig pensar que devia ser la Meg, però era en Laurie. Era tan alt que li veia les espatlles i les puntes dels cabells rossos a través de la finestreta de la porta.

Què hi feia, aquí? Vaig estar a punt de no obrir, però vaig suposar que tornaria. No sabia per què no tenia ganes de veure'l. Tot semblava més real que no pas quan ell no hi era. Cada vegada passàvem més temps junts, i el coneixia més bé que a cap altre noi, però ara no tenia ganes d'estar amb ell. Tot plegat era un embolic. Tot el que aguantava la casa dels Spring estava a punt d'ensorrar-se. Notava com el terra tremolava sota els meus peus; era només una qüestió de temps que tot comencés a trontollar. Després vindrien les esquerdes, l'ensorrament, i en algun lloc de la línia del llinatge d'en Laurie ja hi havia massa esquerdes i col·lapses.

En Laurie no hi havia de fer res, allà. Ja érem massa, i a sobre, amb la tieta Hannah tirant del licor d'en Frank i la Meg sense aparèixer...

—Qui hi ha? —va preguntar la tieta darrere meu, dirigint-se cap a la porta.

—No obris! —vaig cridar, però ja era massa tard.

Va obrir la porta tan ràpid, que em vaig adonar que es devia pensar que era algú amb més males notícies. En Laurie va entrar a casa amb un gran somriure a la cara. Duia una bossa de Doritos en una mà, i a l'altra, una ampolla d'aquell refresc de poma amb gas que havia descobert tres estius abans a Munic i des de llavors n'era un addicte.

—Hola! —Va passar pel costat de la tieta Hannah i va venir cap a la cuina. Va inclinar el cap i em va examinar la cara amb ulls escrutadors—. Què passa? —va preguntar, com si em pogués llegir l'expressió només en un segon.

Vaig brandar el cap i em vaig treure els cabells llisos de darrere les orelles. En Laurie va descarregar el que duia a sobre del taulell de la cuina. Va continuar acostant-se cap a mi, tot i que l'ampolla va rodolar pel marbre i va caure a terra. Per sort no es va trencar, però no crec que s'hagués molestat a recollir-la si s'hagués esmicolat.

—Jo, què passa? —En Laurie es va girar cap a la tieta—. Hannah?

La tieta es va rendir immediatament davant d'en Laurie.

—Eeeh... —Em va mirar un instant, i després va mirar en Laurie—. És en Frank. —Es va aclarir la gola—. Ha...

—Calla! —li vaig etzibar, just quan l'Amy entrava a la cuina.

Les seves fràgils espatlles tremolaven i duia uns pantalons de pijama que li anaven massa curts per a aquelles cames en ple creixement. El llavi inferior, semblava que el tingués partit per la meitat de tan ressec.

—Amy. —M'hi vaig acostar i li vaig passar els braços al voltant de les espatlles. Em va empènyer i es va escapolir. No li agradaven les abraçades, excepte si eren del pare i de la Meg. La Meg en sabia molt, de fer abraçades.

—On és la Meg? —va sanglotar l'Amy, i el forn va començar a emetre un xiulet que va envair la cuina.

—Beth! —vaig cridar.

—Li pots tornar a trucar? —va preguntar l'Amy, estirant-me la vora de la samarreta. Se la veia tan petita allà al mig, com si encara tingués vuit anys i s'hagués tornat a tallar el dit del peu amb el patinet de color rosa. Aquella vegada va plorar molt demanant per la Meg, fins que la Meg va tornar de casa d'en River fent olor de Smirnoff. La Meg tenia molta sort que jo no l'hagués delatat mai, però ja començava a desitjar haver-ho fet cada vegada que l'Amy havia preguntat per ella.

—Ara li truco. —Vaig donar un copet a l'esquena de l'Amy, que estava xopa de suor—. Laurie, pots trucar a la Meg, sisplau?

El forn va tornar a sonar.

—Beth! —vaig cridar, i l'Amy va plorar amb més força—. Ho sento —li vaig dir, acariciant-la—. Ostres, estàs cremant. —Vaig sacsejar-li una mica la samarreta del pijama.

En Laurie va agafar el meu mòbil immediatament i va desaparèixer passadís avall.

—Quan sabrem alguna cosa de la vostra mare? —ens va preguntar la tieta Hannah.

No se suposava que ho havia de saber ella, això? O si més no, que no fos tan egoista per preguntar-nos-ho. Només érem unes nenes, fins i tot jo. La Meg era l'única que era adulta. Ella tenia cotxe i es pagava les factures del mòbil i l'assegurança del vehicle.

I no era aquí.

Capítol 33

Meg

Quan vam arribar a l'entrada del post, em va tranquil·litzar veure que en Reeder estava de servei. Vaig suposar que passaríem ràpid i que en menys de dos minuts ja pujaríem el camí d'entrada de casa. En comptes d'això, ens vam quedar aturats sota el tendal, en John i en Reeder van intercanviar salutacions, en John li va explicar quatre coses de la seva arribada a la ciutat, i mentrestant jo m'aguantava l'aire esperant que acabessin.

—John. Anem —va dir en Shia, ficant el cap entremig dels dos seients del davant—. La Meg ha d'anar a casa.

En John va xiuxiuejar alguna cosa a en Reeder, alguna cosa del pare, i tot seguit en Reeder va anar a obrir la barrera. Vam travessar l'entrada i em vaig quedar mirant per la finestra. Quan ens vam aturar al camí de casa, vaig córrer cap a la porta.

La Jo va sortir esperitada, agitant els braços en l'aire.

—Què collons estaves fent, Meg? —va cridar. Em va empènyer fort per les espatlles, vaig trontollar i vaig caure a terra. Em pensava que venia a abraçar-me, no a tirar-me a terra.

Em vaig aixecar i en Shia es va col·locar davant de la Jo, segurament per retenir-la mentre ella continuava escridassant-nos.

—L'Amy s'ha passat tota l'estona plorant per tu! I tu no eres aquí, hòstia! On collons eres? No es triga pas tant a tornar! —La Jo ens mirava a tots tres, cada vegada més aïrada—. Suposo que us heu aturat pel camí perquè li poguessis fotre una mamada a en John Brooke! O a tots dos!

No havia vist mai la Jo tan enfadada. Va tornar a intentar tirar-se'm a sobre, però en Shia la va retenir. Em vaig posar dreta i vaig entrar a casa.

L'Amy va venir corrents i se'm va llançar als braços plorant.

—Es morirà, Meg? Es morirà? —Li va sortir un fil de veu aguda.

—No, reina. No, no. —Li vaig donar uns copets al cap—. Vine, anem a seure —vaig dir, sense girar-me a mirar la Jo, que m'havia insultat de la mateixa manera que ho feien als passadissos de l'institut de Texas. Primer de tot, vaig anar a l'habitació a buscar la manta encoixinada amb petits pedaços de colors i la vaig portar a l'Amy, que seia a la butaca del pare.

El cervell m'anava a cent per hora, entre la Jo que estava tan enfadada —la Jo, que sempre semblava tan serena i que mai no necessitava res ni ningú— i la meva família, que no sabia com afrontaria el que estava passant. Tenia ganes de clavar una bufetada a la Jo per haver sigut tan egoista, però era conscient que només aconseguiria empitjorar les coses. I estava cansada de tants drames. Ara mateix teníem coses més importants en què pensar, per exemple, com estava el pare a l'hospital, i com ens en sortiríem les setmanes que la mare no seria a casa.

Capítol 34

Jo

L'Amy dormia al sofà, amb les galtes encara vermelles dues hores després. En Shia la va tapar amb una manta mentre la Meg s'aixecava amb compte de sota el cap de l'Amy. Jo seia a terra, mirant-los a tots tres, sense res a dir.

—Tens gana? —va preguntar en Shia a la Meg.

La manera com la Meg el va mirar em va fer posar trista per ella, per en John Brooke, i sobretot per en Shia, que no tenia cap possibilitat amb la meva germana gran. Quan la Meg va assentir, en Shia se la va endur immediatament a la cuina. En Laurie estava tan callat al meu costat, que gairebé m'havia oblidat que hi era.

—Pots anar-te'n, si vols —li vaig dir, mirant l'Amy adormida al sofà. A vegades semblava tan petita...

—Estic bé.

Vaig mirar en Laurie i no vaig saber entendre per què es volia quedar. Feia hores que havia arribat enmig del caos i encara era allà, assegut al terra de la sala d'estar, amb les cames estirades, com sempre. Semblava el mateix que abans que la meva vida canviés en un instant, però amb els ulls brillants i els cabells més ondulats de les puntes.

—Te'n pots anar, de debò. Estic bé —li vaig dir.

Va doblegar una cama i es va acostar una mica més cap a mi.

—Per què tens tantes ganes que me'n vagi? Només estic aquí assegut.

—Exacte —li vaig etzibar, sense voler sonar tan severa, però no tenia ni forces per disculpar-me.

En Laurie no va dir res, només es va tornar a repenjar a la paret i va brandar el cap. Això em va fer empipar. Qui es pensava que era?

Van passar uns minuts, i jo cada vegada estava més enfadada amb tothom. En Laurie va començar a petar la llengua, i això em va fer explotar. Em vaig aixecar d'una revolada i vaig sortir a fora. Feia fred, però tot i així l'aire era enganxós. Notava el terra del porxo glaçat sota els peus descalços. La porta mosquitera es va tancar de cop i vaig continuar caminant cap al jardí. Vaig sentir que la porta s'obria, vaig remugar entre dents i em vaig girar de cop.

—Jo... —va cridar en Laurie, i vaig veure com em buscava entre la foscor. Fins i tot se'm va acudir ignorar-lo i córrer tan ràpid i tan lluny com pogués, però em va veure—. Què passa? —va preguntar, com si el meu pare no estigués ferit i la meva mare no fos en un avió en direcció a Alemanya i casa meva no s'estigués ensorrant.

—Què passa? —vaig cridar, sense importar-me en absolut que res de tot allò no fos culpa seva—. El que passa és que... —Em vaig interrompre per pensar exactament què era el que passava, a part del que era obvi—. Per què ets aquí encara? Fa hores que t'he dit que marxessis.

—No et puc deixar d'aquesta manera. El teu...

—Em puc cuidar jo soleta, Laurie.

Va sospirar i es va acostar una mica més. Ara, la llum del fanal del carrer l'il·luminava, i em vaig preguntar com havíem arribat fins al final del jardí.

—No he pas dit que no poguessis, Jo. Només intento...

—Intentes què? Quedar-te aquí per mirar de fer-me sentir millor? Doncs saps què? Que això no funcionarà, Laurie, perquè resulta que ara mateix el meu pare està estirat al llit d'un hospital lluitant per la seva vida!

Sabia que no era just que l'escridassés d'aquella manera, però la veritat és que en aquell moment necessitava desfogar-me.

—Jo només intento... —va començar a dir, però el vaig interrompre de nou.

—Doncs para. Para d'intentar-ho.

—I tu para d'interrompre'm! —va dir mig cridant, i es va girar d'esquena. Va enfonsar els dits entre els cabells i em va tornar a mirar—. Sóc aquí per tu, Jo. Deixa'm quedar, per l'amor de Déu.

—Déu no hi té res a veure, amb això.

—Jo, ja sé que estàs molt trasbalsada i...

No podia deixar-li acabar la frase, no en aquell moment.

—Tu no saps res de res. El meu pare...

Vaig callar de cop. Què estava passant? Ni tan sols

aquella versió de mi va poder acabar aquella frase feridora. Però quan vaig mirar en Laurie, em vaig adonar que el mal ja estava fet. Tenia una expressió de desolació a la cara i jo m'esforçava per trobar la veu que uns instants abans em sortia a borbolls.

—Saps què, Jo? Que tens raó. Me'n vaig. Que passis un collons de bona nit. —Va parlar amb un accent tan marcat que amb prou feines vaig entendre l'última part de la frase. Vaig veure com travessava el carrer i jo em vaig quedar allà palplantada, glaçada per dins i per fora, esperant que tornés.

No volia ser de la mena de persona que es baralla amb la seva família...

Però en Laurie no era la meva família.

Només era un veí amb el qual havia passat els últims mesos intentant coneixe'l per dins i per fora i que no havia fet res malament a part de mirar d'estar al meu costat per consolar-me. No era el meu sac de boxa per anar colpejant, i havia d'admetre-ho per poder moure el cul i anar-li a demanar perdó. Vaig sentir l'olor de béicon que venia de la cuina, i l'estómac em va rugir malgrat que feia anys que no menjava béicon.

Vaig pensar en en Shia i en les paraules de consol que havia dit a la Meg i a l'Amy, mentre la Meg acariciava els cabells de l'Amy fins que es va quedar adormida a la seva falda. En John Brooke se n'havia anat al cap de poc d'haver arribat, però en Shia encara era aquí. Em vaig empassar la ira i l'orgull, vaig travessar el carrer i vaig trucar a la porta d'en Laurie.

Va obrir després d'una llarga pausa, i jo em vaig quedar allà dreta i en silenci fins que em va fer un gest perquè entrés. Cap dels dos no va dir res fins que vam ser a la seva habitació. Ja s'havia posat el pijama, una camisa blanca i uns pantalons de quadres blaus de cotó. Tenia el llit desfet, com si hagués mirat de dormir però s'hagués passat l'estona donant voltes.

Va seure a la vora del llit un moment i després es va estirar. El seu cos era gairebé massa llarg per a la mida del llit, i jo vaig anar a seure a la vora. Em vaig estirar al seu costat, tal com havia fet tantes i tantes vegades, i llavors en Laurie va tancar el llum de la tauleta.

—Ho sento —li vaig dir en la foscor.

—Ja ho sé —em va xiuxiuejar.

Capítol 35

Casa nostra es va convertir en una barreja de clínica i de funerària quan el pare va arribar de l'hospital d'Alemanya. L'estat d'ànim havia canviat significativament, i es feia difícil recordar com era la vida abans que tinguéssim deu cites setmanals amb diferents metges i gent entrant i sortint de casa com si estiguéssim vetllant un mort. Fins i tot la Denise Hunchberg ens portava algun guisat cada dia des del moment en què en John Brooke va ajudar la Meg a entrar el pare a casa amb la cadira de rodes. Teníem menjar del bar de la tieta Hannah quan feia l'últim torn del dia a Spirits, guisats del Cheez-It de la Denise i rams de flors preciosos que enviava la senyora King.

Vaig pensar que la Meg devia haver après a ensabonar molt bé aquella dona.

Per tant, la casa estava plena de tot i començava a fer olor de menjar de festa d'oficina. Finalment jo havia obtingut el carnet de conduir oficial, de manera que podia acompanyar el pare al metge i anar tota sola a treballar, quan podia. Potser al final hauria de deixar la feina a Pages, si els metges del pare continuaven afegint visites a especialistes. A diferència de la Meg, a mi m'encantava voltar pel post amb el pare; havíem organitzat el nostre club secret dels fugim-de-casa.

El pare va mirar el rellotge penjat a la paret de la sala d'espera.

—Sempre em fan esperar.

—Sí, és veritat. Però estic segura que aquí serà més ràpid que amb el doctor Alaban —vaig dir.

Les pàgines de la revista *People* que estava fullejant estaven enganxades, i les vaig separar. Vaja, la Jennifer Aniston estava embarassada de bessons! Per desena vegada en l'últim any. I s'havia decidit per unanimitat que probablement tindrien els seus cabells castanys.

No entendria mai l'obsessió que tenia la gent perquè aquesta noia fos mare. I què, si no volia tenir fills?

—Impossible. El doctor Alaban és molt meticulós, Jo.

Vaig alçar el cap de la pàgina setinada de la revista.

—Meticulós? Pare, triga una hora a arribar a la consulta, i després t'ha d'auscultar el cor durant deu minuts per trobar-te'l.

El pare va posar els ulls en blanc.

—La teva generació és molt impacient.

Jo li vaig posar els ulls en blanc a ell i em vaig inclinar endavant, per ficar-me una cama doblegada sota el cos en aquella típica cadira de sala d'espera.

—Mira, no ens agrada perdre el temps. A diferència de la teva.

Va fer una riallada.

—Ah, vols dir que no perds el temps a internet?

—Aprenent, sí.

—Aprenent què? Com assetjar la gent o com crear *hashtags* per als esdeveniments catastròfics?

—*Touché.*

La dona que hi havia darrere el taulell em va somriure quan la vaig mirar. Estava parlant per telèfon i semblava contenta amb la feina. Es recordava del nom del pare cada vegada que veníem de visita amb el neuròleg. Devia tenir vint-i-pocs anys, i era maca. S'assemblava a l'Angela de *Boy Meets World.*

—Però la teva generació ha educat la meva generació perquè no li agradi estar asseguda esperant el que sigui.

—I tampoc no sabeu què vol dir treballar de valent. Espereu que les coses us arribin. Excepte tu. —Va agitar la mà cap a mi i va somriure. Ja començava a acostumar-me a la dent frontal escantonada. La Meg no parava de dir-li que s'ho havia d'arreglar, però ell no volia.

—Esperem coses com per exemple l'assistència sanitària gratuïta i una bona seguretat social —vaig dir, fent broma. Era veritat, però no era culpa de cap dels dos.

—*Touché.* —Va alçar el puny i el va xocar contra el meu. El va retirar i va fer una mena de xiulet amb els llavis, i vaig intentar no posar-me a riure.

—Pare. —Em vaig mossegar el llavi i vaig negar amb el cap—. No. Sisplau, no.

Va arronsar les espatlles i em va dir que no era gens divertida, i llavors va tornar a sonar el telèfon de l'oficina. El pare es va passar els dits per la ferida que tenia al coll. Em feia la sensació que cada dia em costava una mica menys mirar-li les ferides. La primera vegada que la Meredith el va ajudar a dutxar-se, vam sentir com vomitava al passadís. Per ofegar el soroll, la Beth va començar a tocar el piano que l'avi d'en Laurie li havia regalat, però l'Amy ja ho havia sentit. Ho vaig veure en els seus ulls blaus i tendres quan es va quedar mirant cap al passadís, i després va agafar el mòbil i va tornar al seu món cibernètic. A vegades em venien ganes de comprovar el seu historial, però no podia actuar en contra dels meus principis bàsics de privacitat. Per molt que volgués fer-ho.

L'Amy es portava malament, però sabíem que era conseqüència de la tornada del pare a casa i del fet que tot havia canviat tan ràpid. L'Amy havia hagut de començar a ajudar la Beth amb les feines de casa, cosa que ella evidentment no volia fer. Però la Meredith estava molt enfeinada, igual que la Meg i jo. En les sis setmanes que feia que el pare havia arribat a casa, la professora de l'Amy ja havia avisat unes quantes vegades la Meredith sobre el comportament de l'Amy. El pare deia que només ho feia per cridar l'atenció, i jo pensava que potser tenia raó, però era evident que havia de ser això. L'Amy tenia dotze anys i el seu pare no només tenia un aspecte diferent ara, sinó que per dintre també havia canviat.

Per descomptat que havia canviat; quatre desplegaments de servei i passar per sobre d'una bomba en un carrer residencial amb un tanc i sobreviure pels pèls feien canviar una persona.

Jo podia veure més coses del meu pare original que

no pas les meves germanes, però elles no passaven gaire temps amb ell.

El pare tenia la mandíbula molt afilada, com la Beth i la Meg, però jo creia que m'assemblava més al pare que cap altra de les meves germanes perquè era alta com ell. I teníem els cabells del mateix color de fang i xocolata amb llet.

Encara tenia la cama enguixada, i la galta se li havia començat a curar formant una capa de pell encerada. L'empelt que li havien posat per omplir la part de pell perduda estava molt vermell. La setmana anterior, vaig ensenyar a tota la família un vídeo sobre un grup de metges del Brasil que provaven d'empeltar pell de tilàpia en humans amb cremades greus. Només el pare ho va trobar interessant i entretingut. La Meredith es va aixecar de la taula.

Em vaig treure el mòbil de la butxaca i vaig veure que tenia un missatge d'en Laurie. Em preguntava a quina hora acabaria i em deia que passés a veure'l quan tornés de fer el volt amb el pare.

—Amb qui parles, que somrius tant? —em va preguntar el pare.

—Somric? Amb ningú. —Em vaig posar els cabells darrere l'orella i em vaig humitejar els llavis. No somreia.

—Aaah.

El telèfon va sonar i va aparèixer el nom d'en Laurie a la pantalla.

—Només és en Laurie —vaig dir al pare, quan vaig veure que em mirava amb ulls inquisitius.

Ell va treure la barbeta enfora.

—Només en Laurie. Mmm. Així, aquest tal Laurie és el teu nòvio?

Em vaig posar a riure.

—No, pare. No ho és.

El rellotge de la paret marcava els segons sorollosament. Més fort a cada segon que passava.

—No crec ni que ell ho sàpiga. Però t'asseguro que *sembla* ben bé el teu nòvio. No m'ho amagaries pas, això, oi? —El pare tenia la boca una mica torçada, i ell deia que a partir d'ara seria sempre així, que ni dues operacions podien tornar a posar la mandíbula tal com estava abans de l'explosió.

Vaig brandar el cap.

—Pare...

No era que se'm fes estrany parlar de nois amb el pare; era que no tenia gaire res a dir sobre en Laurie i jo.

—Josephine. No et tancaré pas a casa ni t'impediré veure'l. L'únic que vull és saber què passa a la teva vida.

Vaig sospirar.

—Només perquè ens veiem sovint no vol pas dir que sigui el meu nòvio.

—A veure, aquest nano el veig cada dia estirat al terra de la meva sala d'estar. Quan no hi és, vol dir que tu ets a casa seva. A mi em sembla molt que sortiu. Quan jo sortia amb la teva mare, no parava d'insistir-me que només érem amics. Els amics no fan les coses...

—Pare! Ja n'hi ha prou! —vaig cridar, amb horror.

Bé, no horror de debò, esclar. Ja sabia que els meus pares eren molt... romàntics, però podia sobreviure sense haver-ho de sentir de la boca del pare.

—Què passa? —va somriure.

Vaig posar els ulls en blanc i vaig fer una rialleta. Ell va alçar la barbeta i li vaig veure la cicatriu dentada de color granat que li anava des de la corba de la barbeta fins a la clavícula. Ja començava a acostumar-me a aquestes noves addicions al cos del pare. A vegades veia la Meredith o les meves germanes que el miraven descaradament, com si el pare no se n'adonés. Sabia que no ho feien expressament, de manera que no deia res i deixava que s'acostumessin a la nova versió de les nostres vides després de l'arribada del pare.

Jo em pensava que quan tornés a casa, tot seria com abans. Aniríem de vacances a Disneyland, a Los Angeles, a la tardor. La Meredith no parava de dir que era gairebé tan màgic com el de Florida malgrat que era molt més petit, però la Meg i l'Amy es morien de ganes de veure el cartell de Hollywood i de provar sort i mirar si es trobaven amb en Robert Pattinson al famós Chateau Marmont de Sunset Boulevard. Les vacances en família no eren exactament la meva activitat preferida, però la Meredith sempre em deia que algun dia m'alegraria d'haver-les fet.

—Què passa amb la Meg i en Brooke? —va preguntar el pare.

El vaig mirar un instant i després vaig desviar la vista cap a les meves Keds gastades. La Meredith sempre em deia que no em comprés sabates blanques, però jo no l'escoltava.

—Que escrius un blog de xafarderies sobre la vida amorosa de les teves filles? Què signifiquen tantes preguntes?

—No, només vull saber què està passant. En Hunchberg em va dir que la Meg vol casar-se amb en Brooke. Jo m'ho vaig prendre de broma, però en realitat no sé si és veritat. I tu saps moltes més coses de les que ella em diria mai.

—Bé, encara surten junts. Em sembla. —Vaig pensar que en John Brooke venia cada vegada menys sovint, i que la Meg passava més temps a casa de la senyora King, i que en Shia era a la ciutat.

—Però no es deuen pas voler casar encara, oi? Són molt joves.

—En John té... vint-i-quants? I la Meg en té vint.

—Sí, exacte.

—Tu i la mare us vau casar quan vau acabar l'institut.

—Eren altres temps.

Això era un eufemisme. Els temps eren millors ara, en general. Estàvem en guerra, però que no hi estàvem sempre? Em feia la sensació que la gent encara es casava molt jove, almenys a les bases militars. Els restaurants dels voltants del post estaven plens de joves esposes de soldats que treballaven de cambreres. Algunes noies de la promoció de l'institut de la Meg ja estaven casades amb soldats destinats a Fort Cyprus. Les dones ara tenien més accés a les universitats i als llocs de treball que no pas quan els meus pares es van casar, però la dura vida de l'exèrcit ho posava difícil a tots dos.

—En què creus que eren diferents? —vaig preguntar.

—Bé, les noies de la teva edat no tenen les mateixes responsabilitats que quan la teva mare es va casar amb mi. Especialment a l'exèrcit. És molt dur marxar lluny i lluitar per la teva vida un any sí un any no. I si hi afegies fills, la dona ja no tenia temps per anar a treballar a fora. En alguns casos sí, però en general la cosa anava així. Ara, en canvi, de la manera que van les coses, és impossible alimentar una família de quatre persones amb el sou mitjà d'un soldat.

Em vaig burlar d'aquella veritat.

—Això és una autèntica estupidesa.

—Jo! —El pare va alçar la veu i va arrufar les celles.

—Perdona. De totes maneres, és absurd que els soldats amb prou feines puguin alimentar les famílies i en canvi els polítics es gastin milers de milions en jets privats i sopars i el que sigui que afegeixen al seu compte de despeses. És una co... —Em vaig interrompre per no tornar a renegar davant del pare.

La porta es va obrir i una infermera amb una bata de la Hello Kitty va sortir a la sala d'espera.

—Tinent Spring —va dir, amb la carpeta a la mà.

—Vols que t'acompanyi a dins? —vaig preguntar al pare. A vegades ho volia, i a vegades no.

—Eeeh, sí, va, entra.

Vaig empènyer la cadira de rodes per la sala i vaig estar a punt de xocar contra la paret. Hauria de practicar una mica més, sobretot perquè ningú no ens sabia dir si el pare tornaria a caminar o quan. La infermera tenia una cara tan dolça que el pare no es va ni queixar de l'espera. Ens va dir que es deia Sirine i a l'etiqueta de l'uniforme hi deia ORLEN. Duia els cabells recollits enrere molt tibats, i s'hi havia posat gel o laca. No tenia ni un cabell arrissat. Em vaig preguntar si els cabells arrissats anaven en contra de les normes de l'exèrcit.

La consulta era completament blanca i feia olor de làtex o d'algun producte de neteja. Vaig seure en una cadira al costat de l'escriptori. La cadira del pare era davant meu i al costat de la llitera, tapada amb un paper blanc que sempre cruixia quan hi seies.

—Té dolor ara mateix? —va preguntar la Sirine al pare.

Ell la va mirar sorprès.

—Estàs de broma, oi?

La dona va somriure i va seure davant de l'ordinador.

—En una escala de l'u al deu, quin dolor diria que té? —Es va treure la targeta identificativa militar de la butxaca i la va ficar en una ranura del teclat de l'ordinador. Les seves ungles sense pintar no paraven de teclejar.

—Jo diria que... dos mil.

—Dos mil, d'acord. —Va riure—. Perfecte, la doctora Jenner vindrà d'aquí a un moment, mentrestant deixi'm comprovar-li les constants.

Vaig mirar el telèfon i vaig veure que tenia un missatge de la Hayton, la companya de feina addicta al cafè amb qui sovint compartíem horari, que em demanava que li fes el seu torn. Per poc que la doctora trigués a venir a visitar el pare, era impossible que hi pogués arribar a temps.

El pare es va estar una hora escoltant explicacions de la doctora sobre diferents tipus de conseqüències del trauma i sobre com l'anirien controlant. El pare no va parar de dir-me que no m'amoïnés per res mentre la doctora continuava parlant, i després encara ho va pintar pitjor.

No estava segura de si confiava en el meu pare igual que abans, després d'aquella visita.

Capítol 36

Beth

Aquell any, la primavera va arribar molt ràpid. Passejàvem pel Barri Francès i el sol ja picava amb força; l'aire feia olor d'espècies i de flors primaverals. Era la segona setmana d'abril, i voltàvem pels carrers del Festival del Barri Francès. No tenia ni idea que hi hauria tanta gent, però la Meg m'havia suplicat que l'acompanyés, perquè com que anava amb en Laurie i la Jo, no volia fer d'espelma. Hi havíem anat amb el cotxe negre i el xofer del vell Laurence, i feia olor de pell nova i d'en Laurie. Encara no sabia com devia ser de rica la seva família, per poder-se permetre un xofer en una base de l'exèrcit. La Jo i en Laurie parlaven de fer un viatge a Cambodja quan ella s'hagués graduat. La Meg va dir que no li agradaria gens fer un viatge en avió tan llarg, però volia que la Jo pengés un munt de fotos a Facebook.

Jo em vaig passar la major part del viatge mirant per la

finestra, i la Meg, remenant el telèfon. El trajecte fins al Barri Francès era agradable, tot recte per l'autopista 90, i ja hi érem. El viatge va ser molt tranquil en comparació amb la circulació pels carrers de la ciutat, i el xofer ens va descarregar tan a prop com va poder de Jackson Square. Hi havia tot de gent dispersa pels trossos de gespa. Gairebé tothom estava menjant. Una parella menjava el que semblava llagosta directament d'una safata de càtering d'alumini. Els sentits se'm van quedar col·lapsats d'olors i de veus. M'encantaven les olors perquè m'encantava el menjar, però no m'entusiasmaven tant les desenes de converses que hi havia pertot arreu.

—Això és impressionant! —va exclamar la Jo, irradiant emoció, i en Laurie la seguia com podia mentre ella saltironejava al nostre voltant—. Ostres, m'encanta aquesta ciutat! —Va començar a donar voltes, i la vora de la faldilla li va voleiar entre les cuixes, com una flor quan l'agafes per la tija i la fas girar i girar.

En Laurie la mirava absolutament encisat. I no l'hi retreia pas. La Jo tenia una seguretat en si mateixa que molta gent no arribaria a tenir mai, i no tenia por de res. Tant li feia que l'altra gent la veiés expressant la seva emoció. En Laurie tenia les galtes vermelles, els cabells rossos ja se li havien eixugat i se li agitaven de les puntes.

—Què fem primer de tot? —ens va preguntar la Jo. No podia mantenir la mirada fixa en un lloc, però era normal.

Hi havia un munt de parades de cuina tradicional de Nova Orleans, i d'altres que venien de tot, des de sabons amb hibisc de la zona fins a bosses en forma de con plenes de crispetes fetes amb sucre de canya de Nova Orleans. Se sentia una banda tocant allà a prop.

—Jo tinc gana. Anem a buscar alguna cosa per menjar —va proposar en Laurie.

A mi qualsevol cosa m'estava bé.

La Meg es va acostar a una parada on venien, segons el que anunciava el rètol, TOT COSMÈTICS NATURALS. La Jo la va seguir i en Laurie va anar al seu darrere. Vam esperar que la Meg provés una ombra de color porpra i després vam anar a buscar el menjar. En Laurie era com un nen en una botiga de llaminadures, i anava recitant totes les opcions:

—Entrepà de panga! Llagosta *étoufée*! —L'accent italià d'en Laurie era més pronunciat quan deia paraules en altres idiomes.

Ens llegia els rètols mentre nosaltres ens aturàvem a totes les parades per mirar els anells de pedres de colors i les bosses fetes a mà amb roba de cotó tenyida. En vaig triar una de color rosa i groc per a l'Amy, que s'havia quedat a casa amb els pares. El pare estava bastant irritable des que havia tornat, i encara no podia moure les cames. Teníem només uns quants mesos, potser un any, com a màxim, per buscar un lloc per anar a viure, ja que el retirarien del servei per malaltia, i això sol ja feia trontollar la casa com una taula amb una pota trencada. L'amic de la tieta Hannah tenia un parell de cases per a les quals buscava inquilins, però a l'Amy l'empipava molt haver de canviar d'escola. També ens podíem quedar a Fort Cyprus; la Meredith havia intentat convèncer el pare per quedar-nos-hi, però ell volia marxar del post, encara que tingués tots els metges a la base.

La Jo s'havia convertit en una dona adulta de cop. Es passava el dia amunt i avall, acompanyava l'Amy on fos, anava a treballar, portava el pare al metge. Les estones lliures que tenia les aprofitava per mirar les notícies i per discutir amb el pare sobre quin era el millor presentador del programa de la nit, i en Laurie continuava sent una ombra constant al seu darrere. La Jo duia el pare a passejar, i collien flors silvestres perquè la mare se les posés al cap, tal com solia fer sempre a la primavera a Texas. No sé de quin dels dos havia sorgit la idea. Suposava que del pare. També passava molt de temps asseguda al terra de la sala d'estar amb en Laurie, amb el portàtil col·locat sobre una pila de coixins.

Escrivia molt més que abans. A vegades, en Laurie també escrivia; d'altres, ell escoltava música o mirava el programa que la Meredith hagués posat a la televisió, i d'altres, s'adormia.

La Jo es movia molt millor a l'aire lliure. Jo no. Totes les converses del voltant semblava que em ressonaven a les orelles, i a cada lloc on anàvem em feia la sensació que hi havia més gent que a l'anterior. La millor manera de descriure-ho era que em sentia com si estigués a dalt d'un escenari, donant voltes en cercle, mentre una colla de gent intentava mantenir una conversa. Ningú no em mirava, per descomptat, però la realitat no canviava la manera de reaccionar del meu cos i la meva ment.

Vaig seguir les meves germanes i en Laurie cap a la cua de l'Antoine's Restaurant, perquè en Laurie pogués tastar el seu famós pastís Alaska amb salsa de xocolata. En Laurie va somriure quan la Jo va preguntar si realment era xocolata, i va fer xocar l'espatlla contra la d'ella. La Jo era alta, però les cames d'en Laurie semblava que li arribaven fins a mig cos, de manera que la Jo es veia baixa al seu costat. Mentre esperàvem el menjar, la Jo va assenyalar un grup de jazz que tocava tot passejant pel carrer. Una petita multitud els seguia, i la música va anar augmentant de volum a mesura que s'acostaven.

La Jo semblava molt més feliç quan estava amb en Laurie. Bé, sense comptar quan escrivia a l'ordinador. Quan estava amb ell deia coses que em sorprenien i alhora m'ajudaven a conèixer-la una mica millor. La Jo va acostar el nas a les postres que en Laurie tenia a les mans, i ell li va demanar si volia olorar-lo. Ella va arrufar les celles. Estaven juganers, i era maco veure la Jo tan animada. Des que el pare havia tornat a casa, el seu estat d'ànim havia patit molts alts i baixos. Totes encaixàvem la situació de maneres diferents, i la Jo s'esforçava molt a mantenir la calma.

—Hi ha massa coses per fer —va dir la Jo, després d'haver recorregut tres carrers.

En Laurie menjava mentre caminàvem, i va aconseguir no fer-se ni una taca a la camisa blanca.

Jo tampoc no m'acabava de decidir, i hi havia molta gent a tot arreu. Com que no anava a l'escola, i com a màxim anava a la botiga de queviures, no estava mai envoltada de multituds com aquella. Vam arribar a una parada on venien anells de l'humor, i un em va cridar l'atenció. La pedra era groga, i l'anell on estava encastada era fosc i semblava de metall.

—Quant val aquest? —vaig preguntar a la dependenta.

Devia ser més o menys de la meva edat, potser una mica més gran, i tenia els cabells llisos molt negres i les puntes de color gris. Els duia tallats just per sobre les espatlles. Els seus ulls foscos tenien alguna cosa brillant a sota, com una mena de purpurina fina que se li escampava per les galtes, i portava un munt de joies. Quan es va aixecar, li vaig mirar el pit; el tenia cobert d'una brillantor daurada. Gairebé semblava pintura, i duia tot de capes de collarets, tots diferents, però li quedaven bé.

—Mmm, aquest val dotze. És un anell de l'humor. —La seva veu em sonava, però no estava segura d'haver-la vist abans. Me n'hauria recordat. Semblava una gitana sortida d'una pel·lícula. Duia les ungles pintades de color negre brillant, i portava un vestit llarg estampat sense sostenidors. Els costats del vestit eren oberts, de manera que li veia les costelles plenes de tatuatges que semblaven fets amb henna. No veia bé les paraules que tenia gravades al costat esquerre, però vaig deixar de mirar-la perquè no volia semblar una ximpleta o una inepta social.

—Me'l quedo —vaig dir, donant-li l'anell. Vaig continuar mirant la quantitat de joies que tenia exposades. Hi havia braçalets i altres tipus d'anells i arracades.

—Tot el que veus entra en l'oferta de dos per tres —va comentar la noia—. Has vist aquests?

Vaig mirar la Meg, que era al meu costat, suposant que la dependenta devia estar mirant-la. Això era el que passava normalment quan, com ara, la Meg duia un vestit d'estiu amb un escot generós.

—Aquests són de vidre. —Els dits de la noia van assenyalar una filera d'anells col·locats en unes capses folrades de tela negra—. I aquests són de quars. —Va assenyalar un mostrari més petit amb una dotzena d'anells.

Tots eren molt bonics, i la majoria eren de color blau fosc allà a dins de la capsa. El que duia la noia al dit era de color groc, i a l'última filera de la capsa dels anells de quars n'hi havia un de color verd fosc, que estava encastat en una prima tira de metall que semblava una branca de vinya. Fins i tot hi havia una petita fulla a la part inferior de la pedra de forma oval.

—Em quedo el de color verd, també. Els fas tu? —vaig preguntar.

Un grup de jazz format per homes bastant grans ballaven i tocaven al carrer, just darrere meu. Les meves germanes i en Laurie s'esperaven un tros més enllà. La Meg llepava el cotó de sucre de color rosa i blau que tenia a la mà. En va estirar un tros ben gros i se'l va ficar a la boca.

—Sí. Em dic Nat. —Les seves ungles llargues van assenyalar el rètol que hi havia a sobre de la taula. Hi deia EL CAU DE LA NAT amb pintura de color porpra sobre una pissarra negra.

—Jo sóc la Beth. Molt de gust. —Li vaig allargar la mà i ella se la va quedar mirant mentre se li formava un somriure als llavis.

—Molt de gust, Beth.

—També em pots dir Bethany —vaig dir, sense cap motiu per dir-ho.

La noia em va mirar als ulls.

—Tu també em pots dir Natsuki si vols, però només m'ho diuen els meus pares.

—Natsuki —vaig repetir, i em vaig notar una sensació estranya a la llengua.

—És japonès. Vol dir «lluna». —El nom li esqueia la mar de bé.

—És molt maco. Jo no sé què vol dir Bethany, i de fet ningú no em diu així. —Em va semblar que veia una mena de lluïssor entre la brillantor dels seus ulls.

La Nat semblava el personatge d'un llibre o una criatura dolça d'un altre món, quan reia. Tot el cos se li agitava, i es tapava la boca. Duia els dits plens d'anells, de diferents metalls, formes i pedres. Tot el seu conjunt semblava una disfressa, i era molt més guapa que cap altra noia que hagués vist, almenys des que havíem vingut de Texas. Els braçalets dels canells van sonar com un carilló al vent quan va agafar la calculadora de la taula i va començar a prémer els números.

—Ara has de triar la peça que et surt gratuïta.

—Qualsevol cosa? —Els ulls se me'n van anar cap a un collaret negre i porpra. Les pedres eren mats i no brillava gens, però era molt maco.

—Això no. —Va riure—. Ha de ser una peça igual o de preu inferior. —Va fer una pausa i va assentir—. Ho veus? Els meus pares sempre diuen que sóc una mala comerciant, però és evident que s'equivoquen.

—I tant. —Vaig riure amb ella i em vaig adonar que no apartava la vista de la meva boca.

Era prou sensata per pensar que em mirava la boca senzillament perquè devia tenir-hi algun tros de menjar entre les dents o, si fos com la Meg, em miraria el pintallavis. Però de fet, encara no havia menjat res, i tampoc portava pintallavis. Quan em vaig adonar de les seves pestanyes llargues i les galtes brillants, vaig desitjar haver fet més cas a la Meg i haver-me posat alguna cosa més que crema facial i rímel.

—Tu vés mirant, no pateixis. Ja veus la llarga cua que tens al darrere —va dir, posant els ulls en blanc i donant una ullada darrere meu.

No hi havia ningú més.

Era una noia divertida, i tot d'una em vaig sentir increïblement còmoda en aquella parada màgica plena de joies interessants i una noia gitana que ho feia tot a mà. Jo portava una samarreta de color verd que posava NOVA YORK, malgrat que no hi havia estat mai, i uns texans esquinçats dels genolls que em va portar la mare d'American Eagle. Quan vaig veure les sandàlies de la Nat i els anells que li decoraven els dits dels peus, vaig amagar els meus sota la tela que cobria la taula de la parada perquè no veiés les meves ungles sense pintar.

Vaig decidir agafar un anell de metall negre amb una pedra de color blau marí per a la mare. Quan el vaig donar a la Nat, va somriure i va tornar a agafar la calculadora.

—Estudiar a casa no em va ajudar gaire amb les mates —va dir, després de fer dos intents per calcular els impostos—. Ai, però hi he d'afegir els impostos, o no?

—No en tinc ni idea. —Vaig arronsar les espatlles. O sigui que ella també havia estudiat des de casa. Això la feia encara més interessant.

—Saps què? —Va agafar una bosseta de color verd de sota el taulell i la va obrir—. Com que ets la meva primera clienta del dia, no et cobraré impostos.

Li vaig donar les gràcies mentre col·locava les meves joies a la bosseta i omplia l'espai buit amb paper fi de color blanc.

—Espero que t'agradin, i si no, ho fas veure, d'acord? —La Nat va girar la calculadora per ensenyar-me el preu. Vint-i-cinc dòlars.

—Em pensava que eren vint-i-quatre. Em sembla que tenies raó quan has dit que estudiar a casa no t'havia ajudat gaire amb les mates.

Esperava que veiés que ho deia de broma, però no recordava l'última vegada que havia fet una broma a algú que no fos de la família, o en Laurie.

Per sort, la va captar i va somriure. Em vaig preguntar quants anys devia tenir. Com era possible que ja tingués un negoci si jo ni tan sols sabia què volia fer amb la meva vida quan complís els divuit? La Jo tenia molt clar què volia fer després de graduar-se; igual que la Meg. L'Amy segurament ja ho sabia tan sols amb dotze anys. La Nat també ho sabia i era allà, venent joies en aquell festival.

Em vaig girar per comprovar que les meves germanes encara eren allà i vaig veure una colla de noies de la meva edat que s'acostaven a la parada.

—Moltes gràcies. —Vaig donar-li dos bitllets de vint a la Nat i ella em va tornar tres bitllets de cinc i un dòlar que va treure d'una bossa de pell marró, i després em va fer adéu amb la mà.

Quan vaig tornar amb la Meg, la Jo i en Laurie, la Jo estava repenjada a l'esquena d'en Laurie, i ell feia una foto dels seus caps. No vaig preguntar-ne el motiu. Havien començat a fer-ho unes setmanes abans. Fins i tot feien fotos de tot el menjar que jo feia a casa, i la gent de les xarxes socials comentava que tenia molt bona pinta o que ho volien tastar. L'Amy no parava de dir-me que hauria de penjar vídeos meus elaborant receptes en una pàgina web que ella mirava tot sovint, però jo no veia d'on podia treure el temps i les ganes. Entre el pare a casa i la tieta Hannah que venia a dinar cada dos dies, no em podia permetre demanar diners per fer coses extres, ni seure al porxo amb la mare mentre ella prenia una copa. A més, havia de fer els deures i estudiar; estava a punt d'acabar els crèdits del novè curs. Estava impacient per arribar a onzè, i sobretot per fer els setze anys.

La Jo deia que els setze anys et transformaven, i de fet vaig veure que alguna cosa canviava en ella quan va fer els setze. Amb la Meg va passar igual. Just quan estava pensant que els divuit i els dinou també havien fet canviar molt la Meg, vaig notar que ella m'agafava de bracet.

—Què t'has comprat, nena? —Va mirar la bossa que duia a la mà.

Mentre caminàvem, la Meg es va emprovar les joies. Alçava la mà i obria els dits. Recordo que el sol va fer brillar tots els anells.

—Són xulíssims, Beth. Quants n'has comprat? —La Meg va estirar la mà per darrere d'en Laurie per ensenyar-los a la Jo.

—Oooh —va fer la Jo, amb admiració.

—Hi hauríem de tornar abans que tanquin al vespre —va dir la Meg.

Vaig assentir, jo també tenia ganes de tornar a la parada de joies. Li hauria d'haver comprat un collaret a la tieta Hannah, potser un de color negre amb ametistes, per poder-lo portar al Spirits. Aquell bar fosc ple de detalls de colors fluorescents era exactament el que jo associava amb la ciutat de Nova Orleans. Últimament, feia la impressió que la tieta Hannah ja no treballava, però suposava que només era perquè venia més sovint a casa.

—A veure, quins plans tenim? Volem més música, o més menjar, o què? Podríem anar a buscar un lloc per seure a la gespa de Jackson Square i menjar allà. Aquest vespre hi haurà focs artificials al riu. —En Laurie va assenyalar darrere meu, en direcció al riu Mississipí, on els colors de l'arc de Sant Martí esclatarien i floririen sobre els nostres caps.

—Quina hora és? —va preguntar la Jo, i en comptes d'esperar que algú contestés, va agafar el canell d'en Laurie i ho va mirar en el seu rellotge—. Molt bé, ara són les set, o sigui que més o menys ens queda una hora de sol.

Vam decidir seure en algun lloc a la gespa i fer torns per anar a buscar menjar. A les vuit tocaria un grup, i els focs artificials estaven programats a les nou. Esperava que allà no hi hagués gaire gent quan comencés l'espectacle, i, de fet, vaig donar una ullada al meu voltant i em vaig adonar que l'ambient havia canviat una mica des que havíem arribat. En només una hora ja es veia menys canalla, però més gots de plàstic plens d'alcohol a les mans de persones que es balancejaven una mica més que abans. També cridaven molt, i vaig sospitar que com més alta estigués la lluna, més aldarull faria la gent.

La lluna em va fer pensar en la noia de la parada de joies, i em vaig preguntar si la lluna també la feia brillar a ella.

Capítol 37

Meg

Em feia mal el cul de tant seure a terra, malgrat que érem sobre un parell de mantes que en Laurie havia comprat a un venedor ambulant. El terra era dur i al lloc que havíem triat per seure hi havia més terra que gespa, però m'ho estava passant molt bé. La Jo i en Laurie segurament havien decidit sortir junts, i ell li estava tota l'estona a sobre. Quan la Jo menjava patates fregides amb una forquilla, els ulls d'en Laurie seguien el moviment amunt i avall, i quan a ella n'hi va caure una, ell la va recollir amb un tovalló.

Vaig pensar que potser ho havia fet per les patates, perquè eren boníssimes. Però no, perquè de seguida li va posar la patata fregida entre els llavis i ella li va fer un somriure tímid, que es va anar eixamplant a mesura que ell s'hi va acostar. En Laurie tenia les cames tan llargues que sobresortien de les de la Jo, i els seus peus gairebé tocaven les xancletes de la Beth. La Beth estava estirada de panxa enlaire, contemplant el cel. No la volia molestar; sabia que aquella multitud de gent la intimidava. Ella, a diferència de mi, no havia viscut la bogeria que hi havia en un Sephora proper a un post de l'exèrcit durant un Black Friday. Vaig suposar que necessitava descansar.

—És la Bell Gardiner, aquella? —va preguntar la Jo, amb la boca plena de patates.

Va agafar un tovalló i es va netejar la boca i la barbeta. Vaig mirar a la llunyania, buscant la Bell entre la multitud, i la vaig trobar de seguida. Duia uns pantalons curts amb esquinços, xancletes i un top de color taronja fosc amb un xal sobre les espatlles. Un xal, quins acudits.

—Vés a saludar-la —va bromejar la Beth, des de la gespa. Em vaig inclinar sobre seu i ella va tancar els ulls, somrient.

—Hi hauria d'anar? —vaig preguntar a la Jo.

—De cap manera. Va ser una impertinent total l'últim cop que us vau veure, i ni tan sols es va disculpar. No li donis aquesta satisfacció, Meg.

La Beth va afegir que només hauria de parlar amb la Bell si era ella la que s'acostava. Em vaig espolsar el vestit i em vaig posar bé la cinta que duia al voltant del coll. Vaig estirar un dels extrems de setí per igualar el llaç. Després em vaig arreglar els cabells amb les mans. Aquella calor era fatal per als meus cabells. La humitat de la zona de Nova Orleans era un bon tema per iniciar una conversa des de l'abril fins a l'agost. Quan vaig començar a treballar per a la senyora King, jo em queixava de la humitat que em feia encrespar els cabells i ella reia i deia, amb una copa de pinot noir a la mà, «Oh, espera't al mes d'agost. Això no és res».

Ostres, i quina raó que tenia. Però el cap de setmana del Festival del Barri Francès tot just era a l'abril, i jo ja duia els cabells cargolats fins a dalt de tot. Vaig estar gairebé tota una hora passant-me la planxa per parts. La Jo no suportava l'olor dels cabells escalfats, però jo hi faria servir fins i tot espelmes, si això funcionés.

Em vaig posar dos flocs de cabells per davant de les espatlles i vaig obrir la bossa per treure'n el gloss i pintar-me els llavis. La Beth seguia estirada contemplant les estrelles, i la Jo mirava el seu mòbil amb en Laurie. Em vaig adonar, malgrat que ja era massa tard, que l'Amy s'ho hauria passat més bé que la Beth, en aquell festival. No només perquè la Beth odiava les multituds, sinó perquè l'Amy s'hauria conformat amb tot el que jo hagués volgut. L'hauria pogut convèncer per anar a fer un tomb amb mi, i m'hauria acompanyat a veure la Bell i les seves amigues. Esclar que hauria quedat una mica estrany presentar-me amb la meva germana de dotze anys, però la Beth ja evitava la confrontació des de bon principi. Havia de reconèixer que era la més llesta i la més reflexiva de les noies Spring.

El sol ja es començava a pondre i a mesura que la llum minvava, a la gespa de Jackson Square cada vegada hi havia més gent. Entre el miler de persones que hi havia, nosaltres érem al costat d'una colla de joves que semblaven de la meva edat. No vaig reconèixer ningú, excepte un noi amb cabells blancs llargs fins a sota les orelles. No recordava d'on el coneixia i no pensava preguntar-l'hi, de manera que em vaig girar cap a la Jo i li vaig donar conversa.

—De què parleu? —vaig preguntar a la Jo i a en Laurie.

La Jo va riure i em va ensenyar el mòbil.

—De l'Amy.

Vaig llegir els missatges de la pantalla i vaig mirar la Jo i en Laurie. El noi semblava una mica incòmode, i la Jo em mirava somrient.

—Ha triat un mal moment —va dir, fent broma.

—No fa gràcia, Jo, la veritat. —Vaig agafar el telèfon i vaig esborrar els missatges. Vaig mirar en Laurie mentre la Jo feia veure que no entenia per què no feia gràcia haver-li ensenyat a en Laurie aquells missatges de l'Amy.

—Què passa? —La cara en forma de cor de la Jo es va inclinar i va treure els llavis enfora.

La Jo semblava una model dels anys noranta, amb els llavis molsuts i unes celles espesses. Tenia les cames llargues i caminava com un colomet, però l'encant li traspuava pertot arreu. Bellesa natural, una model per a Calvin Klein o Guess.

—Laurie, tapa't les orelles.

El noi va mirar la Jo i no se les va tapar.

—Pot escoltar, Meg. A veure, només li ha vingut la regla. No és pas tan greu. —La Jo es va inclinar endavant, va encreuar les cames per seure-hi a sobre i va ficar les xancletes sota els turmells perquè no li toquessin a terra.

—Només la regla? Ostres, Jo. —Vaig abaixar el to de veu quan la Beth es va girar per escoltar la conversa.

—Meg, és increïble. No vols que en Laurie senti una conversa sobre la menstruació? Ostres, la meitat del món està format per dones, i totes tenen la regla. Fins i tot la seva mare. A més, els nois europeus no són tan sensibles a una cosa tan natural. Oi que és així, Laurie? —La Jo el va mirar.

No semblava que aquella conversa molestés en Laurie, però no es tractava d'això.

—Per mi cap problema —em va assegurar en Laurie.

—Què passa? —La Beth es va incorporar i es va espolsar l'herba de l'esquena.

Vaig explicar a la Beth el que estava passant i la Jo va posar els ulls en blanc.

—A l'Amy li ha vingut la regla quan era fora amb el pare i està mortificada.

—No ho ha pas dit, que estigués mortificada —va afegir la Jo.

Vaig agafar el telèfon i vaig tornar a llegir els missatges. Amb un punt de rancúnia, em vaig preguntar per què l'Amy li havia escrit a la Jo per dir-li que li havia vingut la regla, en comptes de dir-m'ho a mi o a la Beth. La Jo i l'Amy no eren carn i ungla, precisament, i jo era la que li havia ensenyat a l'Amy a ondular-se els cabells i a pintar-se la ratlla als ulls. Li vaig regalar els primers sostenidors quan la Meredith encara creia que era massa petita per portar-ne. En canvi, la Jo era la germana que l'Amy havia triat per compartir aquell moment.

—Ha dit —vaig llegir de la pantalla—: «Quina vergonya, Jo. Se m'han tacat els pantalons i m'he hagut de lligar el jersei del pare a la cintura. Em volia morir». —Vaig clavar la mirada en la Jo.

—Només és la regla, Meg —va dir la Jo.

Vaig grunyir. Estava totalment a favor dels mantres d'esperit liberal i independent de la Jo, però a vegades treia importància a algunes coses que es mereixien molta més atenció. Sabia que la Jo menystenia el fet que l'Amy tingués la menstruació perquè ella tenia la teoria que si ignores una cosa o intentes no reaccionar de manera exagerada, els altres faran el mateix. Però la Jo només tenia setze anys, gairebé disset, i no tenia ni idea de com reaccionaven els nois que no eren com en Laurie davant d'una mica de sang. I no només els nois, perquè les noies malparides de l'escola a vegades eren molt pitjor. La Jo sempre surava per sota del radar de l'escola, en canvi jo era com un far que no podia esquivar el radar encara que volgués. Sempre acabava ficada en merders, sempre. Com a vuitè, que em va venir la regla i se'm van tacar els pantalons grisos de gimnàstica, i una colla de noies de la classe van pintar amb retolador un munt de compreses ben grans i les van enganxar al meu pupitre.

—No és només la regla, Jo —vaig repetir, tot i que desitjava que sempre visqués pensant que la regla no era res de l'altre món.

—Escolta, ja n'hi ha prou, de regles. —La Jo va riure i en Laurie es va quedar tan ample després de la conversa.

La Beth es va tornar a estirar a l'herba malgrat la gentada que teníem al voltant, i la Jo va començar a parlar amb en Laurie del seu article, que ja gairebé estava acabat i a punt per enviar-lo al *Vice*. Els escoltava tots dos mentre parlaven, i vaig treure el mòbil per comprovar els missatges. Ja feia un parell de dies que no esperava que aparegués el nom d'en John a la pantalla. Estava de maniobres, de manera que estaria dies sense saber res d'ell. Vaig fer lliscar la pantalla i vaig llegir un missatge de text de la Meredith i un d'en Reeder, juntament amb un de la senyora King. Volia que l'endemà hi anés d'hora per poder-la pentinar abans d'una mena de reunió que havien de fer a casa seva.

La senyora King vivia en un món que semblava de pel·lícula, i sempre organitzava reunions i esdeveniments per coses de les quals jo no havia sentit mai a parlar. De totes maneres, jo necessitava la feina i a més sempre havia volgut formar part d'aquell estil de vida. Li vaig enviar la resposta i vaig obrir Facebook. Mentre la Jo i en Laurie seguien parlant, vaig mirar les fotos dels fills dels meus cosins per la banda del pare i les del gos de la meva antiga veïna, que acabava de tenir cadells. Sentia fragments de la conversa i vaig captar que a la Jo l'empipava que la majoria de gent associés el Barri Francès amb l'alcohol, la disbauxa i les dones, quan la cultura excepcional de la ciutat era molt més que això. En Laurie va fer una broma que no vaig sentir, i la Jo va alçar el cap i va fer un somriure tan brillant que vaig estar a punt de dir-li alguna cosa. Però en comptes d'això, vaig tornar al meu telèfon.

Com era possible que jo estigués sola i la Jo tingués un nòvio? Tot i que la Jo no m'hauria permès posar en Laurie a la categoria de nòvio, en realitat era això. Sempre el veia assegut al sofà de casa, i jo solia topar amb les seves cames llargues, estirades fins a la tauleta de centre. El pare s'empipava quan intentava moure la cadira de rodes. Ja costava prou fer-la avançar sobre la catifa, que només hi faltava en Laurie dormint al sofà amb les cames estirades.

Fins i tot el xofer dels Laurence duia la Jo a l'escola la majoria de dies.

Em preguntava com seria la vida de la Jo l'any vinent. La lluïssor dels seus ulls quan parlava amb ell fent gestos amb les mans, i la manera com en Laurie li mirava els llavis quan parlava, potser llegint-los, potser pensant a devorar-los, feia que la meva part romàntica s'emocionés, però la part realista es preparava per a un desengany. El meu currículum amorós no era dels millors, però era força extens, de manera que tenia experiència.

Em preguntava si la Jo finalment es quedaria a Fort Cyprus si ella i en Laurie continuaven junts durant l'estiu i el seu últim curs a l'institut. Les relacions a distància eren dures, ho sabia per experiència. En John i jo havíem mantingut una relació en la distància, i mira com estava anant. Només havien passat uns quants mesos des de l'últim cop que l'havia vist, però semblava molt més temps. Sabia que s'estava adaptant al seu nou lloc de servei a Carolina del Nord, però a hores d'ara em pensava que ja m'hauria arribat una invitació per reunir-me amb ell. El contacte era cada vegada menys freqüent, i era conscient del que estava passant, però no estava preparada per assumir-ho.

La veritat era que amb cada decepció que m'enduia amb els nois, des d'en River fins a en John, em sentia una mica més dèbil per dintre i una mica més experimentada amb el món. Coneixia un munt de dones que passaven d'una relació decebedora a una altra, no tenien personalitat pròpia i l'únic que aconseguien era consumir-se atenent els seus marits. Això era molt habitual en les comunitats militars. La senyora King no era així; es va casar amb un estudiant de dret quan era massa jove per saber què era el matrimoni i es va quedar amb ell, fent-li costat i ajudant-lo a esdevenir en el magnat en què s'havia convertit el senyor King.

Als meus dinou anys ja m'hauria conformat amb això. Ho desitjava molt més que no pas convertir-me en una maquilladora professional. El maquillatge m'encantava, però el que volia realment era algú amb qui compartir la meva vida. Era tan dolent, això? Sabia que la Jo considerava que era com abandonar la meva feminitat, el fet de somiar una família i una vida plena de festes familiars, ensenyant a les petites versions de mi i del meu marit a ser persones decents, i passant les vacances en una casa acollidora amb olor de canyella i de mel i plena de rialles i converses. M'havia passat tota la vida fent celebracions familiars incòmodes. La Meredith i la tieta Hannah sempre es discutien, tant si era en una festa d'aniversari, en una pista de patinatge o al sopar de Nadal al menjador de casa l'àvia.

Una vegada que l'Amy va tirar la Jo a la piscina del bloc d'apartaments de la tieta Hannah a Texas, la Meredith em va explicar que ella i la tieta Hannah no s'havien entès mai bé fins passats els vint anys. Però fins i tot llavors, la Meredith sempre havia hagut de treure la tieta Hannah dels problemes en què es ficava, i últimament hi havia una tensió estranya entre elles dues.

Les meves germanes i jo també érem diferents. Cadascuna de nosaltres era una persona completament única, i estava impacient perquè arribés el dia en què pogués anar a

Nova York a visitar la Jo amb la meva família, i llavors ella m'ensenyaria el seu gran i elegant despatx, amb taules de marbre i un ordinador Apple últim model. Estava realment impacient per veure com la Jo es feia gran i intentava conquerir el món, i jo faria el mateix, però el meu món seria diferent del seu. Sabia que algun dia la Jo ho entendria, i llavors deixaria de jutjar erròniament el rol de les dones.

—Meg? —La veu de la Jo em va interrompre els pensaments.

Vaig parpellejar mentre sortia del núvol de boira que tenia al cap.

—Eh?

—Vols aigua? Ara n'anem a buscar.

Vaig alçar la mà per fer-me visera del sol del crepuscle.

—Sí, sisplau. Beth, vols aigua? —Em vaig girar cap a la meva germana, que segurament dormia estirada a la gespa.

En comptes d'ella, va respondre la Jo:

—Ja l'hi he preguntat. Ostres, nena, eres als núvols, eh? —Va fer una rialleta—. En què somiaves?

Vaig brandar el cap. *En tu i en mi i en com som de diferents.*

—En res. —Vaig mirar en Laurie. Estava assegut darrere de la Jo, i li acariciava les suaus puntes dels cabells amb els dits.

—Mmm —va fer la Jo, de broma, i tot seguit es va aixecar i es va espolsar el cul i les cames—. Tornem de seguida. No us mogueu d'aquí.

En Laurie la va seguir i van desaparèixer entre la multitud.

Vaig donar una ullada al meu voltant i vaig sentir que

un dels organitzadors del festival demanava a la gent que s'assegués abans que comencés el concert. La colla que era a prop nostre una estona abans ara encara s'havia acostat més. Com que la Beth estava estirada amb els ulls tancats, vaig tornar a mirar el telèfon.

Vaig navegar uns segons abans d'adonar-me que era a la pàgina de Facebook d'en Shia. En un primer moment no m'hi vaig fixar, no era res més que un impuls degut als mesos que l'havia estat seguint per la xarxa. Hauria de treure'm aquest costum. Seria difícil, però l'únic que en treia era torturar-me, i ara que érem amics a través de Facebook em semblava encara més intrusiu, d'alguna manera. Des que havia acceptat la petició per ser amics que en Shia m'havia enviat just després de l'arribada del pare d'Alemanya, podia veure moltes més coses de la seva vida. Ara podia veure el seu estat i les publicacions que compartia. També les fotos en les quals la Bell Gardiner l'havia etiquetat, i vaig fer un esforç per evitar que em fessin vomitar el iogurt de maduixa que menjava cada dia al matí.

—Hi ha en Shia, aquí —em va semblar que deia una veu.

Merda, començava a estar mig paranoica. Vaig pensar que potser el millor seria eliminar-lo del meu Facebook, però llavors em vaig dir a mi mateixa que semblaria molt estrany, perquè se suposava que havíem de comportar-nos com dues persones adultes. Volíem mantenir el contacte, però a una certa distància.

—És impossible. A veure? —va dir una veu de noia al meu costat.

—T'ho juro! —va dir una altra noia. Vaig alçar el cap i

vaig veure que totes dues miraven el mòbil. No veia què era el que miraven, de manera que em vaig girar de nou cap al meu telèfon. Se'm va eriçar una mica la pell mentre continuava escoltant les noies. Era com si tingués un sisè sentit.

—Ostres, de qui són aquestes tetes? —va preguntar un home. Vaig alçar el cap i vaig veure que no era un home; era un noi amb els cabells castanys bruts i tan llargs que gairebé li tapaven els ulls, i duia uns pantalons curts cargolats per sobre dels genolls. Les sabates nàutiques em van fer pensar que era ric, segurament de Lakedhore o de Lake Vista. Feia olor de privilegi i de colònia Armani.

—D'una tia de...

—Que ens hem perdut alguna cosa? —La veu de la Jo va ofegar la resposta de la noia, i em vaig girar per mirar-la. Estava totalment paranoica. Em feia la sensació que tothom sabia alguna cosa que jo desconeixia. Estava inquieta i el cor se'm va començar a accelerar.

—No, el concert està a punt de començar. —No sabia si comentar-ho a la Jo, però ben pensat no tenia res a dir. Semblaria una sonada. Completament.

La Jo em va donar una ampolla d'aigua, i em va quedar la mà xopa. També en va donar una a la Beth, i jo em vaig asseure bé sobre la manta, amb les cames estirades endavant. Tenia els cabells tan encrespasts, que ho notava només de passar-m'hi la mà. Hi havia molta més humitat ara que no pas al matí, i em notava la pell enganxosa i calenta. Vaig eixugar les gotetes d'aigua de l'ampolla amb les cames, mentre la colla que teníem al costat continuava parlant del que fos que miraven al telèfon.

—Ostres, però has d'estar molt desesperada, no? —va

dir una noia, la veu de la qual em va resultar familiar. No la podia veure bé, perquè jo estava asseguda i ells estaven drets, malgrat que l'organitzador havia demanat a tothom que s'assegués.

—Ja veus, és una noia Spring, i tota la família està sonada.

Les paraules em van colpejar el pit i el dolor em va baixar directament fins al nus que tenia a l'estómac. Em feia la sensació que em perforaven amb un cisell a mesura que el grup cridava cada vegada més i continuava fent comentaris desagradables.

—N'hi ha una que sembla que la tinguin captiva, o alguna cosa per l'estil.

—La Meg és una puta, i la petita està seguint els seus passos.

Em vaig girar de cop cap a elles, però no se'n van adonar. No sabia si tombar-ne una i esperar que es produís un efecte dòmino entre elles, o fugir corrents. La meva part masoquista volia quedar-se allà i escoltar aquelles bestieses odioses que deien de mi i de les meves germanes, per poder-m'hi obsessionar i acabar pensant que potser eren veritat.

—La meva mare em va dir que els han fotut fora de casa perquè al seu pare l'han fotut fora de l'exèrcit.

De qui era aquella veu? La coneixia segur...

Només vaig trigar uns instants a descobrir la Shelly Hunchberg asseguda a la gespa una mica més enllà. Vaig notar que m'encenia de ràbia per dins.

—Jo —vaig dir, just quan el públic començava a aplaudir perquè el primer grup ja pujava a l'escenari.

Vaja, un bon moment.

—Jo! —vaig cridar més fort.

No em van sentir ni ella ni en Laurie.

—Josephine! —vaig cridar, i la Jo i en Laurie van girar el cap al mateix moment.

—Què?

Em vaig acostar cap a ella i li vaig explicar el que estava passant. Tan bé com vaig poder.

La Jo va fer cara d'esverada.

—Així, estan mirant aquelles fotos? Ara mateix vaig allà i... —Parlava gairebé cridant, però el so de les trompetes era tan fort que era com si xiuxiuegés.

Jo ni tan sols havia pensat més en el mòbil i en el que miraven a la pantalla. Crec que una part de mi ho sabia abans que la Jo s'aixequés i per això em sentia paranoica, però l'altra part no volia afrontar-ho.

—No! —Vaig agafar la Jo pel braç i la vaig fer tornar a seure estirant-li el canell. En Laurie es va redreçar i es va posar alerta de seguida.

—Per què no? Si estan mirant aquelles fotos... —La Jo tenia les galtes vermelles i parlava amb les dents serrades.

Si era així, d'on les havien tret? Com coi havien viatjat aquelles fotos des de Texas fins a Louisiana?

Per internet, esclar. No hi havia cap altra manera.

Em notava el pit com si se m'estigués encongint i m'hagués d'esclafar el cor mentre intentava aclarir-me les idees.

Estava passant de debò, tot allò? Sí, esclar que sí. Havien dit noms. Em vaig aixecar, perquè no sabia què més fer. Hauria d'haver marxat, però evidentment no ho vaig fer. La Jo, la Beth i en Laurie també es van aixecar. Abans de decidir què feia, vaig sentir una veu inconfusible provinent d'aquella colla.

—Ni tan sols en John Brooke la suporta. El pobre noi vol tallar amb ella, però ella està desesperada. —Va riure—. I vaig sentir la mare d'en Shia que deia que la Meredith Spring ara s'ha tornat alcohòlica.

La Bell Gardiner. La seva veu queia com la mel i s'enganxava com una vespa.

Em va venir al cap la vegada que era a la piscina, quan feia sisè, i vaig veure una vespa que tallava el cos d'una abella per la meitat i se n'anava volant amb la meitat inferior del cos, deixant el cap allà tirat.

Vaig pensar que la Bell Gardiner era com un insecte cruel.

—Però tu de què vas? —vaig exclamar, introduint-me en el petit cercle de cossos que havien format.

La Jo era al meu costat, amb la Beth i en Laurie al darrere.

La Bell no va fer cara de sorpresa; va aprimar els ulls com els d'una serp i se'm va acostar flotant com un fantasma. Es movia lentament, i si s'havia sorprès de veure'm allà, no estava disposada a demostrar-ho. Li vaig percebre una mica d'angoixa per la situació, però no se li notava tal com se m'hauria notat a mi si m'haguessin enxampat criticant algú d'aquella manera.

—Meg. —Va fer un somriure melós, i va desplaçar els ulls de mi cap a la Jo, la Beth i en Laurie i em va tornar a mirar a mi—. Hola.

La Bell va clavar un cop de colze a la noia que tenia al costat i algú ens va demanar que callèssim.

—Què collons estàs dient, Bell? —va lladrar la Jo al meu costat.

—Què passa? No he pas començat jo. L'ha vist tothom, la teva germana.

La gent del voltant va quedar en silenci, però el grup semblava que toqués cada vegada més fort.

No volia que la Jo iniciés una baralla amb la Bell, però la idea que una colla de desconegudes s'estiguessin passant un mòbil amb les fotos del meu cos nu a la pantalla i m'estiguessin criticant a menys de dos metres de distància m'estava rosegant per dins. Vaig començar a suar i de sobte vaig notar l'aire més espès. Tothom començava a mirar-me i a adonar-se del que estava passant.

Entre els murmuris de la multitud i la cara de falsa innocència de la Bell, em van venir ganes de cridar.

—Quin problema tens, Bell? Qui collons et penses que ets, per agafar aquesta merda i anar-la escampant pertot arreu! —La Jo va assenyalar les amigues de la Bell.

Va semblar que la Bell no sabia què contestar.

—Oh, Déu meu —vaig sentir que deia algú darrere la Bell, i llavors vaig veure en Shia. Em vaig sentir traïda de cop. Per descomptat que ell hi estava ficat. Si no, com se n'havia assabentat la Bell, que existien aquelles fotos?

—Què passa?

Va respondre la Jo:

—La teva puta nòvia està escampant això. —La Jo va agafar el telèfon a la Shelly Hunchberg i el va plantar a la cara d'en Shia. Amb prou feines va mirar la pantalla abans d'apartar-se de la Bell.

—Les altres ja us en podeu anar —va cridar la Jo, agitant la mà com si espantés mosques.

La Beth em va agafar de bracet, i en Laurie es va col·locar darrere de la Jo amb cara d'emprenyat. Esperava que clavés un bon cop de puny a la cara d'en Shia.

Per desgràcia, no ho va fer.

—Què estaves fent? —va preguntar en Shia a la Bell.

Ella va vacil·lar una mica, i va fer temps apujant-se la tira del top. Ara se la veia menys decidida i molt més preocupada, i jo intentava reprimir-me les llàgrimes que em cremaven al fons de la gola. No podia pas plorar davant d'aquells imbècils, especialment davant d'en Shia i la seva futura esposa.

—Només fèiem broma. —La veu de la Bell era suau.

—Això no és cap cony de broma! —va cridar la Jo. Sabia que semblava patètica, deixant que la meva germana em defensés, però m'havia quedat immòbil i atordida.

—De qui és aquest telèfon? —va preguntar en Shia, agitant el mòbil.

La Shelly Hunchberg va alçar la mà i va fer un pas endavant.

—Ja està bé, Shelly —li va etzibar la Beth—. Anem, Meg. —Em va estirar pel braç.

Ben pensat, no podia fer gaire res més. Podia quedar-me allà palplantada i aguantar que la Bell m'humiliés fent veure que no era tan greu que una colla de gent es burlés de mi criticant el meu cos, o podia marxar.

Vaig agafar la bosseta dels anells de la Beth que havíem deixat a terra i em vaig girar per anar-me'n. Ni tan sols vaig mirar en Shia. Vaig xocar amb una dona que duia un nadó penjat al pit i el nadó es va posar a plorar. Em va semblar que era un senyal de l'univers. Un gran i brillant *fes-te fotre* de l'univers.

Vaig sentir que la Jo renegava i que en Shia em cridava mentre la Beth m'arrossegava entre la multitud. Totes les cares del meu voltant s'assemblaven a en River, a la Bell, a la Jessica Fox, que suposadament era la meva millor amiga a Texas però que va enganxar una de les fotos impreses a la porta de casa perquè l'Amy se la trobés tornant de l'escola. Vaig recordar la cara del pare quan va tornar de «parlar» amb els pares d'en River. El pare volia denunciar-los per distribució de pornografia infantil, perquè jo encara no tenia divuit anys i en River sí, però jo no ho vaig voler per por de la humiliació i de les conseqüències que tindria tot plegat a l'escola.

Tothom adorava en River, i jo només era la puteta que feia mamades als nois als seients del darrere dels seus cotxes per agradar-los més. Jo només era la noia dels pits grossos i la boca calenta. Ja ho havia entès. Havia enviat unes fotos al meu nòvio i me n'hauria d'avergonyir per tots els passadissos de l'institut Killeen. Vaja, més ben dit, me n'hauria d'avergonyir pels carrers de Nova Orleans també.

Quan ja ens acostàvem al nostre carrer, vaig recordar la fúria de la Meredith quan va recórrer tots els passadissos de l'institut exigint que netegessin tots els ordinadors. Vaig recordar el dia que vaig entrar a l'aula d'informàtica i la Jessica Hopkins havia posat els meus pits com a fons de pantalla a la meitat dels ordinadors.

L'aire em cremava als pulmons i em costava respirar. Em vaig aturar un segon.

La Beth em va mirar a la cara i va dir:

—Descansem un moment.

—Ei! —Una veu de noia ens va cridar des d'una paradeta.

—En Shia està venint —va dir la Beth, i després va saludar amb la mà la noia de la parada.

—Treu-me d'aquí —vaig suplicar a la Beth. No volia veure en Shia, i només em veia amb cor d'aguantar-me uns trenta segons més abans que les llàgrimes fossin imparables. Estava tan enfadada, tan emprenyada amb mi mateixa per haver sigut tan imbècil. No hauria d'haver parlat mai a en Shia d'aquelles estúpides fotos.

—Estàs bé? —em va preguntar la noia de la parada. Vaig alçar el cap i vaig veure que era com una princesa gitana, semblant a la Vanessa Hudgens en el paper de reina Coachella. Tenia tot el cos cobert de joies, i llavors em vaig adonar que tenia la parada plena d'anells com els que s'havia comprat la Beth.

La Beth va parlar un moment amb la noia i no vaig sentir què es deien, però tot seguit la Beth em va dir que entrés a dins per seure una mica. En el moment que vaig posar el cul a la cadira, em vaig posar a plorar.

En Shia va passar de llarg i no ens va veure.

Quan vam arribar a casa, l'Amy i el pare estaven asseguts al sofà. La Meredith era a la cuina escalfant un plat tapat. Si els veïns continuaven portant-nos menjar, no hauríem de tornar a cuinar mai més.

—Com ha anat? —va preguntar l'Amy—. Per internet semblava fantàstic. Com ha anat?

Vaig mirar la Beth.

—Molt bé —va mentir per mi.

L'hi vaig agrair molt.

Va obrir la bossa de la parada de joies i va distreure l'Amy ensenyant-li els anells de l'humor.

—Em vaig a dutxar —vaig anunciar a una sala d'estar plena de persones que em van contestar «molt bé» com si no entenguessin per què els ho havia dit.

Vaig pujar a l'habitació i em vaig deixar caure sobre el llit. Em sentia com si m'haguessin tirat una galleda de sang de porc sobre el vestit de festa. Em sentia bruta.

Capítol 38

Beth

L'endemà del festival, em vaig despertar amb els crits de la Jo i la Meg al capdavall del passadís. Des de sempre, quan la Jo s'enfadava, el to de veu se li tornava una octava més greu. A la Meg li passava al revés; normalment, la seva veu suau es convertia en una mena de grinyol agut, molt semblant als lladrucs dels gossos de la senyora King.

—M'ho hauries pogut dir! —cridava la Meg—. Han passat setmanes... i res!

Vaig treure una cama del llit per llevar-me. Per anar a arreglar el que fos que els estava passant a les meves germanes. Jo sempre feia de mediadora. Però aquell matí estava molt cansada; el brogit del festival, les olors, el caos, era esgotador. Quan em vaig ficar al llit la nit abans, tot el cos em palpitava, fins i tot el cervell. Tot i així, per molt cansada que estigués aquell matí, no era res de l'altre món. Si més no, no era tan important com la baralla que sentia allà a fora.

—No me'n donis la culpa! Tu sempre fent-te la víctima! —va contestar la Jo.

Vaig tancar els ulls un instant i després vaig mirar el sostre. No canviaria res en els propers segons. El dia abans havia començat tan diferent de com havia acabat... Quan va començar estava ansiosa, per descomptat, però res a veure amb el final de la nit, quan vaig arrossegar la Meg entre la multitud per amagar-la a la parada d'aquella noia dels anells...

Em vaig oblidar durant uns segons dels crits de la Jo i la Meg. Vaig alçar la mà i em vaig mirar l'anell, que s'havia tornat de color blau clar. Els tons blaus suposadament indicaven que estava relaxada. No estava gaire segura que aquells anells de l'humor funcionessin.

Es va sentir un cop de porta, i la Meg va continuar cridant. Em vaig llevar i vaig anar cap allà. A la cuina hi vaig trobar la Meg, plorant, repenjada a la nevera. La Jo no hi era, i la mosquitera de la porta del darrere estava oberta.

El pare va venir a la cuina amb la cadira de rodes.

—Què passa? —va preguntar a la Meg, que no va respondre. Només plorava, tapant-se la cara, i va sortir corrents cap a la seva habitació.

El pare i jo ens vam quedar mirant el passadís buit durant uns instants i llavors ell va dir:

—Què està passant aquí?

Jo no sabia què dir perquè no en tenia ni idea, i no estava segura de si ell estava al cas del que havia passat la nit abans. Tenia tantes preocupacions a sobre, que em semblava molt egoista afegir-li un altre pes a les espatlles.

—No ho sé —vaig dir—. Però segur que ho solucionaran, com sempre. —Me'l vaig quedar mirant—. Vols esmorzar?

El pare em va mirar primer a mi, després cap a la porta i finalment cap al passadís, lentament. Va sospirar, movent visiblement les espatlles primes amunt i avall. Duia una samarreta de color gris que tenia un petit forat al coll. El seu vestuari no era gaire variat, nomes tenia samarretes i jerseis de diferents colors. A vegades es posava una camisa, quan anàvem al restaurant o a una funció de l'escola. I en comptades ocasions, es posava l'uniforme de gala, quan hi havia algun ball o alguna cerimònia militar.

M'encantava quan el pare i la mare havien d'anar a un ball militar. La Meg pentinava i maquillava la mare des de feia anys, i sempre ens deixava que l'acompanyéssim al centre comercial per ajudar-la a triar el vestit. Era una de les poques vegades a l'any que hi anàvem a comprar. Era molt divertit acompanyar la mare a emprovar-se vestits; en certa manera, l'emprovador del JCPenney's es convertia en el plató de *Say Yes to the Dress*. La Meg feia girar la mare d'un costat i de l'altre, la feia ajupir i redreçar-se per poder veure bé cada centímetre del vestit. Sempre anàvem al Friday's a dinar, i a vegades fins i tot passàvem abans per l'Starbucks a prendre alguna cosa. Després, el pare comprava un braçalet de flors a la mare, i l'Amy no parava de fer petons a l'aire quan el pare l'hi posava al canell. Llavors, quan el pare li feia una broma de les seves, la mare el punxava amb l'agulla del braçalet. Els records que tenia d'ells dos eren entranyables, però a vegades em costava identificar el pare dels meus records amb l'home que tenia assegut en una cadira de rodes davant meu.

Vaig inspeccionar els armaris i la nevera per veure què li podia preparar. Els seus hàbits amb el menjar havien canviat des que havia tornat a casa. Ell deia que el còctel de medicaments que li feien prendre li provocava massa nàusees per poder menjar.

—Què era aquest aldarull? —va preguntar la mare, que acabava d'entrar a la cuina. Va passar per darrere de la cadira de rodes i va seure a la taula. Aquella taula era la cosa més antiga que teníem a casa, ens la va donar l'àvia abans que ella i la mare deixessin de parlar-se. Em preguntava si la tieta Hannah encara hi parlava, amb ella... No n'estava segura, per molt que captés tot el que passava entre els adults del meu voltant. La taula tenia ratllades, cops i masegades del trasllat de Fort Hood a Fort Cyprus, i el colze de la mare era just a sobre de l'esquerda fonda que hi havia a la fusta fosca i brillant. Feia cara de no haver dormit durant dies, malgrat que s'acabava de llevar. A mitja nit m'havia llevat per anar al lavabo, i ella estava mirant *La dimensió desconeguda* asseguda al sofà, amb una copa a la mà.

—La Meg i la Jo s'estaven barallant per alguna cosa —va respondre el pare.

Quan la mare va demanar més detalls, vaig arronsar les

espatlles, vaig obrir una llauna de galetes i vaig començar a fer l'esmorzar per a tots.

Al cap d'una estona, la Meg va tornar a la cuina, just quan donava el plat de l'esmorzar a la mare. Ara estava més tranquil·la, tot i que una mica despentinada.

—Vols esmorzar? —vaig preguntar.

Va assentir, amb els ulls vermells i inflats clavats en la mare, que es menjava les galetes amb salsa del plat acompanyant-ho amb un got de llet. Una petita taca de llet li tenyia el llavi inferior mentre mastegava. No sabia ben bé què mirava, però alguna cosa de la paret del meu darrere semblava que l'entretenia molt.

—M'ha trucat algú? —La veu de la Meg va sonar com si hagués menjat paper de vidre.

—Com ara qui? —va dir el pare.

No havia sentit que la Meg, ni ningú, fes aquella pregunta des de feia... anys. Si algú volgués parlar amb ella, no li hauria trucat al seu mòbil?

La Meg va parpellejar i va mussitar:

—És igual.

—Què us passa avui, noies? —va preguntar el pare mentre menjava. Era evident que ni ell ni la mare es volien ficar en la discussió que s'havia produït.

Com que la Meg no deia res, vaig suposar que no volia respondre, o sigui que ho vaig fer jo.

—A mi res. Ara volia anar a estudiar una mica i després he de fer la bugada. Ja està. —Vaig arronsar les espatlles.

—Ostres, ho trobo emocionant, Beth.

Era un consol que el pare conservés el sarcasme. El

comentari no va sonar tan maliciós o insensible com si l'hagués fet l'Amy, per exemple, i el va acompanyar d'un somriure. El pare era ben bé com jo.

—Que no tens amigues aquí? —va preguntar.

—Em vas donar tantes germanes, que no necessito amigues.

Tots dos vam riure. La seva rialla va ser una mica més suau que l'habitual, però va sonar la mar de bé en aquella cuina empaperada de color groc.

—*Touché.*

—La Jo encara no ha tornat? —va preguntar la Meg. No havia menjat gaire res del que tenia al davant. Vaig pensar que podia rentar els plats abans de preparar-me l'esmorzar, així la salsa no s'enganxaria a la paella, però tenia molta gana i tot feia molt bona pinta.

Va respondre el pare.

—No, encara és aquí al costat.

Pel que jo sabia, ningú no podia estar segur que la Jo fos a casa d'en Laurie, però tots sabíem que era allà. Sempre hi era. A casa d'en Laurie, a treballar al Pages, a l'escola i de nou a casa d'en Laurie.

—Cap de vosaltres no pensava dir-me que aquella nit va venir en Shia aquí a casa? —La Meg va assenyalar la mare.

La mare va alçar el cap, però la meva germana va continuar:

—M'ha dit que tots ho sabíeu. Va venir fins aquí, i jo ni tan sols sabia que em buscava.

—A veure, Meg, i què n'hauries tret, de saber-ho? —va dir la mare, i dit això, va continuar menjant. No s'havia adonat de la taca de salsa que s'havia fet a la camisa.

La Meg va esbatanar els ulls. Es va eixugar la boca amb un tovalló abans de parlar.

—Em va venir a buscar i jo ni tan sols ho sabia! —Semblava que la seva ràbia fes vibrar tota la casa—. He estat esperant molt de temps perquè fes això, i vosaltres ni tan sols m'ho vau dir. Està a punt de casar-se...

—Hauria canviat res, això? I en John Brooke? —va dir la mare.

Per una banda tenia ganes d'entrar en la conversa, però per l'altra em feia por la tempesta en què possiblement em ficaria.

Mai no sabré què hauria contestat la Meg, perquè en aquell moment va entrar l'Amy esperitada per la porta del darrere amb els ulls inflats i plorosos.

—Què passa? —va preguntar el pare, i vaig veure com s'esforçava per aixecar-se, com si les seves cames s'haguessin oblidat que ja no es podien moure. Es va tornar a enfonsar a la cadira.

—La meva vida! Tot és una merda! —Va passar corrents i va començar a donar voltes a la cuina sense que ningú l'aturés—. Un collons de merda!

Aquell vocabulari va fer saltar la mare de seguida.

—Amy, fes el favor de parlar bé.

L'Amy va esbufegar i es va posar a plorar de nou.

—En Jacob Weber li ha dit a en Casey Miller que he intentat fer-li un petó, i ara tothom m'odia!

Caminava amunt i avall enfurismada. Jo no coneixia cap d'aquests nens, però sabia que els rumors poden arruïnar la vida d'una persona. Era el que li havia passat a la Meg a Texas.

—I per què ho ha fet? —li va preguntar la Meg. La cara en forma de cor de les meves dues germanes mai no s'havien assemblat tant com en aquell moment a la cuina, totes dues inflades i envermellides de plorar.

—Perquè és un imbècil! —La veu de l'Amy es va convertir en un crit, com quan trepitges la cua d'un cadellet.

Aquesta vegada la mare no la va renyar.

—Va ser ell el que va intentar fer-me un petó!

El pare no deia res; es va limitar a observar les dones del seu voltant mentre intentaven consolar l'Amy.

—M'estàs dient que tu no ho volies? —va preguntar la mare, que es va posar dreta i a l'aguait en qüestió de segons. Era com si s'hagués tret de sobre una capa de pell gruixuda i pesada.

—On va ser això? —La Meg va acariciar els cabells de l'Amy com si s'hagués oblidat de la seva baralla amb la Jo.

L'Amy es va repenjar a la Meg.

—Oh! Esclar que no ho volia. Ha fet petons a totes les nenes de la classe. —El nas arremangat de l'Amy sempre la feia semblar més petita del que era.

—A veure, explica'ns què ha passat. —La mare va posar una mà a l'esquena de l'Amy, i ella es va apartar.

—Meg —va gemegar l'Amy.

Les meves germanes van intercanviar una mirada, i la Meg ens va dir que anaven a parlar a soles un minut.

La mare, el pare i jo ens vam quedar una mica parats, i suposo que els meus pares es van preguntar des de quan la

Meg i l'Amy estaven tan unides. Però jo sovint les sentia xerrar en veu baixa, i sabia que l'Amy moltes vegades s'esquitllava al llit de la Meg, de manera que això no em va sorprendre gaire. El que em va sorprendre va ser que la Meg, en aquell moment, només estigués amoïnada per l'Amy i no per ella.

Capítol 39

Jo

L'habitació d'en Laurie era un desgavell. Sempre ho tenia tot fet un caos, una samarreta penjant del capçal, o un cafè descafeïnat del dia abans en una tassa escantellada a l'escriptori. Però aquell dia, era un desgavell absolut. Una olor de menjar pansit i d'humitat dominava l'estança que ni tan sols em veuria amb cor de descriure.

—Què coi ha passat aquí? —vaig preguntar, obrint-me pas entre una pila de roba.

Es passejava amunt i avall de l'habitació com un home boig. Tenia els cabells llargs deixats anar, i se li cargolaven de les puntes tal com a mi m'agradava. Semblava un personatge de novel·la. El típic escriptor de Nova York, nascut a Boston o en alguna ciutat gran. No tan gran com la sucosa Gran Poma, però més gran que aquell petit poble on érem. En Laurie, amb els seus cabells llargs daurats i vestit amb un jersei massa gran amb pegats als colzes. Se'l veia molt intel·ligent, com si es dediqués a escriure informes sobre el canvi climàtic o el control d'armes, però al mateix temps capaç de prendre't la virginitat després de conduir unes quantes hores per dur-te a un camp de flors que vas veure una vegada en una foto de Tumblr.

Tenia el front arrugat d'una manera que el feia assemblar una mica al vell senyor Laurence i al seu pare, pel que havia vist a les fotos penjades en aquella casa.

—Hola —va dir, sense explicar el motiu del caos—. Com estàs? —Va agafar una pila de revistes i les va col·locar a l'escriptori.

—Fatal, la veritat.

Va continuar regirant coses de l'habitació i es va acostar a la finestra, a través de la qual entrava el sol i empal·lidia les parets i la seva pell. Quan em vaig treure el jersei i el vaig penjar al respatller de la cadira, em va mirar.

—Resulta que la Meg està enfadada perquè no li vaig dir que en Shia va venir a casa a buscar-la el dia que ella era a Nova Orleans amb en John Brooke, fa mesos, el dia que vam saber que el pare estava ferit.

En Laurie m'escoltava, no en tenia cap dubte, però ell continuava remenant coses. Com que em feia posar nerviosa, vaig continuar parlant:

—Aquelles imbècils van començar a criticar-la ahir al vespre, i em dóna la culpa a mi perquè no és capaç de dir res a en Shia o la Bell. —Vaig seure al llit.

En Laurie va seure al meu costat.

—I tu quina culpa en tens? —Ell sempre es posava de la meva banda en tot. M'agradava. Si no hi estava d'acord, ja m'ho discutiria més tard, però la reacció inicial sempre era posar-se de la meva banda.

—Exacte. Ella sempre és la víctima. A veure, comprenc que estigui emprenyada pel que va passar al festival. Jo també ho estic! —Ho estava de debò. No volia que una colla d'estúpids que a l'institut eren molt «populars» assetgessin la meva germana d'aquella manera, però la Meg actuava com si fos culpa meva quan jo no hi tenia res a veure.

Vaig ficar un dit al forat del genoll dels texans.

—És com si pensés que el fet que en Shia vingués a casa hauria canviat les coses.

—És que les hauria canviat, em sembla. —En Laurie va fer una pausa quan va veure que me'l quedava mirant. Va alçar les mans, mig tapades per les llargues mànigues del jersei—. Escolta'm. En Shia va venir a casa teva, i després va anar al Barri Francès, oi?

Vaig assentir.

—Si a la Meg li agrada en Shia tant com a en Shia li agrada la Meg, probablement era força important per a ella sentir el que ell li havia de dir.

—Però van parlar, al final. —Vaig brandar el cap—. I a més, ell està promès.

—Tu sempre ho veus tot o blanc o negre, Jo. I a vegades hi ha algun gris entremig.

Vaig sospirar.

—Estar promès no deixa espai per al gris. O estàs a punt de casar-te amb algú, o no.

—O estàs sortint amb algú, o no. —En Laurie em va mirar directament als ulls.

Se'm va tensar el pit i amb els dits vaig estirar els fils del forat dels texans.

—Sí... i no. A vegades és més complicat que això.

—Com passa amb nosaltres.

Vaig apartar la vista cap a les seves mans, que estiraven el jersei, vaig baixar pels pantalons de xandall, pels mitjons blancs nets i fins al terra brut de l'habitació.

—Ara no parlem de nosaltres —vaig dir.

—I quan en parlarem? Ja saps que la meva mare vol que torni a casa.

Vaig notar que les seves paraules m'envoltaven el coll i l'estrenyien una mica. Casa seva no era a l'altra banda de la ciutat o a l'altra banda dels Estats Units. Casa seva era a l'altra banda de l'oceà.

—No, no ho sabia.

—Doncs sí. —Els seus ulls intentaven captar la meva atenció, però jo no parava d'esquivar-los—. Per què no en podem parlar? Em pensava que a hores d'ara ja podríem fer-ho. Aviat hauràs de començar a pensar en la universitat. I llavors què?

Per què havia triat precisament aquest moment per treure el tema? No hi hauríem de passar més de puntetes? No hi hauria d'haver un parell més de morrejades abans? La Meg no m'ho havia explicat mai, això. Just quan començàvem a estar més unides, va tornar el pare i ella va deixar de parlar-me d'aquestes coses. Ja no estàvem unides; més aviat semblava que no ho haguéssim estat mai.

—Jo —va dir en Laurie. Vaig alçar la vista i ell se'm va acostar una mica més. Aquella habitació tan gran tot d'una em semblava petita, i els dits d'en Laurie no paraven d'estirar les mànigues—. Si no en vols parlar, no passa res. Simplement digue-ho. No t'obligaré pas a res. Només vull saber què penses. Mai no sé què penses.

—Sí que ho saps.

—No sobre mi. Sobre totes les altres coses, sí. Però no sobre mi.

—Doncs parla tu. No sé què vols dir, o què vols que digui. Parla tu. —Era veritat, no sabia com començar o com acabar aquella conversa.

—D'acord. —En Laurie va posar els ulls en blanc. Es va passar els cabells per darrere les orelles i es va humitejar els llavis—. Vols sortir amb mi?

—És així com funciona?

—Para de ser sarcàstica. Ho dic de debò. —La seva veu sonava fluixa.

Vaig pensar un instant abans de parlar. Cosa que sabia que hauria de fer més sovint.

—Perdona'm. No sé com fer-ho per parlar-ne seriosament. No ho he fet mai, això, te'n recordes?

Va tirar les espatlles enrere.

—Ups.

Vaig alçar les mans de seguida.

—No, no t'ofenguis. No estava pas insinuant que tu tinguis molta experiència en això. El que vull dir és que realment no ho he fet mai. —Vaig fer una pausa—. Literalment, mai.

—Si ha de ser tan incòmode per a tu...

—No, no ho és. —Em vaig acostar cap a ell quan vaig veure que s'apartava una mica—. Parla. Digue'm coses i després jo diré coses. —Em faltava l'alè—. Tu primer.

—Em vaig mossegar el llavi una mica massa fort, i vaig enxampar en Laurie mirant-me la boca amb els seus ulls foscos abans d'apartar la vista.

—D'acord. —Va agafar aire fent un fort sospir amb la boca—. La meva mare m'ha demanat si vull tornar a casa. El meu pare ha rebut ordres de quedar-se més temps a Corea i ella em troba a faltar ara que la meva germana ja surt amb els amics.

Em vaig quedar en silenci mentre el cap m'anava a tot drap.

—L'únic motiu pel qual em quedaria aquí seria per tenir-te a prop... No parlo de casar-nos o d'anar a viure junts ni res a curt termini, simplement de tenir-te a prop...

—Ja m'hi tindries. —Em va sortir un fil de veu.

—I Nova York?

—Sí, bé, seria a Nova York...

En Laurie va fer un sospir que li va fer agitar tot el cos.

—Ah, o sigui que jo seria aquí a Louisiana i tu series a Nova York?

Vaig assentir.

—Parlaríem cada dia i ens veuríem de tant en tant. —La gent ho feia constantment, això, no?

—Vols dir que tindríem una relació a distància?

No semblava entusiasmat amb la idea. La veritat era que no esperava pas que volgués cap tipus de compromís amb mi. Jo em pensava que seríem amics... molt bons amics, i potser algun dia podríem ser nòvios quan jo acabés l'escola, i el seu pare tornés a casa, i el meu pare estigués més bé, i jo tingués temps per preocupar-me pels nois i per posar-me calcetes i sostenidors de conjunt.

—Suposo. La gent ho fa constantment, això. —Vaig arronsar les espatlles—. Ens podríem veure els caps de setmana.

—Hi ha tres hores en avió, per no parlar del preu dels bitllets, i en cotxe és un viatge de vint hores. —S'havia informat bé, en Laurie.

—Doncs què fem? —vaig preguntar.

En Laurie va brandar el cap, i vaig pensar en el dia que el vaig conèixer, en el moment en què vaig caure al camí d'entrada i li vaig ensenyar el dit del mig. I després, al centre comunitari amb la Meg i en Reeder. En Laurie semblava molt misteriós aleshores, el típic trencacors.

Ara era molt diferent als meus ulls. Era el meu millor amic. Era més que això —ho sabia—, però m'espantava. No volia que em passés el mateix que a la Meg amb en River. Jo volia iniciar la meva primera relació amb els ulls ben oberts.

—N'estàs completament segura, que vols anar a Nova York? La revista *Vice* té oficines a molts més llocs. En té una a Venice Beach, a Los Angeles, una a Toronto... a tot arreu.

—Vull anar a Nova York, em sembla. —Mai no havia considerat la possibilitat de Los Angeles. Toronto també estaria bé, però la veritat és que era difícil anar a estudiar fora del país—. Podries venir amb mi a Nova York.

—Ah, sí?

—Sí, esclar. Home, per què no? Què fas aquí que no puguis fer allà?

Va repenjar els palmells de les mans al llit.

—No ho sé, però jo no vull viure a Nova York. Si no

suporto ni estar-m'hi més d'uns quants dies... Tu perquè no hi has estat, però no és tan fantàstic com et penses.

—M'és igual. Hi aniré de totes maneres —vaig dir, malgrat que els meus pares encara no m'havien donat cap resposta clara de si podia anar-hi i fer un recorregut per uns quants campus. Treia bones notes, però no tenia una plaça garantida a qualsevol de les universitats on jo volia anar. I suposant que m'hi admetessin, després havia de pensar com ho pagaria, i els diners del GI Bill del pare només servien per a una de nosaltres. Tot i que mai no havíem parlat de *quina* de nosaltres.

—Crec que la cosa a distància podria estar bé —vaig dir a en Laurie—. I si vaig a Nova York i no m'agrada, ja pensarem què fem.

—I què et sembla si jo torno a Itàlia? Tinc un amic a Milà amb qui podria viure durant un temps. Seria més a prop de la meva mare, i et podria venir a veure igualment amb avió.

Definitivament, s'havia informat de tot. Potser una mica massa...

—Així, ja ho tenies planejat, això?

—No ben bé. —Es va gratar el cap—. Només hi havia pensat una mica. No hi has pensat, tu?

—Sí, esclar, una mica. No m'hi he pas trencat el cap, simplement m'imaginava que tu series aquí i jo aniria a Nova York i tornaria a casa per les vacances i tot això.

—No ho sé... I els nois que coneguis a la universitat? A més, la distància ens separarà. Això sol passar. —Semblava que en Laurie busqués motius per posar-hi impediments.

El que jo realment volia dir era que, estadísticament, la persona amb qui surts quan ets jove no és la mateixa amb qui acabes vivint quan et fas gran. De totes les parelles casades que jo coneixia, adults inclosos, la majoria era el segon matrimoni. En Laurie era una part de la meva vida, i sabia que em quedaria feta pols quan això nostre deixés de funcionar. No era una cosa fàcil d'assumir, però era la realitat.

—No em preocupen gens els nois de la universitat —vaig dir.

Va somriure i em va agafar les mans. Sempre tenia la pell calenta. Va alçar-me el palmell davant de la seva cara, em va desplegar els dits i els va prémer suaument sobre els seus llavis, provocant-me una esgarrifança. Era increïble, el que em feia sentir. Em brogia la sang a les orelles i em notava papallones a la panxa.

Em vaig inclinar cap a ell i em va agafar per col·locar-me sobre la seva falda. Cada vegada que estàvem sols, creuàvem una línia més, fèiem un pas més cap al somni del que podríem aconseguir.

—Estem molt bé com a veïns, tan a prop l'un de l'altre —va dir, a pocs centímetres de la meva cara. Tenia les cuixes a cada banda de la seva cintura esvelta, i el seu jersei gruixut formava un manyoc de roba entre els nostres cossos.

Ostres, em feia emboirar el cap. I m'empipava.

—N'estàs segur, que vols això? Pensa que no podràs rebre la Shelly Hunchberg per parlar de les seves recaptacions de fons, quan jo visqui en un altre estat.

—Au, calla. —Va somriure. Li notava les mans calentes a l'esquena. Notava l'escalfor a través del top—. Més aviat seràs tu la que t'enamoraràs dels nois i dels professors.

—No. No tindré temps per a ells.

—Amb prou feines tens temps per a mi —va dir, amb els llavis molt a prop dels meus.

No volia dir mentides.

—Ja ho sé.

—Ets molt important per a mi, Jo.

Vaig mirar en Laurie i vaig comptar les pigues que tenia sota els ulls. Les celles rosses i espesses estaven relaxades, i els llavis eren de color rosa pujat.

—Besa'm, i veuràs com sóc d'important —vaig dir, com una intel·lectual amb un reguitzell de cites apreses.

—Això ho he llegit. En els diaris de la Sylvia Plath...

Li vaig fer un petó per fer-lo callar i vaig decidir que potser en Laurie tenia raó: hi havia molt de gris entremig.

Capítol 40

Feia una hora i mitja que hi havia cua a fora de la porta del Pages. La hiperactiva Hayton s'estava prenent una quantitat excessiva de cafès que l'únic que feien era excitar-la encara més. En Sam, un noi amb qui jo només havia compartit dos torns, tenia dificultats per recordar el que li demanaven. Per acabar-ho d'adobar, es va equivocar en quatre comandes seguides, de manera que vaig haver de canviar quatre begudes, i encara faltava una hora perquè ell acabés el torn. A mi me'n faltaven dues, o sigui que em tocaria netejar el que ell hagués emmerdat. Em feien mal els peus i tenia el davantal ple de grans taques marrons de cafè. Els texans estaven empolsinats de cafè mòlt i hi havia les restes d'una gota de crema líquida, i, encara no sabia com, m'havia fet un tall al colze amb el paper quan canviava el rotllo de la màquina registradora.

Mai no havia sigut una cambrera fantàstica, però normalment no era tan barroera. Suposo que no era just que critiqués en Sam per fer aquells embolics amb les comandes. Però és que no podia parar de pensar en el matí. Tenia el record tan viu, que em feia fondre el cervell. En Laurie m'havia fet un petó, però un *petóóó*. Un petó més intens que cap altre abans. Si la Meg i jo no haguéssim estat barallades, li hauria demanat que em mirés l'esquena, per veure si hi trobava petites llunes marcades a la pell de les ungles d'en Laurie. Encara me les notava ara, i tenia l'estómac regirat i la boca entumida. El trobava a faltar, desitjava que entrés al Pages i m'esclafés contra la paret i...

—Un cafè amb gel aquí! —va cridar en Sam a la Hayton. O a mi? No ho sabia, però m'havia clavat un ensurt de por.

—Oh, merda, merda. Allà hi ha cua! —em va xiuxiuejar-cridar la Hayton, agitant el dit petit en l'aire per assenyalar la zona de llibreria. Tenia raó. Merda.

Potser l'únic inconvenient de treballar al Pages era quan hi havia un embús de clients a les dues bandes del local. Com que jo era una de les dues úniques treballadores que estava a les dues seccions, podia atendre la gent a la banda de la llibreria, assessorar un client per convence'l que hauria de devorar els meus llibres de poesia preferits i preparar begudes o posar un bagel a la torradora quan era necessari. I avui era un d'aquests dies. Des del migdia que no parava d'anar amunt i avall. Sabia que quan aquesta cua s'escurcés una mica, hauria d'anar a vendre llibres i recordar noms d'autors i gèneres, els títols dels seus llibres per ordre de publicació, i potser, només potser, si tenia sort, el meu cap explotaria en un confeti de pàgines de llibres.

—Perdona —vaig sentir que deia en Sam.

—No passa res! —va contestar la Hayton amb un gran somriure, tot i que semblava que estigués pensant a arrencar-li la pell a tires davant de tothom. Aquesta imatge era vomitiva, per dir-ho suaument, i per un moment vaig maleir la Meredith i la seva afició a les pel·lícules de terror per l'impacte que m'havien causat al cervell.

Al Pages cada vegada hi anava més gent. No suportava el viatge fins al Barri Francès, però entenia el motiu pel qual la gent —tant hipsters com no hipsters— hi entrava i feia fotos per penjar-les a les seves xarxes socials. L'agradable estampat de flors blaves del paper de la paret contrastava amb la infinitat de prestatgeries plenes de llibres. Al fons de la llibreria hi havia una secció de compravenda que sempre estava plena de gent, i era on els autèntics intel·lectuals compraven els seus llibres. Això sí, els més aficionats a l'estètica que a la lectura preferien els exemplars de tapa dura que feien conjunt amb el joc de cafè de disseny i amb la sanefa pintada a les ungles.

El Pages tenia tot el que volies en un bar (trampa per a turistes) que formava part d'una llibreria. Quan va córrer la veu sobre aquest local i als blogs hi van anar apareixent imatges, algú de moda amb un milió de seguidors a Instagram va penjar una foto d'un cafè amb llet fet aquí amb la figura d'un pingüí a l'escuma, i a partir de llavors es va començar a omplir cada vegada més. Gairebé tothom feia una foto del seu cafè, i gairebé sempre endevinava els que la feien per penjar-la directament a Instagram. «És tan *chic* prendre un moca de coco i xocolata blanca per sis dòlars! I què me'n dius dels petits dissenys que hi dibuixen a sobre?».

Però realment ho era, de *chic*. I a mi m'encantaven aquelles fotos. L'Instagram d'en Laurie estava ple de fotos nostres.

En Laurie. Vaig tornar a notar que l'estómac em feia un salt.

Aquell boom del Pages hauria sigut genial uns mesos enrere, però des que el pare era a casa, no tenia temps per matar-me treballant a l'escola, després a la feina i després a casa. Estava tan ocupada fent viatges amunt i avall per dur-lo al metge, per portar l'Amy a les *girl scouts* i amb els treballs, que quan em posava el davantal, gairebé no tenia forces per fer un cafè amb gel, i encara menys per atendre una cua de clients amb la veu animada i un somriure a la cara.

Estava suant i havia perdut el compte dels bagels que havia torrat o dels cafès amb llet de vainilla que havia fet. La samarreta de color marró clar se m'enganxava a l'esquena amb la suor.

Quan ja pensava que no podia afegir res més a la meva llista de maldecaps, em va vibrar el mòbil a la butxaca. El vaig treure i vaig veure el nom del pare fent pampallugues a la pantalla. Vaig ignorar la trucada i vaig dir a la Hayton que tornava al cap d'un segon. No vaig esperar que em respongués abans d'esquitllar-me a la sala de descans per trucar al pare.

Va respondre immediatament.

—Hola, Jo. Em pots venir a buscar a Howard?

Devia haver anat a una de les cites a l'hospital del post. Semblava que se li estaven acumulant. Aquesta ni tan sols la sabia, jo.

—Sóc a la feina. No puc. Surto a les quatre, o sigui que falta una hora. Tenies hora al metge un diumenge?

Vaig sentir que s'engegava la liquadora, i vaig resar perquè no fos en Sam el que preparava el suc.

—No, he anat a la fusteria per veure si hi trobava algun conegut, però estava ple de soldats nous. La teva germana m'hi ha acompanyat de camí a no sé on. —Va fer una pausa—. Ara no recordo on anava la Meg, però m'ha descarregat aquí. Pots venir?

—Plego d'aquí a una hora.

—Ja em va bé. No em fa res esperar-me.

Un pot de metall va caure a terra i em vaig encongir. La liquadora, el pot de metall, en Sam... una mala combinació. Tenia deu segons, com a màxim, per tornar allà a fora i enllestir la feina, o si no, plegaria molt tard. Volia tornar a casa d'en Laurie... o tan sols veure en Laurie... i també volia saber si la Meg encara estava enfadada per aquella història d'en Shia. Tenia les espatlles tan tenses, que semblava que m'estiguessin clavant agulles a tota la base del coll.

—I una m... —Em vaig interrompre a mi mateixa i em vaig corregir—. De cap manera. Ara miro a veure si en Laurie et pot venir a buscar. T'enviaré un missatge de seguida que ho sàpiga.

—Gràcies, Jo. T'estimo.

—Jo també t'estimo, pare.

Vaig penjar i vaig fer moure les espatlles enrere, per mirar d'alleujar una mica la tensió. Tenia ganes de repenjar-me a la paret, però no volia posar-me massa còmoda, havia de tornar a treballar. Em notava el cos esgotat, des del cap fins a les puntes dels peus. Vaig donar una ullada a l'horari de torns que hi havia penjat a la sala de descans. El meu nom apareixia quatre cops aquella setmana. Pel meu gust en sobraven tres. Era normal que la vida fos tan dura a la meva edat? No m'hauria pas de venir de nou. La televisió, les pel·lícules i els mitjans en general m'havien preparat per a això. *Gossip Girl*, *Boy Meets World*, el resum imperfectament perfecte de com era la vida d'un adolescent de la meva època.

En Laurie va contestar al segon to de trucada.

—Hola, t'he de demanar un favor —li vaig dir, com a salutació.

Es va sentir un soroll de fons, com un brunzit suau.

—Hola. Va tot bé?

—Pots anar a buscar el meu pare a la fusteria que hi ha al davant de l'hospital Magnolia?

—Ara?

—Sí, si et va bé. No tens un xofer assegut a fora esperant que l'avisis per acompanyar-te on sigui?

En Laurie va riure.

—Ha-ha. Sí, però l'aniré a buscar jo mateix. Sé conduir, t'ho pots creure? —La seva veu amb accent marcat estava plena de sarcasme juganer. El seu «ha-ha» gairebé l'havia pronunciat sense la *h*.

—Glups —vaig dir, de broma.

Era un conductor horrible. Quan anàvem junts a algun lloc, poques vegades el deixava conduir. Des que sortia amb en Laurie, m'encantava que un xofer em portés a tot arreu. Esclar que continuaria anant amb autobús o amb metro, però seure en uns seients de pell negra que estaven a la temperatura perfecta per a la primavera de

Louisiana mentre un xofer que es mantenia en el carril correcte, a diferència d'en Laurie, m'anava passejant, era simplement meravellós.

—Ara hi aniré. Només m'he d'acabar de dutxar.

Ah, això era el soroll que havia sentit abans...

—Gràcies, Laurie —vaig respondre.

—Cap problema, Jo.

Va penjar ell primer, i vaig intentar pensar en qualsevol cosa que no fos en Laurie a la dutxa. Fos el que fos el que aquell noi posava en els seus petons, es podria embotellar i vendre-ho a les noies virginals d'arreu del món.

El timbre de la paret va sonar just a la meva orella, per anunciar-me que s'havia obert la porta de l'entrada i de passada per clavar-me un bon ensurt. Em vaig fregar les mans amb el davantal brut i vaig sortir de nou a la bogeria de fora. A la banda de la cafeteria ja no hi havia cua, i en Sam netejava les taules brutes. La Hayton fregava el terra de darrere la barra amb la seva energia de sempre. Fins i tot la banda de la llibreria estava més buida: només hi havia dues persones a la caixa. Una noia rossa i un noi ple de tatuatges estaven pagant una bona pila de llibres usats. Com que ja no hi havia tant de soroll, també se sentia la música de fons. La porta es va obrir i va entrar la Vanessa, la nostra companya de feina més recent. Perfecte. M'encantava treballar amb la Vanessa. Era responsable, divertida i enginyosa, i feia tan bé la seva feina que tot anava molt més bé quan ella hi era.

El caos ja havia passat. Semblava que en Laurie portés pau a tot arreu.

Quan vaig arribar a casa esgotada després de la feina, en Laurie estava assegut al sofà amb les cames estirades sobre la catifa vella i gastada de Mossul. Duia uns texans clars amb esquinços als genolls, i la sola dels mitjons blancs estava bruta. L'Amy estava asseguda al seu costat, amb el portàtil a la falda.

—Llavors ha escridassat la Jo, i la Jo ha marxat corrents cap a casa teva. La Meredith i el pare s'han enfadat per culpa d'aquell fastigós de la meva escola que es diu Jacob Weber, que em va fer un petó. —L'Amy va fer una ganyota.

Em vaig repenjar a la paret per treure'm les sabates. Necessitava una dutxa. Immediatament.

—Ostres, Amy, de debò?

L'únic que vaig captar va ser que l'Amy va posar els ulls en blanc abans de girar-se cap a en Laurie.

—Ja ho veus. Està tot ben embolicat.

Em vaig acostar al sofà i vaig seure sobre els genolls d'en Laurie. Si no hi hagués hagut l'Amy, m'hauria assegut entremig de les seves cames, tal com feia quan miràvem sèries a Netflix a casa seva.

—I cap de les meves amigues coincideix a classe amb mi aquest any. —L'Amy va sospirar, desolada, tot i que almenys ella tenia la sort de tenir amigues. Precisament en aquell moment va entrar la Beth a la sala d'estar i li va donar un plat de menjar a l'Amy. Sandvitxos de galetes salades de mantega amb diverses capes de pernil i formatge.

—Gràcieees. —L'Amy li va llançar un petó en l'aire i va picar amb els peus descalços sobre el sofà. Anava una mica maquillada, amb els llavis de color rosa i coloret a les galtes.

—Ostres, que fort. —En Laurie va brandar el cap. Es va passar els cabells per darrere les orelles i va continuar parlant amb la meva germana de dotze anys sobre la seva crisi a l'escola—. Això és brutal. Els nois de vegades són... —Es va aclarir la gola—. A vegades els nois es comporten realment malament. Especialment amb les noies. M'agradaria poder dir que millorem a mesura que ens fem grans, però no sé si seria veritat.

—Alguns sí —li vaig dir.

Em vaig repenjar a la seva cama, i ell em va començar a fer fregues a l'espatlla, la del costat més allunyat de l'Amy. Em feia una mica de mal al múscul, però era una pressió agradable. Em vaig relaxar immediatament. Em vaig deixar anar els cabells per amagar aquell gest afectuós a la meva germana petita.

—Sí —va dir en Laurie, rient—. Alguns.

L'Amy va fer una queixalada al berenar, i la Beth es va col·locar davant meu. No treia els ulls de la mà que en Laurie tenia a la meva espatlla, fent-me fregues per alleujar la tensió. No em feia vergonya, cosa una mica estranya perquè hi havia l'Amy al meu costat. Però amb la Beth no em feia vergonya.

—Vaig a l'economat amb la mare —ens va dir.

—Jo vinc! —va anunciar l'Amy, i li van caure un munt d'engrunes a la camisa blanca.

La Beth va brandar el cap.

—T'hauries de quedar aquí amb la Jo i en Laurie. Només anem a buscar un parell de coses i a recollir el pastís d'aniversari de la tieta Hannah.

—No em vull quedar amb la Jo i en Laurie.

Des que s'havia començat a ondular els cabells i a portar arracades de brillantets, semblava més gran que la Beth. Era curiós. Diria que des que li havia vingut la regla, s'havia fet dos anys més gran. Però era molt immadura per al cos que tenia, amb la cinta negra al voltant del coll i els texans que li estrenyien els malucs esvelts. Tindria el mateix tipus que la Meredith i la Meg. Ho sabia. Ja feia més pit que jo, i només tenia dotze anys. Em preguntava com afrontaria tots aquells canvis i si caldria que li recordés que ella tenia el poder del seu cos i que mai no podia permetre que una altra persona l'utilitzés com a arma en contra seu.

—Escolta —va dir la Beth, amb un xiuxiueig—. No et pots comprar res ara, d'acord?

—D'acord, entesos?

—Parlo seriosament, Amy. No vull que vinguis i que llavors et posis a somicar que vols alguna cosa, perquè el pare i la mare tenen un munt de factures per pagar i aviat faran aquella recaptació benèfica.

L'Amy sempre ho feia, això. Una vegada va muntar un numeret al mig de l'economat perquè volia una mena d'esprai corporal. Els meus pares no ens donaven gaires bufetades, però aquell dia la Meredith li va clavar quatre clatellots de camí cap al cotxe.

—D'acord. Ostres, tu. —L'Amy va posar els ulls en blanc.

En Laurie em va pressionar una mica més fort l'espatlla i jo em vaig girar cap a l'Amy.

—Amy, calma't una mica —vaig dir.

—Tu no t'hi fiquis, Jo —va replicar. Em va llançar

una mirada tan de persona adulta que em va fer mitja por, però sobretot em va fer enfadar. No suportava que les noies es fessin veure davant dels nois, i això era exactament el que estava fent l'Amy.

—Amy —vaig advertir de nou.

En Laurie va apartar lentament la mà de la meva espatlla.

—Vaig a demanar-l'hi a la mare. —L'Amy es va aixecar del sofà tan ràpid que el portàtil va caure a terra. Em va venir pànic de cop.

—Vigila una mica! —vaig cridar, mentre el recollia.

En Laurie va apartar les cames del mig del pas.

—Noies, ja n'hi ha prou —va dir la Beth, per alleujar la tensió.

—Noies! —La Meredith va entrar a la sala d'estar—. Ja n'hi ha prou.

—Ha espatllat l'ordinador! —vaig cridar. No vaig mirar en Laurie.

—Josephine! Prou! —La Meredith estava molt enfadada. Era l'emoció més forta que li veia en molt de temps, i li quedava bé.

L'Amy li va dir a la mare que volia anar a l'economat amb elles, i quan la Meredith li va dir que no, va venir i em va agafar el portàtil de les mans.

L'Amy se'm va quedar mirant, com si fos una petita lleona, amb els llavis enfora com si es disposés a atacar i amb les urpes preparades.

—Deixa'l estar! Torna-me'l! —vaig cridar.

Va alçar l'ordinador una mica més amunt.

—Amy! —vaig xisclar, intentant processar què estava fent. ¿Seria capaç d'espatllar l'únic ordinador que teníem, sabent que si el pare i la mare no ens podien comprar una faldilla o unes sandàlies noves, encara menys es podrien permetre un portàtil nou?

Jo estava rabiosa, i només tenia ganes de tirar l'Amy a terra, enfilar-me a sobre seu i sacsejar-la per fer-la entrar en raó. No sabia ni què feia quan vaig començar a cridar. La Meredith es va apropar a l'Amy, però no va ser prou ràpida.

L'Amy també va començar a cridar, dient que jo era una mentidera i que m'odiava. Per què ho deia, que era una mentidera? Vés a saber. No en tenia ni idea, però li vaig dir que jo també l'odiava. Quan la Beth es va acostar cap a l'Amy, li vaig donar una empenta a les espatlles i ella va deixar caure el portàtil a terra. Va cridar i em va clavar les ungles a la pell. En Laurie es va aixecar i va recollir l'ordinador, allunyant-lo del perill.

—Pareu! —va cridar la Beth, apartant l'Amy.

La Meredith estava molt disgustada.

El pare va entrar a la sala d'estar.

—Què està passant aquí? —va retrunyir la seva veu.

En Laurie va mirar cap a una altra banda, una mica aterrit per la veu greu del pare.

—Les noies s'estan barallant —va explicar la Meredith.

—Per què?

—Vull anar a l'economat —va dir l'Amy.

Al mateix moment jo deia:

—Ha espatllat l'ordinador!

—Has espatllat l'ordinador? No hi aniràs pas, a l'economat. Vés a la teva habitació. —El pare va assenyalar amb el dit cap al passadís.

L'Amy va arrugar el front i ens va mirar a tots, incloent-hi en Laurie, abans de sortir d'una revolada.

—Anem, Beth. —La Meredith semblava molt cansada—. Els diumenges tanquen abans.

En Laurie va esperar que el pare marxés per tornar a seure al sofà.

—Digue'm la mala notícia —vaig dir, mentre m'asseia al seu costat.

En Laurie tenia el portàtil obert a la falda, però jo no veia la pantalla. Es va humitejar els llavis i va estar una estona remenant el teclat i el ratolí.

—Molt bé, ja està desbloquejat. Tot i així, segur que ha rebut, perquè es carrega molt a poc a poc. Però... —Va callar i va mirar cap al passadís.

La casa estava en silenci excepte per les notícies de la televisió i el tic-tac del rellotge de paret. L'Amy i el pare encara no havien sortit de l'habitació, i sabia que probablement l'Amy plorava pel sermó que li devia estar clavant el pare.

—Però què? —vaig preguntar a en Laurie, acostant-m'hi una mica més.

Va vacil·lar.

—No ho sé... Em sembla que he trobat una cosa... estranya. —Va girar la pantalla cap a mi.

—Ensenya-m'ho. —Em vaig inclinar cap endavant.

A la pantalla hi havia una safata d'entrada de correu amb el nom de la Meg. En Laurie va clicar sobre la safata de sortida, i em vaig quedar mirant fixament la pantalla mentre el meu cervell processava el que estava veient. Només hi havia uns quants mails, a la safata de sortida, i tots anaven adreçats a una persona. La Meg Spring.

—Obre'l —vaig dir a en Laurie.

Vaig llegir el mail tan bon punt va aparèixer a la pantalla.

No em podia creure el que estava veient.

Capítol 41

Beth

A l'economat no solia haver-hi gaire gent el diumenge a la tarda. La resta del cap de setmana era el pitjor moment per anar-hi, perquè tots els soldats tenien permís, però el diumenge a la tarda era un dia per estar en família, a les bases militars. La mare i jo vam anar a l'economat a comprar piles, uns texans per al pare i quatre cosetes més després que l'Amy espatllés el portàtil davant de tothom, incloent-hi en Laurie.

La Meredith va estar en silenci la major part del camí, conduint més a poc a poc del normal. Vaig suposar que estava cansada. Tots teníem molts maldecaps, o sigui que no m'estranyava que estigués esgotada. Normalment, jo trigava més d'una hora a agafar el son cada nit, però ara em quedava adormida al cap de deu minuts de ser al llit.

—Tenen una trenta-sis, una trenta-sis dels foscos? —em va preguntar la mare.

Buscàvem la talla del pare entre les piles de texans plegats. M'acabava d'explicar l'últim escàndol del poble. Havien acusat la Denise Hunchberg de quedar-se una part dels diners de les recaptacions de fons benèfiques. Aparentment ningú no en tenia proves, però la mare d'en Mateo Hender afirmava que era veritat i va penjar a la pàgina del Grup de Preparació Familiar de Facebook que pensava desemmascarar-la. Com que els fills de les dues dones sortien junts, sens dubte s'organitzaria un daltabaix a l'institut de la Jo.

—Ja els tinc. —Vaig agafar uns texans de color fosc i els vaig tirar a dins del carret.

Ja ho teníem gairebé tot de la petita llista que dúiem, i jo tenia una gana de por. Havia de fer un treball de l'assignatura d'arts del llenguatge abans d'anar a dormir, i estava bastant segura que ningú no havia pensat a preparar res per sopar. Hauria de fer alguna cosa ràpida. El treball no era difícil, només necessitava temps, però esperava poder tenir una mica de tranquil·litat arribant a casa abans que l'Amy vingués a l'habitació a l'hora d'anar a dormir.

—Què hi ha per sopar? —vaig preguntar.

La mare va agafar una camisa de color gris fosc i la va aguantar en l'aire. Hi havia la marca de Nike a la butxaca del pit.

—Això val quaranta dòlars? —Es va quedar mirant bocabadada l'etiqueta del preu, va tornar a posar el penjador al seu lloc i va agafar una camisa semblant d'una altra barra—. He pensat que podríem comprar pizza al Little Caesars quan ens aturem al Kmart. Les piles les compraré allà. Tinc un val. —Va empènyer el carret cap a una de les cues de la caixa.

Quan la Meg anava a l'institut, va treballar al Kmart durant un parell de setmanes abans de deixar la feina. En aquell poc temps, ens vam obsessionar amb la pizza del Little Caesars d'aquell centre comercial. Vaig fer un somriure a la mare i l'estómac em va grunyir. Ens vam haver d'esperar una estona a la cua, malgrat que no hi havia gaire gent comprant. Vaig desconnectar mentre la mare donava conversa al caixer amb bigoti que escanejava els productes.

Vaig començar a pensar en la rapidesa amb què les coses s'havien capgirat aquell cap de setmana. Primer el festival, amb la discussió entre la Meg i la Bell Gardiner, després la Meg i la Jo, i ara la Jo i l'Amy...

—Mmm, no ha passat. Torni-ho a provar —va dir el caixer a la mare.

A la mare li va venir pànic de cop.

—D'acord. —Va tornar a passar la targeta.

Al cap d'uns segons es va sentir un bip desagradable i l'home va negar amb el cap.

—Té una altra targeta?

La mare va posar la bossa sobre el taulell i va furgar tot buscant el moneder. Se la veia molt atabalada, tot i que intentava que no es notés.

—Em sembla que tinc la targeta Star.

La va trobar i va funcionar, de manera que va aprofitar-ho per comprar unes quantes targetes Visa de regal per si de cas l'altra targeta continuava inactiva fins al dia de cobrament, va dir.

Un moment..., vaig pensar. *Però si avui és dia de cobrament.*

La targeta Star, malgrat que només servia a dins del post, era un salvavides quan el pare era suboficial i la Meg i la Jo encara no treballàvem.

Cap de les dues no va dir res fins que vam arribar al cotxe. La mare va donar el contacte, va engegar la ràdio i es va quedar asseguda darrere del volant durant uns segons. S'assemblava molt a l'Amy i a la Meg, en la cara en forma de cor i en el perfil de la boca.

Amb el brogit del motor de fons, la mare em va dir, amb veu suau:

—Et puc demanar un favor que sé que no t'hauria de demanar?

Vaig assentir, però ella no em va mirar.

—Sí —vaig contestar.

—Sisplau, no l'hi expliquis, això, al pare. Estic pensant a veure com ho soluciono. —Va sospirar, passant-se una mà per la boca com si es netegés la veritat.

—Mare, ja saps que intentaré ajudar-te en tot el que...

Va alçar una mà.

—No ets pas tu la que s'ha de preocupar per això, i em sap greu haver-te ficat al mig d'aquest merder. A vegades m'oblido que només ets una nena.

Jo no diria que era una nena. Ajudava a portar la casa, però no era el moment de treure el tema.

—Si els demanessis ajuda a la Meg i a la Jo, t'ajudarien.

—Beth... —Va somriure—. Això no és cosa seva. Sóc jo, la mare. Tot i que sóc conscient que últimament no ho sembla. —Va abaixar la vista cap al canvi de marxes.

—No t'amoïnis, últimament tenim molts maldecaps. Ho entenc.

Em va agafar la mà de la falda.

—A vegades la teva generositat m'espanta, la veritat.

—Per què?

Va remoure les cames i va apagar els llums. No hi havia gaires cotxes a l'aparcament, i la botiga estava a punt de tancar. La gasolinera del costat semblava d'una ciutat fantasma.

—Perquè el món és tan gran, cuca. —A vegades la mare ens deia «cuques» quan érem petites, però feia anys que havia deixat de fer-ho—. M'amoïna què passarà amb tu quan les teves germanes marxin de casa.

Vaig fer un mig somriure, sense saber com m'havia de prendre el que m'acabava de dir.

—Què vols dir?

—Què tens pensat fer després de graduar-te? O fins i tot abans? Vols seguir estudiant a casa fins que et graduïs?

Vaig assentir.

—Sí. Si m'ho deixeu fer. —Estava sent sincera, malgrat que em sentia com el que m'imaginava que devia ser una ressaca.

Va inflar les galtes i va deixar anar l'aire lentament.

—Per descomptat que t'ho deixem fer. Mai no t'obligaria a anar a l'escola, si tant et costa. L'únic que necessito és estar segura que això és el que vols. A casa hi estàs bé? Creus que faig el que hauria de fer, com a mare?

El seu sentiment de culpa era evident. I si havia de dir la veritat, la casa dels Spring no era pas perfecta. Però creia que la mare feia el que podia. Últimament semblava que els nervis la superaven. Ja l'havia vist així de trista altres vegades, o sigui que no em sorprenia, però era diferent ser-ne la causa. Una part de mi se sentia culpable pel fet que la mare estigués tan preocupada per mi, però una part petita de mi estava desesperada per rebre aquella atenció.

—Estic bé. Simplement, aprenc de manera diferent que les meves germanes. Tothom és diferent, saps?

Va riure.

—Oi tant que ho sé. Però parlo seriosament, Bethany. Si necessites parlar amb algú, o si creus que vols anar a un metge o el que sigui, em semblarà bé. Pensa que no hi ha res, absolutament res, de dolent en això. Faré tot el que pugui per aconseguir el que...

—Mare. —Li vaig estrènyer la mà—. Estic bé. Gràcies.

La vaig mirar. Semblava una mica més la Meredith Spring que jo coneixia abans d'aquesta primavera. La de la llengua afilada i l'humor negre. La lluitadora amb tot un món a l'esquena que encara ballava les velles cançons de Luther Vandross a la sala d'estar.

—T'estimo i estic bé. Només necessito que a tu i al pare us sembli bé que no vagi a l'escola.

—I ja saps que si t'agrada algú, tant me fa que sigui lila, negre, blanc, marró o blau, o que sigui ell, o ella, o el que sigui...

—Ja ho sé, ja ho sé. —Vaig somriure. Repetia aquesta cançoneta des que era petita. Sempre tenia cançonetes per a aquestes coses—. No surto pas amb ningú, amb prou feines surto de...

—Precisament és això al que em refereixo. —Va inclinar el cap, mirant-me com volent dir «Ho veus?».

—De debò, mare, de moment estic bé, i si això canvia, ja t'ho diré.

Va entrellaçar el dit petit amb el meu.

—M'ho promets amb el dit petit?

—T'ho prometo. —Vaig assentir i ella em va somriure.

—Tracte fet.

Capítol 42

Meg

La senyora King estava a punt d'acabar el sopar mensual que organitzava amb la junta de la seva fundació contra el càncer. M'hi havia fet anar al migdia per pentinar-la i maquillar-la, organitzar els del càtering, treure els gossos a passejar i preparar les etiquetes per al correu d'aquella setmana. No em feia res cuidar-me de les tasques d'assistent personal, però preferia molt més ocupar-me del seu aspecte.

La reunió s'acabaria en qualsevol moment. Ja feia un quart d'hora que havien servit les postres. Vaig aprofitar aquells minuts de pausa per retocar-me el maquillatge al mirall del vestíbul. Encara tenia els ulls una mica inflats de la nit abans, i la vermellor de la pell ja se'm començava a notar malgrat la base correctora. Aquell festival m'havia destrossat. Havia sigut com entrar en una màquina del temps, tornava a ser un altre cop a Texas, amb una diana penjada a l'esquena. No suportava pensar que aquells dos mons s'estiguessin barrejant. Em pensava que el passat no m'atraparia mai. Que idiota que era. Em vaig pintar els llavis, em vaig estufar els cabells i vaig intentar tapar el drama de la meva vida a cop de rímel. Vaig captar un reflex al mirall de paret i vaig posar de seguida la vareta a dins del tub de rímel.

Era en Shia, amb una camisa plena de grans taques de suor. No es movia. Simplement em mirava al mirall. Vaig apartar la vista, vaig guardar ràpidament les coses a dins de la bossa i la vaig tancar.

—Espera't —va dir darrere meu, però no em vaig aturar—. Meg!

Vaig girar la cantonada i vaig enfilar el passadís. El despatx del senyor King era just al mig d'aquell passadís, i malgrat que ell era fora, sabia que era millor no xafardejar per aquella part de la casa.

Em vaig girar per mirar en Shia.

—No! Vés-te'n.

—Meg, sisplau. Escolta'm.

Vaig negar amb el cap.

—No. No, Shia. Tu i la Bell Gardiner us en podeu anar a la merda.

A en Shia se li va escapar una mica el riure.

—Això no fa gràcia. L'hi vas explicar tot, oi? —Vaig abaixar el to de veu—. No m'ho puc creure. Ja sé que és la teva promesa i fins que la mort us separi i tot això, però em pensava que tu i jo érem amics.

Va esbatanar els ulls.

—Amics, eh?

—Shia.

—Margaret.

Vaig mirar al capdavall del passadís. L'últim que necessitava en aquell moment era que la senyora King sortís al passadís amb un grup de membres de la junta amb el vestit de mudar del diumenge.

—Jo no he explicat res de tu a ningú. Saps perfectament que no ho faria. La Bell em va dir que les fotos les hi va enviar la Shelly, i que no sap qui les hi va fer arribar. Sap que no s'hauria d'haver ficat en aquell merder, però va ser la Shelly la que va començar, de debò, Meg.

Vaig brandar el cap amb incredulitat.

—A tu et sembla que m'importa gaire qui va començar tot això? Estic destrossada. Em van humiliar davant de tots els teus amics i de les meves germanes. —Em vaig girar d'esquena quan vaig notar que les llàgrimes em coïen als ulls.

—Ja ho sé. En sóc molt conscient. —La seva veu va ressonar en el silenci del passadís. Esclar, aquella era l'única zona de la casa on no hi havia un rellotge penjat a la paret o decorant perfectament un bufet.

—No penso parlar d'això amb tu. No hi ha res a dir. I ara, he de tornar a treballar.

—Para de ser tan tossuda. No ho havíem superat, això?

Em vaig girar i vaig alçar la veu.

—Tu i la teva promesa heu anat massa lluny, i tinc tot el dret d'estar enfadada i dolguda. —Em vaig assegurar que em mirava directament als ulls—. Us odio, a tots dos.

—No és pas la meva promesa —em va semblar que deia.

—Eh? —Vaig tornar a mirar al capdavall del passadís, per comprovar que només hi érem nosaltres dos.

Es va humitejar els llavis.

—Ja no estem promesos. Vaig tallar amb ella quan tornàvem del festival. Em va saber molt de greu, allò.

—Per què? —Em feia la sensació que m'havia empassat un grapat de terra i que necessitava aigua per fer-la baixar.

Va sospirar i es va acostar uns quants passos.

—Per molts motius. Sóc massa jove. Ella és massa jove. No ens coneixem prou bé. No tenim res en comú. Ella ho embolica tot. Et va tractar com una merda. Els motius habituals. —Va somriure.

Em vaig reprimir el somriure just quan estava a punt de separar-me els llavis.

—Ho dius de debò? —No n'estava segura, però potser sí que parlava seriosament—. Doncs per què estaves amb ella?

Va arronsar les espatlles.

—Perquè és guai. —Va fer una pausa—. Bé, a vegades ho és. I és divertida, i a més feia temps que no tenia cap nòvia, i sabia que així els meus pares no m'atabalarien amb els meus viatges. Seria una cosa més perquè la meva mare s'hi pogués obsessionar.

—La teva mare es preocupa per tu.

—Sí. —Es va fregar la nuca. Les mànigues de la seva camisa estaven tallades, i se'l veia cansat, com jo.

—I ara què? —vaig preguntar. Aquella conversa anava molt ràpid.

—Me'n vaig dimarts.

Uau.

—Aquest dimarts?

Va assentir.

—Molt bé. —Vaig empassar-me les paraules i el xoc. Ara sabia que marxava, i no només això, la seva absència a Nova Orleans no canviaria la meva vida en cap aspecte. M'havia acostumat als seus viatges en el poc temps que feia que el coneixia.

—Molt bé? I ja està?

—Què més esperes de mi? —Vaig repenjar l'espatlla a la paret de color beix. El gran retrat familiar estava a l'altura dels meus ulls, i vaig mirar la cara del petit Shia i l'osset de peluix que tenia a les mans en la imatge capturada davant meu.

—No ho sé. Alguna cosa més que «molt bé».

—Per què no parles tu? És evident que ets tu el qui té alguna cosa a dir.

Va tancar els ulls un instant i es va acostar una mica més, arraconant-me a la paret.

—Em sap greu allò de la Bell. De debò. I jo no hi vaig tenir res a veure, però tot i així em sap molt de greu. —Va alçar la mà fins a l'altura del meu coll, just a sobre de la tela prima de la meva samarreta.

Anava vestida de manera molt informal, amb una samarreta blanca amb butxaca al pit i uns texans esquinçats negres ficats a dins d'unes botines negres. Si hagués sabut que veuria en Shia, m'hauria posat unes sabates més còmodes i una brusa més sexi.

—Què més et puc dir, Meg? Que em fas emprenyar gairebé sempre? O que penso que ets una mocosa? O que m'agradaria poder-te donar el que tu vols? —Es va acostar més.

Eh? Estava a punt de fer-me un petó. Déu meu.

Era una idea horrible, segur. La Jo em diria que era una idea horrible.

—No t'hi atreveixis —vaig dir, somrient, mentre girava el cap en el moment en què ell va acostar els llavis als meus—. A veure, què és el que vull, exactament? —vaig preguntar, sense alè. Tenia la seva mà a la base del coll.

Va somriure.

—El que vols és una vida d'esposa de militar. Vols ser així, com la meva mare.

—I quin mal hi ha?

El seu cos era a pocs centímetres del meu, pràcticament m'encastava contra la paret.

En Shia em va agafar amb el puny per la samarreta i em va estirar cap a ell. En el moment en què els nostres llavis es van tocar, es van sentir uns talons repicant al capdavall del passadís. Me'n vaig apartar de seguida, i ell em va agafar suaument pel canell. La seva mare s'acostava, i vaig intentar no deixar-me dominar pel pànic.

—No te'n vagis —em va suplicar—. Hem de parlar.

—Meg? —La senyora King em buscava.

—Merda. Merda. La teva mare em matarà —vaig grunyir, i vaig sortir cap al mig del passadís.

—Ja vinc! —vaig dir, mentre ella em mirava fixament.

El vestit de color marró clar se li ajustava perfectament al cos, i les sabates de taló li pujaven més amunt dels turmells. Els cabells llisos li queien com un riu negre per les espatlles.

—Ja hem acabat. Si vols venir al menjador mentre recullo, podem repassar una mica l'agenda de la setmana que ve i ja te'n podràs anar.

No semblava que sospités res, però llavors en Shia va aparèixer de la cantonada i es va col·locar darrere meu. La senyora King no va ni parpellejar quan el va veure.

—Ja has tornat —va dir al seu fill, mentre ell se li acostava. Amb els talons que duia, era gairebé tan alta com ell.

—Sí, només he sortit a fer una mica d'exercici. Ja t'ho he dit.

—La teva germana m'ha dit que agafes l'avió dimarts.

No hauria d'haver sigut allà mentre discutien coses familiars, però l'única manera d'anar-me'n era passant pel mig d'ells dos. Vaig recordar la baralla que havia presenciat des del passadís, i vaig resar perquè no es repetís la història.

—Mare, ja saps que sempre torno... —S'hi va acostar per abraçar-la, però ella li va assenyalar la roba suada—. Au, vinga. —Va riure inclinant el cap, i la va captivar a l'instant.

—M'enterrareu abans d'hora, amb les teves anades i vingudes. La teva germana ja ha posat seny, quan ho faràs tu? —El va abraçar amb un braç. Aquella pregunta l'havia fet una mare preocupada, no la senyora King que firmava els meus xecs. Sempre era amable amb mi, però era molt i molt dolça amb el seu fill.

—Tornaré a finals d'estiu.

Tots tres vam començar a caminar cap a l'escala.

—El setembre encara queda molt lluny.

O sigui que en Shia se n'anava al cap de dos dies i no tornaria fins a finals d'estiu. Això semblava una eternitat.

—Tot anirà bé. Potser tens sort i una de les noies queda embarassada. —En Shia es va apartar de la seva mare, tot juganer. Finalment vaig notar que el meu cor recuperava el ritme normal després de la nostra «conversa».

Ella el va mirar i va posar els ulls en blanc.

—Molt graciós. Elles encara poden, però tu segur que no. A veure, ara vés a molestar algú altre de la casa, que nosaltres hem de treballar. —El va fer apartar.

Jo em vaig aguantar un somriure, alleujada perquè la conversa havia anat tan bé.

En Shia va fer un petó a la galta de la seva mare, em va saludar amb la mà sense mirar-me als ulls i va desaparèixer per la porta de l'entrada. Vaig seguir la senyora King cap al menjador, on havien fet el sopar. Sempre em recordava que podia assistir a aquells sopars, però no tenia prou capacitat d'atenció per afegir-m'hi. Dues serventes ho recollien tot, i la senyora King va agafar un cubell de les escombraries i va començar a netejar la taula.

—Ha anat la mar de bé. Donarem una altra beca, i tenim algunes idees per fer una nova pàgina web. Necessitem un dissenyador. En coneixes cap? —Mentrestant, anava llençant les restes del menjar dins la bossa.

Jo vaig començar a recollir copes.

—Em sembla que el nòvio de la meva germana ho és. —En Laurie en feia cara—. Ho preguntaré i li diré alguna cosa.

—Gràcies, Meg. Com t'ha anat, a tu? Has sopat, oi? Això espero.

Vaig assentir mentre passàvem d'un seient a l'altre. La senyora King s'assegurava que menjava el que em venia de gust mentre ella celebrava aquells sopars-reunió, i per això jo sempre triava els establiments que m'agradaven més per encarregar el càtering. La majoria de vegades portava el menjar que sobrava a les meves germanes.

—Com t'ha anat? —va repetir.

Ai, Déu meu, m'està interrogant.

Tenia la gola seca.

—Bé. M'estava passejant una mica per dalt i he topat amb en Shia. —Vaig aconseguir fer un petit somriure amb penes i treballs.

—Ja ho he vist. Com està en John Brooke?

Se'm va fer un nus a l'estómac. Vaig dir, amb veu ronca:

—Bé. Vaja... —Ella recollia molt ràpid i jo amb prou feines li podia seguir el ritme. Vaig tornar a desitjar haver dut unes sabates més còmodes—. Ara ha anat a veure la seva família uns quants dies, abans de tornar cap a la seva destinació.

—Quants anys ha de servir a l'exèrcit?

—Cinc.

—Això és molt de temps —em va dir, com si jo no ho sabés. La taula ja estava recollida, i jo estava més que preparada per anar-me'n cap a casa i fugir de qualsevol persona que es digués King de cognom.

Bé, potser d'en Shia no...

Ostres, estava ben confosa.

—Sí —vaig dir.

La senyora King estava palplantada al meu costat.

—Anem a la cuina?

Va començar a caminar i jo la vaig seguir mentre comprovava l'hora que era al meu mòbil. M'havia passat tot el dia en aquella casa. Ningú no m'havia enviat cap missatge. La Jo segurament encara estava enfadada amb mi, i gairebé ni me'n recordava de per què ens havíem barallat. La senyora King va obrir l'elegant nevera i en va treure una ampolla de llet.

—Pots agafar dos gots? I el plat verd. —Va assenyalar un plat de galetes que tenia davant meu.

Vaig posar-ho tot a l'illa de la cuina i ella em va servir la llet juntament amb una cullera. Jo vaig posar les galetes al mig, esperant que ja tingués clar l'horari de la setmana següent i enllestíssim ràpid la feina.

Vaig fer una mossegada a una galeta de xocolata just quan la senyora King em va preguntar:

—M'hauria de preocupar pel que el meu fill sent per tu?

Vaig estar a punt d'ennuegar-me.

—Mmm, mani'm? —vaig dir, amb la boca plena.

La senyora King es va mostrar molt calmada i educada quan va repetir la pregunta.

—M'hauria de preocupar per tu i el meu fill?

Vaig anar amb compte amb la resposta.

—En quin sentit?

—En el romàntic.

—Per què s'hauria de preocupar? —Vaig beure un glop de llet.

La senyora King va repenjar els colzes al marbre de l'illa.

—Les coses que em preocupen són l'engany, la paciència i el bon nom de la família.

Em vaig notar un pes al pit.

—Jo no enganyo ningú. En John i jo pràcticament... —No volia donar-li excuses—. Per descomptat que tallaria la relació amb en John abans d'adquirir cap mena de compromís amb el seu fill.

Ni tan sols sabia si ho volia, això. Sabia que en Shia deia la veritat sobre el fet que ell no havia explicat els meus problemes a Texas a la Bell, però això no volia pas dir que la nostra relació fos viable o que pogués durar més temps que un dels seus viatges.

—I la paciència? —Va sucar una galeta al got de llet.

—En quin sentit? —No suportava haver-li de demanar que parlés més clar, però si allò era un examen, volia aprovar-lo.

—En Shia fa aquests viatges seus i va a pobles on no hi ha internet, i quan en torna, no té ni un cèntim al compte corrent perquè els ha donat tots. És un bon noi, i jo estic molt orgullosa d'ell, però tot té un límit, i en Shia necessita una dona amb un munt de paciència.

—Li va demanar aquestes coses també, a la Bell Gardiner? —Ho havia de saber.

La senyora King va negar amb el cap.

—No em va caldre.

—Perquè ja en sabia les respostes? —Continuava havent-ho de saber.

—No. Sabia que allò no duraria prou temps per haver-me de molestar a saber les respostes.

Aquest comentari em va sorprendre, però no vaig tenir temps de pensar abans que la meva boca tornés a parlar.

—Crec que tinc paciència.

A veure, no en tenia tanta com per exemple... la Beth, però sabia esperar quan una cosa valia la pena.

—I el tema del llegat familiar? —vaig preguntar.

No estava segura de voler-ho sentir, la veritat. Els King estaven molt lluny del meu abast.

—Saps què em preocupa molt més que el color de la teva pell o el teu cognom? —va preguntar.

—No. —Ni idea.

—Em preocupa saber si ets una lluitadora. Seràs capaç de suportar la pressió de formar part d'una família com aquesta? Potser en Shia i el seu pare estan mesos sense parlar-se, però la nostra família és la meva principal prioritat a la vida.

Vaig assentir.

—No m'importa a quina universitat hagis anat, si és que hi has anat mai. Sé que això no està a l'abast de tothom, i els joves d'avui dia sou molt espavilats, en sóc conscient. Però seràs capaç d'educar els meus néts perquè siguin valents i sàpiguen afrontar el món malgrat el color de la seva pell?

Vaig tornar a assentir.

—Sé que tot això sembla excessiu —va somriure, suavitzant una mica el to de la conversa—, i que sembla que li estigui molt a sobre a en Shia, però no és el cas. Si això no funciona, canviarien moltes coses. La teva feina podria estar en perill, igual que l'amistat entre vosaltres dos, i la nostra amistat. Meg, no vull perdre el temps inútilment, ni el meu, ni el del meu fill ni el teu, si creus que no estàs preparada per a això.

Tot plegat era bastant intens, però, sincerament, havia

planificat el meu casament i havia posat nom als meus peluixos des que tenia capacitat de raonar. Jo no era com la Jo. Ser mare era molt important per a mi, i sempre havia sabut que independentment de la raça dels meus fills, jo seria la seva principal defensora. Esperava amb anhel el meu futur com a esposa i com a mare.

Però estava molt lluny d'això. I en Shia també.

—Ho entenc. Però en Shia i jo no tenim aquestes intencions.

—Bé, jo només vull que pensis en la perspectiva general de la situació. Em sabria molt de greu perdre la nostra relació de treball si al final decidiu que ho deixeu córrer.

Abans de deixar-ho córrer ho hauríem de *començar*, però això no l'hi vaig dir.

—Senyora King, li prometo que... que si arribem a aquest punt, estaré preparada per a aquestes coses —li vaig assegurar, també per confirmar-m'ho a mi mateixa—. Per a totes.

En Shia i jo no podíem pas començar a sortir de cop i volta. Primer hauríem de començar una altra vegada com a amics, i això era impossible perquè ell no tornaria fins a finals d'estiu, i tot just érem a la primavera.

—És l'únic que et demano. I no li diguis a en Shia que t'he parlat d'això. Res més. —El seu somriure era prou càlid per poder fondre tota la incomoditat que hi pogués haver en l'ambient—. Ah, i també necessitaré que passis la recepta d'aquestes galetes als meus néts.

—Tracte fet. —Vaig alçar una galeta enlaire.

—Tracte fet —va repetir ella, alçant la seva galeta a mig menjar.

Durant els vint minuts següents, vam parlar de l'horari de la setmana vinent, des de l'hora per anar l'endemà a la perruqueria amb els gossos fins a la cita de dijous per actuar com a jurat. Mentre anava afegint les activitats al calendari del seu mòbil, jo no parava de mirar cap a la porta, amb l'esperança de tornar a veure en Shia abans de marxar. Només faltaven dos dies perquè se n'anés, i sabia que passarien volant, i després, puf, ja tornaria a ser a l'altra banda del món.

Però no va aparèixer a la porta. Just quan ja me n'anava amb una safata plena de les sobres del sopar, el mòbil de la senyora King va sonar des del marbre on jo l'havia deixat.

El va agafar i va llegir la notificació mentre m'acompanyava a la porta.

—Bona nit, Meg. I fes-me saber si dimarts necessites el dia lliure.

Vaig assentir donant-li les gràcies, i vaig anar cap al cotxe tan ràpid com vaig poder.

Què acabava de passar?

Capítol 43

Beth

A la pizzeria Little Caesars no hi havia ningú, excepte nosaltres i la noia embarassada de darrere el taulell. Només quedaven dos talls de pizza a l'escalfador. Sabia que era hora de tancar i m'empipava molt anar-hi a l'últim minut, però encara em vaig sentir més malament quan vaig veure que la dependenta estava embarassada. L'etiqueta de l'uniforme posava que es deia Tawny. Tenia uns ulls marrons molt grans i els cabells molt arrissats. Se la veia molt jove.

—Hola. —La mare li va fer un somriure. Sempre era una clienta molt educada i ens havia ensenyat a fer el mateix. Estava una mica menys animada que temps enrere, però a casa dels Spring tothom estava una mica més cansat, últimament.

—Hola, en què us puc servir?

La mare va demanar a la Tawny sisplau, sisplau, que

ens fes unes quantes pizzes, li va prometre una bona propina a canvi i es va disculpar profusament. No sabia què passaria aquella nit després que la pizza greixosa ens omplís l'estómac, la pel·lícula que triéssim s'acabés i la mare i el pare anessin a la seva habitació i nosaltres a la nostra. No sabia si les meves germanes grans serien a casa aquell vespre, però esperava que almenys una d'elles hi fos per poder parlar amb algú quan els meus pares es tanquessin a l'habitació i la mare hagués de dir al pare que, una vegada més, no teníem diners.

—Només jalapeño i ceba en aquesta —va dir la mare, demanant la pizza preferida de la Jo. Esperava que la Jo s'hagués calmat prou per poder estar sota el mateix sostre que l'Amy. I esperava que l'endemà la mare digués al pare que jo no volia anar mai més a una escola pública i que ell s'ho prengués bé i jo em pogués concentrar en els deures.

—Almenys no som els únics que venim a última hora —va dir una veu de noia. Em va sonar, i quan em vaig girar vaig veure per què.

Amb uns pantalons de xandall ajustats i una samarreta de color verd oliva, repenjada a la barana, hi havia la Nat, la noia que venia anells de l'humor al festival. Ostres, el festival. Si poguéssim esborrar-lo de la història de la família Spring, seria fantàstic. Poder estar a la seva parada va ser l'única cosa positiva d'aquella nit. Va ser molt amable i fins i tot ens va ajudar a amagar la Meg. A la Nat li quedava molt bé la roba de carrer. Duia els cabells recollits en una cua i se li veien les orelles, totes decorades. Era al costat d'un home que vaig suposar que era el seu pare, i assenyalava la carta que hi havia penjada a la paret.

Per fer només un cap de setmana que la coneixia, me l'havia trobat moltes vegades. Bé, al festival ella estava treballant, però ara? Les probabilitats de trobar-nos en aquell lloc amb el seu pare... vaja, si més no era estrany. Em notava les galtes cremant i vaig intentar no mirar cap al mirall que hi havia darrere del taulell. Ho vaig intentar, però no me'n vaig sortir. Feia cara de no haver dormit en tota una setmana.

—De què la vol, la teva mare? —va preguntar el suposat pare de la Nat.

Dissimuladament, vaig intentar arreglar-me els cabells que se m'escapaven de la cua, però no hi havia manera.

—De pernil i formatge —va respondre ella. L'home li va preguntar com tenia els deures, i jo l'observava mentre parlaven quan de sobte va alçar la vista i em va enxampar.

Va parpellejar tres vegades ràpidament i va somriure.

—Ei! Jo et conec!

—Hola. —Vaig saludar-la amb la mà just quan la mare es girava.

—Hola! Qui són? —Va saludar la Nat i el seu pare, que tot seguit es van presentar.

—Hola, sóc la Nat. —Va somriure a la mare mentre assenyalava el seu pare amb el dit polze—. Ell és el meu pare.

—Shin. Molt de gust. —Va allargar la mà per encaixar amb la mare.

La Nat es va girar cap a mi.

—Com va tot? Quina casualitat, que siguem els únics de la ciutat que mengem al Little Caesars. —Va fer una rialleta i es va posar un floc de cabells darrere de l'orella. Duia la cua molt fluixa, allò que a Tumblr definirien exactament com un monyo esbullat. A mi no em quedava mai així de bé. Mai.

—Bé —vaig respondre. Per algun motiu, em sentia molt angoixada. No hi havia més gent fent cua ni veus xerrant al voltant. Només la música pop d'una dècada enrere que sonava de fons i el brunzit de la nevera del taulell. Érem nosaltres quatre i prou... bé, nosaltres sis, si hi comptàvem la Tawny i el seu nadó, però el cor em palpitava com si fos al mig d'un Black Friday (que ara ja començava per Acció de Gràcies) a Walmart.

La Nat em mirava com si m'hagués oblidat de contestar, i de fet no havia acabat la resposta.

—I tant. Nosaltres ens pensàvem que érem els únics a qui encara ens agradaven.

La Nat va fer una rialleta.

—Nosaltres també.

Els nostres pares s'havien posat a parlar d'escoles o alguna cosa així. No ho sabia ni m'importava.

—I què feu per aquí voltant? Fort Cyprus està molt tranquil avui, no hi ha ningú —va dir la Nat, mirant el local de Kmart, que estava ben buit. En aquell moment vaig saber que era filla de militar, perquè va dir Fort Cyprus referint-se a tot el poble. La poca gent que vivia al voltant dels posts i no eren familiars de militars anomenaven el seu poble pel nom real.

—Hem sortit a fer encàrrecs. Havíem d'anar a l'economat. —El record de l'incident em va deixar la boca seca de cop—. Ara hem vingut a buscar pizza per sopar, i després res, segurament mirarem una pel·lícula de por. I vosaltres?

—Ostres, m'encanten les pel·lícules de por! —Va alçar una mica la veu. Parlava d'una manera tan animada, que em feia pensar en la Jo. Es va acostar una mica més cap a mi, i llavors la Tawny va venir al taulell per prendre nota a la Nat. Va demanar les seves pizzes i el seu pare va pagar—. Hem anat a la botiga de manualitats i a buscar una manxa per a una mena d'inflable.

—Per a la teva germana o el teu germà, potser? —vaig preguntar.

—No, per a la mare. És una cosa per posar al jardí ara que ve el bon temps. Li encanta tenir-lo ben arreglat i decorat. —La Nat va riure. Si veiés casa nostra per Halloween, o casa de l'àvia per Nadal, es quedaria astorada—. Sóc filla única.

Gairebé em vaig ennuegar.

—Ets filla única?

Es va posar a riure.

—Ostres, tens els ulls... —Va obrir-los molt per imitar-me i va riure encara més.

—És que jo tinc tres germanes —vaig dir a l'extraterrestre que tenia al davant. Filla única? Com devia ser això de ser filla única?

—Tres? —Ara va ser ella la que es va quedar bocabadada—. Ostres, això és una multitud.

—Sí, i tant. —Vaig somriure.

—Demà és l'aniversari de la meva mare, per això hem anat a comprar totes aquestes decoracions i la pizza. —La Nat es va humitejar els llavis i es va girar per mirar què feia el seu pare. Se la veia molt més jove sense el maquillatge, la purpurina i la henna sobre la seva pell cremosa. No sabia si tenia la meva edat o si era una mica més gran.

—Que guai. Demà nosaltres celebrem l'aniversari de la meva tieta —vaig dir, sense saber per què ho deia.

La Nat no parava de somriure.

—Que divertit —va dir, sincerament—. Jo volia deixar els meus pares sols una estoneta, però al final el pare s'ha ofert a acompanyar-me. —Es va picar el front amb el palmell, i aquell gest em va fer riure. Era reconfortant, aquella noia—. Sona estrany, oi, voler deixar els meus pares sols una estona?

La mare es va girar per mirar-nos, i jo vaig tornar a mirar la Nat, intentant no riure.

—Una mica, però ho entenc. —Els meus pares no estaven mai sols—. Podries venir a casa meva? —vaig dir, però només de dir-ho, vaig pensar que potser m'havia precipitat. Li semblaria bé, a la mare? S'esperaria per parlar del tema dels diners amb el pare fins que anéssim a dormir? Vaig tartamudejar una mica—: Bé, ho he de demanar. Si és que vols venir, esclar. Si no...

—Sí, i tant. Si a la teva mare li sembla bé. De fet, només són les set. Podria venir posem-hi... a dos quarts de deu? Igualment, demà no he pas d'anar a l'escola.

Es va girar i ho va demanar al seu pare.

La meva mare va dir que sí, mirant la Nat, el seu pare i després a mi.

—De què la coneixes? —em va xiuxiuejar.

—És la que fa les joies que vaig portar a casa. Aquell anell fosc que et vaig comprar. —La mare encara no se l'havia posat, però m'havia promès que l'estrenaria quan anés a algun lloc especial.

—De debò? Caram. Només té disset anys. El seu pare m'ha explicat que vol anar a la Louisiana State University la tardor que ve. Sí, que vingui, però us quedeu a la sala d'estar i mireu una pel·lícula.

—Mare...

—No, fins que tinguis setze anys. Les normes que valien per a les teves germanes també valen per a tu. —La Nat no ens podia sentir, per sort, però jo volia acabar la conversa.

—D'acord, d'acord —vaig contestar, i vaig veure que el pare de la Nat assentia.

—Tinc aquesta conversa amb totes les meves filles. La Meg, la Jo i ara tu —encara xiuxiuejava la mare.

Fins ara no havíem tingut aquella conversa perquè jo no havia dut mai amics a casa, ni nois ni noies.

—D'acord —vaig repetir.

La mare va assentir i es va girar cap a la Nat.

—Quina pizza heu comprat? Nosaltres...

Em feia la sensació que tot canviava molt de pressa des que el pare havia tornat a casa, des que la Jo va conèixer en Laurie, des que en Shia King havia tornat, des que a l'Amy li va venir la regla, des que jo havia fet una nova amiga en molt i molt de temps. Esperava que el temps s'alentís una mica aquell estiu, o potser sempre era així per a una adolescent? Tot passava volant, només havies d'intentar agafar les coses bones quan podies.

Capítol 44

Jo

—No m'ho puc creure —vaig dir per desena vegada en els últims cinc minuts.

En Laurie estava assegut al llit, teclejant i clicant al meu portàtil. Estava emprenyadíssima amb l'Amy. Com podia arribar a ser tan malparida i cruel?

—Ho he d'explicar a la Meg. Ho he de fer. —Vaig seure a la vora del llit i em vaig treure el mòbil de la butxaca. Quin coi de dia més llarg. Ja n'estava tipa.

—Això ja no és cosa meva. Tu saps què és el que més li convé a la teva família. Mira. —Es va girar cap a mi i va moure la pantalla perquè ho pogués veure—. El teu article s'ha guardat. L'he enviat al meu correu, per si de cas alguna cosa va malament; t'hauries d'acostumar a enviar-te els teus documents.

—Ja està? Ja has acabat? —El vaig mirar alçant una cella. Ell va assentir—. Gràcies, de debò. Quin embolic,

Laurie. Quin desastre de família que tinc. Hosti tu, l'Amy. No em puc creure que li enviés aquests missatges a la Meg. La Meg és la seva germana preferida. Imagina't què deu tenir planejat per a mi!

No volia ni imaginar-m'ho, la veritat.

—A totes les famílies hi ha embolics. Ja ho saps. Mira la meva.

Vaig assentir, sospirant.

—Sí, però almenys tu ets lluny. Això hi deu ajudar una mica, no?

Em va agafar per la tira prima del top i em va estirar suaument cap a ell. La baralla amb l'Amy semblava molt llunyana, i en canvi havia passat tot just una hora abans; era com si la baralla hagués començat anys enrere i tot just ara arribés al final. Vés a saber què hauria passat si en Laurie no hagués estat aquí i jo no tingués casa seva just al costat per anar-hi a calmar-me. Quan marxés a viure a fora, no tindria un lloc com aquell.

—Potser una mica, però no gaire.

—M'agradaria poder marxar molt lluny. Però al mateix temps em pregunto si no em sentiria culpable de deixar la meva família aquí.

En Laurie tenia el braç al voltant de la meva espatlla, però el va abaixar i va entrellaçar els dits amb els meus. S'havia convertit en el meu millor amic. En la meva família, en el meu de tot, durant aquelles últimes setmanes. Havia començat a dir coses a en Laurie que normalment no hauria dit mai en veu alta, i no me'n sabia avenir.

—Hi ha molta gent que se'n va de casa per anar a la universitat, saps? He conegut nord-americans de tots els estats passejant pels carrers de Nàpols, París i Berlín. A tot arreu. La gent se'n va de casa, és el que hi ha. Això forma part de fer-se gran, no?

Vaig assentir i vaig repenjar el cap a la seva espatlla. Feia olor de sabó i d'òxid.

—Sí, però si per exemple la Meg es casa amb en John Brooke, se n'anirà de casa, i quedarem l'Amy, la Beth i jo. Un conductor menys, un cotxe menys. Si jo me'n vaig, un altre conductor menys. Ho entens?

Es va apartar el portàtil de la falda i es va girar cap a mi. Va estirar l'edredó que hi havia entremig de tots dos.

—Sí, ho entenc, però això no és pas responsabilitat teva. Ja sé que potser sembla dur, però tu ets responsable de tu mateixa, i d'ajudar quan puguis, però ja està. Si et quedessis aquí ho passaries malament. I la teva família segur que voldria que marxessis, si realment és el que vols. No?

—Suposo. El pare va ser el primer de dir que me n'hauria d'anar per fer la carrera. —Vaig brandar el cap—. Tu no ho entens perquè la teva família no està tan unida com la meva. A veure, comparteixo habitació amb la meva germana i visc amb els meus pares.

En Laurie va fer cara de tristesa.

—Perdona, no ho volia dir, això. Ho sento —vaig dir, de seguida—. A vegades penso que si me'n vaig, s'ensorrarà tot. Però tampoc és que faci gaire res per evitar-ho.

—Parla'n amb la Meg, a veure què diu ella.

Vaig assentir, tenia raó. Va estirar el braç per agafar-me la cara.

—Nosaltres només som petits puntets en el teu mapa, Jo. Tu no pertanys a aquí, i ho saps. Només espero ser prou bo per poder seguir el teu viatge.

El cor se'm va encongir.

—Esclar que ets bo —li vaig xiuxiuejar—. I aconseguirem que això nostre funcioni a distància, d'acord? Si és que aconseguim superar aquest any, esclar.

Va posar els ulls en blanc.

—Ostres, Jo!

Vaig riure.

—És un dir, home. Primer passem aquest any.

—Abans he d'anar amb la meva mare.

—Ja ho sé. Però ens en sortirem. Serà un bon entrenament per a quan jo sigui a la universitat, si és que encara estem junts.

Aquest cop en Laurie no va riure, ni somriure. Em va mirar fixament.

—Això és el que penses, de debò? Al principi m'ha fet gràcia, però no pares de repetir-ho. Quin sentit té intentar-ho, si tu ni tan sols vols fer l'esforç?

Em vaig apartar d'ell.

—I tant que sí. Només feia broma. Perdona'm... Però necessito estar segura que això és el que jo vull i el que tu vols.

—Em pensava que ja havia quedat clar.

En Laurie semblava esgotat.

Tots ho semblàvem.

—Sí. —Em vaig fregar el coll—. Només estic sent realista i sincera.

—Perfecte.

Vam estar en silenci uns instants fins que en Laurie finalment va parlar.

—Jo, necessito saber com quedem. No et demano pas un compromís per a tota la vida, però quedem que sortim junts, o no? Aviat me'n tornaré a casa, a Itàlia, i potser algú em preguntarà si tinc nòvia...

Què?

—Què vol dir això? Qui t'ho preguntarà? —Em vaig aixecar. Normalment, en aquell llit m'hi sentia molt còmoda, però de sobte em va semblar que era massa petit per a tots dos.

En Laurie va vacil·lar.

—Suposo que els amics, i les amigues, també. No estic dient el que penses que estic dient, però sí, les noies m'ho preguntaran, Jo.

Per descomptat que sí. Mira-te'l.

Això em va fer posar com una moto. Sortir amb en Laurie seria sempre així? Amb noies sempre disposades a atacar en el moment en què ell estigués lliure?

—No entenc per què és tan greu per a tu dir que sortim junts. Si estàs tan insegura, què estem fent?

Em vaig posar a la defensiva.

—Si tens tantes noies per triar fent cua, què estàs fent?

Va brandar el cap.

—Ets una hipòcrita. Ho saps, oi? —Va alçar les mans enlaire.

—Sí. Ho sé. I tu ets un collons de jugador. Ara ho veig.

En Laurie es va quedar amb la boca oberta, es va aixecar del llit i va anar cap a la porta. La va obrir, i jo esperava que em fes fora, però en comptes d'això simplement se'n va anar. Vaig esperar menys d'un minut abans d'agafar el mòbil i la clau de casa i marxar corrent. Les escales sempre grinyolaven, i normalment m'agradava aquell toc de personalitat que conferien a la casa, però aquell dia cada grinyol em feia venir ganes de cridar quan les baixava a tot drap. L'aire era xafogós i feia olor de pluja. Vaig dubtar d'anar a fer un volt, però tenia ganes d'anar a casa i estirar-me al llit.

A casa, tot estava en silenci. El llum de la sala d'estar estava apagat, però el televisor estava engegat i il·luminava bastant l'estança. El pare estava assegut a la cadira de rodes al costat de la seva butaca, i l'Amy estava estirada al sofà, mirant la tele. Havia vist el Prius de la Meg aparcat a fora, o sigui que sabia que era a casa.

—La Meredith encara no ha tornat? —vaig preguntar a qui fos que em volgués respondre.

—No. Suposo que no trigarà gaire —va contestar el pare. La Meg va aparèixer pel passadís i va donar una ullada a la sala d'estar.

—Ah, ets tu —va dir, quan em va veure amb la resplendor de la tele.

Li vaig dir que havia de parlar amb ella. Immediatament. No volia discutir-me amb la Meg; allò ja era aigua passada. Ara necessitava parlar-li dels mails que havia enviat l'Amy.

—Pots pujar un moment a dalt? —li vaig dir, en veu baixa.

El pare no va dir res, es va limitar a mantenir la mirada clavada a la pantalla.

La Meg va dir que sí i, evidentment, l'Amy va rondinar perquè ella també volia venir. Vaig intentar recordar quan jo tenia dotze anys; era tan repel·lent com ella?

—No —li vaig etzibar. No pensava deixar-la pujar.

La Meg em va mirar i jo li vaig fer que no amb el cap.

—Escolta, quan acabi de parlar amb la Jo vindré aquí al sofà i et pentinaré una estona, d'acord? —va dir la Meg, amb veu melosa.

Parlava així a la nena de dotze anys que havia intentat sabotejar la seva relació amb en John Brooke enviant mails falsos. Si la Meg ho sabés.

L'Amy va acceptar el tracte com la nena malcriada que era, i després vaig seguir la Meg cap a dalt.

—Val més que sigui una bona notícia —em va amenaçar la Meg. Anava en pijama i amb la cara ben maquillada. Per descomptat—. Ostres, és que acabo d'arribar després de passar-me tot el dia a casa de la senyora King —va dir, quan va veure la meva mirada crítica.

Va entrar a la nostra habitació, jo la vaig seguir i vaig tancar la porta.

—T'he de dir una cosa d'una persona molt propera.

La Meg em mirava amb escepticisme. Jo estava tan disgustada per la discussió amb en Laurie i per l'enfonsament de la meva família, i estava tan fastiguejada de tot, que em van venir ganes de dir-li que ja podia deixar córrer aquell paper de noia guapa i tonteta.

—Estalvia't el dramatisme, de què estàs parlant?

—Parlo seriosament, Meg. Es tracta d'aquells mails d'en John Brooke. Els que...

Em va interrompre agitant la mà en l'aire.

—Com si no sabés de quins mails em parles! Continua —em va etzibar.

—Abans, quan l'Amy ha espatllat l'ordinador, en Laurie ha comprovat si tot anava bé i ha trobat una adreça de correu en la qual s'havia registrat l'Amy...

—Què? —La Meg va mirar cap a la porta i després a mi.

Vaig abaixar el to de veu.

—Doncs això. L'Amy estava registrada al compte de correu des del qual et va enviar el missatge del fals John. No tinc ni idea de per què ho va fer. Però els ho hem d'explicar al pare i a la mare i li hem de dir alguna cosa a l'Amy. Trobo que això és massa.

Vaig esperar una resposta, però la Meg es va quedar allà palplantada processant la informació, de manera que vaig començar a caminar amunt i avall perquè algú havia de fer alguna cosa.

—L'Amy? N'estàs segura? —Se li estaven posant els ulls vermells. Hauria d'haver cridat l'Amy i fer-la pujar per posar-ho tot sobre la taula.

—Sí. Si vols parlo amb ella.

—No. —La Meg va negar amb el cap. Les ondes dels cabells li fregaven les espatlles. Anava molt ben pentinada i tenia unes pestanyes llarguíssimes. Sempre estava perfecta, a punt per posar-se davant d'una càmera o alguna cosa per l'estil. Fins i tot ara—. No li vull dir res.

Què?

—Sí, oi tant que l'hi diràs.

—No. —Va continuar brandant el cap—. No, no vull, Jo. Què en trauré? És evident que ho va fer per algun motiu.

—Perquè és una nena malparida i...

—No, Jo. Perquè té dotze anys i el seu pare va ser ferit a l'Iraq, les seves dues germanes grans tenen nòvio i mai no són a casa, la seva mare beu i amb prou feines li fa cas. L'únic que fa és cridar l'atenció.

—El que fa és *buscar* atenció.

—És igual. A veure, per què la busca? I per què jo no li puc donar aquesta atenció i esperar que no torni a ferho? Hem de pensar com se sent ella, també. Té dotze anys i està suportant un munt de coses. Pensa com deu ser de difícil a la seva edat veure que el teu pare torna a casa d'aquesta manera.

—Per què ets tan... tan... no ho sé. En part tens raó, però per què hem de deixar que se surti amb la seva?

—No es tracta de sortir-se amb la seva. És la meva germana petita —va dir la Meg, amb tota la calma.

La Meg tenia massa paciència. Jo era més de mena venjativa.

—Deixa'm fer a mi, Josephine. —La Meg es va deixar caure al seu llit. Va agafar el llibre que li vaig regalar per Nadal i va fullejar les pàgines.

—D'acord, *Margaret*.

Vam estar una estona en silenci, la Meg asseguda al seu llit i jo al meu. Vaig recordar que quan érem petites, a vegades, em demanava que li expliqués les meves històries sobre en Jack Smead. Es feia un tip de riure, fins que venia la Meredith i ens feia callar, amenaçant-nos de tallar-nos la connexió a internet si no paràvem. Quina època més simple. Abans dels nois, del sexe i dels diners.

—Em sap greu allò d'abans —va dir la Meg, finalment—. Estava enfadada amb en Shia i amb mi mateixa i m'he descarregat amb tu.

La vaig mirar i em va somriure; era guapíssima. Estava una mica pansida aquell vespre, com una flor que necessita un bany de sol, però tot i així era guapíssima. Com l'Amy, quan fos més gran.

—A mi també em sap greu. No em va semblar que tingués cap importància. De fet, no vaig pensar res, i ho sento.

Va somriure.

—Gràcies. Ho veus? No costa pas tant.

—Ha, ha —vaig fer—. Què passa amb en Shia? —No creia que en volgués parlar, i precisament amb mi, però ho vaig preguntar de totes maneres. Així, mentrestant no pensava en en Laurie.

—No ho sé. —Es va tocar els llavis amb els dits—. Se'n va dimarts.

—*Aquest* dimarts?

Va assentir.

Ostres, que ràpid.

—Caram, uau.

—Ja ho sé. —Va apartar la mirada—. Vull tallar amb en John Brooke. L'han destinat molt lluny i aquests últims dies gairebé no m'ha dit res i...

—I t'agrada en Shia.

Va assentir.

—Suposo que sí! —Va fer cara d'horroritzada.

—Doncs quin problema hi ha?

—Estic molt cansada de les relacions a distància.

Ups. Un altre cop contra la història èpica d'en Laurie i jo.

—Doncs vés-te'n amb ell —vaig suggerir. A la Meg li aniria bé sortir d'aquest poble—. Quant de temps serà fora?

—Fins al setembre. —Va fer una pausa—. Però no me'n puc anar. És impossible. No us puc deixar aquí.

Vaja, o sigui que tenia les mateixes preocupacions que jo.

—Nosaltres estarem bé. Ens en sortirem. Hi hauries d'anar. —La idea que la Meg marxés del poble era abstracta. No semblava una cosa que realment pogués passar de debò, però tot i així jo esperava que passés. Seria emocionant. Un canvi a la casa dels Spring. Una sacsejada.

—No puc. —Es va mossegar el llavi inferior—. Oi?

Vaig assentir.

—Sí que pots. Demana-l'hi.

—És que trobo que és ser irresponsable. Jo no sóc com tu, Jo. A mi no m'agraden les sorpreses, i no m'agrada estar tot el dia viatjant.

Vaig arronsar les espatlles.

Com ho saps? No ho has provat mai. Dius que no ets com jo, però jo crec que el que et passa és que et fa por.

Va fer una ganyota.

—Tant me fa que pensis que tinc por, Jo. No saps res de la vida. Et penses que sí perquè et passes el dia mirant documentals, però fins ara has viscut com en un cotó fluix.

Això em va desconcertar. No podia ser que ho digués de debò.

—Jo? Igual que tu, princesa Meg. Perdona'm si a mi m'interessa el món i a tu només t'interessen els tios de merda per casar-te i satisfer la teva absurda obsessió. Em sembla fantàstic, Meg, sigues una bona mestressa de casa, però no em toquis els pebrots perquè jo no ho vull ser!

Es va aixecar, sabia que estava perdent la paciència, i ja em semblava bé perquè jo ja feia estona que l'havia perdut.

—*Jo?* Però si ets tu la que m'estàs criticant, Jo! Simplement, no vull estar sola, d'acord? No hi ha cap mal en això. Tu estàs tan obsessionada a ser una setciències que t'oblides de la part més important de ser una dona forta!

Gairebé tremolava de ràbia. Com era possible que s'enfadés amb mi? No l'estava criticant... Bé, potser sí, però ella també em criticava a mi. No era la víctima, ella.

—I quina és exactament? Il·lumina'm! —vaig cridar, aixecant-me del llit.

—L'elecció, Jo! Es tracta de la meva elecció com a dona. Si vull dedicar la meva vida a fer de mare, a organitzar recaptacions benèfiques i a anar d'excursió amb la família, ho puc fer, collons! Puc fer el que vulgui! I si tu vols anar a viure a la ciutat, tallar amb en Laurie i dedicar-te a la teva vida, endavant! No et criticaré pas! Però com a mínim jo sé el que vull!

No m'ho podia creure.

—No saps ni què dius! Si no saps ni triar entre en Shia i en John! En John Brooke, avorrit com un cargol, o en Shia, que realment et fa actuar com un ésser humà de debò!

La porta de l'habitació es va obrir i l'Amy va entrar

esperitada. No podia suportar estar amb elles, però quan vaig intentar marxar, la Meg em va barrar el pas.

—Ostres, mira't al puto mirall, Jo! No ets res més que una nena adolescent que intenta explicar-me de què va la vida. Tens en Laurie que t'està tot el dia a sobre, mirant de complaure't, i només perquè no poses un nom a la relació et penses que ets millor que jo? Si no et compromets seriosament amb ell, espero que trobi una noia ben maca a Itàlia disposada a fer-ho.

Hòstia.

—Vés a la merda, Meg.

La vaig empènyer per poder passar i vaig córrer escales avall. A través de la finestra del davant vaig veure que la Meredith estava aparcant al camí d'entrada, de manera que vaig sortir per darrere. Vaig travessar el jardí encara perplexa pel que m'havia dit la meva germana. Sabia exactament el que tenia amb en Laurie, i en Laurie em coneixia molt més bé que no pas ella.

Era conscient que hi havia una mica de veritat en les seves paraules, i volia demostrar que estava equivocada. Sabia perfectament el que volia.

En Laurie i Nova York. Podia tenir les dues coses, a diferència de la Meg. Vaig trucar desesperadament a la porta dels Laurence, però no va obrir ningú. Vaig tornar a trucar, canviant el pes de cama amb impaciència fins que finalment vaig fer girar el pany per veure si podia obrir. No estava tancat amb clau, de manera que vaig entrar i vaig anar cap a les escales. No vaig sentir el brogit del televisor i vaig suposar que el senyor Laurence no era a casa.

El cor m'anava a cent. Esperava que hi hagués en Laurie. Esperava que em volgués veure.

Hauria d'haver pensat tot això abans de trucar a la porta de la seva habitació, però l'únic que tenia al cap era veure'l a ell. Per això era allà. No duia la roba més sexi, ni les dents acabades de rentar. I si en Laurie estava amb una noia? Ell no ho faria, això. Sabia que no ho faria.

Just abans de canviar d'opinió i girar cua, en Laurie va obrir la porta, confós, enfadat i guapíssim. Era tan amable, tan tendre, en comparació amb el que jo m'havia imaginat. En Laurie m'escoltava, m'ajudava, m'ensenyava. M'havia fet costat amb aquell daltabaix de la meva família, i ara el tenia davant meu, esperant que parlés.

—Hola —vaig dir, sense alè, ara que el tenia tan a prop.

—Hola.

El vaig agafar de la camisa i el vaig estirar per fer-li un petó. Em bullia tot el cos, patint per si m'apartaria o m'acceptaria, i vaig gemegar d'alleujament quan em va abraçar per la cintura i em va estrènyer contra el seu cos.

—Què coi...

—N'estic segura. Completament segura. Podem aconseguir que funcioni. Pots anar on vulguis, a Itàlia...

La seva llengua em cremava la pell mentre em resseguia el pols. Quan es va apartar, vaig trobar a faltar tant el seu tacte que gairebé em feia mal. Havia sigut instantani. Com si algú hagués encès un interruptor dins del meu cos i la pressió de l'estómac, que palpitava d'expectació, m'hagués d'esquinçar per la meitat.

—Sí? —Em va llepar la pell més tendra del coll.

—Jo... —No sabia com dir-ho, però volia mantenir el control—. Et desitjo.

El vaig agafar per les espatlles, vaig buscar-li la boca i el vaig dur cap al llit. Va caure primer ell i jo em vaig posar damunt seu. La samarreta li va pujar per sobre del melic; les pigues semblaven llavors escampades sobre la seva pell morena. Tenia els ulls enormes, com dues taques de tinta negra escrivint unes paraules que només jo podia llegir. Notava la reacció del seu cos, i vaig ser conscient que allò ho canviaria tot. Sempre recordaria a qui havia donat la meva virginitat. Sempre.

—T'estimo. Em sembla.

Va quedar quiet de cop i em va posar les mans a cada costat de la cara, perquè el mirés als ulls.

—M'estimes?

Vaig assentir.

—Em sembla que sí.

Va fer un somriure que li arribava fins als ulls, i els seus llavis van tocar els meus i va xiuxiuejar:

—Jo també.

L'estimava. Estava enamorada per primera vegada. La meva vida era complicada, i el meu futur era totalment incert, però sabia que estava enamorada d'en Laurie i que no volia estar a cap més lloc que allà on era, i així era com suposadament havia de ser, d'això tractava aquest gran embolic que és la vida.

Em vaig agafar la vora de la samarreta i me la vaig treure pel cap. En Laurie em va mirar als ulls, i jo vaig assentir mentre li agafava les mans i les hi posava sobre els meus pits.

—Et desitjo —vaig tornar a dir.

—N'estàs segura, o només ho penses? —Va somriure.

Vaig posar els ulls en blanc, juganera.

—Et farà mal —em va dir. No era romàntic ni suggeridor. Però no calia. La vida, o la meva relació amb en Laurie, no era així.

—Ja ho sé. Sagnaré i segurament ploraré. —Vaig arrufar el nas.

Va riure i em va mossegar el coll.

—D'acord, d'acord. Ja estic avisada. De moment anem fent, amb calma...

Li vaig començar a fer un petó i en Laurie va rodolar sobre el llit per posar-se a sobre. No tenia por del que passés. Sempre m'havia preguntat com seria. La primera vegada de la Meg va ser fatal. Jo estava segura que la meva primera vegada seria molt millor. En Laurie no parava de dir com admirava cada part del meu cos mentre l'explorava... Em sentia bé, tot era molt tranquil, notava la boca d'en Laurie molt dolça entre les meves cuixes, i jo absorbia cada segon d'aquella experiència.

Em va fer mal, tal com em pensava, però en Laurie va ser molt suau, i tots dos érem una mica maldestres. El vaig estimar encara més quan em vaig estirar al seu costat i em va explicar la quantitat de vegades que s'havia imaginat allò, però mai no havia pensat que realment passaria. M'agradava que fos tan sincer amb mi.

Després d'estar una estona abraçats en silenci, vaig dir:

—No em sento gens diferent.

—Se suposa que t'hi has de sentir? —Es va girar i em va fer un petó al front.

Vaig arronsar les espatlles.

—Sí. Em sembla que sí.

—Així, t'he decebut? —va dir, de broma, i em va fer un petó quan vaig assentir amb el cap.

El meu telèfon va sonar unes quantes vegades, i vaig veure que parpellejava el nom de la meva germana fins que finalment va desaparèixer.

—Me n'he d'anar. Li he de demanar disculpes.

—Has vingut aquí només per això? —Va mirar el meu cos nu enroscat amb el seu.

Vaig brandar el cap.

—Més o menys.

Quan vaig tornar a casa, amb cada pas que els meus peus feien sobre l'herba, més poderosa em sentia. Estava eufòrica, no horroritzada.

Era estimada, no utilitzada.

La Meg va obrir la porta just quan arribava al porxo. Va sortir i va tancar la porta darrere seu.

—Perdona'm —vaig dir, al mateix temps que ella.

—I tu a mi, Jo.

—Tenies raó, saps? Sobre en Laurie. —Vaig mirar la Meg als ulls, i ella em va llegir la cara i va obrir la boca formant una gran O.

—Nena! —va cridar, i després va xiuxiuejar—: Déu meu, ho has fet, Déu meu.

—Meg, para. —Em vaig posar a riure tapant-me la boca.

—Jo, això és increïble. La Beth ha portat una amiga a casa, tu has fet l'amor amb en Laurie, jo me'n vaig dimarts. Ho acabo de dir al pare i la mare.

Vaig pensar que tenia ganes d'abraçar la Meg, però no sabia si havia de fer-ho, de manera que la vaig seguir cap a dins. A la sala d'estar, vaig veure l'Amy dormint al sofà. Seguia pensant que la Meg li hauria de dir alguna cosa sobre els mails, però era la Meg la que havia de decidir què volia fer.

—El pare i la mare són a la seva habitació —va dir la Beth des del sofà.

Estava asseguda al costat d'una japonesa molt maca que em sonava d'alguna cosa, però no sabia de què. Estaven mirant una de les pel·lícules de *Halloween*, em va semblar que la tercera.

La Beth no havia dut mai cap amiga a casa, i això em va fer feliç. En aquell moment em va venir un cansament molt gran, em feia mal el cos després d'en Laurie, de la feina, de no dormir prou. Les coses estaven canviant, i ràpid.

Les meves germanes i jo estàvem aprenent a descobrir això que anomenem vida, i em sentia molt més preparada per afrontar aquest petit gran món amb elles i amb la resta de les meves germanes arreu del món.

Agraïments

Aquest llibre és molt diferent dels que havia escrit fins ara, i he dubtat gairebé a cada pàgina, fins que les persones a qui estimo més em van recordar per què estava escrivint aquesta història. Em passo la vida qüestionant-me, és a dir, a cada segon i a cada pàgina; se suposa que com a escriptora no hauria de dir-ho, però no em fa res admetre-ho.

M'encanta aquesta història d'amor, aquestes germanes Spring, i en aquests agraïments voldria donar les gràcies a les meves «germanes», és a dir, a les dones del meu voltant que m'animen a treure el millor de mi mateixa. Rebecca, Jen, Ruth, Erika, Nina, Erin, sou la meva tribu i us estimo per la vostra amistat i amabilitat, pels ànims i el suport constant que m'heu donat per acabar aquest llibre, i per la vida en general.

Adam Wilson, un altre llibre acabat! Fem un bon equip, tot i que segur que sóc responsable d'un munt de futurs cabells blancs perquè no podria complir una data límit encara que en depengués la meva vida. No tinc paraules per expressar com t'aprecio, i estic impacient per conèixer el petit.

A tots els departaments de producció, de vendes i de màrqueting de Gallery: sou fantàstics i cap dels meus llibres no veuria la llum sense vosaltres! Gràcies per la vostra feina! El meu revisor de textos es mereixeria un monument!

Chels, Bri, Trev, Lauren i Diana, sou els meus vells amics i us estimo moltíssim.

I per acabar però no per això menys important, als meus lectors i editors d'arreu del món, perquè feu que els meus somnis es facin realitat. Jo només era una noia amb un portàtil atrotinat que no tenia ni idea de què estava fent amb la meva vida, i vosaltres me l'heu canviat completament. Mai no seré capaç d'explicar el que això significa per a mi.

A l'Ash i en Jord, sou <3